Greta Hansen

Die Jahre ohne dich

PIPER

30.06.2015

von Ra

Peter

Zu diesem Buch

Hamburg in der Nachkriegszeit: Elisabeth Michelsen will mehr vom Leben als nur in den Musikklubs auf der Reeperbahn tanzen, in Modezeitschriften blättern, früh heiraten und Kinder bekommen. Sie will stark und eigenständig sein. Darum steckt sie all ihre Energie in das Sägewerk ihres Vaters. Sie liebt den Geruch der afrikanischen Hölzer, die Sehnsüchte und Träume in ihr wecken. Theo von Waren, der Hafenmeister mit den strahlenden grauen Augen, ist der Einzige, der sie in der rauen Männerwelt des Hafens für voll nimmt und ihren Ehrgeiz bewundert. Doch obwohl ihre Arbeit sie erfüllt, verspürt Elisabeth eine Leere in ihrem Herzen und träumt nachts oft rätselhafte Dinge: Sie sieht zwei ineinander verschlungene Mädchenhände. Und dann lässt die eine plötzlich los. Was hat es damit auf sich? Und welches Geheimnis hat ihre Mutter vor ihr verborgen?

Greta Hansen ist das Pseudonym der Autorin Tania Schlie. Nach dem Studium der Germanistik und Politikwissenschaft in Hamburg und Paris arbeitete sie als Lektorin für verschiedene Verlage. Seit fünfzehn Jahren ist sie freie Autorin und lebt mit ihrer Familie in Schleswig-Holstein. Mit ihrem Roman »Eine Liebe in der Normandie« war sie für den DeLiA-Preis 2014 nominiert.

Greta Hansen

Die Jahre ohne dich

Roman

Piper München Zürich

Mehr über unsere Autoren und Bücher:
www.piper.de

Von Greta Hansen liegen im Piper Verlag vor:
Zwischen uns der Ozean
Auf der Suche nach dir
Eine Liebe in der Normandie
Die Jahre ohne dich

Mit dir werde ich an jedem Ort der Welt
glücklicher sein als ohne dich im Paradies.

FSC
www.fsc.org
MIX
Papier aus verantwortungsvollen Quellen
FSC® C083411

Originalausgabe
April 2015

Umschlaggestaltung und Artwork: Cornelia Niere, München
Umschlagfoto: Dennis Cooper/Corbis
Satz: Greiner & Reichel, Köln
Gesetzt aus der Minion Pro
Papier: Munken Print von Arctic Paper Munkedals AB, Schweden
Druck und Bindung: CPI books GmbH, Leck
Printed in Germany ISBN 978-3-492-30548-8

Teil 1

1

Um sie herum drängten sich Menschen in dunklen Wintermänteln. Sie trugen schwere Koffer und schoben Kinderwagen vor sich her, und sie strebten alle in dieselbe Richtung. In einiger Entfernung sah sie über den Hüten und pelzbesetzten Mützen Dampf aufsteigen. Das musste die Lokomotive sein, denn ihre Mutter hatte gesagt, sie würden eine Reise mit dem Zug machen. Sie hörte spitze, empörte Schreie, die Wut oder Schmerz ausdrückten. Jemand stieß sie mit etwas Hartem, Kantigem zwischen die Schulterblätter. Sie wollte einen Schritt nach vorn machen, um dem Druck auszuweichen, aber das war unmöglich. Es waren zu viele Menschen um sie herum, die alle vorwärts wollten. Ihre wollene Unterwäsche kratzte erbärmlich auf der Haut, und sie musste dringend auf die Toilette. Es stank durchdringend nach fettigem, feuchtem Stoff und Körperausdünstungen. Sie begann lautlos zu weinen. Der Schweiß lief unter der gestrickten Mütze hervor über die Stirn. Er brannte salzig in den Augen, aber sie konnte ihn nicht abwischen, denn keinesfalls durfte sie die Hand loslassen, die sie verbissen umklammerte. Das war das Allerwichtigste, nur das zählte: die Hand festhalten. Doch jemand drückte mit seinem ganzen Gewicht auf ihren Arm, um sie zum Loslassen zu bewegen und sich durch die entstehende Lücke zu drängeln. Sie packte noch fester zu, bis sich ihre kleine Hand verkrampfte und sie voller Entsetzen spürte, wie die Kraft aus ihren Fingern wich. Schnell versuchte sie, ihre Finger wieder mit den anderen zu verschränken wie beim Gebet, doch die Handflächen waren schweißnass und rutschig. In all der Panik fühlte sie plötzlich, wie es ihr warm und klebrig zwischen den Beinen herunterlief. Dadurch war sie für einen Moment abgelenkt, und die Finger der anderen Hand lösten sich noch ein Stückchen weiter von ihren. Sie wollte sie erneut packen, aber da berührten sich nur noch ihre Fingerspitzen, dann war auch dieser letzte Kontakt abgerissen. Ihre Hand fiel schlaff herunter, und sie brannte wie Feuer …

Elisabeth hörte ihren eigenen Schrei, als sie erwachte. Keuchend setzte sie sich im Bett auf und schlug die Decke zurück. Erleichtert atmete sie aus und griff nach dem Wasserglas, das neben ihr auf dem Nachttisch stand. Das machte sie immer so, wenn sie diesen Traum hatte: Sie trank einen Schluck kühles Wasser, um richtig wach zu werden und die letzten Spuren des Albtraums zu vertreiben. Sie hatte ihn schon unzählige Male gehabt, und es hatte Zeiten gegeben, an denen er sie in dieser oder einer anderen Form beinahe jede Nacht heimgesucht hatte. Immer ging es darum, dass sie in einer bedrohlichen Menschenmenge stand und verzweifelt jemanden festzuhalten versuchte. Aber nie gelang es ihr. Jedes Mal aufs Neue entglitt ihr die Hand, und sie blieb allein und verzweifelt zurück.

Sie wusste noch genau, wann diese Träume angefangen hatten sie zu quälen, nämlich genau vor fünf Jahren, im September 1945, an dem Tag, als sie mit ihrer Mutter in Hamburg angekommen war.

Die Stadt war die letzte Station ihrer Flucht gewesen, die im bitterkalten Januar des letzten Kriegsjahres in Leba an der westpreußischen Ostseeküste unweit von Danzig begonnen hatte. Damals waren es zwanzig Grad unter null gewesen, sie hatte ihre Fingerspitzen und die Zehen nicht mehr gespürt, so erbarmungslos hatte die Kälte zugeschlagen. Als sie in Hamburg an der Hand ihrer Mutter aus dem Zug stieg, trug sie den dick gefütterten Wintermantel und die doppelt gestrickten Fäustlinge in einem Koffer bei sich, denn inzwischen war es Sommer und schwülwarm. Während der Monate davor hatte Elisabeth in Viehställen und Eisenbahnwaggons, auf Planwagen und unter freiem Himmel geschlafen, sie konnte sich nicht vorstellen, dass ihre monatelange Reise hier an der Elbe ein Ende haben sollte. Denn damals glaubte sie, dass das Leben nur aus endlosen Märschen, aus dem Warten an Bahnhöfen bestand und aus der Unsicherheit, nie zu wissen, wo man an diesem Tag schlief und ob man etwas zu essen bekam.

Ihre Mutter, Marietta Hermann, hatte eine Cousine in der Stadt, die ihr zu Weihnachten geschrieben hatte, sie könnten bei ihr unterkommen. Das letzte Stück Weges ab Lübeck hatten sie erneut in einem Zug zurückgelegt. Als sie in Hamburg ankamen, flogen Möwen über ihre Köpfe hinweg, denn der Bahnhof hatte kein Dach mehr. Marietta war früher einige Male in Hamburg gewesen, doch sie erkannte in dieser Trümmerlandschaft nichts wieder. Nicht einmal die großen Verkehrsadern waren noch auszumachen. Die Stadt war unter meterhohem Schutt begraben, auf dem Menschen ungelenk umherstolperten. Marietta nahm die Alster und die Reste der Bahngleise, um sich zu orientieren. Als sie nicht mehr weiterwusste, trat sie an einen britischen Militärposten heran, um nach dem Weg zu fragen. Der Mann warf einen mitleidigen Blick auf Elisabeth, dann wandte er sich ohne ein Wort ab.

»Die Sieger dürfen nicht mit den Besiegten reden«, sagte Marietta kalt und ging weiter. Elisabeth war müde und hätte gern einen Moment gerastet, doch ihre Mutter zerrte sie weiter hinter sich her.

Mühsam fragte sich Marietta durch, bis sie in der Nähe des Schlachthofs ankamen. Sie war zunehmend aufgeregt und besorgt. »Hier muss es doch sein«, sagte sie immer wieder. Dann blieb sie so abrupt stehen, dass Elisabeth gegen ihre Hüfte prallte. Vor ihnen lag ein komplett zerstörter Straßenzug. Nur das Haus mit der Nummer 20 stand noch, und Marietta konnte sich ausrechnen, wo die Nummer 28, das Haus ihrer Cousine, einmal gewesen sein musste. Sie kletterten über einen Berg aus Ziegeltrümmern, aus dem Balken und zerborstene Fensterrahmen ragten, hin zu den Resten der Brandmauern, an denen Nachrichten auf Pappkarton befestigt oder direkt mit Kreide an die Wände geschrieben waren, die vom Schicksal der Bewohner erzählten. *Familie Nostitz: alle tot. Hans und Lore Bergner: nach Bremen verzogen. Nachrichten von Ernst und Hannelore Wegener bitte an Else Wegener, Schulterblatt 37* usw. Elisabeth, die erst fünf Jahre alt war und noch nicht lesen konnte, hörte, wie ihre Mutter den Inhalt der Zettel vor sich hin murmelte.

Eine der Nachrichten wiederholte sie einige Male, woraus Elisabeth schloss, dass sie die Cousine ihrer Mutter betraf: *Almuth Carstens: vermisst seit Januar 1945.*

Ihre Mutter setzte sich erschöpft auf ihren Koffer, und Elisabeth ließ sich neben sie fallen. Sie war müde, und ihr fielen die Augen zu.

Ein Mann näherte sich ihnen. Es war später Nachmittag, und er trug eine Aktentasche. Er sah aus wie jemand, der auf dem Heimweg von der Arbeit war. Er blieb vor ihnen stehen und beugte sich hinunter, als er zu sprechen begann.

»Mein Name ist Nikolaus Michelsen. Ich könnte eine Haushälterin brauchen«, sagte er. »Ich biete Kost und Logis. Na ja«, fügte er mit einem bitteren Lächeln hinzu, »die Kost ist eher schmal.«

Marietta Hermann sah ihn prüfend an, dann stand sie ein wenig unbeholfen auf, zog Elisabeth an der Hand hoch, und sie folgten dem Mann ein paar Straßen weit Richtung Neuer Pferdemarkt.

»Hier wäre es«, sagte der Mann. Das Haus war wie durch ein Wunder bis auf ein paar Einschusslöcher völlig unbeschädigt. Elisabeth staunte, als sie die Wohnung im zweiten Stock betraten. Hier war alles heil und stand an seinem Platz. Das hatte sie schon lange nicht mehr gesehen.

Marietta ging langsam durch die drei Räume. Dann drehte sie sich zu Nikolaus Michelsen um: »Wo werden wir schlafen, meine Tochter und ich?«, fragte sie.

»Sie nehmen das Schlafzimmer. Ich bleibe im Wohnzimmer.«

Sie nickte. Sie war einverstanden.

Elisabeth fand alles märchenhaft schön und luxuriös. Und das Beste: In einer Schublade unter dem Herd lagen einige Kartoffeln und eine Zwiebel, im Küchenschrank eine fast volle Packung Würfelbouillon. Marietta machte sich daran, das Gemüse zu putzen, um eine Suppe zu kochen. In einer Anrichte fand sie eine bestickte Decke und Stoffservietten, die sie auf den Tisch legte. Nikolaus Michelsen registrierte das mit einiger Verwunderung, dann lächelte er.

In der folgenden Nacht schlief Elisabeth zum ersten Mal seit Monaten in einem richtigen Bett, noch dazu unter einer Daunendecke, in deren Bezug sich die Federn bauschten. In der anderen Ecke des Zimmers lag ihre Mutter in ihrem Bett.

Bereits in dieser ersten Nacht spürte Elisabeth, dass sich etwas verändert hatte: In den Monaten zuvor hatte ihre Mutter sie jede Nacht in den Armen gehalten. Sie war zwar oft hungrig und erschöpft eingeschlafen, aber dafür hatte sie immer die Arme ihrer Mutter um sich gespürt. Jetzt lag sie allein hier, und trotz des dicken Federbetts war ihr kalt.

Sie hatte das Gefühl, ein Band sei gerissen, und in dieser Nacht kam der Traum zum ersten Mal.

Nikolaus Michelsen war Hamburger durch und durch, und er sprach auf eine Art, die Elisabeth noch nie gehört hatte, die sie aber mochte und die sie zum Lachen brachte. Ihre Mutter nannte er »Morietta«, wobei er das »R« rollte, und er stolperte über den spitzen Stein, trennte also »s-t« und »s-p« beim Sprechen, und benutzte komische Redewendungen wie »Sieh's wohl!« und »Soll ich heute später kommen, komme ich heute später«, obwohl er meinte: »Wenn ich heute später komme …«. Zum Saubermachen sagte er »Aufklaren«, eine Pause war für ihn »Foffttein«, und wenn sie irgendwohin wollten, forderte er sie auf: »Nu man los!«.

Als er Marietta fünf Monate nach ihrer Ankunft fragte, ob sie ihn heiraten wolle, willigte sie ohne Zögern ein. Sie hatte seine ruhige, besonnene Art zu schätzen gelernt und sich auch daran gewöhnt, dass er manchmal ein wenig unbeholfen wirkte, was auch daran lag, dass er bisher nie verheiratet gewesen war und keine Erfahrung mit Frauen hatte.

»Warum nicht?«, wollte Marietta wissen.

»Es hat sich nicht ergeben«, antwortete er. »Da war mal jemand, aber dann kam der Krieg …« Mehr sagte er nicht zu dem Thema.

Einen Mann, der gut zu ihr und Elisabeth war, mehr erwartete Marietta nicht mehr vom Leben. Und sie wusste sehr genau, dass sie Glück hatte, einen Mann zu finden, der bereit war, ihr und ihrer Tochter ein Zuhause zu geben und sie obendrein noch ehrbar zu machen, indem er sie heiratete. Das war nur den wenigsten der vielen Kriegerwitwen in Deutschland vergönnt. Die meisten lebten in sogenannten »Onkel-Ehen«, und man sah auf sie und ihre Kinder herab. Aber viele dieser Frauen konnten es sich einfach nicht leisten, erneut zu heiraten und damit auf ihre Witwenrenten zu verzichten.

Marietta hatte ihre ganze Kraft gebraucht, es bis in den Westen zu schaffen, nun konnte sie nicht mehr und wollte nur noch Ruhe und Sicherheit. Sie wollte die Verantwortung für ihre Tochter abgeben, die für sie allein zu groß geworden war. Nikolaus adoptierte Elisabeth und nahm sie als seine Tochter an. Elisabeth wuchs in der Gewissheit auf, seine Tochter zu sein und dass sie sich in Hamburg wiedergetroffen hätten, nachdem sie für einige Zeit voneinander getrennt gewesen waren. Nikolaus mochte das Mädchen, außerdem ging er selbstverständlich davon aus, später eigene Kinder mit Marietta zu haben. Er hätte alles getan, damit Marietta ihn heiratete. Er vergötterte sie, und mehr als einmal beglückwünschte er sich dazu, dass er sie quasi vom Bürgersteig aufgelesen und mit zu sich nach Hause genommen hatte. »Ich wusste damals schon, dass du mich glücklich machen würdest«, sagte er gern.

Nikolaus' Mutter Elsemarie war dagegen, dass ihr Sohn eine aus dem Osten heiratete, und sie verbarg ihren Unwillen darüber auch nicht. Zwei Monate nach Mariettas Ankunft war sie zu ihrem Sohn gezogen, da ihre eigene Wohnung einsturzgefährdet war. Elsemarie bezog ein winziges Zimmer auf der halben Etage, das vor dem Krieg als Abstellkammer gedient hatte. Aber die Küche teilte sie mit ihnen, und sie war den größten Teil des Tages oben in der Wohnung. »Um zu helfen«, wie sie sagte. In Wahrheit wollte sie die Fremde unter Beobachtung haben. Man wusste ja nie mit diesen Flüchtlingen …

»Sie ist zu schön für dich, und sie kommt aus gutem Hause. Was hast du ihr denn zu bieten?«, fragte sie. »Und außerdem ziehst du einen Bastard groß.«

»Ich biete ihr meinen Schutz und meine Liebe, und damit wirst du dich abfinden müssen«, gab er zur Antwort. »Und Elisabeth wird wie meine eigene Tochter aufwachsen. Sie ist erst fünf und wird alles vergessen, was vorher war.« Davon war er überzeugt.

Zudem war er fest entschlossen, es zu einem bequemen Wohlstand zu bringen und Mariettas Ansprüchen in einigen Jahren gerecht zu werden, denn er wusste von ihrer Herkunft.

Einige Zeit, nachdem er sie bei sich aufgenommen hatte, erzähle sie ihm von dem großen Haus an der Ostseepromenade in Leba und von ihrem Mann, der Rechtsanwalt in Danzig gewesen war. Er war vor Stalingrad gefallen. Davor hatten sie Pferde gezüchtet, die Preise bei Rennen gewonnen hatten. Je länger er zugehört hatte, umso schweigsamer war er geworden, und sie hatte das bemerkt.

»Ich möchte dich nicht mit meinem alten Leben belasten«, sagt sie. »Das alles ist Vergangenheit, ich werde nie wieder darüber reden. Schon allein, um es Elisabeth leichter zu machen.«

Es war unübersehbar, dass Marietta aus einer anderen Schicht kam als er selbst. Sie hatte eine höhere Bildung als er, aber sie bemühte sich, das nicht zu deutlich zu zeigen. Ihre natürliche Eleganz schüchterte ihn manchmal ein, aber er machte das mit seiner Fürsorglichkeit wett. Außerdem war er auf dem Weg nach oben. Zwar stammte er aus kleinen Verhältnissen und war gleich zu Anfang des Krieges verwundet und in der Folge kriegsuntauglich gestellt worden. Das hatte ihm jedoch einen Vorsprung vor anderen verschafft, und den hatte er genutzt, um aus eigener Kraft im Hamburger Hafen eine Sägerei auf die Beine zu stellen.

Am Anfang vergaß Marietta manchmal ihr Versprechen. Ihr entschlüpfte ab und an eine Bemerkung, die ihre vornehme Vergangenheit verriet. »Bei uns zu Hause hatten wir am Wochenende immer mindestens zehn Gäste.« Sie erwähnte regelmäßige Reisen nach Berlin und sogar Paris und sprach von Theaterpremieren und silbernen Salzfässchen. Wenn sie ihren Fauxpas bemerkte, presste sie die Lippen aufeinander und verstummte.

Die beiden Kostüme, die sie in ihrem Koffer mitgebracht hatte, waren aus bestem Stoff gefertigt und ließen sich, obwohl sie über Monate getragen worden waren, problemlos aufarbeiten und enger machen. Außer ihrer Kleidung hatte sie eine kleine Leinwand des Expressionisten Karl Schmidt-Rottluff in ihrem Gepäck, der gemeinsam mit seinem Kollegen Max Pechstein zum Malen oft in Leba geweilt hatte und auch zu Gast im Haus ihres Mannes gewesen war. Das Bild hatte etwa die Größe eines aufgeschlagenen Buches, und es zeigte Marietta in einem dunklen Kleid mit Perlenkette.

Sie hing sehr an diesem Bild, das sie auch während der ganzen Jahre, als es als »entartet« geschmäht worden war, nicht von der Wand genommen hatte. Als die Niederlage absehbar war, hatte sie es aus dem Rahmen gelöst und die Leinwand, in eine alte Tischdecke gewickelt, mit auf die Flucht genommen. Neben einigen Fotos war es alles, was sie aus ihrem früheren Leben gerettet hatte. Niemals hätte sie sich davon getrennt. Alles andere, der Schmuck und die Wertpapiere, waren ihr auf der Flucht entweder gestohlen worden oder sie hatte sie gierigen Hausbesitzern und Bauern für einen Platz zum Schlafen und etwas Warmes zum Essen in den Rachen werfen müssen.

»Da kann ja jeder kommen und behaupten, was er alles gehabt hat! Hat ja schließlich niemand gesehen. Alles, was ich weiß, ist, dass du mit nichts hier angekommen bist«, zischte Elsemarie, als Marietta eines Abends ihre Vorsicht vergaß und die Mahagonitäfelungen im Herrenzimmer erwähnte.

»Mutter, hör auf damit!«, wies Nikolaus sie zurecht.

Elisabeth stand auf. »Es ist spät, ich ziehe mich zurück«, sagte sie.

»Bei uns heißt das ›Ins-Bett-gehen‹«, rief Elsemarie ihr nach.

Marietta war fest entschlossen, sich in ihr neues Leben an der Seite von Nikolaus Michelsen zu fügen. Sie wusste ja, dass es pures Glück gewesen war, ihn zu treffen. Trotzdem konnte sie nicht verhindern, dass sie immer wieder an das mächtige, turmgeschmückte Herrenhaus mit der umlaufenden Veranda an der Ostsee denken musste, an ihren groß gewachsenen Mann mit den weltläufigen Manieren, an die abendlichen Gesellschaften und die Reisen und all das andere. Dann überfiel sie ein namenloser Schmerz über das Verlorene. Sie zog sich in ihr Zimmer zurück und träumte sich zurück in ihr altes Leben, das so wohlgeordnet gewesen war. Zurück zu den gediegenen, auf Hochglanz polierten Möbeln, dem großen Esstisch vor dem Kamin, auf dem die Gedecke mit dem Zwiebelmuster perfekt ausgerichtet waren. Sie fragte sich, wer jetzt wohl von diesen blauweißen Tellern aß, wer das schwere Besteck in der Hand halten mochte. In Leba hatte es zu ihren Pflichten gehört, am Morgen mit der Köchin abzusprechen, was es am Abend zu essen geben sollte.

Hier stand sie stundenlang für ein paar Lebensmittel Schlange und wusste nicht, was sie noch abbekommen würde. Marietta fühlte sich heimatlos, ihre alte Welt war untergegangen, in die neue wusste sie sich nicht einzugliedern. Wenn sie sich anstrengte, dann gelang es ihr zu funktionieren, aber sobald sie in ihren Bemühungen nachließ, überkamen sie abgrundtiefe Traurigkeit und eine nagende Unsicherheit, wie sie sich zu verhalten hatte.

Und dann war da noch etwas, das sie mehr vermisste als alles andere. Sie versuchte die Erinnerung daran fortzuschieben, bevor es zu spät war, bevor ihre Gedanken nur mehr um das eine, das liebste kreisten, das nicht mehr da war. Dann war sie der Verzweiflung und dem Wahnsinn nahe. In diesen schwärzesten Momenten war sie dankbar für die Mühsal des Alltags in der zerstörten Stadt, die sie auf Trab hielt und ihr keine Zeit zum Grübeln ließ.

Am Vorabend der Hochzeit ertappte Nikolaus sie beim Nachhausekommen, wie sie in sich gekehrt auf dem Sofa saß. An ihren zuckenden Schultern konnte er erkennen, dass sie weinte. Er trat näher. Sie hatte einige Fotos, nicht mehr als drei oder vier, vor sich im Schoß liegen. Als sie ihn bemerkte, schob sie sie hastig zusammen und legte ihre Hände darüber.

Ihr flehender Blick hielt ihn davon ab, Fragen über die abgebildeten Personen zu stellen. Später, dachte er bei sich. Wenn sie länger hier ist und ihre Wunden verheilt sind, dann werde ich sie fragen.

Doch nach diesem Ereignis verschwanden die Fotos ebenso wie das kleine silberne Amulett, das Elisabeth während der Monate der Flucht um den Hals getragen hatte und auf dem ihr Name und ihr Geburtsdatum eingraviert waren. Nikolaus war im Grunde seines Herzens ganz froh darüber.

Mariettas Porträt mit der Perlenkette ließ er heimlich rahmen und hängte es am Hochzeitstag im Wohnzimmer auf. In den folgenden Monaten hätte das Bild als Tauschware gegen Kinderkleidung oder Streichhölzer auf dem Schwarzmarkt gute Dienste leisten können, doch niemand wagte auch nur daran zu denken, desgleichen zu tun.

Elisabeth ging aus einem Instinkt heraus seit ihrer Ankunft in Hamburg einen anderen Weg als ihre Mutter. Anstatt sich im Alten, in peinigende Erinnerungen an die Vergangenheit zu verlieren, stürzte sie sich mit Leidenschaft in die Gegenwart. Als würde sie ahnen, dass ihr Leben leichter werden würde, je eher sie in Hamburg und in ihrem neuen Leben ankam. Wenn Marietta etwas von Leba oder Danzig erzählte, dann ging Elisabeth davon aus, dass ihre Mutter von ihrem Elternhaus sprach, und sie hörte nicht richtig hin. Für sie fing ihr Leben mit der Ankunft in Hamburg an, die Zeit davor hatte zu existieren aufgehört. Als sie im darauffolgenden Jahr in die Schule kam, hatte sie das Amulett und alles, was in Leba gewesen war, ganz tief im Bodensatz ihrer Erinnerung vergraben. Vergraben unter den vielen neuen Eindrücken, vergraben unter dem Wunsch zu leben und sich in der neuen Welt zurechtzufinden. Dazu gehörte auch, dass sie »Michelsen« als ihren Nachnamen ansah und Nikolaus als ihren Vater.

2

Elisabeth mochte ihre neue Heimat Hamburg. Die Trümmerberge und die Knappheit an allem, was lebensnotwendig war, nahm sie als gegeben hin, sie kannte es ja nicht anders. Sie war gern am Fluss, wo ihr Vater im Oberhafen, unweit des Hauptbahnhofs, seine Sägerei hatte. Die Kontorräume gingen zur Straße hinaus, auf der anderen Seite lag die Elbe. Durch ein wuchtiges Holztor gelangte man von der Straße in den rechteckigen Hof. Rechts wurden die eingehenden Stämme gelagert, auf der linken Seite befanden sich die beiden Hallen. In der einen stand die Gattersäge, in der anderen wurden die Stämme vermessen, gekennzeichnet, entrindet und weiterverarbeitet. Das fertig gesägte Holz wurde bis zum Abtransport am Ende des Hofs gelagert. Ein einfaches Schienensystem sorgte dafür, dass das Holz per Hand auf Loren vom Hoftor zur Entrindung geschoben werden konnte.

Wenn man sie ließ, saß Elisabeth stundenlang im Büro ihres Vaters auf der breiten Fensterbank, die Füße untergeschlagen, und sah auf das glitzernde Wasser hinaus. Sie kannte bald die Flaggen der Schiffe aus aller Herren Länder und konnte auch verschiedene Schiffstypen voneinander unterscheiden.

Auf der anderen Seite des Hafenbeckens standen die rot geklinkerten, mit Türmen verzierten Speicher mit ihren grünen Kupferdächern. Von dort wehten die unterschiedlichsten Gerüche zu ihr herüber. Es roch nach Kaffee, nach scharfem Pfeffer, nach Tee, manchmal auch nach nasser Wolle, wenn die Orientteppiche feucht geworden waren. Diesen Geruch mochte sie nicht, und sie rümpfte jedes Mal die Nase darüber. Sie konnte von ihrem Platz aus sehen, wie die Waren in Säcken von den Schiffen hoch hinauf in die einzelnen Böden gehievt wurden. Oben standen die Männer in den offenen Luken und zogen die Säcke mit Enterhaken zu sich heran.

Diesem Treiben konnte sie stundenlang zusehen, ohne sich zu langweilen. Der Anblick des Flusses beruhigte sie.

»Du hast früher schon gern aufs Wasser gesehen«, meinte ihre Mutter einmal, als sie sie im Büro des Vaters abholte. »Ich musste deinen Kinderwagen immer so hinstellen, dass du auf das Wasser hinuntersehen konntest.«

»Welches Wasser denn?«, fragte Elisabeth, doch ihre Mutter wandte den Blick ab und antwortete nicht.

Wenn ihr Vater einen Rundgang durch die Sägerei machte, dann nahm er sie mit und befahl ihr, sich dicht bei ihm zu halten. Allein durfte sie die Hallen nicht betreten, weil es für ein kleines Mädchen zu gefährlich war. Das Kreischen der Säge, wenn einer der riesigen Stämme auf dem Tisch hindurchgeschoben wurde, um ihn nach und nach in Bretter und Balken zu teilen, war ohrenbetäubend. Aber Elisabeth hielt sich nie mehr die Ohren zu, nachdem die Arbeiter sie, als sie es beim ersten Besuch in der Halle getan hatte, ausgelacht hatten. Neben den Geräuschen, die hoch und singend waren und plötzlich abrissen, wenn der Stamm das Ende des Sägeblatts erreichte, mochte sie die Gerüche. Sie waren durchdringend und würzig, es duftete nach Harz und manchmal nach verbranntem Holz, wenn das Sägeblatt stecken blieb und sich verkeilte. Das war immer ein besonders gefährlicher Moment. Es kam schon mal vor, dass das Blatt riss und unter dem Druck wie ein Geschoss durch die Halle flog. Nikolaus Michelsen wurde dann fuchsteufelswild und schrie die Arbeiter an der Säge an, gefälligst besser aufzupassen. Meistens waren in einem solchen Fall die Spaltkeile, die am Ende der Säge dafür sorgten, dass die gesägten Bretter sich nicht verkeilten, nicht richtig gesetzt oder der ganze Stamm war nicht sorgfältig genug im Gatterwagen eingespannt und verrutschte während des Sägevorgangs.

Zu dem Geruch des Holzes kam der der beiden dampfenden, schwitzenden Haflingerpferde Hans und Lore. Sie zogen die Stämme vor die Säge und die fertig gesägten Bretter ins Lager. Die schweren Tiere mussten mächtig arbeiten, um die meterlangen Balken zu transportieren. Ihre Hinterlassenschaften lieferten in den ersten Jahren nach dem Krieg wertvollen Brennstoff.

Als sie im August 1946 in die erste Klasse der Schule in der Ludwigstraße kam, begann für Elisabeth ein neues Leben, und das hatte auch mit Hanna Wolnik zu tun.

Es war den Eltern verboten, die Kinder bis vor das Klassenzimmer zu bringen, also verabschiedete Marietta sich unten auf der Straße von ihrer Tochter. Elisabeth ging langsam die Treppe in den ersten Stock hinauf, vorbei an Einschusslöchern und dem mit groben Balken ausgebesserten Treppengeländer. Vor dem Raum blieb sie zögernd stehen.

Da kam ein Mädchen auf sie zu und nahm sie einfach an der Hand. Das fremde Mädchen reckte das Kinn nach oben, stolzierte ins Klassenzimmer und ging an den anderen Kindern vorbei bis zur letzten Bank. Dort setzte sie sich und zog Elisabeth auf den freien Platz neben sich.

Als Frau Harmsen, die Lehrerin, einige Minuten später eintrat und sie alle aufstehen mussten, um sie zu begrüßen, wusste Elisabeth schon, dass ihre Nachbarin Hanna Wolnik hieß.

Hanna trug Kleidung, die ihr zu groß und an mehreren Stellen ausgebessert war. Ihre Schuhe waren geflickt und im Grunde nicht viel mehr als mit Weckringen um die Füße gewickelte Sohlen. Ihre Hände waren schmutzig, und sie roch streng. Und sie hatte das dickste Haar, das Elisabeth je gesehen hatte. In zwei langen blonden Zöpfen fiel es ihr bis fast auf die Hüften.

Als Elisabeth in der Pause ihr Schmalzbrot auspackte, starrte Hanna darauf wie auf einen Schatz. Und nicht nur sie, viele Kinder in der Klasse waren offensichtlich hungrig. Elisabeth klappte die Stulle auseinander und reichte die eine Hälfte, auf der mehr Schmalz war, Hanna, die sie in zwei großen Bissen verschlang. Danach leckte sie sich die Lippen und grinste Elisabeth an.

»Freundinnen?«, fragte sie.

»Freundinnen!«, gab Elisabeth zurück.

Hanna kannte sich in dem Viertel aus wie in ihrer Westentasche. Sie kannte jeden Schlupfwinkel, jedes Versteck in den zerstörten Häusern, und sie zeigte Elisabeth einen verbotenen Weg mitten durch die Trümmer, der sie viel schneller zum Neuen Pferdemarkt nach Hause brachte. Hanna war mutig. Wenn einer der anderen Schüler sie als Flüchtlingskind beschimpfte und behauptete, der Esel habe sie im Galopp verloren, dann stürzte sie sich auf ihn, auch wenn er größer war.

Elisabeth verstand nur halb, was damit gemeint war. Als Frau Harmsen die Klasse fragte, wer von den Kindern Flüchtling oder Kriegswaise sei, stand sie nicht auf wie Hanna und einige andere. Sie fühlte sich weder als Flüchtling noch als Waisenkind. Und dass sie von ihrem Pausenbrot abgab, überzeugte auch alle anderen, dass sie keins von beidem war.

Doch Elisabeth ahnte, dass die Vorsicht ihrer Mutter, die sich zu Hause möglichst auf Zehenspitzen bewegte und sich still und unauffällig benahm, etwas mit diesem Wort zu tun hatte. Sie hörte ihre Oma über die Flüchtlinge schimpfen, die sich überall breitmachten, über das Polackenpack, das ihre Blumenvasen umstellte und neue Gardinen aufhängte und alles wegfraß.

Hanna wohnte in einer der Baracken, die auf dem zerstörten Gelände einer ehemaligen Wurstfabrik errichtet worden waren. Als Elisabeth sie das erste Mal dorthin begleitete, war sie fassungslos. Es war unglaublich eng und niedrig, ungemütlich und schmutzig. Und Hannas Mutter jagte sie gleich wieder hinaus, weil kein Platz war. Ihr Vater löschte Schiffe im Hafen und arbeitete oft nachts. Deshalb versuchte er tagsüber zu schlafen und brauchte Ruhe.

»Wo ist denn dein Bett? Ich habe es nicht gesehen«, fragte Elisabeth, als sie wieder im Freien waren.

»Meine Geschwister und ich teilen uns eins. Das ist gemütlich und schön warm.«

Hanna konnte auf Bäume klettern wie ein Affe, was sie leider nicht oft zeigen konnte, denn es gab nur noch ganz wenige Bäume in der Stadt. Sie waren den Bomben, den Flammen oder den illegalen Feuerholzbeschaffungsaktionen der Hamburger zum Opfer gefallen. Weil Hanna federleicht war, trugen sie auch die ganz dünnen Äste, und sie kam an die Früchte der Eichen ganz oben heran. Sie sammelte die Eicheln, röstete sie im Ofen und zertrümmerte die Früchte dann zwischen Steinen und verkaufte das Ganze als Ersatzkaffee. Sie lungerte an den Bahndämmen herum und klaute Kohlen. Und wenn man nicht aufpasste, dann stahl sie auch Äpfel und alles, was nicht angebunden war. Sie hatte immer Hunger, und ständig liefen ihre beiden jüngeren Geschwister ihr hinterher. Hanna hatte auch noch einen älteren Bruder, der nicht mehr zur Schule ging und ebenfalls im Hafen arbeitete.

Darum beneidete Elisabeth sie am meisten: dass sie eine Schwester hatte. Hannas Schwester Lotte war ein kleines Mädchen, das gern lachte, mit den gleichen blonden Zöpfen wie ihre Schwester und zwei Grübchen auf den Wangen. Elisabeth mochte sie vom ersten Augenblick an, genauso wie sie Hanna sofort gemocht hatte. Und sie beneidete Hanna darum, dass immer jemand bei ihr war, dass sie nie allein war. Sogar nachts im Bett. Wenn die Wolnik-Geschwister irgendwo auftauchten, dann war klar, wer das Sagen hatte. Niemand traute sich an sie heran, um sie zu ärgern oder ihnen das Schulbrot zu klauen – wenn sie denn eines dabeihatten.

Als ihr Vater erfuhr, dass sie mit einer aus der alten Wurstfabrik spielte, wurde er wütend.

»Ich will nicht, dass du dich weiterhin mit ihr abgibst. Sie ist ein Flüchtlingskind«, schimpfte er. »Bestimmt hat sie Läuse, und du wirst auch welche bekommen!«

»Sie ist die Einzige in der Klasse, die nett zu mir ist«, begehrte Elisabeth auf. »Sie ist meine Freundin!«

»Ich will das nicht, Punktum!«, rief ihr Vater.

»Was ist ein Flüchtlingskind?«, fragte Elisabeth später ihre Mutter, als diese gerade den Abwasch erledigte. Aber die überging wie so oft die Frage ihrer Tochter und schrubbte weiter den ohnehin schon sauberen Topf.

Marietta zog sich immer mehr in sich zurück. Die Erledigung der wichtigsten Dinge im Haushalt, das ständige Schlangestehen um Essbares oder Heizmaterial, das Kochen mit minimalen Stromzuteilungen, dazu die Sorge um ihre Tochter und der ewige Streit mit ihrer Schwiegermutter raubten ihr die letzten Kräfte. Oft, wenn Elisabeth aus der Schule kam, lag sie auf dem Sofa im Wohnzimmer, die Augen zur Decke gerichtet, und starrte einfach nur vor sich hin.

Am Anfang vermisste Elisabeth schmerzlich die frühere Innigkeit, die sie mit ihrer Mutter verbunden hatte. Seit sie Hanna kannte, wurde es aber besser, und sie nutzte die träumerische Abwesenheit ihrer Mutter aus, um sich heimlich weiter mit ihrer Freundin zu treffen. Es kam für sie nicht infrage, dem Verbot ihres Vaters Folge zu leisten. Dazu mochte sie Hanna viel zu gern.

Heimliche Treffen wurden noch einfacher, als Elsemarie ungefähr ein Jahr nach ihrer Ankunft starb. Elisabeth trauerte nicht um sie. Sie hatte zwar Oma Elsemarie zu ihr sagen müssen, aber sie hatte nicht wie eine Enkelin gefühlt. Besonders die Kälte gegenüber ihrer Mutter hatte sie gestört. Egal was Marietta getan hatte, Oma Elsemarie hatte etwas daran auszusetzen gehabt. Nicht einmal die gute Rote-Bete-Suppe hatte sie gemocht!

»So etwas kennen wir hier in Hamburg nicht!«, hatte sie spitz angemerkt und den Teller von sich geschoben.

Dabei war dies Elisabeths Lieblingsgericht. Der Geschmack auf der Zunge weckte in ihr eine Sehnsucht, die sie nicht benennen konnte.

Elisabeth trug zwar keinen Hausschlüssel um den Hals wie die Schlüsselkinder, bei denen niemand zu Hause war, wenn sie aus der Schule kamen, aber sie war fortan trotzdem an vielen Nachmittagen auf sich allein gestellt, weil ihre Mutter nicht ansprechbar war. Sie lernte, diese Freiheiten zu genießen. Sie wurde mutiger und selbstbewusster, auch da Hanna es ihr vorlebte. Weil sie keinen Bruder hatte, den man ihr vorziehen konnte, wurde der Gedanke für sie selbstverständlich, dass sie eines Tages in der Sägerei das Sagen haben würde. Für sie und Hanna gab es keinen Unterschied zwischen Jungen und Mädchen, und so bemerkte sie nicht einmal, dass in der Sägerei weit und breit keine Frau war.

Nur bei einem bestimmten Ereignis erwachte Marietta aus ihrer Lethargie: wenn die Suchmeldungen des Deutschen Roten Kreuzes im Radio liefen.

Immer schon fünf Minuten vor der Zeit schaltete sie den Apparat ein und saß konzentriert davor. Sie hätte die Stimme des Sprechers Joachim Fuchsberger unter Tausenden erkannt, so oft hatte sie ihr schon gelauscht. Im Radio wurden auch die Namen und Aufenthaltsorte von Kindern verlesen, die während der Bombardierungen oder der Flucht vor den Russen von ihren Eltern getrennt worden waren. Dreihunderttausend, nach anderen Angaben sogar fünfhunderttausend waren es, die allein auf den Straßen herumirrten oder in Kinderheimen untergekommen waren. Viele von ihnen waren erst zwei oder drei Jahre alt, zu klein, um ihren Namen oder den von Eltern oder Geschwistern zu wissen.

Mit monotoner Stimme wurden endlose Listen von Namen verlesen, Altersangaben, Fundorte und besondere Kennzeichen wie etwa Muttermale. Der seltsam leiernde, immer gleiche Tonfall der Stimme stand in himmelschreiendem Kontrast zu den Schicksalen, die sich hinter den verlesenen Namen verbargen, zu den Hoffnungen, mit denen die Hörer vor den Apparaten saßen.

»Warum hörst du dir das an?«, fragte Nikolaus eines Abends. »Komm doch lieber ins Bett, es ist spät.«

»Meine Cousine«, gab Marietta zurück. »Ich hoffe immer noch, etwas über ihren Verbleib zu erfahren.«

»Deine Cousine? Du hast mir doch erzählt, dass du sie vor dem Krieg höchstens ein paar Mal gesehen hast. Manchmal glaube ich, du suchst nach jemand ganz anderem«, brummte Nikolaus.

Im Winter wurde es in den Klassenzimmern bitterkalt, Eiskristalle bildeten sich an den Fenstern. Dafür gab es mittags eine Schulspeisung. In großen Kübeln wurde die Suppe angeliefert: Erbsen-, Keks- oder Schokoladensuppe. Für viele Kinder in Elisabeths Klasse war die Gulaschkanone das wichtigste Requisit im Klassenraum. Einige kamen nur deshalb überhaupt in die Schule.

Die Temperaturen in diesem Winter lagen wochenlang bei unter minus zwanzig Grad. Die Stadtverwaltung richtete zwar Wärmestuben ein, doch den Leuten in den Baracken und Nissenhütten half das nicht. Dort stand das blanke Eis auf dem Boden, von der Decke hingen Eiszapfen.

Elisabeth nahm Hanna mit zu sich nach Hause, wenn ihr Vater nicht daheim war. In der Wohnung war es zwar auch nicht richtig warm, aber immerhin fror das Wasser nicht in den Leitungen. Marietta nahm ihre Anwesenheit kaum wahr.

Elisabeth wagte nicht, ihre Mutter zu fragen, warum sie so traurig war. Sie fürchtete sich vor der Antwort.

Wenn sie abends allein in ihrem Bett lag, wünschte sie sich eine Schwester wie Hanna. Tief in ihrem Inneren wusste sie, wie sich das anfühlte: jemanden zu haben, der ganz dicht bei ihr war, dem sie alles erzählen konnte, auch die unangenehmen und die peinlichen Dinge, jemanden, der alles verstand, auch ohne viele Worte, weil er dasselbe erlebte. Mit einer Schwester könnte sie über das unverständliche Verhalten der Mutter sprechen.

Manchmal erklang aus dem Wohnzimmer nebenan Musik, französische Chansons wurden dort auf dem Plattenspieler abgespielt. Dann wusste Elisabeth, dass es ihrer Mutter gut ging. Dann tanzten ihre Eltern und tranken weißen Rheinwein, den ihre Mutter so mochte. In solchen Nächten schöpfte Elisabeth Mut und schlief mit leichtem Herzen ein. In anderen Nächten kam der Albtraum.

3

»Ich muss dir etwas sagen.« Marietta wartete, bis die letzten Takte von *Que sera, sera* verklungen waren, dem Lied, das 1957 häufig aus dem Radio schallte. Jetzt wurde ein Weihnachtslied gespielt. Der Baum stand schon geschmückt vor dem Fenster, morgen war Heiligabend.

Sie löste sich aus Nikolaus' Armen und zog ihn mit sich auf das mit türkisfarbenem Bouclé bezogene Sofa. Es war neu, ebenso wie der Grundig-Fernseher und das Auto, das vor dem Haus parkte. Ludwig Erhard hatte den Deutschen ein Wirtschaftswunder versprochen, und jetzt, ein gutes Jahrzehnt nach Kriegsende, sah es so aus, als würde sich dieses Versprechen für viele erfüllen.

Marietta atmete tief ein. Heute würde sie es ihm sagen, weil heute ein Tanztag war und sie sich stark genug fühlte. An den Tagen zuvor hatte sie nicht die notwendige Kraft gehabt. Das, was sie zu sagen hatte, machte ihr Angst, weil sie befürchtete, dem Kommenden nicht gewachsen zu sein.

»Dann muss es ja wichtig sein«, sagte er mit einem Lächeln zu ihr, »wenn du es mir nicht beim Tanzen sagen kannst. Was kommt, das kommt, so heißt es doch auch in dem Lied, das wir gerade gehört haben. Was ist es denn?«

»Wir werden ein Kind haben.« Sie sagte den Satz schnell, um es endlich hinter sich zu haben. Jetzt, wo sie es gesagt hatte, war es in der Welt, und sie konnte es nicht länger vor sich selbst verleugnen.

Er sah sie perplex an. »Jetzt? Nach so vielen Jahren? Wir sind seit über zehn Jahren verheiratet. Ich habe immer gedacht, ich … es sei nicht möglich.« Er sah auf seine Füße hinunter, was er immer tat, wenn er nachdachte. Dann lachte er auf, zog sie stürmisch vom Sofa hoch und wirbelte sie durch das kleine Wohnzimmer. Er küsste sie auf den Mund. »Danke, Marietta. Damit machst du mich zum glücklichsten Mann der Welt.«

Niemand hatte mehr damit gerechnet, dass die Ehe von Nikolaus und Marietta mit einem Kind gesegnet werden würde, am allerwenigsten Nikolaus. Er war inzwischen Mitte vierzig, und Marietta war siebenunddreißig, ein spätes Alter für die Mutterschaft. Doch als sie ihm die Nachricht mitteilte, da war sein Glück vollkommen.

In den folgenden Wochen umsorgte er seine Frau und nahm ihr jede noch so kleine Anstrengung ab, denn um zu erkennen, dass Marietta von schwacher Konstitution war, brauchte er keinen Arzt. In den Jahren, die seit der Hochzeit vergangen waren, war sie immer stiller und kränklicher geworden. Manchmal musste er an eine Kerze denken, die zu wenig Sauerstoff bekam und langsam verlosch. Vor allem ihre Stimmungsschwankungen und die plötzlichen Anfälle von Traurigkeit machten ihn ratlos. Irgendetwas fehlte ihr, und er litt darunter, dass er es ihr nicht geben konnte. Sie verließ oft tagelang das Schlafzimmer nicht und lag bei geschlossenen Vorhängen im Bett. Wenn er sie so sah, fragte Nikolaus sich unwillkürlich, wie sie es ganz allein geschafft hatte, sich und ihre Tochter von Pommern nach Hamburg zu bringen. Und er fragte sich, ob er schuld an ihrem Zustand war. Vielleicht hatte seine Mutter recht gehabt und er konnte seine Frau nicht glücklich machen, einfach, weil sie zu verschieden waren und er sie nicht verstand.

All diese Zweifel kamen nun wieder hoch. Er hatte nie mit jemandem darüber gesprochen, denn darüber sprach ein Mann nicht – so seine Meinung. Aber er hoffte, dass die Schwangerschaft Marietta neuen Lebensmut geben würde. Wenn er an Gott geglaubt hätte, hätte er sogar dafür gebetet.

Auch Elisabeth hoffte, diese neue Aufgabe werde ihre Mutter fröhlicher machen. Sie selbst hatte es aufgegeben, ihre Mutter aus ihrer Lethargie herausholen zu wollen. Wenn Marietta ihre schwachen Tage hatte, wie sie und ihr Vater es nannten, dann ließ man sie am besten in Ruhe. Aber sie freute sich unbändig darauf, endlich auch ein Geschwisterchen zu haben, obwohl sie mit ihren siebzehn Jahren schon beinahe erwachsen war.

»Oh, Hanna, ist das gemütlich hier!«, rief Elisabeth begeistert, als sie hinter ihrer Freundin das Zimmer im neuen Ledigenheim in Hamm betrat, in dem Hanna seit Kurzem wohnte. Neugierig sah sie sich um.

Jeder Winkel des kleinen Raums, den Hanna sich mit einer Mitbewohnerin teilte, war vollgestellt. Tagsüber waren die Matratzen unter bunten Decken verborgen, die Bettwäsche verschwand in halbhohen Bettkästen, auf denen Fotos von Filmstars und Schlagersängern standen. Unter den Betten stapelten sich flache Kisten und Kartons. Auf Regalen über Hannas Bett waren ein Radio, Wecker, Lebensmittel und Zeitschriften untergebracht. An der Wand hing an einem Nagel ein Tennisschläger, darunter lehnte eine Gitarre an der Wand. Der Raum konnte durch einen von Wand zu Wand reichenden Vorhang geteilt werden.

»Dafür haben wir gekämpft, eigentlich ist es nicht erlaubt, heimfremde Möbel mitzubringen«, sagte Hanna, die Elisabeths bewundernden Blick bemerkte. »Aber so haben wir wenigstens ab und zu Ruhe voreinander, stimmt's, Rita?«

Rita, eine kleine, rundliche Frau mit rötlichem Kraushaar, saß auf dem zweiten Bett und nickte. Elisabeth gab ihr die Hand, dann ließ sie sich neben Hanna auf das Bett fallen, wobei die Sprungfedern qualvoll quietschten. Rita drehte das Radio an und suchte den amerikanischen Sender, es roch nach Parfüm und leicht nach Zigarettenrauch, obwohl rauchen im Heim streng verboten war.

Hanna war überglücklich, hier wohnen zu dürfen. Endlich hatte sie die Baracke hinter sich gelassen, in der ihre Familie immer noch lebte. In den letzten Jahren hatte sie noch zwei weitere Schwestern bekommen, nie gab es genug Platz für alle. Immer wenn eines der älteren Kinder auszog, kam ein Kleines hinterher. Aber vor zwei Monaten hatte sie als Packerin bei Werner Otto angefangen, und für die ledigen Mitarbeiterinnen gab es dieses Mädchenheim. Das Regime war streng, aber Hanna hatte es noch nie gestört, die Regeln zu übertreten.

»Erst mal diesen blöden Kittel ausziehen«, rief sie und schleuderte das graue Etwas von sich. »Der passt überhaupt nicht zu meinem Teint!« Sie hielt Elisabeth eine Schachtel mit Likörpralinen hin.

»Die waren gerade im Sonderangebot. Sind mit Eckes Edelkirsch. Probier mal!«

»Mit Alkohol?«, fragte Elisabeth.

Hanna lachte. »Klar! Schmeckt man aber nicht.«

Elisabeth zerbiss die herbe Schokolade und spürte ein köstliches, süßes Brennen am Gaumen. »Die kauft meine Mutter auch manchmal. Ich wusste gar nicht, wie lecker die sind!«

»Manchmal muss man sich eben was gönnen«, gab Hanna zurück.

»Du … hast die doch bezahlt, oder?« An Hannas Gesichtsausdruck sah Elisabeth, dass dem nicht so war. »Mensch, lass dich bloß nicht erwischen. Dann fliegst du hier gleich wieder raus.«

»Ach was. Die erwischen uns nicht. Nicht wahr, Rita? Für die sind wir viel zu schlau.«

Rita nickte, während sie kaute. »Auf unsere Vorarbeiterin!«, rief sie und nahm sich eine weitere Praline aus der Schachtel. »Die ist so was von streng. ›Wer vor dem Frühstück schon singt, fliegt nachmittags raus.‹ Solche Sprüche bekommen wir von ihr zu hören.«

»Streng und von gestern«, rief Hanna dazwischen. »›Wenn du glaubst, du bist allein, mache dir die Nägel rein.‹ Und wehe, sie erwischt dich, wie du in den Spiegel guckst. ›Nur eitle Mädchen sehen in den Spiegel!‹«, äffte sie die Vorarbeiterin nach. »Na ja, lange mach ich das nicht mehr mit. Stundenlang vor den Packtischen stehen, und dieser blöde Bindfaden schneidet dir in die Finger. Manchmal sind die Pakete so schwer, dass man sie kaum anheben kann. Wenn wir wenigstens Radio hören dürften!«

»Pah, wir dürfen ja nicht mal reden bei der Arbeit!«, meldete sich Rita zu Wort.

Elisabeth musste nachfragen: »Wie meinst du das, du machst das nicht mehr lange?«

Hanna stand auf und drehte sich so gut, wie das kleine Zimmer es zuließ: »Ich will die Kleider vorführen, für den Katalog, du weißt schon. Meinetwegen auch die Küchenmaschinen.«

»Ehrlich?«

»Glaubst du, ich kann das nicht?«

»Doch, ich glaube, dass du das kannst. Du kannst doch alles!«, gab Elisabeth zurück.

Und das meinte sie auch so. Als Hanna die Anstellung beim Otto-Versand an Land gezogen hatte, war das wie ein Hauptgewinn gewesen. Es war der Traum vieler Mädchen und Frauen, in dem rasch expandierenden Unternehmen zu arbeiten. Jeder kannte den Otto-Katalog. Besonders nachdem die Sammelbestellungen eingeführt worden waren, bei denen Nachbarn oder Freunde fünf Prozent Rabatt erhielten, wenn sie gemeinsam bestellten, gab es in beinahe jedem Haushalt den Katalog. Hanna saß nun an der Quelle für Kleidung und Haushaltswaren und wusste über alle neuen Erfindungen und die neueste Mode bestens Bescheid. Aber die Arbeit an der Packstation war körperlich anstrengend und eintönig. Hanna wollte das nicht mehr lange machen. Falls es mit dem Traumjob als Modell nicht klappen sollte, wollte sie zumindest ins Büro versetzt werden. Deshalb belegte sie einen Abendkurs im Maschineschreiben.

An den anderen Abenden ging sie aus, und manchmal kam Elisabeth mit. Sie gingen in die Musikklubs auf der Reeperbahn, wo auf winzigen Bühnen laute und schnelle Musik gespielt wurde und wo viele Matrosen und englische Soldaten viel Geld in der Tasche hatten, das sie gern für ein paar Stunden mit einem hübschen blonden Mädchen ausgaben. Hanna war sehr hübsch. Ihre langen Zöpfe hatte sie abgeschnitten, und ihr dickes Haar fiel ihr in Wellen bis in den Nacken. Wenn sie ausging, toupierte sie den Hinterkopf und drehte sich Locken in die Seitenpartien. »Herrenwinker«, nannte sie die lachend. Sie war von einer zupackenden Fröhlichkeit und nutzte jede noch so kleine Gelegenheit, sich zu amüsieren. Außerdem war sie eine sehr gute Tänzerin, und viele Männer waren stolz darauf, sich mit ihr auf der Tanzfläche zu zeigen.

Seit sie nicht mehr in der Enge der elterlichen Wohnung ausharren musste und eigenes Geld verdiente, blühte sie auf. Sie gab zwar einen Teil des Gehalts ihren Eltern, es blieb aber noch genug über, um auszugehen und sich schöne Kleider und kleine Extravaganzen leisten zu können.

Elisabeth beneidete Hanna glühend um ihre Unabhängigkeit. Nur zu gern hätte sie mit ihr getauscht. Aber ihre Eltern hatten bestimmt, dass sie nach der Mittelschule noch ein Jahr auf einer Hauswirtschaftsschule in der Armgartstraße verbringen sollte. Die Schule hatte einen guten Ruf bei den Eltern »höherer Töchter«. Die meisten Abgängerinnen kamen aus gutem Elternhaus, und mit dem Zeugnis dieser Schule in der Tasche machten sie gute Partien.

Elisabeth hasste die Schule von ganzem Herzen. Nur die Aussicht, dass sie schon bald wieder von ihr befreit sein würde, ließ sie überhaupt hingehen. Sie fand keinen Zugang zu den anderen Mädchen in der Klasse, für die es in Ordnung war, Kochen, Nähen und Einmachen zu lernen.

»Puddinggymnasium«, lachte Hanna, und Elisabeth schnitt ihr eine Grimasse.

An einem Freitag gingen sie zu dritt ins Kino und sahen einen Liebesfilm. Alle drei weinten um Sissi und verliebten sich auf der Stelle in Karlheinz Böhm. Mit tränenfeuchten Augen standen sie später wieder auf der Straße.

»Also, wenn ich mal heirate, *wenn*«, verkündete Hanna mit aller Entschiedenheit, »dann werde ich eine Ehe führen wie Sissi. Ich will nur einen Mann, den ich liebe und der mich auf Händen trägt.«

»Ich auch. Was denkst du denn?«, gab Elisabeth zurück, aber im Stillen ahnte sie, dass Hanna in dieser Sache wie in allen anderen kompromissloser sein würde als sie selbst. »Und du?«, fragte sie Rita.

Die machte einen Schmollmund und zog ihre sommersprossige Stirn kraus. »Hauptsache, er ist fleißig und kann mir etwas bieten. Einen Fernseher zum Beispiel! Das wäre was. Und gut aussehen muss er! So wie Rock Hudson.«

Sie hatten natürlich *Giganten* gesehen und kannten sich aus.

»Wenn schon, dann wie James Dean. Ich steh auf blonde Männer«, sagte Hanna. »Und jetzt kommt. Wir gehen schwofen.«

»Ich muss nach Hause«, sagte Elisabeth.

»So ein Quatsch. Deine Mutter merkt doch sowieso nicht, ob du da bist oder nicht«, entfuhr es Hanna.

Sie hatte recht. Seit sie ein Kind erwartete, lebte Marietta noch mehr als früher in ihrer eigenen Welt. Sie schaffte es gerade noch, morgens das Frühstück zu machen und ein Abendbrot zu richten, den Rest des Tages zog sie sich zurück und war nicht ansprechbar. An den Sonntagen, wenn auch ihr Mann zu Hause war, nahm sie sich etwas zusammen, aber sie zog sich immer häufiger zurück. Elisabeth war froh über die ungewohnten Freiheiten, die ihr dieser Umstand bot. Sie lächelte ihre Freundinnen provozierend an und sagte schließlich: »Na gut. Aber dann gehen wir ins ›Café Keese‹. Da wollte ich immer schon mal hin.«

Sie wusste, dass Hanna, die fast alle Ausgehlokale kannte, dort noch nicht gewesen war. Man musste nämlich einundzwanzig sein, um hineinzukommen.

Vor dem Eingang stand ein Schild mit der Aufschrift »Ball paradox«. Der Portier winkte sie durch, ohne nach ihrem Alter zu fragen.

Durch eine Schwingtür gelangten sie in den Saal. Sie schluckten, als sie die üppigen Chrysanthemensträuße und die Grünpflanzen vor den großen Fenstern sahen. Auf den Tischen lagen gestärkte weiße Decken, die Mitglieder der Band, die gerade eine Pause machten, trugen weiße Hemden und sogar Fliegen.

»Das ist ja wie sonntags bei uns zu Hause!«, flüsterte Elisabeth.

»Kein Wunder, dass der Portier uns reingelassen hat. Hier sind ja viel mehr Männer als Frauen. Die brauchen Frischfleisch«, schimpfte Hanna.

»Ist doch ganz nett«, sagte Rita.

Sie standen unschlüssig in der Tür, und alle Blicke waren neugierig auf sie gerichtet. Zum Glück fing die Kapelle wieder an zu spielen, und die Frauen im Saal standen auf und gingen über die Tanzfläche, um die Männer aufzufordern. Die Herren saßen allein oder zu zweit an Tischen. Einige von ihnen taten so, als würde sie das Geschehen gar nicht interessieren, während andere nervös auf ihren Stühlen herumrutschten.

»Hier fordern die Frauen auf?«, fragte Rita und kicherte. »Da können die Männer mal sehen, wie das ist, wenn einen keiner holt.«

»Daher der Name, Ball paradox, verstehst du?«, gab Hanna spitz zurück.

Sie hatten sich kaum an einen freien Tisch gesetzt, da stand schon ein beflissener Kellner vor ihnen. »Die Damen wünschen?«, fragte er und fuhr dabei mit einer schneeweißen Serviette über die völlig krümelfreie Tischdecke.

Hanna fasste sich als Erste. »Dreimal Sekt, bitte.«

Es wurde ein sehr lustiger Abend. Elisabeth hatte außer in der Tanzstunde und beim Abschlussball noch nie mit einem Mann getanzt. Nur mit Hanna in ihrem winzigen Zimmer, wo nicht genügend Platz war. Sie waren jünger als die meisten anderen Frauen, und die Männer rissen sich darum, von ihnen aufgefordert zu werden. Einer von ihnen war besonders vorwitzig. Er machte durch Handbewegungen und gespielte Verzweiflung auf sich aufmerksam, bis Rita ihn aufforderte. Und dann tanzte sie den ganzen Abend mit ihm. Er hieß Alfred und war Tischlergeselle. Er war klein und drahtig und ließ gern seine Muskeln spielen.

Ein Mann um die dreißig lud Elisabeth an seinen Tisch ein und spendierte ihr ein weiteres Glas Sekt, der süß war und auf der Zunge klebte. Als er beim nächsten Tanz seine Hand in Richtung ihres Pos gleiten ließ, ließ sie ihn einfach mitten auf der Tanzfläche stehen und ging an ihren Tisch zurück.

»Ich glaube, ich muss jetzt wirklich nach Hause«, sagte sie.

»Obwohl du gerade einen Tänzer gefunden hast?«, rief Rita überrascht.

»Der war doch viel zu alt für mich!«, gab Elisabeth empört zurück.

»Also, ich bleibe noch«, sagte Rita mit glänzenden Augen. »Ich habe Alfred noch einen Tanz versprochen.«

Ostern 1958, kurz vor ihrem achtzehnten Geburtstag, schloss Elisabeth die Schule mit einem eher mittelmäßigen Zeugnis ab. Sie konnte jetzt Nachspeisen zubereiten, Torten backen und bekam eine gerade Naht hin. Sie war aber fest gewillt, dieses Wissen nur im Ausnahmefall zu nutzen. Sie hatte andere Pläne.

Schon am nächsten Tag ging sie noch vor ihrem Vater in die Sägerei. Sie setzte sich an seinen Schreibtisch, stützte die Ellenbogen auf und sah sich um. Einer der Arbeiter klopfte und betrat das Büro.

»Chef noch nicht da?«

Sie schüttelte den Kopf. »Was gibt es denn?«

»Ach, das hat Zeit«, sagte der Mann und ging wieder.

Natürlich werden die Männer sich an mich gewöhnen, dachte sie, als sie wieder allein war. Schließlich war sie auch bisher oft im Büro gewesen und hatte ihrem Vater geholfen, denn er hatte immer noch keine Sekretärin. Nur einmal die Woche kam Frau Weninger und machte die Buchhaltung und schrieb ein paar Briefe und Rechnungen.

Für Elisabeth stand außer Frage, dass sie hier arbeiten würde. Es war nicht schwer gewesen, ihren Vater von ihren Plänen zu überzeugen. Nikolaus war stolz darauf, wie viel Interesse seine Tochter für seine Arbeit zeigte, und außerdem war sie schon seit Kindertagen ohnehin beinahe jeden Tag im Kontor. Er ließ keinen Zweifel daran, dass er es lieber gesehen hätte, wenn ein Sohn seine Geschäfte weiterführen würde. »Aber bis es so weit ist«, sagte er in Gedanken an die Schwangerschaft seiner Frau, »kannst du die Stellung halten.«

Mit dieser Reaktion konnte Elisabeth leben. Was sie schockierte, war die Ablehnung ihrer Mutter, die alles tat, um ihrer Tochter die Idee auszureden, einen Beruf zu ergreifen.

»Eine Frau gehört doch ins Haus! Nicht ins Berufsleben und schon gar nicht in eine Sägerei. Das ist eine Männerwelt, und Frauen sollten sich dort fernhalten, damit sie ihren Liebreiz nicht verlieren«, meinte Marietta, während sie Sahne in winzigen Klecksen auf einer Mandarinentorte verteilte.

Elisabeth baute sich erbost vor ihr auf und zwang ihre Mutter, sie anzusehen. »Aber Mama! Ich will doch nicht an der Säge stehen. Dafür haben wir …«

»Wir?«

»… dafür hat Vater seine Leute. Ich will ins Kontor, ich will organisieren, Preise aushandeln …« Dass sie insgeheim davon träumte, einmal selbst nach Afrika zu fahren, um sich die Wälder anzusehen, aus denen die Bäume kamen, die in der Sägerei zerteilt wurden, sagte sie lieber nicht, weil sie sich denken konnte, wie ihre Mutter dazu stehen würde.

»Man wird dir gar nicht zuhören. Wer verhandelt denn schon mit einer Frau? Glaub mir, das gibt Falten, und nachher will dich kein Mann mehr. Die Welt ist schon ganz richtig eingeteilt, wie sie ist. Die Männer gehen aus dem Haus, verdienen Geld, und die Frauen schaffen ein Heim, in das der Mann abends nach getaner Arbeit gern zurückkehrt. Aber wenn du so weitermachst, wird sich kein Mann für dich interessieren.« Weil sie noch ein wenig Sahne in der Spritztüte übrig hatte, setzte ihre Mutter einen großen Klecks in die Mitte der Torte.

Elisabeth sah ihre Mutter empört an. Was redete sie da? Von der Arbeit im Büro bekam man doch keine Falten! »Wo sind die Männer denn die ganzen Jahre über gewesen? Sieh dich doch mal auf den Hamburger Straßen um: Dort leisten Frauen Schwerstarbeit, in den Fabriken, im Straßenbau, als Schaffnerinnen, in allen möglichen Berufen. Viele von ihnen leben allein, weil ihre Männer gefallen, vermisst oder in Gefangenschaft sind. Und sie verdienen nicht nur das Geld, sie haben nebenbei auch noch Kinder. Und bemühen sich obendrein, trotzdem ein schönes Heim zu schaffen!« Das mit dem gemütlichen Heim war ihr im Moment nicht so wichtig, aber das andere: »So wie diese Frauen will ich auch sein, stark und eigenständig!«

»Diese Frauen sind in einer Notsituation, und sie tun mir leid. Ich bete zu Gott, dass ich nie wieder so etwas erleben muss. Bei uns ist glücklicherweise alles so, wie es sich gehört. Und so soll es auch bleiben. Warum willst du dich mit einer Ausbildung oder der Berufstätigkeit abplagen? Du heiratest doch ohnehin! Sieh lieber zu, dass du einen Mann findest. Schließlich gibt es kaum noch welche.« Als Marietta die Bestürzung in Elisabeths Gesicht las, versuchte sie einzulenken. »Glaub mir, ich meine es nur gut mit dir.« Damit war für sie dieses Gespräch beendet.

Sie ging zur Spüle hinüber, um das benutzte Geschirr abzuwaschen.

Elisabeth blieb fassungslos zurück. Seit wann dachte ihre Mutter so? Sah sie denn nicht, was um sie herum geschah? Was andere Frauen leisteten? Zum ersten Mal fühlte sie so etwas wie leise Verachtung für ihre Mutter, die zu Hause herumsaß und ihre Malaisen pflegte und der immer gleich alles zu viel wurde. Wo war nur ihr Stolz geblieben, ihr Mut, ihr Organisationstalent? Wann war das alles auf der Strecke geblieben? Ihre Mutter konnte wunderbar die Schwache spielen, die männliche Hilfe brauchte, sie gab Nikolaus das Gefühl, ohne ihn nicht zurechtzukommen. Das schmeichelte ihm, aber Elisabeth spürte auch eine gewisse Resignation bei ihrem Vater, wenn er von der Arbeit nach Hause kam und Marietta lag matt auf dem Sofa.

Vor allem aber kränkte sie die Haltung ihrer Mutter persönlich. Wie konnte sie davon ausgehen, dass ihre Tochter genauso dachte wie sie? Wie kam sie auf den Gedanken, sie wäre ebenso schwach, immer leidend und auf Hilfe angewiesen? So war sie nicht, und so wollte sie auch nicht sein.

In der Sägerei hatte sich in den Jahren seit Kriegsende sehr viel gewandelt. Nikolaus hatte eine Entrindemaschine und eine neue Gattersäge gekauft. Sie arbeitete mit vier Sägeblättern gleichzeitig und konnte dünnere Stämme in einem Arbeitsgang zerteilen. Weil der Strom schon lange nicht mehr rationiert war und es keine Stromsperren mehr gab wie in den ersten Nachkriegsjahren, lief die Säge praktisch den ganzen Tag. Hans und Lore und auch ihre Nachfolger waren längst ausgemustert worden. Neuerdings wurden die Stämme über Flaschenzüge in den Gatterwagen gehoben. Besonders stolz war Nikolaus auf seinen blitzblanken Greifstapler, der mit einer Art Zange Stämme anhob. Dafür hatten sie früher mindestens vier Mann gebraucht. Der Chef ließ es sich nicht nehmen, sich auch selbst auf den Stapler zu schwingen. Elisabeth hatte es ebenfalls versucht und sich gar nicht so ungeschickt angestellt, wie ihr Vater anerkennen musste.

Die Sägerei Michelsen hatte sich auf den Handel mit westafrikanischen Hölzern spezialisiert, die wegen ihrer Langlebigkeit und Feuchtebeständigkeit im Möbel- und Fensterbau, aber auch für Dalben, Eisenbahnschwellen und Telefonmasten eingesetzt wurden. Der Bauboom in der Hansestadt, in der mit Volldampf die immer noch sichtbaren Kriegsschäden beseitigt wurden, und auch die vielen Schiffsneubauten, für deren Decks man robustes Holz brauchte, bescherten ihm volle Auftragsbücher. Das Gelände im Oberhafen wurde langsam zu eng. Manchmal mussten sie die Hölzer auswärts lagern. Das machte die Arbeit komplizierter, weil alles genau vorausgeplant werden musste. Und natürlich teuer, weil sie Miete für die Lagerplätze zahlen mussten.

Nikolaus Michelsen gehörte zwar nicht zu den Industriekapitänen wie der Reeder Willy Schlieker oder Werner Otto, aber er und seine Familie lebten ganz gut von der Sägerei, und im Sommer fuhren sie regelmäßig für drei Wochen nach Timmendorf an die Ostsee.

Dank des Wohlstands ihres Vaters konnte Elisabeth auch abends ausgehen, ohne sich große Sorgen darum machen zu müssen, ob sie auch genug Geld dafür hatte.

Die meisten der Kaschemmen, die sie gern aufsuchte, lagen in den Souterrains auf der Reeperbahn. Man ging ein paar Stufen hinunter zum Eingang, und nicht wenige Hamburger waren überzeugt, er würde direkt in die Hölle führen. Elisabeth fand dagegen, dass es in diesen verrauchten, stickigen, dunklen Räumen himmlisch zuging.

Sie drängte sich hinter Hanna durch die dicht stehende Menge, die am Rand der Tanzfläche stand und den Tanzenden zusah. Hanna steuerte einen freien Platz am Tresen an und winkte

Elisabeth, ihr zu folgen. Es war zu laut, um sich zu unterhalten. Sie lächelte dem jungen Mann, der neben ihr stand, zu, damit er ein bisschen rückte, dann hatten beide genug Platz, um den tanzenden Paaren zuzusehen. Der Rhythmus der Musik fuhr ihnen in die Beine, sie konnten gar nicht anders, als sich im Takt zu bewegen. Besonders gelungene Tanzfiguren wurden mit Applaus quittiert. Sobald ein Paar völlig erschöpft die Tanzfläche verließ, nahm ein anderes umgehend seinen Platz ein.

Elisabeth wandte sich dem Barkeeper zu und bestellte zwei Eierlikör Flip, in die auch immer noch etwas Schärferes gemixt wurde. Sie mochte das Zeug im Grunde nicht, aber Alkohol gehörte zu diesen Abenden, an denen alles erlaubt war. Und das bunte Schirmchen war todschick und gab einem etwas zum Spielen in die Hand.

»Prost!«, rief sie Hanna zu und hob ihr Glas.

»Auf uns!«, schrie Hanna zurück.

»Wo ist eigentlich Rita?« Elisabeth nutzte eine kleine Pause der Musiker, um sich zu unterhalten.

Hanna rollte mit den Augen. »Ich sage nur: Alfred! Seit sie ihn kennt, hängen die beiden nur noch zusammen. Er will nicht, dass sie mit uns loszieht. Das würde sich nicht gehören, außerdem sei sie *sein* Mädchen.«

»Du meine Güte!«

»Das kannst du laut sagen. Es macht gar keinen richtigen Spaß mehr, mit ihr zusammenzuwohnen. Ständig redet sie nur von Alfred hier und Alfred da. Und sie ist auch noch stolz darauf, wenn er Ansprüche anmeldet und über sie bestimmt. Das würde er doch nur machen, weil er sie liebt, sagt sie. Und er findet, dass ein Lokal wie dieses hier nicht zu seiner Rita passt. Er geht lieber in eine dieser Walzerzentrifugen.«

»Was?« Elisabeth lachte. »Walzerzentrifugen?«

»Du weißt schon, diese Ballhäuser wie das ›Café Keese‹. So mit Auffordern und Paartanz und so.«

Elisabeth verzog den Mund. Im »Café Keese« waren sie schon lange nicht mehr gewesen. Dort ging es ihnen zu gesittet zu. »Da können wir ja von Glück reden, dass er heute nicht dabei ist.« Sie zwinkerte Hanna zu.

Der Mann neben ihnen spendierte ihnen noch ein Getränk, und die erwünschte Wirkung setzte umgehend ein: hemmungslose Fröhlichkeit und Unbeschwertheit.

Hannas Freunde trafen ein. Sie arbeiteten ebenfalls bei Werner Otto, und Hanna hatte ihnen gesagt, dass sie hier zu finden seien. Der Jüngere von beiden war ein schlaksiger Typ, der Witze riss, und ein sehr guter Tänzer. Er forderte Elisabeth auf, und sie tanzten lange miteinander. Zwischendurch standen sie am Tresen und versuchten sich trotz der Lautstärke zu unterhalten. Aber mehr als seinen Namen, Emil, konnte sie nicht verstehen, es war ihr auch egal. Sie ließ sich von ihm küssen, stellte aber fest, dass seine Lippen aufgerissen und zu rau waren.

Diese Stunden, die wie im Flug vergingen, genoss Elisabeth in vollen Zügen. Hier, inmitten des Lärms und Qualms, konnte sie alles vergessen, was sie bedrückte. Hier nannte man sich nur beim Vornamen, und es war egal, woher der andere kam. Hier wurde gelacht, über die Eltern geschimpft und sich hemmungslos amüsiert. Elisabeth tanzte, bis ihr vor Erschöpfung ganz schwindlig war. Der Schweiß rann ihr über das Gesicht, und sie nahm sich eine Serviette vom Tresen, um ihn abzutupfen.

Doch als die Hauptband des Abends auf die winzige Bühne kam, riss sie wie alle anderen die Arme hoch, um sie zu bejubeln. Die vier Männer sahen gut aus, sie trugen die Haare auf eine Art, die in Hamburg unbekannt war, dazu abgewetzte Lederjacken, die aussahen wie aus Polizeibeständen, und sie sangen respektlose Lieder, in deren Refrains sie begeistert einfielen.

Als sie Stunden später mit schmerzenden Füßen, aber aufgedreht nach Hause ging, fühlte sie sich jung und unbesiegbar, bereit, die Welt aus den Angeln zu heben. Diese Abende waren wie eine Kur, sie gaben ihr die Kraft, den Alltag zu meistern. Hier vergaß sie die Streitereien mit ihrer Mutter. Sie kicherte bei der Erinnerung an Emils Küsse. Sie fand nichts dabei, sich küssen zu lassen, wenn ihr jemand gefiel. Allein aus dem Grund, weil sie wusste, es würde ihre Eltern aus der Fassung bringen. Aber sie ließ diese Zärtlichkeiten zu, ohne dass sie in ihr Leidenschaft weckten. Mit einem Lächeln wies sie ihre Verehrer zurück, wenn sie genug hatte. Und wenn jemand zu aufdringlich wurde, holte sie Hanna zu Hilfe, die sie mit einem kräftigen Fluch verjagte.

Sie ging zu Fuß zum Neuen Pferdemarkt, der Weg war nicht weit. Die frische Nachtluft sorgte dafür, dass sie wieder einen klaren Kopf bekam. Summend ging sie die Straße entlang, der Morgen dämmerte bereits, und die ersten Arbeiter machten sich auf den Weg zur Frühschicht in den Hafen. Sie sah auf die Uhr und stellte fest, dass sie sich beeilen musste, wenn sie nicht ihrem Vater begegnen wollte, der auch immer sehr früh aufstand.

Leise schloss sie die Haustür auf und ließ sich in ihrem Zimmer auf das Bett fallen. Sie schlief sofort ein. In ihrem Traum sah sie ein Mädchen, das am Rand einer Tanzfläche stand und nach ihr rief. Doch Elisabeth tanzte einfach weiter. Sie drehte sich zur Musik und entfernte sich dabei von dem Mädchen, das ihr traurig nachsah. Sie tanzte nach einigen Drehungen wieder an der Stelle vorüber, an der sie gestanden hatte, doch nun war sie verschwunden.

Als sie einige Stunden später erwachte, hatte sie Kopfschmerzen.

4

»Da kann ich ja gleich in die Elbe springen!«, schimpfte Nikolaus an diesem Sonnabendvormittag, während er nervös vor seinem Schreibtisch auf und ab ging. Weil der Raum nicht groß genug war, stieß er beim Wenden immer wieder gegen die wuchtigen Füße des Möbels. Und weil sein Schreibtisch Kopf an Kopf mit dem von Elisabeth stand, spürte sie jedes Mal einen unsanften Ruck.

Ihr Vater schlug mit der Rückseite der flachen Hand auf das Papier, das er in der Hand hielt. Es war ein Fernschreiben vom Kapitän der *Margarethe*, in dem er ihm mitteilte, dass ein Sturm vor den Kanaren das Schiff beschädigt hatte und die Ankunft sich verzögern werde. Auf dem Schiff befand sich eine Ladung afrikanischer Hölzer, auf die Nikolaus Michelsen dringend wartete.

»Ich mach nie wieder Geschäfte mit Wohlleben. Er verspricht einem das Blaue vom Himmel herunter, und dann …«

»Aber Vater, Wohlleben kann doch nichts für den Sturm!«, mahnte Elisabeth. »Außerdem ist es doch auch in seinem Interesse, möglichst früh wieder ein leeres Schiff zu haben, damit er neu laden kann.« Sie war zufällig dabei gewesen, als ein Hafenbote das verhängnisvolle Fernschreiben gebracht hatte. Jetzt wartete sie darauf, dass ihr Vater sich ein wenig beruhigte, damit sie überlegen konnten, was zu tun sei.

»Und ich? Kann ich denn was dafür? Ich muss die Hölzer laut Vertrag am Mittwoch liefern. Das Schiff kommt heute erst spät an, und dann ist Sonntag und Montag ist Feiertag, Pfingstmontag. Wie sollen die Männer das schaffen? Die Konventionalstrafe wird den gesamten Gewinn auffressen! Aber das ist nicht das Schlimmste! Dies war die erste Lieferung für die Stadt. Ich hatte mir Folgeaufträge erhofft. Aber wenn schon beim ersten Mal alles schiefgeht …« Anstatt sich zu beruhigen, redete sich Nikolaus jetzt richtig in Rage. »Ich spring in die Elbe!« Mit diesen Worten verließ er Türen knallend das Büro.

Elisabeth stand auf und ging an den Schreibtisch ihres Vaters. Sie war froh über die Stille im Raum, die ihr half nachzudenken. Und auf diesem Platz hatte sie immer die besten Ideen. Ihr Vater war seit einigen Wochen sehr reizbar. Er machte sich Sorgen um Marietta, die bald ihr Kind bekommen sollte und der es nicht gut ging. Dazu kamen die Probleme mit dieser Lieferung.

Die *Margarethe* hätte bereits vor zwei Tagen in Hamburg einlaufen sollen. Dann wäre genügend Zeit gewesen, um die Hölzer, die aus Ghana stammten, zu löschen und aufzusägen. Das Holz war bereits in Afrika getrocknet worden und sollte für die Telefonmasten der Leitung nach Hannover verwendet werden. Der Bauherr hatte sich bei Lieferverzögerungen eine saftige Konventionalstrafe in den Vertrag schreiben lassen. Elisabeth seufzte. Die Sägerei Michelsen würde diese Strafe selbstverständlich an die Reederei abzuwälzen versuchen, aber Wohlleben hatte es bisher immer geschafft, derartige Zahlungen über Monate zu verzögern oder ganz zu vermeiden.

Es klopfte an der Tür.

»Herein!«, rief sie, ungehalten über die Störung.

Theo von Waren, der Hafenmeister des Oberhafens, betrat das Büro. Wie fast immer fiel ihm eine Strähne seines dunkelgelockten Haars in die Stirn. Er sah immer ein wenig ungekämmt aus, was daran lag, dass er meistens mit dem Rad unterwegs war. Elisabeth mochte diese kleine Unordentlichkeit sehr. Und er hatte hellgraue Augen, deren Strahlen einen schwach machen konnte. Ihre Stimmung hellte sich augenblicklich auf.

»Haben Sie Neuigkeiten?«, fragte sie hastig.

»Sogar gute«, gab er zurück. »Die *Margarethe* hat gerade die Elbmündung passiert. In spätestens vier Stunden ist sie hier. Ich dachte, das teile ich Ihnen persönlich mit.«

Elisabeth lächelte ihn dankbar an. Nicht nur wegen der guten Nachricht, sondern auch, weil er sie *ihr* überbracht hatte. Die meisten Männer hier im Hafen nahmen sie nicht für voll und bestanden darauf, mit ihrem Vater, dem Chef, zu reden. »Das kann ich nur dem Chef persönlich sagen.« Wie sehr hasste sie diesen Satz!

Sie sah auf die Uhr, die über der Tür an der Wand hing. »Hm, noch vier Stunden.«

»Ich habe schon eine Mannschaft zum Löschen, die besten Männer, die ich finden konnte. Die arbeiten die Nacht durch, wenn es nötig ist, dann habt ihr die Stämme morgen früh hier.«

»Das ist zu spät. Morgen ist Sonntag. Verflixt noch mal!« Sie warf einen Blick auf den Terminkalender, obwohl der ihr auch nichts anderes sagte. Dann stand sie mit einer energischen Bewegung auf. »Wie sehe ich aus?«, fragte sie.

Von Waren sah sie amüsiert an. »Wie meinen Sie das?«

»Wie ich aussehe!«

Er ging um sie herum und betrachtete eingehend den Sitz ihres hellbraunen Ripskostüms mit den großen Karos und ihre neue Frisur, bei der sich einige Locken im Nacken kringelten. »Hm, fast ein wenig zu schick für den Hafen«, sagte er mit einem Lächeln. »Aber Sie haben eine tolle Figur, wenn ich das sagen darf. Was haben Sie denn vor?«

»Ich rede mit den Männern. Ich bringe sie dazu, morgen zu arbeiten.«

Der Gedanke war nicht völlig abwegig. Denn im Hafen galten besondere Arbeitszeiten. Wenn ein Schiff mit leicht verderblicher oder sogar lebender Ware anlegte, dann musste gelöscht werden, egal, ob Wochenende war oder nicht. Für die vielen nachrangigen Betriebe galt das allerdings nicht. Zudem propagierten die Gewerkschaften gerade die Fünftagewoche. »Samstags gehört Vati mir!« Diese Plakataufschrift kannte in Deutschland jedes Kind, und es hing auch im Mannschaftsraum der Sägerei, wenn auch halb versteckt hinter einer Tür. Und sie wollte jetzt von den Männern verlangen, sogar am Pfingstsonntag zu arbeiten!

Theo von Waren hatte wohl ähnliche Bedenken. Er pfiff durch die Zähne. »Am Sonntag? Jetzt, wo die Gewerkschaften sich gerade die Vierzigstundenwoche auf die Fahnen geschrieben haben? Also, wenn Sie das hinkriegen wollen, dann setzen Sie den Hut auf. Das macht Sie ein bisschen seriöser. Und …«, er kam auf sie zu und berührte ganz leicht ihren Mundwinkel, »… wischen Sie das ab.«

Elisabeth fuhr bei der zärtlichen Berührung elektrisiert zurück. Bevor sie rot werden konnte, griff sie nach dem kleinen Hut, der ein bisschen frech war, und zog den Spiegel aus der Tasche, um den blauen Tintenklecks von den Lippen zu enfernen.

»Gut so?« Sie hatte sich wieder in der Gewalt und vollführte vor von Waren eine kecke Drehung.

»Hm. Gehen Sie mal mit mir aus?«

»Vielleicht«, sagte sie gedehnt. »Und jetzt wünschen Sie mir Glück.«

»Wahrscheinlich schaffen Sie es sogar. Ich drücke Ihnen jedenfalls die Daumen.« Er lächelte sie noch einmal auf seine umwerfende Art an und ging.

Als sie wieder allein war, warf sie einen letzten Blick in den Spiegel. Ihre Augen flackerten nervös, und sie spürte, wie ihre Hände schweißnass wurden und sich ihr Magen schmerzhaft zusammenkrampfte. Sie atmete ein paar Mal tief durch, dann ging sie über den Hof in die Sägerei, wo die Männer schon dabei waren, alles für den Feierabend und das lange Pfingstwochenende zusammenzuräumen.

»Ich muss mit euch reden«, begann sie.

Eine halbe Stunde später kehrte sie zurück ins Büro. Erst als sie die Tür hinter sich geschlossen hatte, erlaubte sie sich einen tiefen Seufzer und wischte sich den Schweiß ab, der sich in ihrem Dekolleté gebildet hatte. Dann lächelte sie zufrieden in sich hinein. Die Männer hatten anfangs gar nicht zuhören wollen, aber sie hatte sich schließlich auf einen Holzstapel gestellt, damit sie nicht zu übersehen war. Und dann hatte sie ihnen erzählt, wie wichtig dieser erste Auftrag der Stadt war und dass es sie alle ihren Job kosten könnte, wenn sie ihn nicht rechtzeitig ausführen würden. Sie hatte ihnen folgenden Vorschlag unterbreitet: Die Männer würden die Pfingstfeiertage über arbeiten und dafür eine saftigen Zuschlag kassieren. Und bei den nächsten Lohnverhandlungen würde die Firma Michelsen sich erkenntlich für ihr Entgegenkommen zeigen.

»Dass sie dir überhaupt zugehört haben. Einer Frau!« Nikolaus schüttelte den Kopf, als sie an diesem Abend gemeinsam am Abendbrottisch saßen.

»Haben sie aber, und sie haben mir sogar zugestimmt.«

»Du hast ihnen ja auch eine Menge Geld angeboten. Mein Geld.« Nikolaus wollte immer noch nicht zugeben, dass er im Grunde ganz zufrieden mit dem Verhandlungsergebnis war, welches Elisabeth bei den Arbeitern erreicht hatte. »Wie bist du bloß auf die Idee gekommen? Und ohne mich zu fragen!«

»Das wollte ich ja. Aber du warst so wütend, dass du einfach davongestürmt bist, und es war kurz vor Feierabend. Wenn die Männer ins Wochenende gegangen wären, hätten wir gar nichts mehr machen können. Ich musste handeln, und zwar umgehend.«

Marietta mischte sich ein. »Jetzt lasst es gut sein. Ich möchte keinen Streit bei Tisch. Und nun wollen wir endlich essen.«

Nikolaus' Miene hellte sich plötzlich auf. »Bald gibt es ja einen richtigen Stammhalter, der mich in der Sägerei unterstützen wird«, sagte er und sah seine Frau liebevoll an.

Marietta strich über ihren kräftig gewölbten Bauch und lächelte.

Elisabeth saß kerzengerade da. Sie hörte es nicht gern, wenn ihr Vater so sprach. Es kränkte sie, und außerdem wünschte sie sich keinen Bruder, sondern eine Schwester. Gleich als Marietta ihr von ihrer Schwangerschaft erzählt hatte, hatte sie begonnen, sich brennend auf eine Schwester zu freuen. Ohne dass sie den Grund dafür nennen konnte, hoffte sie, dass mit ihrer Geburt die Albträume, die sie immer noch quälten, enden würden.

»Nun, bis der Kleine alt genug ist, wird es ja noch ein paar Jahre dauern. Bis dahin werde ich in der Sägerei mitarbeiten und Vater helfen, dass alles glattgeht.« Elisabeth sagte das mit leicht bebender Stimme und erhob sich vom Tisch, obwohl sie kaum etwas gegessen hatte.

»Wo willst du um diese Zeit noch hin?«, fragte ihre Mutter.

»Das Schiff müsste inzwischen angelegt haben. Ich fahre in den Hafen.«

Als sie mit dem Rad im Oberhafen ankam, lag die *Margarethe* schon fest, und die Mannschaft war gerade dabei, die Luken zu öffnen. Auch der Kranführer saß schon hoch oben in seiner Führungskanzel, um einen Stamm nach dem anderen aus dem Schiffsbauch zu hieven und dann zentimetergenau auf die bereitstehenden Lastwagen zu legen. Sobald eine Fuhre voll war, wurde sie durch das große Tor direkt in die Halle vor die Gattersäge gefahren.

Elisabeth liebte den durchdringenden Geruch, der sich verbreitete, sobald die ersten Stämme die Luke verließen, und sog ihn befriedigt ein. Sie konnte es kaum erwarten, das Holz später zu berühren.

Zwei Stunden später schloss Werner Funke, der Vorarbeiter, das große Tor zur Straße ab. Er hob die rechte Hand an die Mütze, wobei Hand eigentlich zu viel gesagt war, denn von ihr waren nur noch der Ring- und der kleine Finger geblieben, an der linken Hand fehlte der Daumen. Fast alle Arbeiter an der Säge büßten irgendwann mindestens ein Fingerglied ein, ab und an war es sogar ein ganzer Arm. Nikolaus Michelsen bildete da keine Ausnahme. Ihm hatte die Maschine schon als Lehrling den kleinen Finger der rechten Hand abgetrennt, aber seitdem war er sehr vorsichtig gewesen.

»Alles da, wo es hin soll«, sagte Funke.

»Und die Stämme? Alle in Ordnung?«

»Soweit ich das sehen kann, ja. Alle gut durchgetrocknet, da dürften wir morgen mit dem Sägen keine Schwierigkeiten haben.«

»Danke noch mal, dass ihr morgen alle kommt.«

»Und Sie?«

Elisabeth schnalzte missbilligend mit der Zunge. »Natürlich werde ich auch da sein, was denken Sie denn?«

Werner Funke winkte. »Dann bis morgen früh!«, hörte sie ihn noch rufen, bevor er in der Dunkelheit verschwand.

Sie schlüpfte durch die kleine Nebentür zurück in den Hof. Bereits hier konnte sie das frische Holz riechen. Im Schuppen machte sie nur das Licht über der Tür an. Dunkel glänzten die Stämme vor ihr. Sie strich leicht darüber und fühlte einzelne Astlöcher. »Irgendwann fahre ich dahin, wo ihr herkommt«, sagte sie leise.

Sie schob ihr Fahrrad wieder auf die Straße, um nach Hause zu fahren, als sie Theo von Waren bemerkte, der ihr entgegenkam, ebenfalls auf seinem Rad. Er sprang dicht vor ihr ab.

»Hab schon gehört. Sie haben sie tatsächlich rumgekriegt«, sagte er. »Das haben Sie toll gemacht, obwohl ich eigentlich nichts anderes erwartet hatte.«

»Vielen Dank.«

»Die Leute haben mir gesagt, dass Sie ihnen ins Gewissen geredet haben. Sie haben zwar gemurrt, weil sie morgen am Feiertag arbeiten müssen, aber ich habe auch Respekt herausgehört.«

Elisabeth freute sich über das Kompliment. »Sind Sie auch

der Meinung, dass das hier nichts für eine Frau ist?«, fragte sie und sah ihm direkt ins Gesicht.

Er lachte, doch dann wurde er wieder ernst. »Sehen Sie es doch mal aus ihrer Perspektive: Die Männer sind aus dem Krieg zurückgekommen und haben gesehen, wie gut ihre Frauen all die Jahre auch ohne sie zurechtgekommen sind. Sie mussten sich plötzlich fragen, ob sie eigentlich noch gebraucht wurden, und ich meine nicht die Kriegsversehrten, sondern die Gesunden, zumindest äußerlich Gesunden … Na ja, sie sind dabei, ihren alten Platz wieder einzunehmen, und da hat eine Frau eben nichts zu suchen.«

»Ich weiß, in deren Augen gehört eine Frau an den Herd. Meine Mutter ist derselben Meinung.« Elisabeth wusste selbst nicht, warum sie ihm das erzählte.

Er legte ihr die Hand auf den Unterarm. »Sie meint es bestimmt nur gut«, sagte er sanft.

»Sie glaubt, dass ich keinen Mann finde, weil ich arbeite. Dass die Arbeit im Sägewerk Falten macht.« Sie lächelte ironisch.

»Ach was, dafür sind Sie viel zu hübsch und zu klug.«

»Kluge Frauen machen den Männern Angst.«

Er lachte wieder laut. »Mir nicht!«

Sie sah ihn eindringlich an. »Ich werde Sie daran erinnern«, sagte sie, während sie auf ihr Rad stieg. »Auf Wiedersehen!«

Er sah ihr nach, wie sie auf ihrem Rad davoneilte, und widerstand dem Impuls, ihr nachzufahren. Sie brauchte niemanden, der auf sie aufpasste, und wenn sie erfahren hätte, dass er ihr ab und zu folgte, wenn sie in der Dunkelheit durch den Hafen fuhr, dann wäre sie fuchsteufelswild geworden. Und er wäre in Erklärungsnot geraten. Er konnte ihr ja schlecht sagen, wie verführerisch er es fand, wenn sie so aufrecht im Sattel saß und ihre schlanke Taille sehen ließ. Er war wirklich gern mit ihr zusammen. Er kannte sie nun schon einige Jahre, seit er als Hafenmeister hier arbeitete, und er hatte miterlebt, wie sie sich verändert hatte. Nicht nur vom Aussehen her. Sie war eine schöne junge Frau geworden, und er musste ständig daran denken, wie ihr Gesicht strahlte, wenn sie ihn anlächelte, sobald er den Raum betrat. Am meisten wunderte er sich darüber, wie stark sie mit den Jahren geworden war. Schon lange war sie nicht mehr das kleine Mädchen, das schüchtern hinter ihrem Vater herging und immer den Eindruck machte, als trüge es eine große Traurigkeit in sich. Elisabeth war immer noch ernst – sie neigte wohl nicht zur Oberflächlichkeit –, aber ihre Besonnenheit wurde jetzt in eine Richtung gelenkt. Ihr Interesse an den Geschicken der Sägerei war echt und leidenschaftlich. Zu seiner Überraschung wollte das außer ihm niemand erkennen. Die anderen sahen in ihr immer noch das Kind. Oder im besseren Fall eine Frau, die nicht in den Hafen gehörte. Zwar nahm er sehr wohl auch ihre Verführungsmacht wahr, aber hinter ihrem blendenden Aussehen war viel mehr, ein starker Charakter, eine Frau, die wusste, was sie wollte, und die ihm Bewunderung abverlangte. Sie war so anders als viele andere Frauen, die er kannte, die nur in Modezeitschriften blätterten und darauf aus waren, einen Mann zu bekommen, der ihnen etwas bieten konnte, der sie für die Jahre der Entbehrungen entschädigte. Daran schien Elisabeth nichts zu liegen. Ihr fiel ja nicht einmal auf, wie oft er unter einem beruflichen Vorwand ihre Nähe suchte. Oder glaubte sie wirklich, er würde als Hafenmeister sämtliche Firmen im Oberhafen persönlich über An- und Abfahrtszeiten von Schiffen informieren? Ihr ganzer Ehrgeiz ging dahin, die Sägerei ihres Vaters voranzubringen.

Theo von Waren schüttelte lächelnd den Kopf. Elisabeth machte noch einen Philosophen aus ihm, und das passte nun wirklich nicht zu ihm! Anstatt hier allein in der Dunkelheit vor sich hin zu grübeln, sollte er lieber nach Hause gehen. Aber er nahm sich fest vor, sie in den nächsten Tagen ins Kino einzuladen.

Zwei Wochen später saß plötzlich ein Fremder auf dem Platz gegenüber von Nikolaus' Schreibtisch, als Elisabeth das Büro betrat.

»Wer sind Sie und was machen Sie hier?«, fragte sie ziemlich barsch.

Der Mann erhob sich langsam von seinem Stuhl und kam mit einem charmanten Lächeln auf sie zu. »Mein Name ist Fritz Sierichsen. Ich bin ein Freund Ihres Herrn Vaters.«

Elisabeth registrierte den gut sitzenden, aber an den Säumen schon leicht verschossenen Anzug, die goldene Uhr am Handgelenk und den sorgfältigen Haarschnitt. Sein Seitenscheitel war wie mit dem Messer gezogen. Sogar die Nägel waren manikürt. Irgendwie zu glatt, dachte sie.

»Sie warten auf meinen Vater?«

Er räusperte sich. »Ich bin der neue Geschäftsführer.«

Elisabeth schnappte nach Luft und drehte sich auf dem Absatz um, um ihren Vater zu suchen und ihn zur Rede zu stellen. Sie fand ihn im Holzlager.

»Warum hast du mir nichts davon gesagt, dass du jemanden eingestellt hast? Und dann auch noch als Geschäftsführer? Ich komme ins Büro, und da sitzt ein Fremder auf meinem Platz!«

Nikolaus wandte sich zu ihr um. Seine Stimme klang streng, als er sagte: »Das ist immer noch mein Unternehmen, in dem ich machen darf, was ich will. Und du hast doch selbst gesehen, wie knapp die Geschichte mit der *Margarethe* ausgegangen ist.«

»Aber da habe *ich* doch für eine Lösung gesorgt. *Ich* habe mit den Männern geredet! Und wir haben rechtzeitig geliefert.« Elisabeth spürte in ohnmächtiger Wut, wie ihr die Tränen in die Augen stiegen.

Nikolaus entging das nicht. »Immer dasselbe mit euch Frauen! Wenn ihr euren Willen nicht bekommt, dann fangt ihr an zu heulen. Das ist auch in Ordnung so, solange es in der Familie bleibt. Aber im Geschäftsleben geht so etwas nicht. Da muss man hart sein.«

»Ich war hart mit den Männern. Ich verstehe einfach nicht, warum du mir in den Rücken fällst!« Aus den Augenwinkeln heraus sah sie einen der Arbeiter näher kommen, der sich aber schnell wieder zurückzog, als er den Chef und seine Tochter streiten sah. »Mama hat mit dir geredet, stimmt's?«

Ihr Vater hielt ihrem Blick stand. »Und sie hat recht. Du bist schließlich eine Frau, und du musst auf deinen Ruf achten. Ab sofort hältst du dich von den Männern an der Säge fern. Für Frauen ist Bescheidenheit eine Zier. Eine Frau gibt keine Befehle.«

»Haben sie sich etwa beschwert?« Elisabeth konnte es nicht fassen. Werner Funke, Hermann Kreyen und der alte Alfons, den sie Onkel nannte, Klaus Ehrlich und all die anderen, die sie seit ihrer Kindheit kannte, die immer nett zu ihr und für einen Scherz gut gewesen waren, warum sollten die auf einmal ihre Meinung ihr gegenüber geändert haben? Weil sie einen Busen bekommen hatte?

»Männer lassen sich nicht gern etwas von einer Frau sagen«, riss Nikolaus sie aus ihren Gedanken. »Und es würde meine Autorität bei den Männern und den Kunden untergraben, wenn ich eine Frau vorschicke. Und jetzt möchte ich nicht mehr über das Thema reden. Du bleibst im Büro, bewachst das Telefon, machst die Ablage und schreibst die Rechnungen. Für alles andere ist Fritz Sierichsen zuständig. Er hat erstklassige Referenzen.«

Elisabeth holte Luft, um etwas zu erwidern, doch er schnitt ihr mit einer Handbewegung das Wort ab.

»Das alles ist nur zu deinem Besten. Du wirst irgendwann heiraten, und dann muss die Firma trotzdem weiterlaufen.« Er wandte sich um und ließ sie stehen.

»Warum wissen eigentlich immer alle, was für mich das Beste ist?«, rief sie ihm in ohnmächtiger Wut hinterher.

In den folgenden Tagen versuchte sie sich an ihre neue Position und insbesondere an Fritz Sierichsen zu gewöhnen. Sie bezog einen neuen Schreibtisch im Vorraum des Chefbüros. Sie hatte ja auch früher schon die Korrespondenz erledigt, und diese Arbeit ging ihr leicht von der Hand. Aber sie vermisste den anderen Teil der Arbeit: das Verhandeln der Preise und die Sichtung der Zeitungen und Ausschreibungen, um Folgeaufträge einzuholen. Und besonders fehlte ihr der direkte Kontakt zum Holz. Manchmal ging sie deshalb nach Feierabend in die leere Sägehalle hinüber, um es zu riechen und zu fühlen.

Wenigstens zeigte sich Fritz Sierichsen von seiner charmanten Seite. Und er sah gut aus. Er trug sein dunkelblondes Haar aus der Stirn gekämmt. Auf der geraden Nase saß eine Brille mit einem dunklen Rand, die immer geputzt war. Er konnte gut mit den Kunden, und er hielt sie über seine Verhandlungen auf dem Laufenden.

»Geben Sie Ihrem Vater etwas Zeit«, sagte er an einem der ersten Tage mit einem verschwörerischen Lächeln zu ihr, und Elisabeth schöpfte Hoffnung. Sie glaubte in ihm einen Verbündeten gefunden zu haben.

Doch dieser Eindruck trog, wie sich wenig später herausstellte. Irgendetwas lag in der Luft. Ihr Vater und Sierichsen besprachen hinter verschlossenen Türen Dinge, von denen sie ihr nichts sagten. Schließlich war es Werner Funke, der eher zufällig sagte: »Na, haben Sie jetzt einen neuen Sägeplatz gefunden?«

Elisabeth wusste sofort Bescheid. Also darum ging es! Die Werkstatt am Oberhafen war schon lange viel zu klein, aber hier, in Stadtnähe, gab es keine bezahlbaren Grundstücke. Auf der Südseite des Hafens sah das anders aus. Dort konnte man billig große Flächen mieten. Allerdings musste man die Elbe überqueren, entweder durch den Elbtunnel oder mit einer der Hafenfähren. Sie war zutiefst verletzt, weil die beiden Männer sie nicht in ihre Überlegungen einbezogen. Schließlich hatte sie selbst schon vor Monaten gegenüber ihrem Vater die Möglichkeit einer Veränderung zur Sprache gebracht. Und jetzt wussten alle über diese Pläne Bescheid, nur sie nicht!

Am Abendbrottisch ließ sie ihrer Wut freien Lauf. »Warum muss ich von Funke erfahren, dass du auf der Suche nach einem Grundstück bist? Weißt du, wie demütigend das für mich ist?«

»Du willst ein neues Grundstück beziehen?«, schaltete sich Marietta ein.

Nikolaus nickte. »Ja, wir haben am Oberhafen nicht genug Platz. Sierichsen und ich wollen expandieren.«

Marietta tätschelte seine Hand. »Du wirst das schon richtig machen. Ich vertraue dir.« Bei diesen Worten warf sie Elisabeth einen scharfen Blick zu.

»Sierichsen und du? Und was ist mit mir?«, rief Elisabeth, außer sich vor Zorn.

»Müssen wir uns denn immer bei Tisch streiten!«, sagte Marietta resigniert.

»Mit dir kann man ja gar nicht streiten. Du lässt dir alles gefallen und findest das auch noch gut!«, schrie Elisabeth.

Ihr Vater hieb so heftig mit der Faust auf den Tisch, dass die Teller klapperten. »Jetzt ist es aber genug! Wie redest du denn mit uns? Benimm dich endlich wie eine gehorsame junge Frau! Du machst uns Schande. Die Leute fangen schon an zu tuscheln!«

Gegen dieses Argument kam sie nicht an, das wusste sie. An diesem Abend zerbrach etwas in ihr. Ihr unerschütterlicher Optimismus, das Wissen, dass sie im Leben letztendlich doch erreichen würde, was sie von ihm erhoffte, hatte einen Riss bekommen. Zum ersten Mal kam ihr der Gedanke, dass sie vielleicht niemals Verantwortung in der Sägerei übernehmen würde. Dass immer ein Mann ihr im Weg stehen würde. Erst ihr Vater, dann ein Geschäftsführer wie Sierichsen und irgendwann ein Bruder. Zitternd vor Wut über die erlittene Demütigung ging sie zu Bett.

5 **Die Schmerzensschreie hatten** schon länger aufgehört. Sie waren leichter zu ertragen gewesen als dieses leise Wimmern, das nun aus Mariettas bläulichen Lippen drang.

Elisabeth saß am Bett ihrer Mutter. Die Wehen hatten vor achtzehn Stunden eingesetzt, aber die Geburt ging nicht voran.

Im Schlafzimmer ihrer Eltern war es beinahe unerträglich heiß, und der süßliche Geruch nach Blut und etwas anderem, das sie nicht einordnen konnte, verursachte ihr Übelkeit. Aber es war unmöglich, das Fenster zu öffnen, denn draußen tobte ein heftiges Gewitter. Elisabeth warf einen hilflosen Blick auf ihre Mutter.

»Mama!«, sagte sie wieder und wieder flehentlich.

Ihre Mutter konnte jedoch nichts entgegnen. Ihr fehlte die Kraft dazu, und immer wieder verlor sie das Bewusstsein.

Elisabeth drückte ihre Hand und sah sich gleichzeitig zur Tür um, als diese sich öffnete.

»Ist der Doktor endlich da?«, fragte sie.

Die Hebamme nickte, und Elisabeth stand auf, um ihm Platz zu machen.

Keine fünf Minuten später verließ Doktor Wiedemann das Zimmer wieder. »Sie muss sofort in ein Krankenhaus. Hier kann ich keinen Kaiserschnitt machen.«

»Ich sage ja, dass das Kind falsch liegt!«, kommentierte die Hebamme besorgt.

»Und die Patientin ist nicht in der Verfassung, um die Strapazen einer natürlichen Geburt durchzustehen.«

»Kaiserschnitt? Was heißt das?«, fragte Elisabeth voller Angst.

Der Arzt schüttelte den Kopf. »Allein wird sie das Kind nie gebären können, wir müssen es operativ holen. Wir können nur hoffen, dass es noch rechtzeitig ist. Bitte rufen Sie im Krankenhaus an.«

»Was ist mit dem Kind?«, fragte Nikolaus mit vor Verzweiflung bebender Stimme.

Der Arzt schüttelte erneut den Kopf. »Ich kann keine Herztöne mehr hören.«

Nikolaus ließ sich mit einem dumpfen Aufschrei in den Sessel fallen. All seine Hoffnungen waren zerplatzt, er war ein geschlagener Mann. Er saß da, den Kopf in die Hände gestützt, und murmelte tonlos vor sich hin.

Doktor Wiedemann räusperte sich. »Ich glaube, sie ist noch nicht mit sich im Reinen«, sagte er. »Irgendetwas liegt ihr auf der Seele. Sie versucht etwas zu sagen. Vielleicht ist bald keine Zeit mehr dazu …«

»Ich gehe zu ihr«, sagte Elisabeth nach einem Blick auf ihren Vater.

Der Doktor nickte ihr aufmunternd zu.

Elisabeth holte tief Luft und ging wieder in das stickige Schlafzimmer.

Ihre Mutter schien kleiner geworden zu sein. Ihr Gesicht war ganz schmal und eingefallen und ihr Kopf tief im Kopfkissen versunken, aber unter der Bettdecke war der riesige Leib auszumachen. In den letzten Wochen hatte es immer mehr so gewirkt, als würde das Wesen in ihrem Bauch Marietta auffressen. Ihr Leib schwoll an, während die Glieder und die Wangen immer weniger wurden. Bläuliche Schatten lagen unter ihren Augen, das früher so üppige Haar war glanzlos und dünn geworden.

Elisabeth strich ihr eine Strähne des feuchten Haars aus dem Gesicht.

»Mama«, bat sie unter Tränen, »jetzt musst du noch einmal kämpfen. Bitte! Ich weiß doch, dass du kämpfen kannst, wenn es sein muss.«

Ihre Mutter fuhr mit der Hand suchend über das Laken, bis sie Elisabeths Hand gefunden hatte.

»Ich muss dir etwas … sagen«, begann sie. Die Worte kamen

leise hervor, als Flüstern, immer wieder unterbrochen von keuchenden Atemzügen.

Elisabeth dachte daran, was der Arzt eben zu ihr gesagt hatte: dass ihrer Mutter etwas auf der Seele liege.

»Mama, was ist?«, flüsterte sie.

»Es ist damals etwas Furchtbares geschehen. Ich habe bisher zu niemandem darüber gesprochen, aber wenn ich es jetzt nicht tue, dann wird es für immer verloren sein …« Sie schloss für einen Moment die Augen, um neue Kraft zu sammeln. »Sophie … Ich habe sie nie wiedergefunden, obwohl …«

»Wer ist Sophie, Mama?«, fragte Elisabeth. Sie bemühte sich, so wenig aufgeregt wie möglich zu klingen, obwohl sie vor Angst und Anspannung zitterte.

Eine neue Wehe suchte ihre Mutter heim. Der aufgedunsene Leib krümmte sich, sie stöhnte und biss sich auf die Lippen, bis sie bluteten. Entsetzt sah Elisabeth, dass sich auch das Laken unter ihrer Mutter rot färbte.

Sie wollte aufstehen, um Doktor Wiedemann zu holen. Aber ihre Mutter umklammerte ihre Hand mit einer Kraft, die sie ihr nicht zugetraut hätte. Sie hob den Kopf und suchte Elisabeths Blick.

»Du musst zurück … nach Danzig. Vielleicht ist sie noch dort. Du wirst sie erkennen. Sie … sie ist auf den Fotos. Du musst sie suchen. Versprich mir das!« Marietta presste diese Worte schnell, in einer allerletzten, beinahe übermenschlichen Anstrengung heraus. Dann fiel ihr Kopf auf das Kissen zurück, ihre Hand ließ Elisabeths los.

»Mama?«, flüsterte Elisabeth. »Warum soll ich sie denn suchen? Mama? Wer ist sie?« Ihre Mutter reagierte nicht mehr. »Doktor Wiedemann! Papa!«, rief sie voller Angst.

Als der Krankenwagen wenige Minuten später eintraf, war Marietta Michelsen bereits tot.

Bei der abschließenden Untersuchung wurde festgestellt, dass sie Zwillinge erwartet hatte. Zwei Mädchen, die bereits im Mutterleib gestorben waren.

Mit dem Tod ihrer Mutter war Elisabeths Kindheit von einem Tag auf den anderen vorüber. Plötzlich war sie eine Halbwaise, und sie vermisste ihre Mutter schmerzlich. Es blieb das panikartige Gefühl, etwas sei unwiederbringlich verloren gegangen. Die Frage quälte sie, was Marietta ihr auf dem Totenbett hatte sagen wollen. Es schien ein Geheimnis in ihrer Vergangenheit zu geben, und nun war keine Gelegenheit mehr, es aufzuklären. Elisabeth fühlte Bedauern, aber auch Scham bei dem Gedanken, dass sie nicht mehr Anteil an der Schwangerschaft ihrer Mutter genommen hatte, nicht häufiger und länger mit ihr gesprochen hatte.

Marietta blieb ein großes Rätsel für Elisabeth, und sie litt unendlich darunter. Sie wusste so wenig über diese Frau, die ihre Mutter gewesen war. Und sie bedauerte zutiefst, dass sie nicht zu ihr hatte aufsehen können. Was hatte sie eigentlich ausgemacht? Und wie viel von Marietta trug sie selbst in sich? Sie würde es nicht mehr herausfinden können, weil ihre Mutter nicht mehr da war.

Ihre eigenen Erinnerungen an Marietta setzten gegen Ende der langen Reise ein, die sie nach Hamburg geführt hatte. Natürlich wusste Elisabeth inzwischen aus dem Geschichtsunterricht, warum und woher ihre Mutter mit ihr geflohen war. Aus Bemerkungen, die ab und zu – und meistens unbedacht – gefallen waren, wusste sie mittlerweile auch, dass nicht ihre Großeltern das große Haus in Leba geführt hatten, sondern ihre Mutter, und dass sie eine einflussreiche Frau mit vielen Freunden gewesen war. Der Künstler Karl Schmidt-Rottluff war ihr mittlerweile ein Begriff, und dass der berühmte Maler nicht irgendeine Frau porträtiert hatte, wusste sie nun. Das Porträt musste ein kleines Vermögen wert sein. Manchmal malte sie sich aus, dass ihre Mutter und der Künstler ein Verhältnis miteinander gehabt hatten. Vielleicht war aus dieser Verbindung ein Kind entstanden, das Sophie hieß …? Aus der Zeitung hatte sie erfahren, dass der Maler heute in Berlin lebte. In Gedanken schrieb sie ihm Briefe oder besuchte ihn, um ihn danach zu fragen.

Sie ging ins Wohnzimmer und stellte sich vor das kleine Bild. Sie hoffte, auf dem Gemälde einen Hinweis zu finden, der ihr auf die Sprünge helfen würde, aber da war nichts. Sie durchforschte ihre Erinnerung nach der Entstehung des Gemäldes, aber es tauchten keine Bilder auf. Die ersten konkreten Erinnerungen an ihre Mutter und an ihre eigene frühe Kindheit begannen sich zu formen, als sie beide im Spätsommer 1945 die Grenze zwischen der sowjetisch besetzten Zone und den Westsektoren erreicht hatten. Der erste Ortsname, den Elisabeth bewusst wahrgenommen hatte, war Lübeck gewesen. Dort hatte es einen Kanal mit beiderseitigen Treidelpfaden gegeben, auf denen sie tagelang unter einem bleiernen Himmel marschiert waren. Begleitet wurden sie von den Schreien der Kraniche, und ihre Mutter war stehen geblieben, hatte den Kopf in den Nacken gelegt und gesagt: »Die Kraniche sind noch da. Dann wird vielleicht alles gut werden.« Dann hatte sie ihre Hand genommen, und sie waren weitergegangen.

Bei größter Hitze waren sie in Lübeck angekommen. Elisabeth war zu müde gewesen, um weiterzugehen, und Marietta hatte sie für ein Stück des Weges auf den Arm genommen und sie mit einem Lied getröstet. Elisabeth, den Kopf an ihrer Schulter gebettet, hatte nach oben gesehen und die treppenförmigen Backsteingiebel betrachtet, die ihr seltsam vertraut erschienen waren. Sie hatte die Stadt gemocht.

Ihr Ziel war der Bahnhof gewesen, von wo aus sie einen Zug nach Hamburg nehmen wollten.

Während der ganzen Zeit, die sie unterwegs gewesen waren, war Marietta unbeirrt und, wenn es sein musste, rücksichtslos ihrem Weg gefolgt. Sie hatte sich nicht abdrängen lassen, auch nicht von Männern, die stärker waren als sie, sie hatte es immer geschafft, etwas Essbares und einen Schlafplatz für sich und Elisabeth zu organisieren. Sie hatte gefeilscht und geschachert, geflucht und gedroht, ihren Charme eingesetzt und gebettelt, um ihr Ziel zu erreichen. Elisabeth hatte sich während der ganzen Zeit behütet und sicher bei ihr gefühlt, und sie hatte mit Schaudern geahnt, dass ihre Mutter auch töten würde, um sie zu beschützen.

Und dann, nach ihrer Ankunft in Hamburg, nachdem Nikolaus da war, war diese ganze Stärke, gepaart mit wilder Entschlossenheit, einfach verpufft, als wäre sie nie vorhanden gewesen.

Damals, so erinnerte sich Elisabeth, begann sie von der Hand zu träumen, die sie nicht loslassen durfte. Nach dem Tod ihrer Mutter kamen die Träume nun häufiger.

Sie ahnte, dass beides irgendwie miteinander zu tun hatte.

Am Tag der Beerdigung, als sie und Nikolaus vom Friedhof zurückkamen und verloren im Wohnzimmer saßen, das auf einmal seltsam leer wirkte, wagte sie, mit ihrem Vater über die letzten Worte ihrer Mutter zu sprechen.

»Papa, Mama hat in ihren letzten Minuten so merkwürdige Sachen gesagt. Sie hat einen Namen erwähnt, Sophie. Sie hat gesagt, ich soll nach Danzig fahren und sie suchen. Aber ich weiß nicht, wer diese Sophie sein soll.« Sie versuchte sich zu erinnern, was ihre Mutter außerdem gesagt hatte. »›Damals ist etwas Furchtbares geschehen‹, das waren ihre Worte. Und dann hat sie von Fotos gesprochen ...« Sie sah ihren Vater fragend an.

Nikolaus stand auf und ging ein paar Schritte im Zimmer auf und ab. In seinem Gesicht war zu lesen, wie er mit sich kämpfte. Schließlich setzte er sich wieder in den Sessel Elisabeth gegenüber.

»Elisabeth, ich muss dir etwas Wichtiges sagen. Ich wollte es dir eigentlich erst sagen, wenn du volljährig bist …«, begann er.

In Elisabeth kroch eine unbestimmte Angst hoch. »Was sagen?«, flüsterte sie.

Nikolaus räusperte sich. »Ich möchte, dass du weißt, dass ich dich immer wie meine Tochter behandelt habe.«

»Aber ich bin doch deine Tochter!«, rief sie aus.

Seine Stimme war fest, als er sagte: »Nein, das bist du nicht. Wir haben dich nur in diesem Glauben belassen, weil es so besser für dich war. So konntest du besser in dein neues Leben in Hamburg hineinfinden. Dein richtiger Vater ist in Russland gefallen. Er geriet nach der Schlacht von Stalingrad in Gefangenschaft und ist später gestorben. Du warst damals drei oder vier Jahre alt. Du wirst dich kaum an ihn erinnern können. Nur deswegen habe ich mir erlaubt, mich als deinen Vater auszugeben. Ich wollte dir niemals etwas wegnehmen.«

Sie hielt sich an der Armlehne des Stuhls fest und drückte so fest zu, dass ihre Finger sich verkrampften. Sie sah den Mann an, den sie für ihren Vater gehalten hatte, und versuchte zu verstehen. Und plötzlich krochen Erinnerungen hoch, an Briefe, die sehnsüchtig erwartet und viele Male vorgelesen wurden, an den Geruch eines anderen Mannes als Nikolaus, der sie auf dem Arm trug und dessen Bart an ihrer Wange kitzelte. Schlagartig überfielen sie Schuld und Scham über ihre abgrundtiefe Naivität, weil sie diesen anderen Mann aus ihrem Leben, aus ihren Erinnerungen verdrängt hatte.

»Aber … ich habe immer geglaubt, wir hätten uns hier in Hamburg wiedergetroffen, Mama und du und ich … Ich habe mir vorgestellt, dass du hier auf uns gewartet hast.«

»Marietta wollte dich in dem Glauben lassen. Sie meinte, du hättest zu viel durchgemacht, und es wäre das Beste für dich, wenn du alles vergessen würdest, was vor Hamburg war.« Er seufzte. »Dadurch wird sich an unserem Verhältnis nichts ändern. Du bist und bleibst meine Tochter.«

Elisabeth hatte sich gefasst. »Sag mir alles, was du weißt«, verlangte sie und kämpfte ihre Tränen zurück. Weinen konnte sie später, jetzt wollte sie die Wahrheit wissen. Doch Nikolaus enttäuschte sie.

»Ich kann dir nicht mehr sagen. Du weißt selbst am besten, dass deine Mutter«, er schlug die Augen nieder, »beschlossen hat, nicht von ihrem früheren Leben zu sprechen. Wenn, dann ist ihr mal etwas herausgerutscht. Und ich habe nicht gefragt, weil ich gesehen habe, wie sehr sie die Erinnerung geschmerzt hat. Vielleicht wollte ich es auch gar nicht so genau wissen. Ich wollte einen Neuanfang mit ihr. Ich wollte nichts von einem anderen Mann wissen.«

»Was genau hat sie gesagt?«

»Dass sie ihren Mann verloren hat und vor den Russen nach Westen geflohen ist, aus Danzig.«

»Ist das alles?«

»Ja, sonst weiß ich auch nur das, was sie ab und zu bei Tisch erzählt hat. Von dem Haus und dem Meer. Sie hatte ja auch kaum Gepäck bei sich, sie hat hier doch praktisch bei null wieder angefangen.«

»Das Bild«, sagte Elisabeth und wies auf den Schmidt-Rottluff, der hinter ihr hing.

»Ja, das Bild hat sie gerettet und ein paar Fotos«, sagte Nikolaus.

»Fotos?«, fragte sie hastig. »Mama hat vor ihrem Tod von Fotos gesprochen, auf denen ich diese Sophie erkennen würde.«

»Es waren nur ganz wenige, vielleicht drei oder vier. Ich habe einmal gesehen, wie sie sie angeschaut hat. Ich glaube, es war ihr unangenehm, dass ich sie dabei beobachtet habe, aber das war reiner Zufall. Danach waren diese Fotos einfach verschwunden. Ich war immer der Meinung, sie habe sie vielleicht weggeworfen, weil die Erinnerungen, die sie hervorriefen, sie zu sehr geschmerzt haben. Und es war auch kurz vor unserer Hochzeit, wo sie doch ein neues Leben hatte beginnen wollen …« Seine Stimme brach, und er schlug die Hände vor das Gesicht.

»Aber diese Fotos muss es noch geben. Sonst hätte sie doch nicht von ihnen gesprochen.«

Nikolaus zuckte mit den Schultern. »Vielleicht hat sie vergessen, wo sie sie hingetan hat? Du weißt ja, wie oft sie abwesend war. Aber sie hat keine einzige Sendung vom Suchdienst des Roten Kreuzes verpasst«, fügte er in einer plötzlichen Eingebung hinzu.

Auch in Elisabeth tauchten Erinnerungen auf, wie ihre Mutter vor dem Apparat saß, mit einem fiebrigen Glanz in den Augen, und angespannt der monotonen Stimme lauschte. Und Briefe fielen ihr jetzt ein, auf denen ein rotes Kreuz zu sehen gewesen war und die sie immer schnell hinter ihrem Rücken versteckt hatte, wenn Elisabeth ins Zimmer gekommen war.

»Nach wem mag sie gesucht haben? Warum hat sie immer diese Sendungen gehört?«

Nikolaus zuckte ratlos mit den Schultern. »Ich weiß es nicht. Ich nehme an, nach ihrer Cousine. Vielleicht auch nach alten Freunden aus der Zeit vor dem Krieg. Vielleicht hoffte sie auch, dass ihr Mann noch lebt, ich weiß es nicht.«

»Hieß diese Cousine Sophie?« In ihrem Kopf tauchte das Bild eines Schriftzugs auf, der mit Kreide an eine Wand geschrieben war. Dort hatte ein Name gestanden, aber Elisabeth hatte noch nicht lesen können. Hatte dort Sophie gestanden?

Ihr Vater riss sie aus der Erinnerung. »Es tut mir leid, mehr kann ich dir nicht sagen. Ich würde ja selbst gern mehr wissen.« Er schluckte schwer. »Marietta hat ihr Geheimnis mit ins Grab genommen.« Er sah sie lange an, bevor er zögernd weitersprach: »Das alles muss sehr schwer für dich sein«, er räusperte sich, »noch schwerer als für mich. Aber vielleicht ist es nicht gut, in der Vergangenheit zu wühlen. Vielleicht solltest du das hinter dir lassen.«

Das habe ich die ganzen letzten Jahre getan, dachte Elisabeth. Vielleicht ist es jetzt an der Zeit, nach meiner Herkunft zu forschen. »Mama hat gesagt, ich soll nach Danzig fahren und diese Sophie suchen.«

»Aber du weißt ja nicht einmal, wer sie ist. Willst du nach jeder Sophie fragen? Und wen überhaupt?«

»Wenn ich wenigstens das Foto hätte. Ich würde sie erkennen, meinte Mama …«

»Diese Fotos sind verschwunden. Du kannst gern überall nachsehen. Und letztlich scheint es doch nur um ihre Cousine gegangen zu sein.«

»Sie ist vielleicht die einzige Verwandte, die ich habe.« Sie sagte das sehr heftig und erkannte gleich darauf, wie sehr sie ihn mit diesen Worten verletzte. Sie senkte den Blick.

»Jetzt, wo du weißt, dass ich nicht dein richtiger Vater bin – obwohl ich dich aufgezogen habe, was ja wohl die Pflicht eines Vaters ist …« Er geriet ins Stocken, dann fragte er hastig: »Zwischen uns wird sich doch nichts ändern? Du wirst in mir doch immer noch deinen Vater sehen?«

Elisabeth war von dieser Frage zutiefst berührt. »Ja«, sagte sie und nahm ihn in die Arme.

In den nächsten Tagen stellte sie systematisch die Wohnung auf den Kopf, auf der Suche nach den alten Fotografien. Sie konnte an nichts anderes mehr denken und ging einige Tage nicht ins Büro, weil sie erst mit dem zurechtkommen musste, was in den letzten Tagen geschehen war. Ihre Mutter war gestorben, und der Mann, den sie für ihren Vater gehalten hatte, war ihr Adoptivvater. Ihr leiblicher Vater war ebenfalls schon lange tot. Oder sollte er doch noch leben? Würde sie ihn in der alten Heimat finden können? Als sie laut darüber nachdachte, wie es wäre, tatsächlich nach Leba zu fahren, machte Nikolaus ihr die Schwierigkeiten einer solchen Reise deutlich.

»Leba ist bei Danzig, und das liegt jetzt in Polen. Weil Deutschland den Krieg verloren hat. Die Stadt ist noch um einiges stärker zerstört worden als Hamburg, dort steht kaum noch ein Stein auf dem anderen. Wie willst du dort nach jemandem suchen, von dem du nicht einmal weißt, wie er heißt und ob er dort noch lebt? In der Stadt lebt niemand mehr, weil es sie nicht mehr gibt. Du kennst nicht einmal die Adresse des Hauses deiner Eltern. Geschweige denn, dass du weißt, ob es noch steht.«

»Sag mir meinen richtigen Namen, dann habe ich einen Anhaltspunkt.«

»Elisabeth Michelsen.«

»Ich meine meinen Geburtsnamen.«

»Hermann«, sagte er, und sein Blick erlosch. »Elisabeth Hermann.«

Elisabeth sah in jede Schublade, blätterte jedes Buch durch. Am Anfang ihrer Suche hatte sie noch gezögert und sich gefragt, ob sie ein Recht dazu hatte. Auch Angst vor dem, was sie vielleicht entdecken würde, stieg in ihr auf. Aber noch während sie diese Skrupel hegte, wusste sie, dass sie sie ignorieren würde. Sie wollte etwas finden, das ihr Klarheit verschaffte. Der Geruch von Mariettas Parfüm umwehte flüchtig ihre Nase, als sie ihren Kleiderschrank öffnete. Ein brennender Kloß stieg in ihrem Hals auf, aber sie schluckte ihn hinunter und schob die Bügel auseinander, um in die Taschen der Kleider zu fassen. Zögernd zog sie Wäsche aus dem Schrank und sah in den Falten nach. Sie nahm jede einzelne Blechbüchse und Vorratsdose, jedes Zuckerschälchen und jede Blumenvase aus den Schränken und sah hinein. Sie durchwühlte die Handtasche ihrer Mutter, wobei ihr die Tränen über die Wangen liefen. Während sie suchte, kreisten ihre Gedanken wie ein Karussell in ihrem Kopf, was sie beinahe wahnsinnig machte. Ihre Mutter war tot, ihr Vater war tot, sie war eine Waise und ein Adoptivkind, in ihrer Vergangenheit gab es ein großes Geheimnis, das sie nicht lösen konnte, weil sie ihre Mutter nicht mehr danach fragen konnte … Das Karussell begann sich von Neuem zu drehen.

Sie öffnete eine Schublade der elterlichen Wäschekommode nach der anderen und nahm alles heraus, um es nach den Fotos durchzusehen. Als sie damit fertig war, drehte sie sich unschlüssig herum und begegnete unvermutet ihrem Bild in dem dreiteiligen Spiegel auf dem Frisiertisch. Im ersten Moment hatte sie Mühe, sich zu erkennen. Sie sah ihren gehetzten, verängstigten Blick. Verstört hielt sie inne und betrachtete das verzerrte Bild von sich selbst. Genau das bin ich, dachte sie. Ich bin in Einzelteile zerfallen. Ich bin nicht ganz, und mir fehlt ein Teil. Der Anblick verstörte sie derart, dass sie den Spiegel hastig zuklappte.

Einige Dinge waren in den letzten Tagen, mit dem neuen Wissen über ihre wahre Herkunft, klarer geworden. Jetzt hatte sie immerhin eine Erklärung dafür, warum Elsemarie sie nicht gemocht hatte. Und warum ihre Mutter die Fragen nach der Vergangenheit nicht beantwortet hatte.

Sie versuchte Hanna ihre Verwirrung und ihre Verlorenheit zu erklären und weinte sich bei ihr aus. Hanna holte sie auf den Boden zurück. Wortlos nahm sie Elisabeth in die Arme und sagte: »Du isst jetzt erst mal was, du siehst furchtbar aus.« Sie machte sich los und kramte schnell ein paar Kekse aus einer Kiste.

»Ich habe das Gefühl, mich verloren zu haben. Als würde es mich nicht mehr geben.«

»Ich weiß, dass das sehr schwer für dich sein muss. Aber du bist nicht die Einzige, der es so geht. Viele Kinder haben niemanden mehr. Du hast deinen Vater.«

»Meinen Stiefvater.«

»Werde nicht ungerecht. Er war immer gut zu dir. Er hat dir eine Kindheit ermöglicht, um die ich dich glühend beneidet habe.«

»Stimmt das? Du hast mich beneidet?«, fragte Elisabeth verblüfft.

»Natürlich! Du hattest wenigstens immer genug zu essen, ein Bett für dich allein, du hattest was Anständiges anzuziehen und dein eigenes Zimmer. Und du hast es deinem Vater zu verdanken, dass du eine sorgenfreie Zukunft hast.«

»Und ich habe dich immer um deine Schwestern beneidet. Ich dachte, du hättest es besser im Leben getroffen als ich«, rief Elisabeth.

Hanna lachte trocken. »Jetzt zieh dir was an, wir gehen mal an die frische Luft. Du brauchst ein bisschen Veränderung.«

Draußen sagte Hanna, was sie eigentlich hatte sagen wollen. Sie standen vor dem riesigen Bunker auf dem Heiligengeistfeld. Hanna fasste Elisabeth am Arm.

»Versteh bitte nicht falsch, was ich dir jetzt sage. Ich weiß, dass du deine Mutter geliebt hast und um sie trauerst. Aber du hast dir auch immer Sorgen um sie gemacht. Sogar ich hatte jedes Mal ein mulmiges Gefühl, wenn wir die Treppe zur Wohnung hochgestiegen sind. Irgendwie habe ich immer gefürchtet, sie hätte sich etwas angetan. Sie war so traurig, und damit hat sie dich traurig gemacht. Ihretwegen hast du das Puddinggymnasium besucht und ein Jahr deines Lebens verschenkt … Das alles ist jetzt vorbei. Du bist frei. Du kannst dein Leben führen, ohne den Schatten deiner Mutter auf dir zu fühlen. Denk mal darüber nach.«

Das tat Elisabeth in den nächsten Tagen.

Als sie von ihrer Zukunft gesprochen hatte, hatte Hanna etwas in Elisabeth angestoßen.

Nachdem sie aus der ersten Trauer über Mariettas Tod aufgetaucht war, hatte sie eine wichtige Erkenntnis gewonnen: Sie wollte nicht sein wie ihre Mutter, so passiv, so leidend. Ich möchte bewundert werden, dachte sie, oder zumindest respektiert. Ich möchte etwas schaffen im Leben, etwas aufbauen. Natürlich hatten diese Pläne etwas mit der Sägerei zu tun. Jetzt, wo es keinen männlichen Erben geben würde, war es für sie unstreitig, dass sie eines Tages das Unternehmen leiten würde.

Elisabeth wollte werden wie ihre Mutter, als sie noch in Leba gelebt hatte: schön, erfolgreich und umworben.

»Du meinst, von dir soll mal ein Porträt gemalt werden?«, fragte Hanna, mit der sie über diese Dinge sprach, ein wenig spöttisch.

»Nicht unbedingt. Es reicht mir, wenn ich allein und gut durchs Leben komme. Und wer weiß?« Insgeheim dachte sie bei Hannas Worten an Theo von Waren. Ihm würde sie gern imponieren, wenn sie ehrlich war. Er würde ihre Leistung zu schätzen wissen und nicht von ihr verlangen, den Platz am Herd einzunehmen.

»Was mag nur mit deiner Mutter passiert sein, dass sie sich so verändert hat?«, dachte Hanna laut. »Wenn es überhaupt stimmt, was du sagst.«

»Doch, es stimmt, ich weiß es. Früher hätte sie ein Vorbild sein können. Irgendetwas ist ihr zugestoßen, an dem sie zerbrochen ist. Und jetzt, wo sie tot ist, werde ich nie erfahren, was es gewesen ist«, sagte sie in einem plötzlichen Anfall von Trauer. »Aber ich will so sein, wie sie früher war. Das bin ich ihr und mir schuldig. Ich werde die Sägerei führen. Ich bringe alle Voraussetzungen dafür mit. Und vor allem: Ich will es unbedingt, mehr als alles andere. Gib mir zehn Jahre, dann sprechen wir uns wieder!«, rief sie mit einem Lachen.

»In zehn Jahren bin ich das Gesicht auf dem Otto-Katalog.« Hanna fiel in Elisabeths Lachen ein.

6 **Unerwarteter Trost kam** von Theo von Waren. Am Anfang gab er noch vor, etwas Berufliches führe ihn in das Kontor am Oberhafen, aber dann kam er immer öfter einfach so vorbei. Er brachte Elisabeth ein Stückchen Kuchen oder eine Blume mit, erzählte Neuigkeiten aus dem Hafen, lobte ihre Frisur oder eine neue Bluse, dann plauderten sie ein bisschen, und kurz darauf ging er wieder.

Sie ertappte sich dabei, dass sie auf ihn zu warten begann. Sie mochte seine ruhige Art, sein Lächeln und seinen Witz. Am meisten gefiel ihr aber, dass er sie respektierte. Von ihm fühlte sie sich ernst genommen. Sie sah gern in seine grauen Augen und mochte das dichte dunkle Haar, das unter seiner Schiffermütze hervorlugte, und die durchtrainierte Figur. Und auf seine Komplimente wollte sie auch nicht verzichten.

Er gewöhnte es sich auch an, sie manchmal nach Büroschluss abzuholen, und sie fuhren gemeinsam mit dem Fahrrad nach Hause.

»Leben Ihre Eltern eigentlich noch?«, fragte Elisabeth eines Abends, als sie auf der Höhe der Vorsetzen waren. Eigentlich hatten sie sich schon verabschiedet und waren schon wieder aufgesessen, nachdem sie vorher ihre Räder am Hafenrand nebeneinanderher bis zu den Landungsbrücken geschoben hatten, denn hier musste Theo von Waren zur Michaeliskirche abbiegen, wo er wohnte, und sie musste weiter in Richtung des Neuen Pferdemarkts. Üblicherweise sprachen sie auf dem Weg über Alltägliches, über die Entwicklungen im Hafen, wer eine große Ladung an Land gezogen hatte, wer in wirtschaftlichen Schwierigkeiten steckte.

Elisabeth wusste selbst nicht genau, warum sie ihn an diesem Abend nach seinen Eltern fragte, wo sie doch sonst so gut wie nie über Persönliches sprachen. Und der Novemberabend war neblig und eiskalt, und sie wollte eigentlich nur schnell nach Hause ins Warme.

Er sah sie überrascht an. »Sie vermissen Ihre Mutter«, sagte er dann ernst.

»Ich weiß im Grunde so wenig von ihr. Sie war so verschlossen. Ich glaube, sie hat eine große Last mit sich herumgetragen, die ihr niemand hat abnehmen können. Sie war sehr melancholisch.« Elisabeth stockte. »Manchmal fürchte ich, diesen Charakterzug von ihr geerbt zu haben … Aber das sollte ich Ihnen alles gar nicht erzählen.«

Theo von Waren stieg vom Rad und lehnte es an einen Laternenmast. Elisabeth war erst irritiert, stellte ihr Rad dann jedoch ebenfalls ab.

Dann stellte er sich vor sie, legte ihr die Hand auf den Arm und sagte eindringlich: »Sie können mir alles sagen«.

Sie musste lachen. »Und deshalb muss ich extra vom Rad steigen?«

Der Ernst des Moments war gebrochen, und auch Theo von Waren lachte nun. »Nicht nur deswegen, nein. Sie müssen mir versprechen, bald mit mir auszugehen.«

Fritz Sierichsen sah es nicht gern, wenn Theo von Waren auftauchte, ohne dass es um geschäftliche Dinge ging. »Meinen Sie nicht, er hält Sie von der Arbeit ab?«, fragte er.

Elisabeth blickte ihm direkt in die Augen: »Meine Arbeit machen doch jetzt Sie hier, oder irre ich mich?«

Es klopfte und die Tür ging auf.

Als Erstes sah Elisabeth nur einen riesigen Strauß cremefarbener Rosen. Dahinter lugte Theo von Waren hervor. Mit einem unwiderstehlichen Lächeln sah er sie an.

»Wissen Sie, was heute für ein Tag ist?«

»Ihr Geburtstag?«, fragte sie.

»Nein, viel wichtiger.« Er lachte.

Sie sah ihn ratlos an.

»Wir gehen heute Abend ins Kino!«

Sie schlug sich mit der Hand an die Stirn. »Wie konnte ich das nur vergessen!«

»Ich hole Sie um sechs ab, einverstanden?«

»Einverstanden. Die langweilige Ablage kann ich auch morgen erledigen.« Sie sagte das so laut, dass ihr Vater und Fritz Sierichsen, der bei der Ankunft Theo von Warens aus dem Raum gegangen war, es im Nebenraum hören mussten.

»Kennen Sie diesen Sierichsen eigentlich von früher?«, fragte Theo von Waren, als sie nach dem Film über den Jungfernstieg schlenderten und die Auslagen in den Schaufenstern betrachteten. Es war eine klare, kalte Nacht, am Himmel leuchteten die Sterne, und der Vollmond spiegelte sich auf dem Wasser der Binnenalster.

Elisabeth blieb stehen, weil sie die Frage verwunderte. »Nein. Warum fragen Sie?«

Er zuckte mit den Schultern. »Ich finde es merkwürdig, dass niemand von ihm gehört hat, bevor er bei Ihnen angefangen hat, obwohl er doch vorgibt, auch früher im Hafen gearbeitet zu haben.«

»Das liegt bestimmt an diesem blöden Krieg. Wenn er gleich 1939 eingezogen worden ist, dann fehlen ihm sechs Jahre.«

Theo kniff die Lippen zusammen. »Bestimmt haben Sie recht.« Aber richtig überzeugt war er nicht.

Als sie später in ihrem Bett lag, ging ihr die Bemerkung über Sierichsen durch den Kopf. Es stimmte, das war schon merkwürdig, dass niemand im Hafen ihn von früher kannte. Was seine Arbeit betraf, gab es keinen Grund zur Klage. Er war immer korrekt und pünktlich und erledigte seine Arbeit zur Zufriedenheit ihres Vaters. Die Arbeiter an der Säge respektierten ihn, und abends holte er sein fehlendes Wissen auf dem Gebiet der tropischen Hölzer nach. Seine größten Fähigkeiten zeigte er allerdings bei den Verhandlungen mit ihren Auftraggebern. Er konnte charmant sein, Gelächter erzeugen, wo es Spannungen gab, die Dienste der Firma anpreisen wie kein Zweiter. Seit er für die Sägerei Michelsen arbeitete, waren viele neue Kunden hinzugekommen, das musste man ihm lassen. Aber dennoch hatte er eine dunkle Seite, das spürte sie, und auf die hatte Theo von Waren angespielt. Wenn Elisabeth es sich recht überlegte, dann wirkte Sierichsens Freundlichkeit immer ein wenig aufgesetzt, und wenn man ihm widersprach, konnte er sehr unangenehm werden.

Auch sein Äußeres hatte sich entscheidend verändert, seit er für ihren Vater arbeitete. Er trug jetzt gut geschnittene Anzüge, die manchmal ein bisschen zu auffällig gemustert waren. Besonders seine Schuhe waren von exquisiter Qualität, und Elisabeth fragte sich, wie er sich das leisten konnte. Auf jeden Fall genoss er es, gut auszusehen. Er ist eitel, dachte sie mit einem kleinen spöttischen Lächeln.

Sie drehte sich auf die andere Seite und seufzte. Sie wollte viel lieber über Theo nachdenken als über den langweiligen Sierichsen. Als sie durch die kalten Straßen nach Hause gelaufen waren, hatte er fürsorglich ihren Arm genommen, und die Berührung hatte ihr einen leichten Schauer durch den Körper gejagt. Sie war selten einem Mann so nahe, höchstens beim Tanzen, aber da war man sich der Nähe nicht so bewusst, weil die schnelle Musik und die Bewegung alle Sinne beschäftigten. Als er ihr gegen die Kälte seinen Schal umgelegt hatte, hatte sie sein Rasierwasser gerochen, das viel besser duftete als das ihres Vaters. Vor ihrer Haustür hatte sie ihm den Schal wiedergegeben und es gleich darauf bedauert, denn sie hätte sich gern weiter in seinem Duft eingekuschelt. Sie ertappte sich bei dem Gedanken, dass sie das auch jetzt liebend gern getan hätte.

Es durchzuckte sie. Dieses Gefühl, das sie verspürte, war ganz neu für sie und fühlte sich ganz wunderbar an. Ich glaube, ich bin verliebt, dachte sie mit einem glücklichen Lächeln, bevor sie einschlief.

Am nächsten Morgen machte sie sich besonders sorgfältig zurecht, bevor sie ins Büro ging.

Aber an diesem Tag sah sie Theo von Waren nicht. Denn diesen beschäftigte ein Problem, das mit seiner Arbeit als Hafenmeister zu tun hatte, einer anspruchsvollen Tätigkeit, die neben großem Fachwissen auch Menschenführung verlangte.

Theo von Waren hatte sich vom einfachen Kaiarbeiter erst zum Gangführer, der eine Gruppe von Arbeitern unter sich hatte, und dann zum Lademeister hochgearbeitet und abends noch die Kaifachschule besucht. In den Kursen hatte er gelernt, was ihm bisher zum Übernehmen größerer Verantwortung gefehlt hatte: kaufmännisches Denken und Kenntnisse über das Eisenbahnwesen. Alles, was mit Schiffen zu tun hatte, hatte er während seiner Zeit auf See gelernt. Er war meistens nach Westafrika gefahren, und seitdem kannte er sich mit dem Laden und Stauen von Holz bestens aus. In den afrikanischen Häfen gab es keine befestigten Häfen oder Kaianlagen. Deshalb wurden die Stämme meistens wasserseits an Bord genommen, eine schwierige und gefährliche Arbeit, besonders wenn die sperrigen Stämme aus schwankenden Schuten übernommen wurden. Es erforderte sehr viel Erfahrung und Fingerspitzengefühl, um sie durch die Luken unter Deck zu hieven. Auch an Deck der Schiffe waren die manchmal tonnenschweren Bäume eine Gefahr. Sie durften auch bei schwerem Seegang keinen Millimeter verrutschen und wurden mit seitlichen Haltestangen und einem komplizierten System aus Tauen fixiert. Theo von Warens besonderes Interesse galt den vielen Schädlingen, die das Holz befallen konnten. Dazu gehörten Insekten, die das Holz morsch machten und Löcher hineinfraßen, aber auch Pilze, die das Holz verfärbten und unbrauchbar machten. Nicht selten fanden sie auch Vogelspinnen und andere Tiere zwischen den Stämmen.

Auf dem Heimweg durch den Hafen grübelte Theo über einen seiner Männer nach, den er vorher dabei erwischt hatte, wie er schuppeneigenes Werkzeug unter seiner Jacke herausschmuggeln wollte. Solche Diebstähle waren in letzter Zeit häufiger vorgekommen. Aber der Mann hatte Stein und Bein geschworen, dass es für ihn das erste Mal gewesen sei, und Theo glaubte ihm. Er hatte zwei Töchter, und seine Frau war vor Kurzem gestorben.

»Die Kleine hat Asthma, kein Wunder bei dem Loch, in dem wir wohnen. Es ist nicht mehr als eine Schrebergartenhütte an der Alten Wöhr. Die Wände sind aus Pappe, und der Wind pfeift durch. Ich kriege es einfach nicht richtig warm.« Zornig hatte er mit den groben Händen seine Mütze geknetet. »Das Amt sagt, meine Kleine soll zur Kur an die Nordsee. Aber wie soll ich das denn bezahlen?«, hatte er mit vor Wut und Angst gepresster Stimme gefragt. »Lassen Sie mich laufen, ich verspreche, dass das nie wieder vorkommt. Und ich mach eine unentgeltliche Extraschicht. Aber ich brauche diese Arbeit. Sonst weiß ich nicht weiter.«

»Wer ist denn jetzt bei Ihrer Kleinen?«

Ein winziges Lächeln des Stolzes war über das Gesicht des Arbeiters gegangen. »Elke, meine Große. Sie kümmert sich um alles, seit meine Frau nicht mehr ist. Eigentlich eine viel zu große Verantwortung für sie.«

»Und wie alt ist Ihre Elke?«

»Acht.«

Theo hatte überlegt, was er tun sollte, obwohl er sich im Grunde längst entschieden hatte.

»Na gut. Dieses Mal lasse ich Sie laufen. Das nächste Mal fliegen Sie raus.«

Der Mann hatte die Mütze aufgesetzt und in einer respektvollen Geste die Finger daran gelegt. »Das vergesse ich Ihnen nicht, Herr von Waren.«

Theo hatte auf die Uhr gesehen und bemerkt, dass es später geworden war als üblich. Trotzdem war er bei der Sägerei Michelsen vorbeigefahren, aber dort war schon alles dunkel gewesen, wie er bereits vermutet hatte.

Er spürte leises Bedauern, weil er Elisabeth nun nicht sehen würde. Er hätte ihr Gespräch vom Vorabend gern fortgesetzt. Es war das erste Mal gewesen, dass sie länger außerhalb der Arbeit geredet hatten. Während des Films hatte er mehr auf sie geachtet als auf die Leinwand. Immer wieder hatte er zu ihr hinübergesehen und sich an der Hingabe gefreut, mit der sie der Vorführung gefolgt war. Zum Glück war es kein komplizierter Film gewesen, er hätte keine Antworten gewusst, wenn sie ihm Fragen nach dem Inhalt gestellt hätte. Er wäre danach gern noch mit ihr auf ein Glas in ein Lokal gegangen, aber er hatte ihrem Vater versprochen, sie gleich nach der Vorstellung nach Hause zu bringen. Und so war ihnen nur der Spaziergang in der Kälte geblieben, den er aber ganz bezaubernd gefunden hatte.

»Dann eben ein anderes Mal«, sagte er zu sich selbst und trat eifrig in die Pedale, immer den Michel im Blick, zu dessen Füßen er wohnte.

7

Das Mädchen in dem dunkelblauen, mit Kaninchenfell besetzten Mantel mochte fünf Jahre alt sein. Stundenlang stand die Kleine unbeweglich auf dem Bahnsteig, das Kinn trotzig nach vorn geschoben, weil sie nicht weinen wollte. Ihre rote Mütze war ihr in die Augen gerutscht, aber sie machte keine Anstalten, sie zurechtzurücken. Sie blieb einfach starr stehen, entschlossen, sich nicht zu rühren, unbeeindruckt von dem Chaos, das um sie herum herrschte.

Der Bahnsteig war übersät mit zurückgelassenen Gepäckstücken. Aus aufgeplatzten Koffern quollen Kleider und kleinerer Hausrat: eine Wanduhr, ein Buch, eine ehemals sorgfältig in ein Handtuch gewickelte Suppenterrine, deren Henkel wie Blütenstiele geformt und nun abgebrochen waren. Die Menschen waren in Panik in die Züge gedrängt und hatten einfach fallen lassen, was ihnen beim Kampf um einen Platz hinderlich gewesen war. Von hier wegzukommen war alles, was zählte. Als der Zug mit einem letzten Fauchen endlich zum Stehen gekommen war, hatten diejenigen, die dicht bei den Türen gestanden hatten, Glück gehabt. Sie klammerten sich an die Griffe und ließen sie nicht los, bis sie sie geöffnet und sich selbst und ihre Familienmitglieder hineingehoben und -geschubst hatten. Die weniger Glücklichen mussten noch den Weg zu den Türen zurücklegen, und das wurde ihnen zum Verhängnis. Der Zug war bereits bei der Ankunft hoffnungslos überfüllt, sie fanden keinen Platz mehr. Von drinnen hielten die Menschen die Fenster zu, um die draußen Wartenden daran zu hindern, von dort in den Zug zu klettern. Das Ganze dauerte nur ein paar Minuten, dann setzte sich der Zug unerbittlich wieder in Bewegung. Die Leute, die keinen Platz ergattert hatten, waren noch neben den Türen hergelaufen, hatten sich an die Haltestangen und die Türgriffe gehängt, dann aber irgendwann losgelassen. Wie Äpfel vom Baum waren sie auf den Bahnsteig gekollert und hatten andere mitgerissen. Die Unglücklichen, die es nicht geschafft hatten, waren zurück nach Hause gegangen oder warteten nun in der Nähe des Bahnhofs. Sie würden es am nächsten Tag wieder probieren.

Das Mädchen war das einzige Kind, das allein zurückgeblieben war. Die Rufe ihrer Mutter klangen ihr noch in den Ohren, vielleicht waren es auch die Schreie einer anderen Mutter gewesen. Alle hatten nach ihren Kindern gerufen, nach ihren Verwandten, um sich in dem Gewühl nicht zu verlieren.

Nach ein paar Stunden musste sie dringend auf die Toilette und konnte nicht mehr stehen. Sie setzte sich auf einen rotbraunen Koffer, der verlassen neben ihr stand. Sie legte den Kopf auf die Knie und schlief ein. Als sie wieder aufwachte, war es Tag geworden, und ihr nasser Hosenboden war an dem Koffer festgefroren. Eine Frau entdeckte sie. An ihrer Uniform erkannte das Mädchen sie als Krankenschwester.

»Komm mit«, sagte die Frau zu ihr, und das Mädchen stand auf und folgte ihr, weil sie nicht wusste, was sie sonst tun sollte. Sie würde auf ihre Mutter warten. Irgendwann würde sie kommen und sie abholen.

Einmal in die Hände klatschen bedeutete Aufwachen. Das knallende Geräusch riss sie aus dem Schlaf. Bei zweimal musste sie schon neben dem akkurat gemachten Bett stehen. Wer zu spät war, bekam kein Frühstück. Und das war eine schlimme Sache, wenn man ständig Hunger hatte. Sophie wusste das aus langjähriger leidvoller Erfahrung. Dieses Kinderheim für Kriegswaisen war schon das dritte, in das man sie gesteckt hatte. Die ersten beiden waren noch in Polen gewesen. Dort hatte sie erst nichts verstanden, wenn man mit ihr gesprochen hatte. Mühsam hatte sie die neue Sprache gelernt. Danach war es ein wenig besser geworden, weil man sie nicht mehr ganz so feindselig behandelte. Und vor einem Jahr war sie in dieses Heim in der Nähe von Wismar gekommen. Hier wurde wieder Deutsch gesprochen, und zum zweiten Mal musste sie eine neue Sprache lernen, die doch eigentlich ihre Muttersprache war.

Sie war zehn Jahre alt, und sie wusste, dass sie nicht Luise hieß, wie sie hier alle nannten. Ihr richtiger Name war Sophie, das wusste sie ganz genau, denn sie konnte sich an die Stimme ihrer Mutter erinnern, die sie so gerufen hatte. Und an das silberne Amulett, welches sie an einer schmalen Kette um den Hals getragen hatte und auf dem der Name Sophie eingraviert war und noch etwas anderes, das sie aber vergessen hatte. In dem ersten polnischen Heim, in das sie gekommen war, hatte man ihr Ersatzpapiere auf den Namen Luise Fobienke ausgestellt. Das Amulett hatte der polnische Heimleiter ihr weggenommen, weil sie sich geweigert hatte, auf ihren neuen Namen zu hören.

Durch die Glastür konnte sie sehen, dass die Schwester näher kam. Noch eine Minute, dann würde sie wieder in die Hände klatschen, um die Mädchen aus dem Saal B zum Frühstück zu holen. Sie sah, dass Marianne neben ihr immer noch verzweifelt mit ihrer Bettdecke kämpfte, die nicht genau auf der Matratze lag. Auf die Matratze gehörte das kratzige Leintuch, zerschlissen und von Flicken zusammengehalten, darüber die derbe Armeedecke mit kyrillischen Buchstaben, die ohne Falten ans Fußende mussten. Mit einem Schritt war Sophie neben dem Nachbarbett und richtete das Bettzeug. Marianne griff nach ihrer Hand, und sie stellten sich im Mittelgang auf.

In Zweierreihen folgten sie Schwester Ursula in den Frühstücksraum, der in der Diele des großen ehemaligen Gutshauses untergebracht war.

»Danke!«, flüsterte Marianne.

»Es wird nicht geredet!«, war die Stimme der Schwester zu hören.

Zweihundert Jungen und Mädchen lebten in dem Komplex, der aus einem Haupthaus bestand, in dem die Kinder in großen Sälen nach Alter und Geschlecht getrennt schliefen, sowie aus diversen Nebengebäuden, Ställen und einem Gewächshaus. Im Heim versorgten sich die Kinder und ihre Betreuer weitgehend selbst.

Nach dem Frühstück begann der Unterricht, nach dem Mittagessen machten sie Hausaufgaben, danach hatte jedes Kind eine Aufgabe in Haus oder Garten zu erledigen. Luise war für den Hühnerstall zuständig. Sie mochte die Tiere nicht, die nach ihr pickten, und der Gestank im Stall setzte ihr zu. Sie hatte diese Arbeit zugewiesen bekommen, weil sie keine Eier aß und rohe schon gar nicht. Ihre Vorgängerin hatte sich an den Eiern bereichert und sie geschlürft. Als man sie erwischt hatte, hatte Luise ihre Pflichten übernehmen müssen.

Der Hühnerstall lag etwas abseits vom Wohnhaus, aber Luise machte der Weg nichts aus, denn es war die einzige Zeit am Tag, in der sie allein sein konnte und nicht unter Beobachtung stand.

Sie hasste das Leben im Heim. Sie hasste die mitleidigen Blicke der Bevölkerung, wenn die Kinder in Gruppen in die Stadt fuhren oder manchmal ans Meer. »Waisen«, flüsterten sie dann oder »Die Eltern sind abgehauen und haben sie einfach zurückgelassen«. Am liebsten hätte Luise ihnen ins Gesicht geschrien, dass das nicht stimmte. Wo ihr Vater war, wusste sie tatsächlich nicht, aber ihre Mutter hatte sie nicht zurückgelassen. Es war etwas Schreckliches passiert, für das sie nichts konnte, und danach war sie allein gewesen.

Manchmal kamen Erwachsene in Autos angefahren, die nach ihren Kindern suchten. Es kam jedes Mal einem Wunder gleich, wenn eines der Kinder und seine Eltern sich wiederfanden.

Zwar waren alle Kinder anfangs im Heim befragt und die Ergebnisse in Listen eingetragen worden, die an das Rote Kreuz gingen: Name, Vorname, Namen von Eltern und Geschwistern,

Geburtsdaten, Wohnorte, andere Personen oder Orte, an die sie sich erinnerten, besondere Merkmale wie Haar- und Augenfarbe, Muttermale und so weiter. Doch die meisten waren bei ihrer Ankunft im Heim noch zu klein gewesen oder schon Monate oder Jahre allein unterwegs. Sie kannten ihre richtigen Namen nicht oder hatten in Polen neue bekommen, so wie Sophie. Fünf Jahre nach Kriegsende war die Wahrscheinlichkeit sehr gering geworden, noch einen Vermissten ausfindig zu machen.

Daher kamen auch kinderlose Paare, die ein Kind adoptieren wollten. Als Erste waren die ganz Kleinen weggegangen, die noch kaum laufen und sprechen konnten. Dann kamen die, die noch nicht im Schulalter waren. Und wenn man wie Luise schon in die vierte Klasse ging, dann war man uninteressant geworden. Luise wollte lange auch gar nicht adoptiert werden, jahrelang hatte sie auf den Tag gewartet, an dem ihre Mutter kommen würde, um sie zu holen. Diese Hoffnung war aber von Jahr zu Jahr kleiner geworden. Und an ihrem neunten Geburtstag hatte sie beschlossen, nicht länger auf sie zu warten.

Sie hielt sich an Marianne, die ihre beste Freundin geworden war. Die beiden waren unzertrennlich. Mit Marianne war auch ihre kleine Schwester Jutta im Heim. Sie schlief zwar in einem anderen Schlafsaal, doch die Geschwisterpaare, von denen es vier oder fünf gab, wurden von allen anderen glühend beneidet. Sie hatten wenigstens einen Teil ihrer Familie bei sich.

Als Luise vierzehn wurde, kam ein neuer Hausmeister zu ihnen ins Heim. Fritz war Anfang zwanzig, schon erwachsen und sah gut aus, er roch nach Abenteuer. Er erzählte den Jungen, dass er ebenfalls ein Waisenkind war, und die erzählten es aufgeregt weiter. Auch wenn man aus dem Heim war, konnte man also etwas werden.

Fritz war als Hausmeister dafür zuständig, Reparaturen auszuführen, die Wiese hinter dem Haus zu mähen und das Heu für den Winter einzulagern. Außerdem baute er einfache Möbelstücke und besorgte den Einkauf der Dinge, die nicht im Heim selbst hergestellt wurden.

Er hatte ein eigenes winziges Zimmer unter dem Dach. Allein schon dafür bewunderten ihn alle. Und er machte Späße mit den Kindern. Von den Einkäufen brachte er manchmal Bonbons mit und verteilte sie. Er rauchte Zigaretten, worum ihn die Jungen glühend beneideten. Alle Mädchen schwärmten für ihn, doch er schien nur Augen für Luise zu haben. Er suchte ihre Nähe. Oft begleitete er sie zum Hühnerstall, wenn sie die Eier holte, und er half ihr beim Ausmisten, wofür sie ihm wirklich dankbar war. Manchmal versuchte sie sich vorzustellen, wie es wäre, wenn er sie in die Arme nähme. Sie kannte körperliche Zärtlichkeit nicht, und wenn jemand sie berührte, dann war das meistens unangenehm: beim Waschen oder Kämmen, wenn der Doktor ihr eine Spritze gab. Nach ihrer Mutter hatte nie wieder jemand sie zärtlich in den Armen gehalten. Und Berührungen unter den Mädchen waren verboten und verpönt, nur beim Gehen in Zweierreihen hielt man sich an den Händen.

Fritz redete nicht darüber, woher er kam. Als sie ihn danach fragte, sagte er nur: »Das ist lange her und interessiert keinen.« Luise war sich nicht sicher, ob sie diese Geheimniskrämerei interessant oder bedrohlich finden sollte. Schließlich hatten viele nach dem Krieg etwas zu verbergen.

Mit der Zeit wurde Fritz immer großspuriger. Er ließ die anderen Kinder kleine Dienste für sich erledigen, indem er sie mit Zigaretten köderte. Er prahlte mit seinem Mut, gegenüber den Jungen auch mit seinen Erfahrungen mit Frauen. Immer häufiger verschwand er nachts und war auch zum Frühstück noch nicht zurück. Alle wussten Bescheid, aber niemand stellte ihn zur Rede.

Zur selben Zeit kam es in Wismar und den umliegenden Dörfern zu einer Reihe von Überfällen und Einbrüchen, die immer nach demselben Muster abliefen: Zwei Männer drangen in ein Haus oder ein Geschäft ein und zwangen den Eigentümer mit vorgehaltener Pistole, die Wertgegenstände herauszurücken. Wer nicht sofort spurte, wurde brutal zusammengeschlagen. Besonders die kaltblütige Grausamkeit der Räuber versetzte die Gegend in Schrecken. Und dass sie eine Pistole aus Wehrmachtsbeständen benutzten, machte ihre Verbrechen noch abscheulicher.

Kurz vor Ostern kam es zu einem Überfall auf ein großes Juweliergeschäft in der Innenstadt. Der Besitzer schloss nicht schnell genug den Tresor auf und wurde von den Einbrechern so brutal mit einer Eisenstange geschlagen, dass seine Wirbelsäule an mehreren Stellen brach. Er überlebte knapp, würde aber für den Rest seines Lebens im Rollstuhl sitzen.

Am Tag nach dem Überfall überreichte Fritz Luise einen schmalen goldenen Ring mit einer Koralle.

»Wo hast du den her?«, entfuhr es ihr.

Er sah sie mit einem kalten Lächeln an. Seine Mundwinkel zuckten, in seinen Augen glitzerte es gefährlich. Luise wurde schlagartig klar, was er für den Ring von ihr erwartete. Und sie wusste in diesem Moment auch mit einer Gewissheit, von der sie nicht sagen konnte, woher sie sie hatte, dass er hinter den Einbrüchen steckte und dass dieser Ring aus der Beute stammte. Aber sie würde ihn niemals mit diesem Wissen konfrontieren, dafür hatte sie zu viel Angst vor der Brutalität, die sie in seinem Blick las.

»Ich kann den Ring nicht annehmen«, brachte sie heraus. »Ich bin viel zu jung für Schmuck, und wie sollte ich das den anderen Mädchen oder der Heimleitung erklären?« Mit diesen Worten gab sie ihm den Ring zurück.

Von diesem Tag an war Fritz ihr unheimlich, und sie ging ihm aus dem Weg. Die Einzige, der sie von ihrem Verdacht erzählte, war Marianne. Aber beide beschlossen zu schweigen. Fritz war bei der Heimleitung sehr beliebt, weil er immer irgendetwas beschaffen konnte, das fehlte, außerdem hatte er längst alle Frauen um den Finger gewickelt. Und was wäre, wenn sie sich doch irrte oder niemand ihr glauben würde? Nein, dieses Risiko wollte sie nicht eingehen. Stattdessen zog sie sich zurück.

Er bemerkte das und bemühte sich umso mehr um sie. Oft sprach jetzt aber nicht mehr Zuneigung aus seinem Blick, sondern Bedrohung und Verachtung.

»Ach, sieh an. Hast wohl gedacht, du könntest mir entwischen«, hörte sie eines Tages seine Stimme hinter sich, als sie im niedrigen Hühnerstall nach den Eiern suchte.

Sie fuhr herum und stieß sich den Kopf an einem Balken.

»Wie kommst du denn darauf?«, gab sie zurück, und obwohl sie sich Mühe gab, dabei möglichst harmlos zu klingen, war ihre Stimme hoch und dünn. Ihr entging nicht, dass er vor Aggressivität brodelte. »Hier, nimm mal«, versuchte sie ihn abzulenken und reichte ihm einige Eier. »Der Korb steht hinter dir.«

»Sind deine Brüste überhaupt schon so groß?«, fragte er und wog ein Ei in der Hand.

»Wie meinst du das?«, wagte sie zu fragen.

»Na, ist doch keine schwere Frage: Ob deine Dinger schon so groß sind wie diese Eier.« Er sah sie lauernd an, und sie bemerkte, dass es ihm Spaß machte, sie zu verwirren.

Luise schätzte ihre Fluchtmöglichkeiten ab. Sie waren gleich null, denn in dem kleinen Stall gab es nur eine Tür, und diese blockierte Fritz. Hinter ihr war nur die kleine Hühnerklappe. »Lass das«, sagte sie. »Was soll denn das? Ich denke, du bist mein Freund!«

»Aber zu einem Freund kann man doch auch mal nett sein«, sagte er und machte einen Schritt auf sie zu. Er stand jetzt höchstens noch einen Meter von ihr entfernt.

Sie sah sich hektisch um, ihr Blick begann zu flackern.

Mit einem Griff packte er sie und zog sie an sich. »Nun komm schon, nur mal kurz anfassen. Ich wette, da ist noch gar nichts, was sich lohnt.«

»Nein«, schrie sie und versuchte sich loszumachen.

Doch er drückte sie an die Wand und presste seinen Oberschenkel zwischen ihre Beine, sodass sie sich nicht mehr bewegen konnte. Dann legte er seine Hände auf ihre Brüste. »Hm, ein bisschen was ist ja schon da, aber der Stoff stört.« Er begann, ihre Bluse aufzuknöpfen. Er wurde ungeduldig, ein Knopf sprang ab.

»Hör auf damit. Ich gehe zu Frau Krüger und erzähle ihr alles!«

Er lachte nur. »Du weißt doch, was mit Mädchen passiert, die sich unschicklich benehmen. Die fliegen sofort raus. An deiner Stelle würde ich schön den Mund halten.«

Voller Entsetzen spürte sie seine Hände, die sich jetzt einen Weg von oben in ihr Unterhemd hinein bahnten. Er drückte ihre kleinen Brüste, bis es wehtat. Dann drehte er ihre Brustwarzen zwischen zwei Fingern, was ebenfalls schmerzte. Als er sich hinunterbeugte, um sie in den Mund zu nehmen, musste er einen halben Schritt zurücktreten und lockerte den Druck seines Oberschenkels. Luise nutzte ihre Chance, nahm ihre ganze Kraft zusammen und ließ ihren Fuß mit den schweren Holzpantinen nach oben schnellen, genau zwischen seine Beine. Sie hatte bei den Kämpfen der Jungen gesehen, dass das am meisten wehtat und am meisten gefürchtet wurde. Mit einem wütenden Schmerzensschrei ließ er sie los und griff sich mit beiden Händen dorthin, wo sie ihn gerade getroffen hatte. Er krümmte sich und ließ sich stöhnend in den Hühnermist fallen. Luise machte einen Riesensatz über ihn hinweg, wobei sie sich ein zweites Mal den Kopf anstieß, dann war sie im Freien.

»Na warte, du Miststück! Das wirst du bereuen«, brüllte er ihr hinterher.

Luise lief so schnell sie konnte ins Haus, wobei sie im Laufen versuchte, ihre Knöpfe zu schließen. Heiße Tränen der Scham rannen ihr dabei über die Wangen.

Am folgenden Abend fand sie einen Zettel unter ihrem Kopfkissen: *Ich krieg dich!* stand darauf. Sie wusste, dass die Drohung von Fritz stammte. Und solange er nicht an sie herankam, ließ er seine Wut an anderen Kindern aus, kniff und trat sie im Vorübergehen. Niemand wagte etwas zu sagen.

Luise ging nur noch in den Hühnerstall, wenn Marianne sie begleitete oder wenn sie sicher wusste, dass Fritz außerhalb des Heims beschäftigt war. Sie hatte ständig Angst vor ihm, wurde nervös und ungeschickt. Aber sie wusste nicht, wie sie sich gegen ihn wehren sollte. Zur Heimleitung zu gehen wäre zwecklos. Die Direktorin, Frau Krüger, war ungeduldig und überarbeitet. Sie wollte einfach nur, dass alles funktionierte, und hasste unvorhergesehene Probleme. Wer mit einem Anliegen oder einer Beschwerde zu ihr ging, wurde meistens heruntergeputzt. Außerdem hatte sie einen Narren an Fritz gefressen, der ihr gegenüber den Verliebten gab. Das konnte er ganz wunderbar: Menschen, die ihm nützlich sein konnten, mit seinem Charme einwickeln. Zu allen anderen wurde er immer brutaler. Er begann, einzelne Kinder zu erpressen. Sie mussten seine Arbeiten für ihn verrichten und für ihn lügen, wenn er unerlaubt das Heimgelände verließ. Jetzt gab es dafür auch keine Zigaretten mehr. Wer ihm nicht gehorchte, der bezog Prügel. Fritz hatte sich zu einem wahren Despoten entwickelt, der die Kinder im Heim mit sadistischer Freude terrorisierte. Bei den Mädchen hatte er es zum Glück etwas schwerer. Durch die Trennung von Jungen und Mädchen kam er an sie nicht so leicht heran. Und das war auch Luises Glück. Dennoch durchlebte sie schreckliche Wochen voller Angst.

Bei einer der wöchentlich stattfindenden Stubenkontrollen, bei der alle Mädchen in Reih und Glied vor ihren Betten stehen mussten, fand Schwester Ursula zwischen ihrer Unterwäsche drei Zigaretten. Luise versuchte gar nicht erst, sich herauszureden, sondern nahm die Strafe auf sich: Toilettendienst und keine Teilnahme am Ausflug, der am nächsten Tag stattfinden sollte. Das Streichen von Ausflügen war eine beliebte Strafe.

Ihr war klar, dass Fritz die Zigaretten dort versteckt haben musste. Niemand außer ihm kam sonst an welche heran. Er hatte das geplant, um mit ihr allein im Haus zu sein. Denn zu den Ausflügen fuhren alle mit. Selbst die Direktorin, die zwar nicht die Kinder begleitete, aber an solchen Tagen ihre Eltern in Wismar besuchte.

Sie wusste, was ihr bevorstand. Spätestens, als sie am Nachmittag die Treppe herunterkam und er ihr in der Halle, wo er eine Tür reparierte, unbemerkt von den anderen die Zunge in einer Art und Weise herausstreckte, die sie peinlich berührte.

In der Nacht konnte sie vor Angst nicht schlafen. In Panik grübelte sie darüber nach, wo und wie sie sich vor Fritz in Sicherheit bringen könnte. Aber ihr fiel kein Ausweg ein.

Am nächsten Morgen sah sie den anderen mit bangem Herzen hinterher, als sie das Haus verließen. Der Bus, der sie nach Warnemünde bringen sollte, wartete schon vor der Tür. In Luise stieg Panik hoch, als sie Fritz bemerkte, der zu ihrem Fenster hinaufsah. Ihr war immer noch nicht eingefallen, wie sie sich vor ihm schützen konnte.

Der Bus war abgefahren, auf einmal herrschte eine gespenstische Stille im Haus. Während Luise voller Angst auf das Knarren der Treppe horchte, spielte sie ihre Fluchtmöglichkeiten durch. Sie konnte sich in keinem der Zimmer einschließen, denn als Hausmeister hatte Fritz zu allen Türen einen Schlüssel. Sie musste unbedingt aus dem Haus gelangen, aber der einzige Weg führte über die große Treppe in der Halle. Und von dort hörte sie jetzt seine Schritte. Er gab sich keine Mühe, leise zu sein. Er fühlte sich sicher.

»Luise, meine Kleine. Komm raus. Du entkommst mir nicht. Und wenn du es versuchst, dann macht mir das höchstens noch mehr Spaß. Wir haben ja den ganzen Tag Zeit …«

Sie wusste plötzlich, wie die Opfer seiner Überfälle sich fühlen mussten. Er weidet sich an meiner Angst, dachte sie, und in ihre Panik mischte sich grenzenlose Wut. Sie sah sich im Zimmer nach einer Fluchtmöglichkeit um. Für ein Entkommen durch die Tür war es zu spät, denn sie hörte Fritz' Schritte schon oben an der Treppe. Also blieben nur die Fenster. Plötzlich wusste sie, was sie zu tun hatte. Sie griff nach einem Stuhl und stellte ihn mit der Lehne unter die Klinke. Das würde ihn ein paar Minuten aufhalten. Dann rannte sie zu einem der Fenster hinüber, öffnete es und sah hinaus. Zum Springen war es definitiv zu hoch. Der Mädchenschlafsaal lag im ersten Stock, und die Räume des alten Gutshauses waren hoch. Es waren bestimmt vier Meter bis unten, und dort lag hartes Kopfsteinpflaster. Sie sah nach rechts und links und entdeckte das Spalier, an dem wilder Wein rankte. Die Pflanze hatte das Holz fast vollständig überwuchert, deshalb war es ihr bisher nicht aufgefallen. Luise kletterte rückwärts auf die Fensterbank. Dann ließ sie sich vorsichtig hinunter. Mit den Füßen tastete sie nach einer querlaufenden Sprosse, prüfte, ob sie sie tragen würde, dann kletterte sie weiter. Die Pflanze zerkratzte ihr die nackten Arme und Beine, aber sie achtete nicht darauf.

Oben im Schlafsaal hörte sie Fritz, wie er an der Tür rüttelte. »Mach auf!«, rief er. Sie hörte ein lautes Poltern, offensichtlich hatte er sich gegen die Tür geworfen, aber noch schien sie zu halten.

In fieberhafter Hast kletterte sie weiter. Die letzten beiden Meter sprang sie. Sie landete unsanft auf den Steinen und schlug sich die Knie auf, doch sie bemerkte es kaum. Sie sah sich um und überlegte, wohin sie sich wenden sollte. Ihr war klar, dass sie das Heimgelände verlassen musste. Sie würde sich nicht den ganzen Tag vor Fritz verstecken können, früher oder später würde er sie finden.

Und sie musste aus seinem Blickfeld verschwunden sein, bevor er sehen konnte, in welche Richtung sie floh. Ihr Blick schweifte über das Gelände und fiel auf das Hausmeisterfahrrad, das an der Freitreppe lehnte. Es war das einzige Rad im ganzen Heim. Sie triumphierte innerlich und rannte die paar Schritte, nahm das Rad und fuhr los. Es war ihr zu groß, und sie musste im Stehen fahren, aber das war ihr egal. Sie nahm die Auffahrt, die zur Straße führte. Sie führte unter hohen Eichen hindurch, und wenn sie es schaffte, das Blätterdach zu erreichen, ohne dass Fritz sie sah, dann hatte sie vorerst gewonnen.

Sie trat wie eine Wilde in die Pedale, Staub und kleine Steine spritzten hinter ihr auf.

»Du kleine Hure!«, hörte sie Fritz hinter sich rufen.

Sie wagte sich umzusehen und sah ihn oben am Fenster stehen. Er schüttelte drohend die Fäuste, dann wandte er sich um, wahrscheinlich, um ihr nachzulaufen. Sie fuhr einfach weiter.

Die nächsten Stunden versteckte sie sich in einem kleinen Wäldchen in der Nähe, von wo aus sie die Straße beobachtete. Es war heiß, und gegen Mittag wurde ihr Durst fast unerträglich. Aber sie würde in keinem Fall das Haus betreten, solange Fritz dort war. Lieber würde sie verdursten. Sie wusste nicht, worauf sie wartete. Darauf, dass Fritz aufgab und in die Stadt fuhr? Dass die anderen früher als erwartet wiederkamen? Sie setzte sich ins Gras und legte den Kopf auf die Knie.

Sie musste eingeschlafen sein, denn sie wurde von dem Geräusch eines sich nähernden Autos geweckt. Sie hob den Kopf und sah den Polizeiwagen, der aus Richtung Stadt kam. Luise hielt den Atem an, als das Auto in die Allee einbog, die zum

Heim führte. Vorne saßen zwei Beamte in Uniform, und hinten saß ein junger Mann, in dem sie einen von Fritz' Freunden erkannte. Er war einmal im Heim gewesen, um Fritz abzuholen. Blitzartig wurde ihr klar, was das zu bedeuten hatte. Man war den Räubern auf die Schliche gekommen! Wahrscheinlich hatte Fritz' Freund geplaudert, und nun kam die Polizei, um ihn zu verhaften. Ohne zu überlegen, verließ sie ihr Versteck, schwang sich auf das Rad und folgte dem Auto.

Als sie das Ende der Auffahrt erreichte, sah sie gerade noch, wie Fritz zwischen den beiden Polizisten abgeführt wurde, die Hände mit Handschellen auf den Rücken gefesselt. Sie blieb stehen und sah zu, wie man ihn neben seinen Kumpan auf die Rücksitzbank des Autos verfrachtete. Fritz hob den Blick und entdeckte sie. In seinen Augen las sie blanken Hass.

Die Zeit verging und im Herbst 1955 kam ein Ehepaar aus Berlin in das Heim in der Nähe von Wismar. Ihre vierzehnjährige Tochter war im Vorjahr gestorben, und Frau Mangels hielt die Stille in der Wohnung nicht länger aus. Sie wollte ein Mädchen adoptieren, das in das verwaiste Kinderzimmer einziehen sollte. Als sie Luises dunkle Locken sah und ihre melodische Stimme hörte, war ihre Entscheidung gefallen.

An den nächsten Sonntagen kamen sie wieder, um Luise zu besuchen, dann luden sie sie nach Berlin ein. Nach drei Monaten fragten sie, ob Luise nicht für immer zu ihnen kommen wollte, und sie sagte Ja.

Sie saß im Fond des Fords und warf einen letzten Blick aus dem Heckfenster auf ihr altes Leben. Hinter ihr wurde das Haus immer kleiner, bis es schließlich ganz vom bereits braunen Laub der Eichen in der Allee verschluckt wurde. Sie wandte den Blick nach vorn. Sie verließ das Heim ohne Bedauern. Nur die Trennung von Marianne fiel ihr schwer. Aber Frau Mangels hatte versprochen, dass Marianne sie in den Ferien in Berlin besuchen kommen durfte. Sie verschwieg dabei aber, dass sie im Westteil der Stadt lebten und dass die Reisegenehmigungen von Ost nach West immer schwieriger zu bekommen waren.

Noch während der Fahrt besprachen sie, dass Luise ihre Adoptiveltern beim Vornamen nennen sollte. Luise nahm das als gutes Zeichen, denn ein »Mama« hätte sie nicht über die Lippen gebracht.

Luise lebte sich schnell in ihr neues Zuhause ein. Ihr Zimmer kam ihr anfangs riesig vor. Sie hatte einen Schrank ganz für sich, einen Schreibtisch mit einer Lampe, auf dem Bett lag eine geblümte Tagesdecke, und vor den Fenstern hingen bunte Gardinen. Die Bücher ihrer Vorgängerin standen im Regal, aber alle persönlichen Dinge hatte Magda Mangels weggeräumt. Sie sprach nur ein einziges Mal von ihrer toten Tochter, dann sagte sie: »Du sollst nicht ihren Platz einnehmen, niemand kann das. Ich möchte, dass du hier glücklich wirst, so wie sie es war.«

Luise war ihr zutiefst dankbar für diese Worte. Sie war entschlossen, sich an den Spruch ihrer Adoptivmutter zu halten und sich schnell in ihrer neuen Umgebung einzuleben. Schließlich war sie es gewöhnt, sich neuen Situationen anzupassen. Sie hätte allerdings nie gedacht, dass ihr die nächtliche Stille in ihrem Zimmer, ohne die Atemgeräusche, das Seufzen und das Knarren der Bettgestelle, wenn jemand sich umdrehte, zu schaffen machen würde.

Ernst Mangels hatte eine Musikalienhandlung in der Mommsenstraße in Charlottenburg, die er bereits von seinem Vater und der von seinem Vater übernommen hatte. Das Unternehmen war spezialisiert auf Blasinstrumente. Es war ein gediegenes Geschäft mit Tradition. Den Krieg hatte das Gebäude fast unbeschädigt überstanden, nur die Geschäfte waren verständlicherweise nicht gut gegangen. Das Saxofon, das sein Großvater gleich nach der Gründung neben der Eingangstür angebracht hatte, um Kunden anzulocken, hatte Ernst 1942 bei einer Metallsammlung abgeben müssen. Er war nur froh gewesen, dass sein Großvater das nicht mehr erleben musste. Auch er brauchte lange, um sich an die leere Fassade zu gewöhnen. Gleich nach dem Krieg hatte er sich um Ersatz bemüht, und seitdem hing wieder ein Saxofon oben neben der Ladentür. Wenn die Sonnenstrahlen im richtigen Winkel darauf fielen, blitzte das Messing auf. Dafür musste es aber auf Hochglanz poliert sein, eine Aufgabe, die Luise zufiel. Sie stieg auf eine Leiter, und die Nachbarsjungen kamen und versuchten, ihr unter den Rock zu sehen.

Der alte Holzfußboden, der zweimal im Jahr geölt wurde und glänzte wie Honig, knarrte bei jedem Schritt, im hinteren Raum spielten die Kunden die Instrumente zur Probe. Meistens jedoch war es still im Geschäft, das immer im Dämmerlicht lag. Luise war gern hier, weil die Atmosphäre sie beruhigte. Sie gewöhnte sich an, ihre Hausaufgaben am Verkaufstresen zu erledigen. Ernst hatte nichts dagegen, denn so konnte er auch mal kurz nach oben in die Wohnung gehen. Bald konnte Luise blind nach den gewünschten Noten greifen, die nach dem Alphabet der Komponisten geordnet in flachen Regalen hinter dem Tresen lagen.

Ernst Mangels hätte es gern gesehen, wenn Luise ein Instrument gespielt hätte. Sie probierte es auch, spielte erst Blockflöte, was sie albern fand, dann nahm sie Geigenunterricht und danach Klavierstunden. Aber es wurde schnell klar, dass sie keine musikalische Begabung hatte. Sie war darüber beinahe ebenso enttäuscht wie ihr Adoptivvater, denn sie glaubte sich zu erinnern, dass in ihrem Elternhaus musiziert worden war. Wie sonst war es zu erklären, dass sie viele der Stücke kannte, die die Kunden im Laden spielten? Sie wusste sofort, ob sie ein Stück mochte oder nicht. Und sie war wütend darüber, dass das Schicksal ihr den Zugang zur Musik versagte.

8

Solange sie denken konnte, träumte Luise davon, nach Amerika zu fahren. Wann dieser Wunsch entstanden war, konnte sie nicht mehr sagen. Aber schon im Kinderheim hatte sie sich oft mit Marianne ausgemalt, den Atlantik zu überqueren und New York, Chicago und Los Angeles zu sehen. Natürlich durften die anderen nichts davon wissen. Die Sehnsucht nach dem Land des Klassenfeinds wäre nicht gut angekommen. Jetzt, mitten im Berliner Westen, durfte sie diesen Wunsch laut äußern, aber seine Erfüllung wurde deshalb nicht wahrscheinlicher.

»Na, hast du wieder Fernweh?«, fragte Magda, die plötzlich hinter ihr stand und nun mit ihr in den Atlas blickte. »Das muss wohl in deinen Genen liegen.«

Dasselbe hatte sie auch gesagt, als sie beschlossen, den Musikunterricht aufzugeben. Luise war unmusikalisch, und sie litt unter Fernweh, das lag in ihren Genen und war damit eine ausgemachte Sache.

Luise klappte den Atlas zu.

Und was lag noch in ihren Genen? Waren sie schuld daran, dass man sie auf einem Bahnhof vergessen hatte? War sie ein böses Kind gewesen, das seinen Eltern zur Last gefallen war? Hatte man deshalb nicht nach ihr gesucht? In manchen Augenblicken stieg die Erinnerung an ein anderes Mädchen in ihr auf. Bevor sie die Erinnerung jedoch greifen konnte, war sie auch schon wieder verblasst. Und warum hatte Fritz ausgerechnet ihr nachgestellt? Hatte sie ihn irgendwie ermutigt? Was war nur falsch an ihr? Und würde es irgendwann jemanden geben, der sie mehr liebte als alle anderen? Der sie nie verlassen würde?

Luise neigte nicht zum Selbstmitleid, das hatte man ihr in den letzten Jahren gründlich ausgetrieben. Sie fühlte eher so etwas wie Resignation, wenn sie über sich nachdachte. Wenn sie dann einige Zeit gegrübelt hatte, gelang ihr meistens ein schiefes Grinsen, und sie wandte sich anderen Dingen zu.

Sie war schon einige Wochen in ihrer neuen Familie, als Ernst an einem Sonntag vorschlug, einen Ausflug nach Potsdam zu unternehmen. Sie würden den Vormittagszug nehmen.

Bereits als sie die Treppen zum Bahnsteig hinaufstiegen, spürte Luise, wie ihr schwindlig wurde. Sie musste sich am Geländer festhalten.

»Was ist?«, fragte Magda, die sich besorgt zu ihr umdrehte.

»Ich weiß nicht«, stammelte sie. »Ich glaube, mir ist nicht gut.«

Magda hakte sie unter und ging mit ihr die letzten Stufen hinauf. Auf dem Bahnsteig drängten sich viele Menschen. Es war der erste warme Tag im Jahr, es war Wochenende, und alle wollten hinaus ins Grüne. Jemand rempelte Luise an und schob sich an ihr vorbei.

Entsetzt spürte sie, wie ihr kalter Schweiß ausbrach. Ein plötzlicher stechender Schmerz hinter den Augäpfeln ließ sie aufstöhnen. Ihre Knie wurden weich. Sie griff nach Magdas Arm, die sie beunruhigt ansah und kurz losließ, um ein Taschentuch aus ihrer Tasche zu ziehen.

Später dachte sie, dass es diese körperlich spürbare Geste des Loslassens gewesen sein musste, die eine Erinnerung in ihr aufsteigen ließ. Plötzlich war sie wieder ein kleines Mädchen, das auf einem anderen Bahnsteig stand. Sie sah sich ganz deutlich an der Hand ihrer Mutter gehen. Ihre Mutter trug einen schweren Rucksack auf dem Rücken. Sie selbst hatte einen kleinen roten Koffer bei sich, auf dem ihr Lieblingsteddy festgebunden war. Und plötzlich war die Hand ihrer Mutter nicht mehr da. Sie wusste nicht mehr, wer losgelassen hatte, sie selbst oder ihre Mutter, oder ob sie in dem Gedrängel auseinandergerissen worden waren. Einige Schritte hinter sich sah sie ihren Teddy auf dem Boden liegen. Jemand trat auf ihn, und ihre Hand griff ins Leere, ihre Augen füllten sich mit Tränen. Sie wandte sich suchend nach vorn und entdeckte ihre Mutter. Unendliche Erleichterung überkam sie, denn ihre Mutter hielt sie sicher an der

Hand. Nein, nicht sie. Das Mädchen an der Hand ihrer Mutter war nicht sie, denn sie stand ganz allein hier, unfähig, einen Schritt zu tun oder zu rufen. Das Mädchen bei ihrer Mutter sah aber aus wie sie und trug den gleichen Mantel und den gleichen Koffer. Die Erkenntnis traf sie wie ein Blitz: Die andere war ihre Schwester. Das letzte Bild, bevor sie das Bewusstsein verlor, zeigte das andere Mädchen, das sich zu ihr umdrehte und sie flehend anblickte.

»Lisa«, flüsterte Luise, als sie wieder zu sich kam. Man hatte sie auf eine der hölzernen Bänke gelegt. Magda saß neben ihr und hielt ihre Hand. Ernst stand über ihr und sah besorgt auf sie herunter.

»Du bist ohnmächtig geworden«, sagte Magda. Mit den Worten: »Es ist alles wieder in Ordnung. Nur ein kleiner Schwächeanfall«, beruhigte sie die Umstehenden.

»Das kommt in diesem Alter häufiger vor«, meinte eine ältere Frau, »das gibt sich wieder.«

»Lass meine Hand nicht los«, bat Luise.

»Ich halte sie, so lange du willst«, gab Magda zurück. »Aber wer ist Lisa?«

»Lisa?«

»Du hast eben mehrfach diesen Namen gerufen. Ganz deutlich.«

Luise versuchte die Erinnerung zurückzuholen, doch je mehr sie sich bemühte, umso mehr zog sie sich zurück. »Ich weiß es nicht«, sagte sie schließlich leise.

Nach ein paar Monaten kam ihr die Mommsenstraße schon lange nicht mehr so ausgedehnt vor wie beim ersten Anblick, als sie staunend gedacht hatte, sie sei so breit wie ein Fußballplatz. Die großbürgerlichen Häuser mit ihren verzierten Balkonen und Loggien strahlten Gelassenheit und Ruhe aus.

Das Haus, in dem die Musikalienhandlung lag, hatte eine eher schlichte Fassade mit schnörkellosen Balkonen, aber das Eingangsportal war verziert mit großen Holzkassetten und hatte an jedem Türflügel einen Messinggriff in der Form eines Fisches. Der rechte war vom vielen Anfassen schon blank poliert wie das Saxofon, das über dem Eingang des Geschäfts hing, der linke war dunkel und rau, weil er nicht so oft benutzt wurde. Luise nahm ausschließlich diese Tür, weil sie es ungerecht fand, dass der eine Griff so schön war, der andere aber unansehnlich. Die Türen waren hoch und schwer, weshalb die kleineren Kinder, die im Haus wohnten, sie nicht allein aufstemmen konnten und warten mussten, bis jemand vorbeikam und ihnen half. Durch sie hindurch gelangte man in einen großen Eingangsbereich, dessen Wände bis zur halben Höhe ebenfalls mit Holzkassetten verkleidet waren. Sie waren rot und grau gestrichen, doch die Farbe war über die Jahre verblasst und abgeblättert. An beiden Seiten hingen zwei mannshohe Spiegel, die wie durch ein Wunder den Krieg überstanden hatten. Luise ging selten an ihnen vorüber, ohne sich so hinzustellen, dass ihr Bild sich unendlich in ihnen wiederholte. Rechter Arm hoch, Ellenbogen abgewinkelt, rechten Arm sinken lassen und linken Arm heben und abwechselnd immer so weiter. Wenn sie die Arme auf diese Weise schwang, sah sie aus wie eine Raupe mit tausend Beinen. Durch den getäfelten Eingangsbereich hindurch gelangte man in einen Innenhof, von dem die beiden Seitenflügel abgingen. Dort standen zwei Ulmen, die den Krieg ebenfalls unbeschadet überstanden hatten, weder von Bomben getroffen noch abgeholzt worden waren. Unter ihrem Laubdach saßen im Sommer die Alten des Hauses und strickten oder tratschten. Das Gartenhaus war zerstört worden, von ihm stand nur noch die Fassade, und es war den Kindern unter Androhung von Prügeln verboten, dort zu spielen.

Luise fand schnell Anschluss. Die Kinder in der Straße zeigten ihr die Häuser, in denen vor dem Krieg Juden gewohnt hatten, und warnten sie vor dem verbitterten alten Mann, der mit Steinen nach ihnen warf, wenn sie in seine Nähe kamen. Sie hängten sich zu dritt an den Schwengel der grünen, gusseisernen Pumpe, die an der Ecke zur Leibnizstraße stand, und hielten an heißen Tagen die Beine zur Abkühlung unter den Wasserstrahl. Ein beliebtes Spiel war es auch, über den Fußweg mit den breiten Betonplatten zu laufen, ohne auf die Fugen und die vielen Risse zu treten. Im Abstand von einigen Metern standen die Schiedsrichter, und wer es am schnellsten von einer Querstraße zur nächsten schaffte, hatte gewonnen. Anfangs machte Luise diese Kinderspiele noch mit, dann fühlte sie sich zu alt dafür.

Stattdessen trat Gertrud Mangels in ihr Leben. Sie war fünfundzwanzig und die jüngere Schwester von Magda. Und sie war eine Offenbarung für Luise. Als sie zum ersten Mal das Haus betrat, war Luise ganz hingerissen von ihrer Erscheinung.

»Du kannst den Mund jetzt wieder zumachen«, sagte Gertrud, nachdem Luise ihr die Tür geöffnet und sie fasziniert angestarrt hatte. Und das meinte sie überhaupt nicht böse oder von oben herab. Lächelnd streckte sie ihr die Hand hin und sagte: »Du musst Luise sein. Ich freue mich so, dich kennenzulernen. Du bist dann ja wohl so etwas wie meine Nichte und gehörst zur Familie.« Mit diesen Worten zog sie Luise kurzerhand an sich und nahm sie in die Arme. »Ich hoffe, wir werden viel Spaß haben«, flüsterte sie ihr dabei ins Ohr.

Gertrud war einige Zentimeter kleiner als Luise. Sie trug eine rot-weiß karierte Caprihose und eine rote Bluse, die sie vorn geknotet hatte. Dazu ein winziges Halstuch. Und einen Pferdeschwanz! Auch ihre Art nahm Luise sofort für sich ein. Wie eine Fee wehte sie ins aufgeräumte Wohnzimmer in der Mommsenstraße, setzte sich schräg in einen Sessel und ließ ihre schlanken Beine über die Lehne baumeln. Sie streckte ihre Zehen und ließ die flachen Schuhe zu Boden fallen. Ihre Zehennägel waren rot lackiert.

»Puh, tun mir die Füße weh!«, rief sie.

Sie nahm eine zerknautschte Packung amerikanische Zigaretten ohne Filter aus ihrer Handtasche und bot Luise eine an.

»Gertrud!«, mahnte Magda. »Sie ist doch erst sechzehn!«

»Ach so!«, meinte Gertrud und zwinkerte Luise zu.

In der folgenden halben Stunde schimpfte sie über den Bundeskanzler, den sie als Kanzler der Alliierten abtat, und regte sich darüber auf, dass man Frauen von den Handwerksberufen ausschließen wollte. Sie arbeitete beim *Tagesspiegel* und schrieb dort vermischte Nachrichten über Mode und Kultur. Sie sprach gerade von der Affäre eines Berliner Lokalpolitikers, der sich mit seiner Sekretärin eingelassen hatte und darüber seine Arbeit vernachlässigte, als Ernst ins Zimmer kam, der sein Geschäft für heute geschlossen hatte.

Gertrud stand auf und ging auf ihn zu, um ihm Küsse rechts und links auf die Wange zu geben, auf eine Art, die Luise bisher nur in französischen Filmen gesehen hatte.

Ernst setzte ein gutmütiges Lächeln auf. »Na, verdirbst du mir wieder meine Frauen mit deinen unmoralischen Geschichten?«

»Aber es verdirbt sie doch nicht, wenn es doch wahr ist!«, gab Gertrud zurück. »Nehmt es stattdessen als Warnung«, fügte sie, an Magda und Luise gewandt, mit Grabesstimme hinzu.

Magda holte die geschliffenen Gläser aus der Vitrine und schenkte vier Gläschen Escorial Grün ein. Luise wunderte sich, denn die guten Gläser kamen sonst nur bei besonderen Gelegenheiten auf den Tisch. Ihre Stieftante Gertrud schien wirklich einen Hauch von weiter Welt ins Haus zu bringen.

Luise saß anschließend einfach nur still da und lauschte begeistert dieser Frau, die so ganz anders war als alle Frauen, die sie bisher kennengelernt hatte, und die ihr Herz im Sturm eroberte.

»Willst du nicht endlich heiraten?«, fragte Ernst.

»Wer nimmt mich denn schon? Ich bin viel zu frech. Aber soll ich euch das Neueste erzählen?« Sie machte eine kunstvolle Pause und blies den Rauch ihrer Zigarette in die frisch gewaschenen Gardinen. »Ich werde Horst Buchholz interviewen! Soll ich dich zur Berlinpremiere seines neuen Films mitnehmen?«, fragte sie Luise.

Die schnappte nach Luft. Damit hatte Gertrud sie endgültig gewonnen. Auch sie hatte von dem Film gehört, in dem Horst Buchholz einen halbstarken Jugendlichen spielte, der auf die schiefe Bahn gerät.

»In dem Film gibt es eine Szene, die im Schwimmbad spielt. Der Horst in Badehose …«, lockte Gertrud sie.

Magda sagte: »Na, na!«

Luise sagte natürlich Ja.

Eine Woche später besuchte sie mit ihren Eltern das Theater am Kurfürstendamm, in dem eine Komödie gegeben wurde. Es war das erste Mal, dass Luise in ein Theater ging. Sie hatte zu dem Anlass extra ein neues Kleid bekommen und war furchtbar aufgeregt. Sie war fest entschlossen, sich zu amüsieren, getreu Gertruds Motto: »Wenn es schon mal was Nettes zu erleben gibt, dann bin ich hundertprozentig dabei!«

Aber als sie jetzt in ihrem Sessel in der zwanzigsten Reihe saß, fand sie die Dialoge albern und die männliche Hauptfigur, um die gleich drei Frauen in dem Stück buhlten, nichtssagend. Hingegen sehr gefiel ihr der große Saal mit den roten Stühlen. Sie legte den Kopf in den Nacken und bewunderte die riesige Messingscheibe mit der gläsernen Lampenkuppel über ihr. Das sieht ja aus wie ein Spiegelei, dachte sie. Dann konzentrierte sie sich wieder darauf, ihr neues Kleid nicht zu zerknittern. Als Magda ihr aufmunternd zulächelte, lächelte sie zurück, weil sie nicht wollte, dass sie ihre Enttäuschung über das Stück bemerkte.

In der Pause gingen sie zum Buffet, um eine Limonade zu trinken. Als sie sich zu Ernst umdrehte, der hinter ihr war, machte sie eine ungeschickte Bewegung und stieß mit dem Ellenbogen gegen einen Arm, und ihre Limonade ergoss sich über einen dunklen Anzug.

»Du meine Güte, ist mir das peinlich, entschuldigen Sie bitte vielmals!« Sie sah hoch und wurde knallrot. Vor ihr stand Horst Buchholz. Natürlich war er es nicht wirklich, aber der Mann vor ihr sah ihm zum Verwechseln ähnlich: dunkles Haar, das ihm in die Stirn fiel, ein frech lachender Mund und hohe Wangenknochen. Er hätte die Rolle in dem Stück spielen sollen, dachte Luise, bei ihm hätte ich verstanden, warum so viele Frauen hinter ihm her sind.

»Aber ich bitte Sie, das kann doch vorkommen. Und in diesem Gedränge!«, sagte er. Seine hellblauen Augen musterten sie amüsiert. Er war nur ein paar Jahre älter als sie, schätzte sie, eigentlich hätten sie sich auch duzen können.

»Luise, mein Gott, wie ungeschickt!«, rief Magda.

Auch ihr Stiefvater mischte sich jetzt ein. Er zog ein Taschentuch aus der Hosentasche, mit dem er den Anzug des fremden Mannes abtupfen wollte. »Selbstverständlich werden wir für die Reinigung aufkommen.«

Durch die Aufregung von Ernst und Magda waren die Umstehenden nun auch auf ihr Missgeschick aufmerksam geworden. Luise glaubte, dass mittlerweile sämtliche Theaterbesucher Zeugen ihrer Tölpelhaftigkeit geworden sein müssten. Die Sache war ihr so peinlich, dass ihr Tränen der Scham in die Augen traten. Mussten die beiden denn immer alles so dramatisieren!

Auch dem jungen Mann schien das Ganze mittlerweile zu viel zu werden. »Lassen Sie doch, das bisschen Limonade macht doch nichts.« Er verbeugte sich knapp, dann ging er davon. Aber vorher warf er Luise noch einen komplizenhaften Blick zu, der auszudrücken schien: Müssen Eltern eigentlich immer so sein?

Für den Rest der Vorstellung hatte Luise noch weniger Sinn für das Geschehen auf der Bühne. Sie musste stattdessen an den fremden Mann denken und ärgerte sich über ihre Ungeschicklichkeit, mehr noch aber darüber, dass sie so rot geworden war. Er musste sie ja für ein verschüchtertes kleines Mädchen gehalten haben. Und das wollte sie auf keinen Fall sein. Schließlich war sie ein ehemaliges Heimkind und hatte schon ganz andere Dinge erlebt. Das passiert mir nicht noch einmal, beschloss sie und ließ ihren Blick über die Ränge schweifen. Auf einem der Balkonplätze entdeckte sie den Mann von vorhin. Er lächelte ihr zu, und sie legte den Kopf leicht auf die Seite und erwiderte sein Lächeln.

Schon besser, dachte sie.

»Also, mein Fräulein …«

Wenn ein Satz diesen Anfang nahm, sträubten sich Luise die Nackenhaare. Sie hasste ihn noch mehr als Gänseblutsuppe, denn meistens folgte ihm eine lange Predigt darüber, wie eine junge Dame sich zu verhalten und was sie zu lassen habe. Vor allem sprach er ihr aber jede Denkfähigkeit ab. Sie hatte sich schon als Dreizehnjährige geschworen, nie, niemals einen Mann zu heiraten, der so mit ihr redete.

»Also, mein Fräulein, in diesem Aufzug verlässt du nicht das Haus!«

Luise sah an sich herunter. Sie hatte geahnt, dass Magda etwas gegen den bunt geblümten Rock einzuwenden haben würde.

»Bitte …«, begann sie, wurde aber sofort unterbrochen.

»Man kann deine Beine sehen. So gehst du mir nicht auf die Straße!«

»Aber ich bin doch mit Gertrud verabredet!«

»Gertrud musst du dir wirklich nicht zum Vorbild nehmen. Du ziehst dich sofort manierlich an. Und dann hol mir doch bitte noch ein Brot von Sandmann.«

»Aber dann komme ich zu spät!«

»Gertrud kommt auch immer zu spät.«

Luise ging zurück in ihr Zimmer. Sie zog den neuen Rock aus, auf den sie so stolz war und an dem sie bis tief in die Nacht genäht hatte, und streifte den langweiligen alten über, der aussah wie für eine Nonne gemacht. Den neuen Rock legte sie sorgfältig zusammen und verstaute ihn in ihrer Tasche. Das war das Gute an dieser neuen Mode: Die Röcke waren ohne Petticoat wesentlich weniger voluminös. Dann verließ sie hastig das Haus.

Die Bäckerei Sandmann war an der nächsten Ecke. Sie war so in Eile, dass sie vor der Ladentür frontal mit einem jungen Mann zusammenstieß, der das Geschäft gerade verließ. Das Brot, das er locker unter den Arm geklemmt hatte, flog in hohem Bogen auf die Straße.

»Machen Sie das mit Absicht? Habe ich Ihnen irgendetwas getan?«

Sie schluckte, als sie den Mann aus dem Theater erkannte. Horst Buchholz, der sich den offensichtlich schmerzenden Oberarm rieb und sich gleichzeitig nach seinem Brot bückte.

»Ach du meine Güte … das tut mir leid«, stammelte sie.

»Haben Sie sich wenigstens auch wehgetan?«, fragte er, wieder mit diesem frechen Grinsen im Gesicht.

»Ich tue mir nie weh«, gab sie zurück. Als sie an sich hinuntersah und ihr Blick auf den alten Rock fiel, der wie ein Sack an ihr herunterhing, hätte sie sich am liebsten versteckt.

Der Mann hielt ihr die Hand hin. »Felix Tremper.«

»Luise Fobienke. Ich wohne an der nächsten Ecke.«

»Da muss ich ja aufpassen, wenn ich auf die Straße gehe. Ich wohne nämlich auch hier in der Mommsenstraße.«

»Die Musikalienhandlung.«

»Wie bitte?«

»Dort wohne ich. Meinem … Vater gehört die Musikalienhandlung Mangels. Dort müssen Sie dann jetzt besonders vorsichtig sein. Manchmal stehe ich nämlich hinter dem Ladentisch.«

»Ich spiele kein Instrument.«

»Was für ein Glück für Sie, dann sind Sie ja nicht in Gefahr!«

Er lachte. »Darf ich Sie auf einen Kaffee einladen?«

»Haben Sie keine Angst, dass ich Ihnen den über die Hose kippe? Kaffee gibt Flecken.«

»Das Risiko nehme ich gern in Kauf.«

»Tut mir leid, ich bin schon verabredet.«

»Da habe ich aber Pech.«

»Oder sind gerade noch mal davongekommen.« Sie lächelte ihn an. Das Gespräch machte ihr Spaß.

»Ich weiß ja jetzt, wo ich Sie finde, Fräulein Fobienke. Dann bis bald.«

»Auf Wiedersehen.« Sie betrat die Bäckerei und quittierte die fragenden Blicke der anwesenden Frauen, als sei nichts gewesen. »Ein Graubrot, bitte.« Aber innerlich triumphierte sie.

Als sie das Geschäft verließ, hielt sie nach Felix Tremper Ausschau, konnte ihn aber nirgends entdecken. Pfeifend lief sie nach Hause und die Treppe in den ersten Stock hinauf. »Mädchen, die pfeifen, und Hühnern, die krähen, sollte man beizeiten den Hals umdrehen.« An diesen Spruch aus dem Heim musste sie denken. Dort waren Pfeifen und Singen verboten gewesen. »Aber hier nicht«, sagte sie laut und pfiff weiter.

Sie legte das Brot und das Wechselgeld auf den Küchentisch, gab Magda einen Kuss auf die Wange und rannte die Treppe wieder hinunter.

Unten wandte sie sich in Richtung des Hinterausgangs, wo es zu den Kellern ging. Sie sah sich um, niemand war zu sehen. Schnell zog sie den neuen Rock aus der Tasche und zog sich um. Jetzt musste sie sich beeilen, um rechtzeitig am verabredeten Ort zu sein. Gertrud und sie wollten ins Kino, und zwar in das neue MGM im Kurfürstendamm, um *Die Halbstarken* zu sehen. Danach würden sie zu Gertrud nach Hause gehen und sich wieder an die Nähmaschine setzen. Diesmal würde sie eine dieser topmodernen Hosen nähen, die unten immer enger und unter dem Fuß mit einem Steg gehalten wurden. Sie wusste auch schon, was sie dazu anziehen würde: eine ihrer braven Strickjacken, die sie aber verkehrt herum tragen würde, mit den Knöpfen auf dem Rücken. Sie lächelte bei dem Gedanken in sich hinein.

Gertrud wartete bereits ungeduldig vor dem Kino.

Luise hakte sich bei ihr unter und rief: »Du glaubst nicht, was mir gerade passiert ist!«

In den folgenden Tagen holte sie freiwillig das Brot und hielt sich länger in der Bäckerei Sandmann auf, als nötig gewesen wäre. Sie hoffte, Felix Tremper wiederzusehen, der ihr einfach nicht aus dem Kopf ging. Sie hatte sich unsterblich in ihn verliebt, während sie *Die Halbstarken* im Kino gesehen hatte. In ihrem Kopf wurde Felix Tremper zu Horst Buchholz. Nachts lag sie wach im Bett und träumte von ihm und der glatten Haut seiner muskulösen Brust, die sie in der Schwimmbadszene bewundert hatte. In der folgenden Woche traf sie Felix Tremper tatsächlich wieder. Diesmal trug sie die schicke Steghose und nahm seine Einladung zum Kaffeetrinken an.

Er hatte eine Vespa und fuhr mit ihr den Kurfürstendamm entlang. Er trug eine Lederjacke wie Horst Buchholz, deren Duft sie tief einsog, als sie hinter ihm saß. Sie traute sich nicht, die Arme um ihn zu legen und sich so festzuhalten, dabei hätte sie eigentlich nichts lieber getan.

Als Felix sie beim zweiten Treffen küsste, glaubte sie vor Wonne ohnmächtig zu werden. In den folgenden Wochen waren sie so oft zusammen, wie es ging. So oft, dass Luise sogar Schwierigkeiten in der Schule bekam.

Jeden Morgen zog sie sich im Keller um, weil Felix manchmal vor der Schule auf sie wartete. Sie bemerkte die fragenden Blicke ihrer Klassenkameradinnen. Sie war aber mit keiner gut genug befreundet, um mit ihnen über Felix zu sprechen. Sie sonnte sich nur in ihrer Bewunderung. Denn Felix sah einfach umwerfend gut aus, und wenn er mit seiner mintgrünen Vespa vor der

Schule auf sie wartete, dann folgten ihr die neidischen Blicke der anderen Mädchen.

Die nächste Deutschklausur verhaute sie. »Die lernt jetzt eher Italienisch«, zischte ihre Banknachbarin, als sie wieder eine Antwort nicht wusste. Die Geschichtslehrerin – Geschichte, ihr Lieblingsfach! – behielt sie nach der Stunde da.

»Ich glaube, es reicht jetzt«, sagte sie. »Es wird Zeit, dass du dich wieder mehr um die Schule kümmerst. Du hattest doch immer so hochgesteckte Ziele. Und dieser junge Mann holt dich nicht länger von der Schule ab. Glaub nicht, dass das unbemerkt geblieben ist!«

Auch zu Hause ahnte man etwas. Am Nachmittag wartete Gertrud schon bei ihnen in der Mommsenstraße.

»Dich sieht man ja gar nicht mehr! Du hast nie Zeit für mich«, beschwerte sie sich, sah sie dabei aber fragend an.

»Ich weiß auch nicht, was mit ihr los ist. Seit ein paar Wochen gefällt sie mir gar nicht. Ständig ist sie mit den Gedanken woanders«, meinte Magda.

Das Schlimmste aber war, dass auch Felix unzufrieden mit ihr war.

»Jetzt wird es doch erst lustig«, rief er ihr über den Lärm der anderen Partygänger hinweg zu, wenn sie um zehn Uhr nach Hause gebracht werden wollte.

»Ich muss nach Hause, sonst kriege ich Ärger. Morgen ist Schule.«

Und Felix wollte mehr als küssen, und zwar ziemlich schnell und ziemlich viel mehr.

»Jetzt sei doch nicht so altmodisch«, schimpfte er, wenn sie ihn abwehrte.

Sie mochte es, wenn er sie küsste, und ließ es sich gefallen, dass er die Knöpfe ihrer Bluse öffnete, um ihre Brüste zu streicheln, aber mehr wollte sie nicht. Er hatte ein- oder zweimal ihre Hand genommen und sie in seinen Schritt gelegt. Sie war zurückgezuckt, als sie das pulsierende Etwas dort gespürt hatte, und er war beleidigt gewesen.

In jedem Fall ging ihr das alles zu schnell. Es war nicht nur ihre Vernunft, die ihr das sagte. Sein Drängen gefiel ihr nicht. Sie fühlte sich fast ein bisschen benutzt. Sie schämte sich für den Gedanken, aber manchmal erinnerte er sie sogar ein wenig an Fritz.

»Du tust nur, wozu du Lust hast. Niemand darf dich zwingen«, gab Gertrud, die ihren Zwiespalt spürte, ihr als Rat mit auf den Weg. Luise hatte ihr mittlerweile alles über Felix erzählt. »Denk dran, dass er älter ist als du. Und außerdem ticken Männer da sowieso anders als wir Frauen.«

»Frauen?« Luise musste lachen. »Bin ich denn schon eine richtige Frau?«

»Eben nicht!«, gab Gertrud zurück. »Lass dir also Zeit.«

Als der Herbst kam, wurde es schwieriger, sich mit Felix zu treffen, weil es draußen zunehmend ungemütlich wurde. Ihn mit zu sich nach Hause zu nehmen, war völlig ausgeschlossen, und er wohnte auch noch bei seinen Eltern. Außerdem hatte er sie auch nicht dorthin eingeladen.

Etwa um diese Zeit erreichte sie ein Brief von Marianne. *Es ist noch schrecklicher hier, seit Du nicht mehr da bist,* schrieb sie. *Aber im nächsten Frühjahr werde ich achtzehn, dann komme ich hier raus. Wie geht es Dir?*

Luise schlug vor, sich zu treffen. Das war allerdings kompliziert, denn die Regierung der DDR erlaubte ihren Bürgern nicht, ohne Passierschein die Sektorengrenzen zu übertreten. Nur in Berlin war das noch möglich. Die beiden Hälften der Stadt waren zu sehr miteinander verbunden, über Kanäle, Leitungen, Verkehrslinien, Ämterzuständigkeiten und so weiter, als dass man die Verbindungen einfach hätte kappen können. In der

Stadt konnte man trotz Verbot auch mit öffentlichen Verkehrsmitteln vom Ostsektor in die Westsektoren fahren. Luise schlug vor, dass sie sich in Ostberlin treffen sollten. Dann würden sie gemeinsam mit der U-Bahn nach Westberlin fahren, wobei Luise ihrer Freundin als Tarnung dienen würde.

Sie trafen sich am Alexanderplatz. Luise trug unter ihrem langen Mantel zwei ihrer neu geschneiderten Röcke übereinander. Sie suchten einen Waschraum auf, wo sie Marianne einen davon gab.

»So was gibt es im Osten nicht. Damit hält dich jeder für eine aus dem Westen. Lass die Jacke offen. Und nimm diesen unmöglichen Schal ab.« Die Wolle war offensichtlich schon mehrfach verstrickt worden, und der regenbogenfarbene Schal sah sehr nach Osten aus. »Hier, die neueste Ausgabe des *Stern*.«

Mit klopfenden Herzen saßen sie anschließend nebeneinander in der Bahn. Marianne tat, als würde sie in dem Magazin blättern. Wenn eine Grenzkontrolle kommen sollte, würden sie vorgeben, sie seien Cousinen und hätten eine gemeinsame Tante im Osten besucht. Aber sie hatten Glück. Und mit der Haltestelle Gleisdreieck waren sie im Westteil. Am Bahnhof Zoo stiegen sie erleichtert aus.

»Ich lade dich ein ins ›Kranzler‹. Da reden wir erst einmal. Wenn wir zu mir nach Hause gehen, haben wir keine Ruhe vor meiner Mutter.«

»Du sagst Mutter zu ihr?«

Luise zuckte mit den Schultern. »Ich mag sie wirklich, auch wenn sie manchmal anstrengend ist. Wobei anstrengend von streng kommt. Ich nenne sie Magda, aber wie soll ich sie denn nennen, wenn ich über sie rede? Adoptivmutter? Stiefmutter?«

Sie bestellten Kaffee und Kuchen, davor aber einen Cinzano, zur Feier des Tages. Dann begann erst Marianne zu berichten. Im Heim hatte sich seit ihrem Weggang nicht viel verändert. Die Direktorin war noch da und auch die meisten Erzieherinnen. Die größeren Kinder waren weg, es kamen nur wenige neue nach. Aber der politische Ton war schärfer geworden. »Alles, was aus dem Westen kommt, ist des Teufels. Wenn die wüssten, dass ich hier mit dir sitze und Cinzano trinke …«, sagte Marianne.

»Was hast du denen denn gesagt, wo du bist?«

Marianne nahm ein großes Stück von der Schwarzwälder Kirschtorte auf ihre Gabel. »Im Osten natürlich. Ich habe mich in einer Schneiderei in der Nähe des Alex vorgestellt. Irgendwo muss ich ja hin, wenn ich nächstes Jahr das Heim verlasse.« Sie schob sich den Kuchen in den Mund. »Meine Güte, ist das lecker.«

»Hm, Schneiderin. Ist das was für dich?«

»Wenn ich mir diesen Rock so anschaue … Das kann ich mir dann alles selbst nähen.«

»Auf die Stoffe kommt es an. So was habt ihr drüben nicht.«

Marianne sagte nichts.

»Und wenn du einfach hierbleibst?«, fragte Luise.

Die sah sie auf eine merkwürdige Art an. »Du kennst doch Ursel noch?«

Luise nickte. Ursula von Danckwitz hatte sich immer mit der Heimleitung angelegt, die sie wegen ihrer aristokratischen Herkunft gern als abschreckendes Beispiel für imperialistische Dekadenz hingestellt hatte.

»Sie hat Flugblätter aus Westberlin verteilt. Natürlich haben sie sie erwischt. Sie war im Gefängnis und ist dort sogar geschlagen worden. Und man hat jeden Kontakt zu ihrer kleinen Schwester unterbunden.«

»Das ist ein Verbrechen! Ich denke, Sippenhaft gab es nur bei den Nazis!«, rief Luise aus und sah sich erschrocken um, ob sie jemand gehört hatte.

»Auf jeden Fall weißt du jetzt, warum ich keinen Schritt tun werde, der meine Schwester in Schwierigkeiten bringen könnte. Dass ich mich heute hier mit dir treffe, darf auch niemand erfahren. Wenn ich gehe, dann nur mit Jutta.« Sie sah starr geradeaus. »Ich muss erst einen Beruf haben und Geld verdienen«, fügte sie nach einer Pause hinzu.

Später bummelten sie über den Ku'damm in Richtung Mommsenstraße. Marianne staunte über die Auslagen der Geschäfte. »Man hört ja drüben davon, wie es im Westen so ist, aber das hier …«, sagte sie.

Vor der Musikalienhandlung blieben sie stehen.

»Hier wohnst du also. Sieht schön aus.«

»Willst du mein Zimmer sehen? Meine Mutter würde dir gern Guten Tag sagen.«

»Lieber nicht. Ich glaube, ich mach mich auf den Rückweg.«

»Ich bringe dich.«

Marianne schüttelte den Kopf. »Zurück ist ja kein Problem.«

»Wenn du mal Hilfe brauchst …«

»Du hast es schon ziemlich gut getroffen hier, weißt du das?«, fragte Marianne.

Luise nickte. »Es hätte genauso gut umgekehrt sein können. Ernst und Magda hätten dich adoptieren können.«

»Haben sie aber nicht. Und außerdem: Wer nimmt denn gleich zwei Kinder auf? Und ohne meine Schwester gehe ich nirgendwo hin.«

»Deine Schwester …«, sagte Luise nachdenklich.

»Ja. Was ist mit ihr?«, fragte Marianne, der die Traurigkeit in Luises Stimme nicht entgangen war.

Aber Luise wollte nicht darüber reden, nicht jetzt. »Ach, schon gut«, sagte sie. »Grüße Jutta von mir, ja?«

Marianne nickte.

Luise brachte sie dann doch noch zum Bahnhof, weil sie sich nur schwer von ihrer Freundin trennen konnte. Sie hatte bestimmt kein Heimweh nach dem Kinderheim, aber ein paar Dinge von früher vermisste sie doch: die Gemeinschaft mit den anderen, dass man nie allein war, dass alle dasselbe Schicksal teilten. Und sie spürte ihr schlechtes Gewissen gegenüber Marianne, die nicht so viel Glück gehabt hatte.

Auf dem Bahnsteig verabschiedeten sie sich schweren Herzens voneinander.

»Eins muss ich dir noch sagen«, sagte Marianne, als die Bahn schon einfuhr.

»Was denn?«

»Fritz ist wieder draußen.«

Bei der Erwähnung des Namens wurde Luise kalt.

»Er hat zwei Jahre bekommen und ist wegen guter Führung vorzeitig rausgekommen. Er war bei uns im Heim.« Sie senkte den Blick. »Er hat nach dir gefragt. Er wollte unbedingt deine Adresse haben. Ich weiß nicht, ob er die irgendwie bekommen hat. Und er war sehr wütend. Ich glaube, du solltest vorsichtig sein.«

Teil 2

9

Gegen vier Uhr morgens machte Fritz Sierichsen sein letztes Spiel. Er hatte den ganzen Abend über verloren. Jetzt musste er in einer letzten Anstrengung alles zurückholen. Dieses Spiel war seine letzte Chance. Wenn er jetzt nicht gewann, dann wäre er pleite. Er lockerte den Knoten seiner Krawatte, weil er mit einem Mal schlecht Luft bekam. Dabei drang ihm der eigene Schweißgeruch in die Nase, der von seinem Nylonhemd aufstieg. Er bemerkte den siegessicheren Blick des Matrosen, der ihm gegenübersaß, ein dunkelhaariger, stiernackiger Mann. Er hatte die Ärmel locker aufgekrempelt, sodass die Tätowierungen auf den stark behaarten Unterarmen zu sehen waren, rot gelockte, nackte Frauen mit üppigen Brüsten.

Mit ihnen am Tisch saßen noch ein Schlachtermeister aus der Neustadt und ein Lehrer, aber beide waren harmlose Hobbyspieler, deren Mienen dem gewieften Zocker genau verrieten, ob sie etwas auf der Hand hatten. Sie waren längst ausgestiegen, ihre Karten lagen mit dem Rücken nach oben auf dem Tisch.

Blieb der Seemann als Gegner. Er spielte ebenso kaltblütig wie Fritz. Nur dass er, wenn er jetzt verlor, wieder an Bord seines Schiffes gehen und kein Geld brauchen würde, bis die nächste Heuer fällig war. Er hatte nur diese Nacht Freigang, er war gerade aus Panama gekommen und musste um sechs Uhr früh wieder an Bord sein, dann ging es zurück nach Südamerika. In den vergangenen Stunden hatte er die gesamte Entlohnung für die letzte Fahrt verspielt. Zwischen ihnen, in der Mitte des Tisches, lag ein großer Haufen Geldscheine. Der Matrose hatte seine Heuer eingesetzt, und Fritz war mitgegangen und hatte sein gesamtes Geld, die Schlüssel für sein Auto und seine Junghansuhr dazugelegt.

Der Matrose war gefährlich. Er kniff die Augen zusammen und sah Fritz über den Tisch hinweg an. Dann schob er seine Karten ineinander und klopfte damit leise auf den Tisch.

»Nervös?«, fragte er, als Fritz seine leere Zigarettenpackung wütend zerknüllte und sie auf den Boden warf.

Der Schlachtermeister bot ihm eine von seinen an. Fritz zündete sie an, zog daran und stieß den Rauch heftig aus, dann fixierte er sein Gegenüber und sagte: »Ich will sehen.«

Der Matrose warf seine Karten schwungvoll auf den Spieltisch. Sie fächerten sich auf, und auf dem Tisch lagen zwei Buben und drei Damen.

»Full House!«, rief der Lehrer aufgeregt. »Da muss erst mal einer drüber kommen.«

Der Matrose rührte sich nicht und fixierte Fritz. Fritz lehnte sich in seinem Stuhl zurück, um seinen Triumph auszukosten. Er hatte es doch gewusst. Ihm konnte keiner! In den Augen des Matrosen las er, dass der Mann Bescheid wusste. Dann zeigte er sein eigenes Blatt. Karte für Karte legte er sie auf den Tisch, wobei er die Ecken bis zuletzt festhielt, sodass sie mit einem leisen Knall aufkamen. Er begann mit der Pik Acht, dann folgte die Pik Neun, dann die Zehn, dann der Bube …

»Er hat einen Straight Flush!«, rief der Lehrer.

Als letzte Karte legte Fritz die Pik Dame auf den Tisch. Dann raffte er die Geldscheine zusammen und steckte sie in die Tasche seines Jacketts. Langsam legte er die Uhr wieder um, dann stand er auf.

»War mir ein Vergnügen, meine Herren«, sagte er und tippte sich an den Rand seines Hutes.

Er sah aus dem Augenwinkel, wie die Muskelstränge am Hals des bulligen Matrosen sich anspannten. »Na, na, immer schön ruhig bleiben. Sie wollen doch auf Ihr Schiff und nicht in eine Zelle.« Damit verließ er das fensterlose Hinterzimmer. Vorn im Schankraum war immer noch Betrieb, oder schon wieder, je nachdem, wie man es sah. Bei Erna wurde nie zugemacht, und der Tresen war immer voller Männer, unter die sich ab und zu auch mal eine Frau mischte.

Fritz lehnte sich kurz zur Wirtin über den Tresen und schob ihr einen Schein hin. Das war hier üblich. Risikopauschale nannte Erna das, wenn sie die Männer im Hinterzimmer spielen ließ, obwohl es verboten war.

»Haste ihn ausgenommen?«, fragte sie. Sie war um die fünfzig und von massiger Statur. Den Schein ließ sie in ihrer Bluse verschwinden, die zu viel von ihrem teigig-blassen Dekolleté sehen ließ.

Fritz antwortete nicht. Er ging auf einen Mann zu, der am Ende des Tresens stand. Wortlos gaben sie sich die Hand. »Pass mal auf den Matrosen auf, bis ich weg bin«, sagte er leise zu ihm.

Der andere machte das Kreuz breit und nickte einmal kurz. Die Begegnung dauerte keine Minute, nur wer genau beobachtete, hatte sie überhaupt bemerkt.

Draußen auf der Straße ließ er sich zu ein paar tänzelnden Boxschritten hinreißen, die seinen von Tabak und Schnaps benebelten Kopf wieder frei machten. Er fühlte sich stark und unbesiegbar. Der Abend hatte gut für ihn angefangen, dann hatte er verloren und sogar seine teure Uhr als Einsatz auf den Tisch legen müssen. Aber er hatte nicht aufgegeben und am Ende alles zurückgewonnen und einen satten Gewinn gemacht. Zweitausend Mark hatten da eben auf dem Tisch gelegen. Er sah auf seine Uhr. Es war fast fünf Uhr morgens, zu spät, um vor der Arbeit noch ins Bett zu gehen. Er war ohnehin nicht müde. Das prickelnde Gefühl, das ihm Nervenkitzel und Erfolg bescherten, hatte ihm schon immer als Ersatz für Schlaf gedient. Das war schon so gewesen, als er als Jugendlicher auf Beutezug gegangen war. Er brauchte die Gefahr, um sich lebendig zu fühlen. Für all die Männer, die morgens brav zur Arbeit und abends heim zu Frau und Kindern gingen, hatte er nur Verachtung über. Für ihn hatte das Leben etwas anderes vorgesehen. Auf ihn wartete noch Großes, davon war er überzeugt.

Es war zwar noch dunkel, aber am östlichen Himmel zeigte sich schon der schwache Schein der Morgendämmerung. Fritz ging zum Wilhelmsplatz und betrat den Flur eines Wohnhauses. Hier wohnte im zweiten Stock Monika, die mit Künstlernamen die flotte Lotte hieß. Monika war in ihn verliebt und dachte daran, sich bald zur Ruhe zu setzen. Eigentlich hatte sie gehofft, dass einer der britischen Besatzungssoldaten sie heiraten würde, aber die waren alle schon wieder zu Hause in England, und sie saß immer noch in Hamburg. Monika war die einzige Vertraute, die Fritz hatte. Er klopfte an ihre Tür und wartete, bis sie schlaftrunken öffnete.

Er wies auf die ausgebeulte Tasche seines Jacketts. »Ich habe gewonnen«, sagte er.

»Und ich mag Sieger«, sagte sie und zog ihn hinter sich her ins Schlafzimmer.

Danach musste er nicht einmal bei sich zu Hause vorbeigehen. Er hatte immer ein frisches Hemd bei Monika liegen. Zur Feier des Tages ließ er sich bei einem Frisör auf St. Pauli rasieren, dann machte er sich voller Tatendrang auf den Weg in die Sägerei. Auf dem Weg kaufte er noch einen Strauß roter Nelken für Elisabeth Michelsen.

Als er im Auto saß und sein Blick auf die Blumen auf dem Beifahrersitz fiel, grinste er böse in sich hinein. Rote Nelken waren in der Sowjetzone allgegenwärtig gewesen. Kein Bild von Ulbricht oder Stalin ohne einen Strauß Nelken davor, kein Umzug zum Jahrestag ohne die verdammte Nelke im Knopfloch. Er hasste diese Blumen, aber die Frauen wollten nun mal keine anderen. Er gab dem Strauß einen Schubs, sodass er gegen die Beifahrertür flog. Dabei stieg der Geruch der Blumen auf. Auch den mochte er nicht. Er überlegte, ob er sie einfach aus dem Auto werfen sollte, überlegte es sich dann aber anders.

Seine Gedanken gingen zurück in das Jahr 1955, als er in

den Jugendknast in Karl-Marx-Stadt gekommen war. Sogar im Knast hatte es Nelken gegeben. Sie standen auf dem Schreibtisch des Leiters des Jugendhauses. Die Zeit, die er dort verbracht hatte, war nicht einfach gewesen, aber sie hatte ihn hart gemacht. Er war zu zwei Jahren Jugendhaft wegen Beihilfe zu bewaffnetem Überfall verurteilt worden. Im Jugendhaus hatte man ihn der Werkzeugmacherei zugeteilt. Zehn Stunden am Tag hatte er an der Werkbank gestanden.

Am schlimmsten war die politische Indoktrination gewesen. Dieses Gefasel von Umerziehung und dem Guten im Menschen und dem Sozialismus, der das Beste in den Jugendlichen hervorbringe, wenn man ihn nur lasse. Und die Sowjetunion als großer Bruder immer vorneweg. Sie hatten sogar Russischkurse angeboten, und Fritz hatte einen belegt. Nicht weil er Interesse an der Sprache gehabt hatte, sondern weil er früher raus wollte. Das war ihm ja auch geglückt. Sechs Monate hatten sie ihm erlassen, weil er gute Zukunftsaussichten hatte und gefestigt in der sozialistischen Idee war. Dass er nicht lachte! Er hatte sich nur zusammengerissen, weil er gemerkt hatte, dass er damit besser fuhr. Im ersten Jahr hatte er noch Einzelhaft bekommen, weil er einen anderen Häftling drangsaliert hatte. Der war schwach gewesen. Und er war stark! Obwohl er seitdem in kleinen geschlossenen Räumen Angstzustände bekam. Dafür hasste er die DDR aus tiefstem Herzen: dass sie ihm seine Grenzen gezeigt hatte. Und wenn er an die kleine Fobienke dachte, die mit angesehen hatte, wie sie ihn verhaftet hatten, dann stieg wilde Wut in ihm auf.

Fritz musste an einer roten Ampel halten. Er hatte das Seitenfenster geöffnet und spuckte aus. Mit dem Sozialismus hatte er nur schlechte Erfahrungen gemacht, auch als noch »National« davorgestanden hatte. So lange war der Nationalsozialismus ja auch noch nicht her. Damals hatte er an den Führer geglaubt und an den Endsieg. Er war bei der Hitlerjugend gewesen und im Frühjahr 1945 begeistert zum Volkssturm gegangen. Er war bereit gewesen, für sein Vaterland zu sterben. Als alles vorbei war, war er mit einer Gruppe Werwölfe umhergezogen und hatte Angst und Schrecken verbreitet. Die nächsten Jahre hatte er sich durchgeschlagen. Er war halb verhungert gewesen, als er 1954 in diesem Kinderheim in Wismar untergekommen war, wo er den Hausmeister ersetzen sollte.

Dort hatte er Günther Kühn kennengelernt, und der hatte ihm von dem schnellen Geld vorgeschwärmt, das sich mit Einbrüchen und Diebstählen machen ließe. Fritz war sofort dabei gewesen. Jetzt war endlich mal er dran mit dem guten Leben. Und dann war Günther erwischt worden und hatte ihn verpfiffen. Im Gefängnis hatte Fritz seine Lust auf Rache genährt. Und er hatte gelernt, einen langen Atem zu haben.

Als er nach den eineinhalb Jahren wieder frei kam, glaubte er an nichts mehr, nur an sich selbst, an die eigene Stärke. Und er hatte nicht vergessen, wer ihm etwas angetan, ihm geschadet hatte.

Sein erster Weg hatte ihn nach Wismar ins Kinderheim geführt. Er ging die Allee zum Haus hinauf und fühlte seine Wut zurückkehren. Sie war frisch wie an dem Tag, als er hier verhaftet worden war. Die Kleine, die ihm entwischt war und gesehen hatte, wie man ihn verhaftet hatte, mit der hatte er noch eine Rechnung offen. Er schlich sich in den Schweinestall, neben dem die Hausmeisterwerkstatt lag. Sein Nachfolger, wer immer es auch sein mochte, war zum Glück nicht da. Niemand war zu sehen. Er sah sich um. Das Brecheisen lag immer noch an der Stelle im Schrank, wo es früher gelegen hatte. Er nahm es und hebelte ein Fußbodenbrett hoch. Er kniete sich hin und griff unter das Brett. Er hatte damals diesen Hohlraum angelegt, um seine Beute zu verstecken. Den Teil, den er nicht mit vollen Händen ausgab. Seine Finger ertasteten den groben Stoff. Er zog das Bündel heraus und wickelte es aus. Ein bisschen Schmuck, ein paar Ringe und fünf Goldmünzen.

Nachlässig schlug er den Stoff wieder darüber und stopfte das Bündel in seinen Hosenbund. Als er aus dem Stall trat, kam ihm eines der Mädchen entgegen. Er erkannte sie wieder, sie war die Schwester von dieser Marianne, und die war eine Freundin von Luise gewesen.

»Ist Luise Fobienke noch hier?«, fragte er sie.

»Wieso willst du das wissen?«, fragte sie misstrauisch.

»Ich habe Nachricht von ihrer Familie.«

Das Misstrauen blieb. »Sie ist schon lange nicht mehr hier.«

»Wo ist sie jetzt?«

»Weiß nicht. Ich glaube, in Berlin.«

»Wo in Berlin?« Seine Stimme wurde drohend.

»Ich sag doch, ich weiß es nicht. Frag doch im Büro.« Damit drehte sie sich um und ging weg.

Fritz kam als Anhalter bis Ostberlin, dort überschritt er die Sektorengrenze. Als er die gefüllten Schaufenster und die gut gekleideten Menschen auf den Straßen sah, beschloss er, im Westen zu bleiben. In einer Kneipe traf er zufällig einen Knastkumpan, der ihm von Hamburg erzählte und dass man es dort im Hafen zu was bringen konnte, wenn man Grips hatte.

Warum nicht ein neues Leben beginnen?, dachte sich Fritz. Als er in Hamburg ankam, legte er zuerst seinen Anzug ab, der zu bunt und zu auffällig war und zu einem Ganoven passte, aber nicht zu dem seriösen Herrn, der er werden wollte. Auch die Krawatte mit den Papageien und die Einstecktücher aus Seidenimitat verkaufte er an einen Trödler. Er packte noch etwas Geld drauf und erstand einen dunkelbraunen Anzug und zwei weiße Hemden.

Die ersten Monate schlug er sich mit Gelegenheitsarbeiten durch. Monika griff ihn eines Abends auf und nahm ihn mit zu sich nach Hause. Und dann las er im *Abendblatt* eine Anzeige:

Junger Mann mit gutem Leumund und Ambitionen, tüchtig und selbstständig, gepflegte Erscheinung, als rechte Hand des Chefs gesucht. Bewerbung persönlich bei Sägerei Michelsen, Oberhafen.

Das war genau das, was er suchte. Rechte Hand des Chefs. Er zog seinen Anzug an und stellte sich bei Nikolaus Michelsen vor. Vorher besorgte er sich über einen Freund, der ihm noch eine Gefälligkeit schuldete, das Empfehlungsschreiben eines Bauunternehmers aus Berlin.

Inzwischen ging es ihm ganz gut. Er schwamm auf einer Welle des Erfolgs. Er war Geschäftsführer einer gut gehenden Sägerei, und er hatte Monika, bei der er alles bekam, was ein Mann brauchte.

Zwei Dinge machten ihm zu schaffen: die Knasterfahrung und die Demütigung durch Luise Fobienke. In seiner Vorstellung hatte sich beides zu einer unheilvollen Gemengelage verbunden: Wenn Luise ihn nicht zurückgewiesen hätte, dann hätte ihm die Einzelhaft nicht so viel ausmachen können. Sie war an allem schuld. Manchmal geisterte sie nachts durch seine Träume, sie lockte ihn und machte ihn heiß, und dann wies sie ihn hochmütig ab. Wenn er an den Tritt dachte, den sie ihm in diesem Stall gegeben hatte, und er sich wieder vor Schmerz winselnd im Hühnerdreck liegen sah, dann stieg heiße Wut in ihm auf. An solchen Abenden war er gemein zu Monika, und es machte ihm Spaß, sie beim Sex zu beschimpfen, und manchmal schlug er sie auch und sah dabei Luises Gesicht vor sich.

Es war ihm nicht entgangen, dass die Tochter des Chefs Ambitionen in der Firma hatte. Er lachte bei dem Gedanken daran in sich hinein. Genügend Durchsetzungskraft hatte sie ja, und es fehlte ihr auch nicht an Fachwissen, aber solange er da war, würde er verhindern, dass sie seinen Job überflüssig machte. Noch nie hatte er es so lange auf einem Posten ausgehalten, das Gehalt stimmte, und er mochte die Macht, die ihm seine Arbeit verschaffte. Er hielt gern andere Menschen an der kurzen Leine, er verkaufte ihnen gern Dinge, die sie eigentlich nicht wollten, und es machte ihm Spaß, die Männer an der Säge zu kommandieren. Der Alte vertraute ihm blind. Er hatte ihm sogar Visitenkarten drucken lassen, mit denen er bei seinen nächtlichen Eskapaden Eindruck schinden konnte. Es sah gut aus, wenn man in eine neue Pokerrunde kam und erst mal ein paar Visitenkarten über den Tisch hüpfen ließ.

Er war jetzt ein gutes Jahr in der Sägerei, und langsam wurde die Sache langweilig. Würde er seine Lust auf Risiko und Abenteuer nicht ab und zu am Spieltisch befriedigen, wäre er schon lange weg gewesen. Aber jetzt hatte er den Alten fast so weit, dass er ihn nach Afrika schickte. Das war etwas nach seinem Geschmack. Dort würde er Neuland betreten, denn Michelsen selbst war noch nicht da gewesen und wollte auch nicht hin. Aber seitdem sie mehr und mehr Hölzer aus Westafrika importierten, war es notwendig, die dortigen Handelspartner zu kontrollieren und vielleicht sogar eine eigene Niederlassung aufzubauen. Die Tochter des Chefs hatte ihm anvertraut, dass sie selbst mit dem Gedanken spielte, nach Afrika zu fahren. Aber das kam natürlich nicht infrage. Nicht, solange er da war. Aber es war hilfreich, nett zu ihr zu sein und weiterhin so zu tun, als wäre er auf ihrer Seite.

Er parkte seinen VW-Käfer vor dem Büro und ging um das Auto herum, um die Nelken vom Beifahrersitz zu holen. Dann überquerte er die Straße und betrat das Büro.

Schwungvoll riss er die Tür auf und überreichte Elisabeth die Blumen.

»Für Sie, mein schönes Fräulein. Wie Sie sehen, ist Herr von Waren nicht der einzige Mann, der weiß, was sich gehört.«

Elisabeth sah von ihrem Aktenordner auf. Sie hatte gerade Rechnungen geschrieben und war dabei, die Durchschläge abzulegen. Eine stumpfsinnige Arbeit, bei der sie achtgeben musste, sich nicht aus lauter Langeweile im Alphabet zu vertun. Sie war froh über die Ablenkung und sah Fritz Sierichsen mit einem amüsierten Lächeln an.

Er wirkte ein bisschen abgekämpft, und sie meinte hinter dem großzügig aufgetragenen Rasierwasser den Geruch von Alkohol wahrzunehmen. Aber sein Hemd war wie immer tipptopp gebügelt, das Haar mit Pomade zurückgekämmt. Ihr fiel ein, dass Theo von Waren sie gefragt hatte, was er wohl früher gemacht hatte. Wenn sie ihn sich jetzt so ansah, war der Gedanke nicht abwegig, dass er nachts irgendwelchen dunklen Geschäften nachging.

Sie musste bei dem Gedanken amüsiert gelächelt haben, denn er fragte, was denn so witzig sei.

»Ach, gar nichts«, gab sie zurück. Sie nahm ihm die Blumen ab. »Das ist aber nett von Ihnen.« Dann holte sie die Vase, die neben dem Cognac und den Gläsern im Schrank stand, und ließ die Nelken hineinfallen.

»Ist Ihr Vater schon da? Ich muss mit ihm reden. Aber vorher brauche ich einen Kaffee. Schön stark, bitte.«

Er sah Elisabeth nach, und wie schon häufiger streifte ihn der flüchtige Gedanke, dass sie ihn an Luise Fobienke erinnerte. Als er die Sägerei zum ersten Mal betreten hatte, war es ein Schock für ihn gewesen, weil er geglaubt hatte, Luise stehe vor ihm. Es waren ihre Augen, die hellblau wie ein Gebirgssee im Winter waren, und die Art, wie sie manchmal zwei Finger auf die Lippen legte, um besser nachdenken zu können. Aber dann hatte er eingesehen, dass er sich geirrt haben musste. Luise war damals ja auch noch ein halbes Kind gewesen, und die Tochter des Chefs war eine erwachsene Frau. Trotzdem machte die Ähnlichkeit Elisabeth für ihn attraktiv, obwohl er eigentlich mehr auf üppige Frauen stand. Manchmal ertappte er sich bei dem Gedanken, wie es wäre, sie in seinem Bett zu haben und sich dabei vorzustellen, es wäre die kleine Fobienke.

Ihr seid doch alle gleich, dachte er böse, als Elisabeth mit einer Tasse Kaffee in der Hand wieder vor ihm stand und ihn leicht spöttisch anlächelte.

Er lächelte charmant zurück, während es in seinem Inneren brodelte. Seine Zeit würde kommen. Und die kleine Fobienke musste ja schließlich irgendwo stecken.

10

Als Elisabeth an einem Nachmittag zwei Wochen später das Zimmer in Hannas Wohnheim betrat, saß ihre Freundin stumm auf dem Bett, während Rita weinend ihre Sachen in einen Koffer und Kartons packte.

»Was ist denn los?«, fragte Elisabeth erschrocken. »Rita, warum packst du denn? Ziehst du aus?«

Rita schluchzte nur laut auf.

»Sie muss ausziehen. Sie bekommt ein Kind«, sagte Hanna leise. »Sie hat es eben der Heimleitung gesagt, und die haben sie sofort rausgeschmissen. Ihre Stelle ist sie auch los.«

Elisabeth zuckte zusammen. »Mein Gott, Rita! Was machst du denn jetzt? Hast du denn nicht aufgepasst?«

»Sie schon, aber ihr Alfred nicht.« Hannas Stimme klang böse.

»Er ist mein Verlobter«, sagte Rita trotzig.

Elisabeth erinnerte sich noch gut an den Abend im »Café Keese«, als Rita nur mit Alfred getanzt hatte. Seitdem war der Name immer mal wieder aufgetaucht, wenn Rita sich mit ihm getroffen hatte. Aber dass sie so weit gegangen war, damit hatte sie nicht gerechnet. »Ihr seid verlobt? Seit wann denn? Du kennst ihn doch erst seit ein paar Monaten!«

»Und was macht das? Wir beide gehören zusammen, das habe ich gleich gemerkt. Und jetzt geht es eben alles ein bisschen schneller, als wir geplant hatten. Geheiratet hätten wir sowieso. Er hat schon das Aufgebot bestellt, und außerdem sucht er eine Wohnung für uns. Zwei Zimmer, mit eigenem Bad natürlich. Er verdient als Tischler gutes Geld. Ihr könnt mich dann besuchen kommen, und es gibt Eckes Edelkirsch.« Rita gelang ein kleines Lächeln, in dem Triumph mitschwang.

Wenige Minuten später erschien Alfred in Begleitung von Frau Rohde, der Direktorin des Mädchenheims. Denn Männerbesuch war natürlich absolut verboten, und wenn er doch mal vorkam, musste er unter strengster Kontrolle stattfinden.

Alfred küsste Rita zur Begrüßung und griff ihr an den Busen, worüber sie kicherte und Frau Rohde »Also, ich muss doch sehr bitten!« sagte. Als er eine Verbeugung vor Elisabeth machte, konnte sie seinen wie mit dem Messer gezogenen Scheitel sehen. Sie mochte diese Frisur nicht. Sie war ihr zu zackig. Sie sah zu, wie Alfred sich ohne jede Mühe den Koffer auf die Schulter lud. Elisabeth, Hanna und Rita nahmen jede einen kleineren Karton mit Ritas restlichen Sachen. Vor dem Haus stand ein VW-Käfer, den Alfred sich von einem Kollegen geliehen hatte.

»Bald kaufe ich mir ein eigenes Auto«, sagte er zu den Frauen. Er nahm ihnen die Kisten ab und verstaute sie auf der Rücksitzbank.

Rita blickte sie triumphierend an. »Sag ich doch!«

Frau Rohde gab Rita die Hand und wünschte ihr mit eisiger Miene alles Gute. Anschließend verabschiedeten sich die Freundinnen voneinander und versprachen, sich sehr bald wiederzusehen. Dann stieg Rita ins Auto und brauste mit Alfred davon.

»So einfach geht das also«, sagte Elisabeth in Gedanken versunken, während sie dem Käfer hinterherblickte. »Auf einmal bist du eine verheiratete Frau, hast ein Kind, und dein Leben ist ganz anders.«

»Aber doch nicht mit jemandem wie Alfred!«, sagte Hanna. »Er ist so altmodisch.«

»Und er hat null Sex-Appeal.«

Sie kehrten in das Zimmer zurück, das ohne Rita seltsam leer wirkte.

»Dauert nicht lange, da wette ich mit dir. Spätestens nächsten Monat zieht eine Neue ein«, meinte Hanna und legte einige ihrer eigenen Bücher auf Ritas Bettkasten, damit er nicht ganz so kahl aussah. Dort stand eine eingetrocknete rote Rose, die erste, die Alfred Rita geschenkt hatte. Hanna knickte sie demonstrativ und warf sie in den Mülleimer. Dann bückte sie sich, um die

Flasche Picon hervorzuziehen, die unter dem Bett versteckt war. Alkohol war im Wohnheim natürlich auch verboten. Sie nahm zwei der geschliffenen Gläser aus dem Regal und schenkte großzügig ein. »Erst mal entspannen, erst mal Picon!«, rief sie.

Elisabeth nippte an ihrem Glas und schüttelte sich. »Das ist mir zu stark.« Mit Unbehagen sah sie, dass Hanna sich noch ein zweites Glas einschenkte. »Hoffentlich ist die Neue nett«, sagte sie, um das Gespräch wieder in Gang zu bringen. Sie hatte sich immer noch nicht von dem Schrecken mit Rita erholt. »Wenn ich mir vorstelle, schwanger zu sein …« Der Gedanke war unerträglich.

»Wieso? Willst du keine Kinder?«, fragte Hanna.

»Doch, natürlich, aber doch nicht so früh! Ich will erst mal heiraten. Und zwar den Richtigen.«

Elisabeth wusste ungefähr Bescheid über die Dinge, die zwischen Mann und Frau geschahen, wenn auch nur theoretisch. Als sie in einem Ehebüchlein gelesen hatte, die Gebärmutter würde alle vier Wochen blutige Tränen weinen, wenn sie kein Kindlein empfangen habe, hatte sie laut über diesen Schwachsinn lachen können. Aber irgendwie war sie immer davon ausgegangen, dass eine Frau erst heiratete und dann Kinder bekam. Sie kannte niemanden wie Rita, bei dem es andersherum war. Und was man tun konnte, um kein Kind zu bekommen und was genau mit »aufpassen« gemeint war, das wusste sie auch nicht. Sie entschloss sich, die Gelegenheit bei den Hörnern zu packen und Hanna danach zu fragen.

»Kennst du denn nicht Beate Uhse?«, fragte die zurück.

»Wen?«

»Meine Güte, wo lebst du eigentlich? Die mit dem Versandgeschäft. Bei ihr kannst du Kondome bestellen.«

Kondome, das Wort hatte Elisabeth schon einmal gehört und auch eine Abbildung in einem Magazin gesehen.

»Hast du die schon mal … benutzt?«

»Ich doch nicht. Die nehmen Männer.«

»Du weißt, wie ich das meine!«, rief sie unwirsch.

Hanna sah sie an. »Ja, habe ich.«

»Und? Wie ist es?«, wagte Elisabeth zu fragen.

»Die Liebe? Kommt ganz auf den Mann an.«

»Du meinst, du hast schon mit mehreren …?« Elisabeth wurde rot, als sie bemerkte, dass sie dabei an Theo von Waren dachte. Wie es wohl mit ihm wäre?

»An wen denkst du denn gerade?« Hanna warf mit einem Kissen nach ihr.

»Sag ich nicht!«, gab Elisabeth zurück.

Der Sommer kam und mit ihm die Ferienzeit.

In den Jahren vor Mariettas Tod war Elisabeth immer mit ihrer Mutter nach Timmendorf gefahren, und Nikolaus war über die Wochenenden nachgekommen. Marietta hatte davon gesprochen, dass in Masuren die Strände breiter gewesen seien, und Elisabeth hatte versucht, sich an das Gefühl von Sand unter ihren Füßen zu erinnern. Aber als sie ihre Mutter gebeten hatte, doch von früher zu erzählen, war diese wie immer verstummt.

»Diesen Sommer fahre ich mit dir«, sagte Nikolaus eines Abends zu ihr, als sie nach dem Essen noch am Tisch saßen. »Sierichsen ist ja da. Er wird sich um die Sägerei kümmern. Und einmal ausspannen tut mir gut. Ich bin schließlich auch nicht mehr der Jüngste.« Er hatte den Prospekt eines neu eröffneten Hotels vor sich liegen. »Drei Sterne, direkt am Strand, gute Küche. Und sie haben Komfortzimmer mit Seeblick.«

Es war nicht zu leugnen, dass die Firma florierte, seit Sierichsen bei ihnen war. Auch vorher war es schon bergauf gegangen, schließlich wurde Deutschland wieder aufgebaut. Es herrschte Vollbeschäftigung, es wurden sogar Arbeiter aus dem Ausland geholt. Die Läden und Auslagen der Geschäfte waren voll, man fuhr im Urlaub bis nach Italien. Jeder träumte: vom eigenen Haus, einem Auto oder zumindest der Schrankwand und dem neuen Geschirr. »Wer jetzt kein Geld verdient, der verdient nie welches«, sagte Nikolaus immer wieder. Der Satz war zu einer Art Leitspruch für ihn geworden.

Sierichsen hatte das Ganze noch beschleunigt. Er ging aktiv auf neue Kunden zu, setzte sogar Anzeigen ins *Abendblatt: Fachbetrieb sägt alles.*

Nikolaus hielt große Stücke auf seinen Mitarbeiter. Mittlerweile hatten sie mehr zu tun, als sie eigentlich bewältigen konnten, und Sierichsen hatte vier neue Männer eingestellt. Wo er die aufgetrieben hatte, wusste nur er allein. »Alte Bekannte.« Mehr war aus ihm nicht herauszubekommen.

»Wenn er an einer Baustelle vorbeikommt, geht er hin und fragt, wer denn das Holz für die Türen und Fenster und den Dachstuhl liefert. Er quatscht einfach jeden an«, meinte Elisabeth. Fritz Sierichsen hatte ihr davon erzählt. »Er hat seine Finger einfach überall drin, und er kennt in Hamburg beinahe jeden Bauherrn und jeden Architekten.«

»Er meint, wir sollten die Hölzer direkt aus Afrika holen, ohne Zwischenhändler, die den halben Gewinn für sich behalten.«

Elisabeth sah ihren Vater scharf an. Genau diesen Vorschlag hatte sie schon vor Monaten gemacht, und damals hatte Nikolaus entrüstet abgelehnt.

»Ein Vorschlag muss nur von Sierichsen kommen, dann bist du sofort dafür.«

»Ein Vorschlag muss gut für die Firma sein. Wenn Sierichsen nicht da wäre, könnten wir uns so einen Urlaub nicht leisten.« Er klopfte mit dem Zeigefinger auf den Hotelprospekt. »Rufst du da morgen an und reservierst für uns?«, fragte er und stand auf, um ins Wohnzimmer zu gehen und die Sonntagszeitung zu lesen.

Elisabeth blieb noch am Tisch sitzen und nickte, obwohl ihr Vater den Raum längst verlassen hatte. Sie freute sich auf die Ferien. Sie war froh, aus Hamburg herauszukommen, jedenfalls für ein paar Wochen. Die Arbeit im Büro machte ihr schon lange keinen Spaß mehr. Vom ewigen Briefeschreiben auf der alten Maschine taten ihr die Finger weh, vor allem aber waren es immer dieselben Briefe, die sie schrieb. Was wirklich in der Sägerei vorging, davon erfuhr sie so gut wie nichts, denn ihr Vater und Sierichsen redeten darüber nur hinter verschlossenen Türen.

Außerdem machte sie sich Sorgen um Hanna. Sie hatte tatsächlich schnell eine neue Mitbewohnerin bekommen. Leider teilte sie Hannas Neigung für Schnäpschen und durchgetanzte Nächte. Die beiden hatten mehrfach Ärger auf der Arbeit und im Heim bekommen.

Hanna hatte sich verändert. Sie hatte einen großen Teil ihrer Lebensfreude verloren. Vor einem Jahr hatte sie noch geglaubt, die Welt liege ihr zu Füßen. Jetzt machte sie oft einen resignierten Eindruck. Ihre Wut bekämpfte sie dann mit Schnaps und Männern. Wenn sie zusammen ausgingen, konnte Elisabeth es oft nicht mit ansehen, wie Hanna mit verwischtem Make-up und schriller Stimme um fremde Männer herumscharwenzelte. Einmal hatte sie Hanna am Arm gefasst, um sie mit sich zum Ausgang zu ziehen, und Hanna war entsetzlich wütend geworden und hatte ihr vorgeworfen, ihr mit ihrer spießigen Art den Abend zu verderben. Seitdem sahen sie sich seltener.

Am schlimmsten war, dass Elisabeth sich oft genauso machtlos fühlte wie ihre beste Freundin. Sie fragte sich, was ihr Leben eigentlich schön machte.

Nach wie vor litt sie darunter, dass ihre Mutter nicht mehr da war und ihr Geheimnis mit ins Grab genommen hatte. Sie hatte die Suche nach den Fotos, von denen ihre Mutter auf dem Totenbett gesprochen hatte, aufgegeben. Sie waren nicht mehr da. Wahrscheinlich hatte sie sie irgendwann weggeworfen, und

Elisabeth musste sich damit abfinden. Aber die Fragen blieben. Wenn sie irgendwo zufällig den Namen Sophie hörte, dann zuckte sie zusammen, und alles war wieder da, die bohrenden Fragen und die Ungewissheit.

Drei Wochen später nahmen sie den Zug nach Lübeck und stiegen dort um nach Timmendorf. Die Schönheit der Ostsee nahm Elisabeth wie in jedem Jahr gefangen. Sie hatten wunderschönes Sommerwetter. Über die Mittagsstunden war es richtig heiß. Zu heiß für Nikolaus, der diese Stunden auf dem Zimmer verdöste. Elisabeth unternahm stundenlange Wanderungen am Strand. In den Jahren zuvor hatte Marietta sie dabei gebremst.

»Eine junge Frau von Stand verausgabt sich nicht«, hatte sie gesagt.

»Wieso von Stand?«, hatte Elisabeth gefragt. »Was meinst du damit?« Sie hatte ihre Mutter erwartungsvoll angesehen und gehofft, sie würde von früher, von ihrer eigenen Jugend erzählen, aber Marietta hatte geschwiegen.

»Es gehört sich einfach nicht. In spätestens einer Stunde gehen wir zurück ins Hotel. Zu viel Sonne schadet dem Teint.«

»Mutter, ich kann nicht die werden, die du einmal warst. Ich weiß ja gar nicht, was und wie du warst. Du erzählst es mir ja nicht!«, hatte Elisabeth ausgerufen.

»Eine junge Frau von Stand mäßigt stets ihre Stimme«, hatte ihre Mutter nur gemeint.

In diesem Jahr aber konnte Elisabeth ihrer Lust am Wandern, wo sie sich körperlich austobte und Zeit zum Nachdenken fand, ohne Einschränkungen nachgehen. Sie marschierte kilometerweit, mal in die eine, mal in die andere Richtung, bis sie an Strandabschnitte kam, an denen außer ihr kein Mensch war. Wenn ihr zu heiß wurde und niemand in der Nähe war, raffte sie ihren Rock oder zog ihn ganz aus und tauchte in das kalte, klare Wasser ein, um sich abzukühlen. Dann ging sie weiter. Mal schritt sie schnell aus und genoss die Bewegung ihrer Muskeln. Dann wieder schlenderte sie, den Kopf gesenkt, und suchte den Wassersaum nach schönen Muscheln, Hühnergöttern und anderen Dingen ab, die die Ostsee anspülte. Die Einsamkeit tat ihr gut. Sie hätte ewig so weiterlaufen können, wenn nicht der Hunger oder der Gedanke an ihren Vater, der im Hotel auf sie wartete, sie zum Umkehren bewegt hätte.

Nach Stunden kam sie dann zurück, hungrig, die Haut von der Sonne gerötet, die Haare zerzaust.

Am Spätnachmittag begleitete sie ihren Vater an den Strand. Er las in einem Strandkorb die Zeitung, und sie streckte sich im Sand aus und döste in der Sonne, in einem Zustand entspannter Erschöpfung.

Abends aßen sie meistens im Hotel.

»Willst du nicht mal ausgehen?«, fragte Nikolaus sie nach der ersten Woche.

Sie schüttelte den Kopf. »Ich war doch gestern schon im Kino. Mir gefällt es, für mich zu sein.«

Nikolaus sah sie fragend an.

»Kein Sorge«, beruhigte sie ihn. »Ich fühle mich richtig wohl. Es gefällt mir hier, und ich vermisse gar nichts.«

In der zweiten Woche entdeckte sie oben auf dem Kamm einer niedrigen Steilküste ein Haus, das ihr bisher nicht aufgefallen war. Neugierig lenkte sie ihre Schritte dorthin. Schwer atmend von der Anstrengung kam sie oben an und sah sich um. Das Haus stand leer, die Fenster waren zum Teil eingeschlagen. Sie ging seitlich um das Haus herum und sah, dass die Eingangstür fehlte. Neugierig ging sie hinein und fand sich in einer Art Diele wieder. Alle Möbel und Einrichtungsgegenstände waren weg, von den Wänden hing eine grün geblümte Tapete in Fetzen herunter. An einigen Stellen, dort, wo Bilder gehangen hatten, zeigte die Tapete helle Flecken. Durch eine Tür konnte sie sehen, dass die zur Landseite liegende Wand des Hauses zum Teil eingestürzt war. Wahrscheinlich war das Haus im Krieg von einer Bombe getroffen worden und die Bewohner hatten es aufgegeben. Von der Diele aus führte eine Treppe in den ersten Stock. Sie sah einigermaßen stabil aus. Elisabeth sah nach oben und setzte vorsichtig einen Fuß auf die erste Stufe. Nach sieben Stufen machte die Treppe kehrt und führte weiter nach oben. Ihre Augen waren noch an die gleißende Helligkeit draußen gewöhnt, hier kam es ihr dunkel vor. Sie tastete sich am Geländer entlang, das warm und glatt unter ihren Händen lag. Sie setzte den Fuß auf die nächste Stufe, und ein Knarren unter ihren Füßen ließ sie erstarren und den Atem anhalten. Sie kannte dieses Geräusch, sie hatte es schon oft vernommen, und es brachte ihr lange vergessene Erinnerungen zurück.

Sie war noch klein und stieg vorsichtig eine Treppe hinauf. Die Stufen waren hoch für ihre kleinen Beine, sie zog sich an den Streben des Geländers hinauf. Diese Treppe war gefährlich, weil dort oben ein Gespenst wohnte, das keine Kinder mochte. Das hatte ihr Vater ihnen erzählt und verboten, dort hinaufzugehen. Sie drehte sich zu dem anderen Mädchen um und legte warnend den Finger auf die Lippen. Es war ganz still bis auf das Scharren ihrer Füße auf dem Holz, ihr leises Atmen und ab und zu ein geflüstertes Wort. »Leise!« Sie kannten jede Stufe genau und wussten, wohin sie die Füße setzen mussten, damit es nicht verräterisch knarrte. Oben angekommen, standen sie atemlos im Halbdunkel vor einer Tür und hielten sich an den Händen und lauschten. Manchmal glaubten sie, ein Geräusch von drinnen zu hören. Ein leises Husten, das Geräusch, wenn ein Stuhl über den Holzboden geschoben wurde, das Rascheln von Papier, wenn eine Buchseite umgeblättert wurde. Jedes Mal nahmen sie sich vor, endlich die Tür zu öffnen und nachzusehen, was sich dahinter verbarg, und immer wieder fehlte ihnen am Ende der Mut, und sie flüchteten die Treppe wieder hinunter, so schnell und so leise sie konnten.

Die Erinnerung hatte Elisabeth mit aller Deutlichkeit und ohne Vorwarnung getroffen. Sie fühlte sich wieder wie das kleine Mädchen, das sie damals gewesen war, und tauchte wie aus einem Film daraus auf. Verwirrt ließ sie sich auf der obersten Stufe nieder. Sie hatte von Freud gehört und wie Erinnerung entsteht. In ihrem Fall war der Auslöser wohl das zufällige Knarren der Stufe gewesen. Sie ließ die Bilder noch einmal an sich vorüberziehen: das Haus, die dunkle Treppe und an deren Ende die verschlossene Tür. Aber da war noch etwas gewesen: Sie war nicht allein diese Treppe hinaufgestiegen. Da war ein anderes Mädchen gewesen, das sie an der Hand gehalten hatte. Plötzlich wusste sie auch, dass sie dieses verbotene Abenteuer ihrer Kindheit nie allein, sondern immer zu zweit gewagt hatte. Das andere Mädchen musste ihre Schwester sein!

»Meine Schwester«, murmelte sie und erschrak über den Klang ihrer eigenen Stimme, die mit einem Mal ganz rau war.

Sie stand auf und stellte fest, dass ihre Beine leicht zitterten. Mit wackligen Knien ging sie die Treppe ganz nach oben. Dort gingen von einem kleinen quadratischen Flur drei Zimmer ab. Sie öffnete eine Tür nach der anderen und sah in die Räume. Sie waren klein und leer, die Außenwand des dritten Zimmers fehlte, eine Kiefer wuchs in das Zimmer hinein. Von der Tür aus konnte sie über die Dünenlandschaft blicken.

Aber es kamen keine weiteren Erinnerungen.

Sie verließ das Haus. Zwei Jungen kamen mit Fahrrädern angefahren und sahen sie neugierig an. Sie lächelte ihnen zu und trat den Rückweg an.

»Was ist denn heute los mit dir? Du wirkst so abwesend.«

Die Stimme ihres Vaters holte sie zurück an den Restauranttisch, der auf der rundum verglasten Veranda des Hotels stand. Alle Schiebefenster waren geöffnet, der Abend war lau und völlig windstill, wie man an der ruhigen Flamme der Kerze sehen konnte. Vor Elisabeth stand ein Teller mit gedünstetem Dorsch in Senfsoße und Kartoffelpüree. Er war beinahe unberührt, nur dem Püree sah man an, dass jemand mit der Gabel darin herumgestochert hatte.

Elisabeth legte die Gabel neben den Teller. »Mir ist heute etwas Komisches passiert …«, begann sie.

»Was ist los?« Ihr Vater war sofort alarmiert und bereit aufzuspringen.

»Nein, nein, du musst dir keine Sorgen machen. Ich habe heute Nachmittag eine Erinnerung an früher gehabt. Wenn es überhaupt eine wahre Erinnerung war.«

Nikolaus beugte sich zu ihr herüber. »Nun sag schon!«

»Ich bin eine Treppe hochgestiegen.«

»Eine Treppe?«

»Ja, es war eine Mutprobe. Ich war damals noch ganz klein, keine fünf Jahre alt. Und ich war nicht allein. Da war ein anderes Mädchen, und ich glaube, sie war meine Schwester. In dem Augenblick war ich mir dessen ganz sicher.«

»Deine Schwester?«

Elisabeth nickte. »Weißt du noch, als Mama gestorben ist? Sie hat doch von einer Sophie erzählt …«

»Und du glaubst, diese Sophie könnte deine Schwester sein?«

»Das wäre doch möglich.«

»Aber wo ist sie? Warum ist sie nicht mit euch nach Hamburg gekommen?«

»Mein Vater ist doch auch nicht bei uns gewesen. Entschuldige«, fügte sie rasch hinzu.

»Ist schon gut, ich weiß, was du meinst. Dann glaubst du, dass deine Schwester auch …«

»… tot ist?« Sie zuckte mit den Schultern. »Ich wäre schon

froh, wenn ich sicher sein könnte, dass ich überhaupt eine Schwester gehabt habe. Ich habe das nie erzählt, aber als Kind hatte ich einen immer wiederkehrenden Traum. Ich war an der Hand eines Mädchens, und dann war es plötzlich weg. Dieser Traum hat mich über Jahre hinweg gequält.«

»Auch das könnte diese Schwester gewesen sein.« Nikolaus überlegte, ob er seine Gedanken mitteilen sollte, dann tat er es. »Du weißt, dass deine Mutter keine einzige Sendung des Roten Kreuzes im Radio verpasst hat. Sie war wie besessen davon.«

Elisabeth nickte. »Manchmal bekam sie Briefe mit einem roten Kreuz darauf. Sie muss mit dem Suchdienst korrespondiert haben.«

»Ich habe sie gefragt, warum sie diese Sendungen hört, wen sie sucht. Aber sie ist mir die Antwort schuldig geblieben. Du weißt ja, wie das mit ihr war. Einmal ist sie sogar in ein Kinderheim in Bremen gefahren. Vor ihrer Abfahrt war sie wie elektrisiert und schrecklich aufgeregt. Und dann ist sie am nächsten Tag völlig deprimiert wiedergekommen.« Er schwieg.

»Ich nehme an, danach war sie für mehrere Tage nicht ansprechbar.«

Er nickte. »Damals kam ihre Melancholie erst richtig zum Ausbruch. Es war manchmal nicht leicht mit ihr. Ich habe mich immer gefragt, was ich falsch mache, warum ich sie nicht glücklich machen kann.«

Elisabeth beugte sich zu ihm hinüber und gab ihm einen Kuss auf die Wange. »Du hast alles richtig gemacht. Aber gegen ihren Schmerz konnte wohl niemand an.« Sie überlegte. »Es war ein Kinderheim, in das sie gefahren ist, sagst du?«

»Ja.« Er räusperte sich. »Ich habe mir damals so sehr ein eigenes Kind gewünscht, aber in den ersten Jahren hat es nicht geklappt. Und da hat Marietta mir vorgeschlagen, eine Adoption in Erwägung zu ziehen. Und eines Tages kam sie mit der Idee, in dieses Kinderheim nach Bremen zu fahren ... Aber mittlerweile glaube ich, dass sie dort ein ganz bestimmtes Kind gesucht hat.«

»Meine Schwester. Und sie hat sie nicht gefunden.«

»Wenn ich mir das vorstelle: Eine Mutter, die ihre Tochter vermisst, sie überall sucht und stirbt, ohne sie wiedergesehen zu haben. Ohne zu wissen, ob sie überhaupt noch lebt und wie es ihr geht ...« Nikolaus fröstelte bei dem Gedanken. Wenn es stimmte, was Elisabeth vermutete, dann gab es endlich auch eine Erklärung für Mariettas Schwermut. Dann müsste er sich nicht länger selbst die Schuld geben, dass sie an seiner Seite nicht glücklich gewesen war.

»Glaubst du, ich habe sie enttäuscht?« Elisabeths Stimme klang zögerlich und angstvoll.

Nikolaus sah sie fragend an.

»Weil ich nicht so war, wie sie mich gern gehabt hätte. Sie hätte es doch gern gesehen, wenn ich braver gewesen wäre, mehr den Konventionen entsprochen hätte. Wenn ich geheiratet und nicht diesen in ihren Augen unpassenden Berufswunsch gehabt hätte.«

»Du bist du und nicht deine Mutter«, sagte er vorsichtig.

»Vielleicht hat diese andere Tochter mehr ihren Vorstellungen entsprochen.« Die Erkenntnis durchfuhr Elisabeth voller Schmerz.

Sie wurden still und senkten die Köpfe.

Die Kellnerin kam an den Tisch. »Schmeckt es Ihnen nicht?«, fragte sie.

Nikolaus winkte ab. »Doch, doch, alles in Ordnung.«

»Lass uns essen«, sagte er, als sie wieder gegangen war.

»Kannst du dich noch an irgendetwas anderes erinnern? Außer dieser Treppe?«, fragte Nikolaus nach einer Weile.

»An das Gefühl von Sand unter den Füßen«, gab Elisabeth zurück, »und an den Geruch der Pinien. Aber es kann auch sein, dass diese Erinnerungen aus Timmendorf stammen. Ich war vor der Flucht einfach noch zu klein.«

Nach dem Essen machten sie noch einen kleinen Spaziergang am Meer. Sie kamen an einer Villa vorüber, deren Fassade mit Holzbalkonen und Türmchen geschmückt war.

»Immer wenn ich dieses Haus sehe, frage ich mich, ob unser Haus in Leba wohl so ähnlich ausgesehen hat«, sagte Elisabeth.

»Ich habe mich das auch gerade gefragt. Marietta hat gesagt, dass man von einem Balkon aus das Meer sehen konnte … Das könnte passen.«

In der folgenden Nacht wälzte sich Elisabeth ruhelos in ihrem Bett hin und her. Der Schock über ihre Entdeckung, dass sie vielleicht irgendwo auf der Welt eine Schwester hatte, ließ sie keinen Schlaf finden. Viele Begebenheiten von früher, viele Erinnerungen an ihre Mutter bekamen jetzt nachträglich einen Sinn. Mariettas Traurigkeit, die verstohlenen Gesten, mit denen sie Tränen von der Wange gewischt hatte, wenn sie glaubte, niemand würde es sehen. All die Heimlichkeiten, die sie umgaben und mit denen sie Elisabeth als Kind ein schlechtes Gewissen gemacht hatte. Elisabeth hatte geglaubt, sie sei schuld an der Trauer ihrer Mutter.

Und dann war da ihr Traum, der sie in den ersten Jahren in Hamburg so oft gequält hatte, der Traum von einer dicht gedrängten Menschenmenge und einer Hand, an die sie sich klammerte und die sie schließlich losgelassen hatte. Die Erkenntnis ließ ihr den Atem stocken: Das musste die Hand ihrer Schwester gewesen sein! Eine andere Möglichkeit gab es nicht. Ihr Herz fing an zu rasen, und eine Welle der Hitze ging durch ihren Körper, als ihr der Gedanke kam, dass sie es gewesen war, die ihre Schwester losgelassen hatte. Aber dann wäre sie ja schuld an ihrem Verschwinden!

»Mein Gott, was habe ich getan?«, fragte sie unter Tränen.

Sie hatte eine Schwester, die Sophie hieß. Sie musste ungefähr so alt sein wie sie, wenn sie ihre Erinnerung an die Treppe nicht täuschte. Wo mochte Sophie jetzt sein? Ob es ihr gut ging? Ob sie auch eine neue Familie gefunden hatte? Sie drehte sich auf die andere Seite und warf die Decke ab, weil ihr viel zu warm war.

Für ein paar Sekunden machte ihr der Gedanke Hoffnung, nach Sophie zu suchen. Dann fiel diese Hoffnung wieder in sich zusammen. Das hatte ihre Mutter ja schon getan, und damals war die Spur noch frisch gewesen. Ob ihre Mutter ihr auch die Schuld gegeben hatte? Ein anderer Gedanke traf sie wie ein Blitz: Ob Marietta ihr deshalb den Erfolg in der Sägerei nicht gegönnt hatte? Glaubte sie vielleicht, Elisabeth habe das Glück nicht verdient, weil sie das Glück ihrer Schwester auf dem Gewissen hatte? Hatte Marietta ihre andere Tochter mehr geliebt als sie?

Und sie selbst, hatte sie denn jetzt überhaupt noch ein Recht auf Glück, nach dem, was mit ihrer Schwester geschehen war? Jetzt bekamen auch all ihre Zweifel einen Sinn, ihr Schwanken zwischen resolutem Selbstbewusstsein und Ängstlichkeit. Ihre mangelnde Fähigkeit, sich ohne Sorgen um die Zukunft zu amüsieren, die Hanna ihr schon so oft vorgeworfen hatte. Die Momente plötzlicher, unbegründeter Traurigkeit, denen sie hilflos ausgeliefert war. Diese Stimmungsschwankungen, die fehlende Sicherheit, das vage Gefühl zu versagen, dies alles hatte seinen Grund in ihrer frühesten Kindheit. Fast war sie ein wenig erleichtert, als ihr diese Dinge klar wurden. Dann überfiel sie wieder die Erinnerung an ihre Schwester.

Sie versuchte sich ein Wiedersehen mit Sophie vorzustellen. Sie würden aufeinander zugehen und sich erkennen, sie würden sich erzählen, was in den letzten Jahren geschehen war, sie würden Erinnerungen an ihre Mutter und ihren Vater austauschen. Und Sophie würde ihr vergeben.

Der Gedanke tröstete Elisabeth ein wenig, und als es am Horizont hell wurde, fand sie endlich Schlaf.

Die Geister der Nacht ließen sie auch am nächsten Tag nicht los. In ihrer Verwirrung fühlte sie sich nicht einmal in der Lage, mit ihrem Vater zu frühstücken. Sie wollte mit niemandem reden. Bevor Nikolaus aufgestanden war, war sie schon an den Strand gegangen. Sie wollte allein sein und nachdenken.

Als sie am späten Nachmittag ins Hotel zurückkam, saß Theo von Waren mit ihrem Vater in der Halle. Beide hatten sich Kaffee bestellt und waren in ein angeregtes Gespräch vertieft. Dann hob Theo von Waren den Kopf und entdeckte sie. Ein strahlendes Lächeln erschien auf seinem Gesicht.

Elisabeth freute sich mehr, als sie zeigen wollte. Theo von Waren war wahrscheinlich der einzige Mensch, der sie von ihrer Grübelei abhalten konnte. Sie rechnete kurz nach, wann sie ihn das letzte Mal gesehen hatte. Das war schon gute vier Wochen her. Danach war er im Auftrag der Hamburger Hafenbetriebe in England gewesen und hatte dort bei einer Schiffswerft hospitiert. »Ist ein bisschen wie Industriespionage«, hatte er lächelnd zu Elisabeth gesagt, bevor er gefahren war.

Er stand auf und kam auf sie zu. Er trug sein Haar länger als gewöhnlich, eine dunkle Locke fiel ihm in die Stirn. »Elisabeth! Wie freue ich mich, Sie zu sehen!«

Sie fuhr sich mit der Hand durch ihr Haar, das mit einem bunten Band aus der Stirn gehalten wurde. »Seit wann sind Sie zurück?«, fragte sie ihn. Sie war so glücklich ihn zu sehen, dass sie jede vornehme Zurückhaltung vergaß.

»Seit gestern. Und weil ich noch zwei Tage frei habe, habe ich mir gedacht, ich statte Ihnen einen Besuch ab. Mein erster Gang hat mich nämlich in die Sägerei geführt, und dort sagte mir Sierichsen, dass Sie hier Urlaub machen.«

»Das ist aber nett von Sierichsen, dass er Ihnen Auskunft gegeben hat. Ich möchte unbedingt alles darüber erfahren, was Sie in England getan haben.«

Nikolaus Michelsen gesellte sich zu ihnen. »Herr von Waren

hat mir schon eine Menge berichtet. Die Engländer sind offensichtlich in vielen Dingen weiter als wir Deutsche. Kein Wunder, die haben ja auch nach dem Krieg einen Großteil unserer Hafenanlagen abmontiert und bei sich wieder aufgebaut.«

»Wir sind dabei, aufzuholen«, sagte Theo von Waren. »Und dass in Deutschland alles kaputt war und neu aufgebaut werden muss, ist auch von Vorteil.«

»Wie meinen Sie das?«, fragte Elisabeth.

»Nun, wenn neu aufgebaut wird wie in Deutschland, dann nur nach den neuesten Erkenntnissen. Wir sind dadurch sehr modern. Wir erleben sozusagen einen erzwungenen Modernisierungsschub. Während die Engländer auf unseren alten Anlagen und Maschinen herumsitzen.«

»Darüber möchte ich mehr hören«, rief Nikolaus. »Wollen Sie nicht heute Abend mit uns essen? Die Küche hier ist nicht schlecht.«

»Wo sind Sie denn untergebracht?«, fragte Elisabeth.

»Ich wohne in der kleinen Pension einer Witwe in der Bahnhofstraße. Und die Einladung nehme ich gern an.«

»Also dann, bis nachher. Gegen halb sieben?«, schlug Nikolaus vor.

Theo von Waren nickte zustimmend.

Elisabeth sah ihm enttäuscht nach. Aber sie würde noch genug Zeit finden, mit ihm allein zu sein.

»Ich nehme an, ihr beide macht noch einen Spaziergang?«, fragte Nikolaus, nachdem sie gegessen hatten. »Ich ziehe mich zurück, ich bin müde. Ich weiß ja, dass meine Tochter bei Ihnen in guten Händen ist«, fügte er mit einem halb drohenden, halb scherzenden Lächeln hinzu.

Theo stand auf und verbeugte sich knapp vor ihm. »Sie können mir voll und ganz vertrauen.«

Sie gingen zum Wasser hinunter. Der Mond schien, und das

Meer leuchtete silbern, einzelne kleine Schaumkronen blitzten weiß auf. Elisabeth zog Schuhe und Strümpfe aus und ließ die kleinen Wellen über ihre Füße laufen. Theo tat es ihr nach.

»Das ist kalt!«, rief er aus.

Sie lachte. »Ich bade jeden Tag. Man gewöhnt sich daran.«

»Das scheint Ihnen sehr gutzutun. Sie sehen phantastisch aus.«

Sie freute sich über das Kompliment. »Ich mache gern allein lange Spaziergänge und die Bewegung tut mir gut.«

»Darf ich Sie morgen begleiten? Ich werde auch ganz still sein und Sie nicht stören.«

»Versprochen?«

»Ehrenwort!«

»Und Sie gehen mit mir baden?«

»Ich habe keine Badehose.«

»Die können Sie hier kaufen.«

»Na gut. Aber dann gehen Sie morgen Abend mit mir italienisch essen.«

»Italienisch? Wie geht das denn?«

»Sie nennen es Pizza. Ein Teig mit Tomatensoße und Käse darauf. Ich habe auf dem Weg vom Bahnhof gesehen, dass es hier eine Pizzeria gibt.«

»Teig mit Tomatensoße? Und das soll schmecken?«

»Wollen wir es nicht ausprobieren?«

Elisabeth legte den Kopf schief. »Also gut. Sie gehen mit mir schwimmen, und ich esse mit Ihnen diese Pizza.«

Sie waren vor Elisabeths Hotel angekommen, und Theo von Waren küsste sie ganz leicht auf die Wange.

»Oh«, entfuhr es ihr, aber da hatte er sich schon umgedreht und sich ein paar Schritte entfernt.

Elisabeth blieb in der Tür des Hotels stehen und legte die Hand an ihre Wange. Der Kuss war so weich, so zart gewesen!

11

Gleich nach dem Frühstück erschien Theo von Waren, um sie abzuholen. Elisabeth stopfte sich den letzten Bissen in den Mund und lief schnell hinauf in ihr Zimmer, um ihre Badesachen zu holen. Als sie wieder unten war, ihre bunte Leinentasche über der Schulter, musste sie quer durch den Speisesaal gehen. Dabei wurde sie sich bewusst, dass Theo sie die ganze Zeit intensiv musterte. Auf einmal fragte sie sich, wie es wohl aussah, wenn sie ging. Sie hätte sich gern in den Hüften gewiegt, wusste aber nicht, wie man das machte, ohne dass es komisch wirkte. Und plötzlich war da der Gedanke an ihre Mutter. Sie hätte niemals so hastig eine Mahlzeit beendet, um dann vom Tisch aufzuspringen. So etwas tat eine Dame von Stand nicht. Verunsichert sah sie Theo in die Augen, aber dort las sie einfach nur Freude und Bewunderung. Schnell wischte sie ihre Bedenken beiseite.

»Mir ist heute nach einem ruhigen Tag. Ich werde die Zeitung lesen und dann den Schachspielern an der Kurhalle zusehen«, sagte Nikolaus und schenkte sich eine weitere Tasse Kaffee ein.

»Du kannst Schach spielen?«, fragte Elisabeth erstaunt.

»Ich habe in meiner Jugend gespielt, aber dann kam der verdammte Krieg. In den letzten Tagen habe ich zugesehen, wie die anderen spielen, und mir sind viele Züge wieder eingefallen.« Er schmunzelte. »Vielleicht wage ich heute mal eine Partie. Ich will ja hier oben nicht ganz verkalken.« Bei diesen Worten tippte er sich mit dem Zeigefinger an die Stirn und lachte.

Theo und Elisabeth gingen ans Wasser und wandten sich nach rechts in südliche Richtung.

»Sie gehen aber schnell«, bemerkte Theo nach einigen hundert Metern. »Das gefällt mir.«

»Was haben Sie da in Ihrem Rucksack?«, fragte sie.

»Eine Badehose und ein kleines Picknick.«

»Ein Picknick? Ich liebe Picknicks! Das ist eine wunderbare Idee.«

»Nun ja, ich habe gehofft, damit um das Bad im kalten Wasser herumzukommen.«

»Das wird Ihnen nicht gelingen. Erst das Bad, dann das Picknick!« Sie bückte sich, um Schuhe und Strümpfe auszuziehen. Theo von Waren tat es ihr gleich. Dann gingen sie mit den Füßen im Wasser weiter.

Hinter Niendorf wurde der Strand zunehmend einsamer. Nur ab und zu sahen sie noch ein Gebäude oder Menschen. Als sie an dem verlassenen Haus vorüberkamen, in dem Elisabeth am Tag zuvor gewesen war, musste sie schwer schlucken.

»Wollen wir uns nicht doch ein bisschen unterhalten?«, schlug Theo von Waren plötzlich vor. Er lächelte sie dabei gewinnend an.

»Haben wir noch nicht geredet?«

Er schüttelte den Kopf. »Höchstens drei Sätze.«

»Meine Güte, wie peinlich. Also, erzählen Sie von England.«

»Das Frühstück dort ist einfach ungenießbar!«

»Und die Frauen?« Sie wusste auch nicht, wieso ihr ausgerechnet diese Frage über die Lippen kam, und sah ihn leicht verunsichert von der Seite an.

Er lachte. »Langweilig. Viel zu blass. Immer in Eile irgendwie.«

Als die Sonne am höchsten stand, gingen sie baden. Sie legten ihre Sachen vor einem angeschwemmten, rindenlosen Baumstamm ab, der durch das Salzwasser ausgeblichen und fast weiß geworden war.

»Umdrehen!«, befahl Elisabeth, bevor sie sich umzog. Sie war schneller fertig als er und rannte in die Brandung, die höher war als während der letzten Tage. Fast hätte eine Welle sie umgeworfen. Das Wasser kam ihr heute noch kälter vor als an den Tagen zuvor. Sie schwamm ein paar Züge hinaus, bis sie in ruhigem Wasser war, und sah sich nach Theo von Waren um.

Er tauchte unter und kam kurze Zeit später direkt neben ihr an die Oberfläche. Sie konnte die Sommersprossen auf seinen muskulösen Schultern erkennen. »Das ist kalt!«, rief er prustend. »Und das machen Sie jeden Tag freiwillig?«

Sie schwammen noch eine Weile, bevor sie wieder umdrehten. Am Strand ließen sie sich in den warmen Sand fallen.

»Es soll heute noch ein Gewitter geben. Vielleicht ist das Wasser deshalb so kalt«, sagte sie.

»Wie meinen Sie das?«

»Weil dann anderswo schon ein Sturm war und das Wasser aufgewühlt hat.«

»Sie haben sich mit den Gegebenheiten beschäftigt«, stellte er fest.

»Ich mag es, wenn ich Bescheid weiß«, gab sie zurück.

»Das schätze ich so an Ihnen. Unter anderem.«

Sie überlegte, ob sie die Gelegenheit nutzen und ihn fragen sollte, was er damit meinte. Dann ließ sie es sein. Sie war nicht Hanna, die sich auf jede Gelegenheit zum Flirt stürzte. Und dies war auch kein Flirt. Sie stützte sich auf den Ellenbogen und sah ihn an. »Ihr Picknick käme jetzt gerade recht.«

»Zu Diensten«, sagte er und packte aus, was er in seinem Rucksack verstaut hatte. »Ich habe einen guten Draht zu meiner Wirtin.« Er ließ sich auf die Knie nieder, stemmte die Hände in die Hüften und sprach in einem weichen hessischen Dialekt weiter: »Das gehört üblicherweise nicht zu unserem Service. Aber weil Sie allein sind, will ich mal eine Ausnahme machen. Sie sind zu dünn, und niemand kümmert sich um Sie.«

»Das hat sie gesagt?«, fragte Elisabeth.

Er nickte. »Sie sollten sie sehen! Sie wiegt bestimmt hundert Kilo und hat Oberarme wie ein Kerl. Wenn sie sich bewegt, muss man Angst um die Nähte ihres Kleides haben.«

»Ja, ja, das Wirtschaftswunder. Die Leute essen einfach zu viel.«

»Zum Glück muss ich bei Ihnen keine Angst deswegen haben.«

Er reichte Elisabeth ein gekochtes Ei und eine Gewürzgurke, dazu eine riesige Butterstulle.

»Meine Wirtin hat sogar an das Salz gedacht, sehen Sie mal!« Triumphierend hielt er eine kleine Pillendose hoch. Er wühlte weiter in der Tasche und beförderte zwei Flaschen Limonade hervor. Er stellte alles vor sie hin und setzte sich neben sie in den Sand. Die Oberkörper hatten sie an den Baumstamm gelehnt.

»Sinalco, die mag ich am liebsten.«

»Am liebsten mit einem Schuss Eierlikör?«, fragte er mit einem Augenzwinkern.

»Erst ab sechs Uhr abends.« Noch einmal dachte sie kurz an Hanna, dann kehrte ihre Aufmerksamkeit wieder in das Hier und Jetzt zurück. Sie genoss die Mahlzeit und ließ sich dabei von der Sonne wärmen. Und sie spürte sehr genau die Gegenwart Theo von Warens, der dicht neben ihr saß. Sein Oberarm war nur wenige Zentimeter von ihrem entfernt. Sie legte die Füße übereinander, und dabei berührte ihr Oberschenkel seinen. Die Berührung war so intensiv wie ein kleiner Schmerz, und sie zog ihr Bein hastig zurück. Rasch sah sie zu ihm hinüber und fühlte, wie sein Blick nachdenklich auf ihr ruhte. Er hatte sich nicht bewegt, so als ob ihm die Berührung gefallen hätte. Elisabeth war völlig durcheinander. Noch nie war sie einem Mann so nahe gewesen, der nur eine Badehose trug. Plötzlich wurde das Stück Brot in ihrem Mund immer größer, sie hatte Mühe zu schlucken. Sie nahm einen Schluck Sinalco und kaute schweigend weiter.

Als sie satt war, rutschte sie etwas vor, legte sich zurück und schloss die Augen.

»Gefällt es Ihnen?«, hörte sie seine Stimme dicht neben sich.

»Warum fragen Sie?«

»Sie haben geseufzt.«

»Tatsächlich?« Sie öffnete die Augen nicht. Die Härchen auf

ihren Unterarmen stellten sich auf, und das lag nicht nur daran, dass ihre Haut vom Wasser kalt war. Es war seine männliche Nähe, die ihre Haut kribbeln ließ. Sie fragte sich, ob er sie gerade ansah. Es fühlte sich so an, als würde sein Blick auf ihr ruhen oder sie sogar streicheln. Wie sah sie überhaupt aus? War ihr Haar durch das Salzwasser zerzaust? Saß ihr Badeanzug womöglich nicht richtig? Mit Daumen und Zeigefinger fuhr sie verstohlen die Träger entlang, um sie zu richten. Über ihrem Kopf schrie eine Möwe, aber das Rauschen der Brandung übertönte die schrillen Töne.

»Wir sollten aufbrechen. Das Gewitter kommt näher, und zwar ziemlich schnell.«

Sie richtete sich verschlafen auf und sah, dass Theo von Waren schon dabei war, eilig die Sachen in seinem Rucksack zu verstauen. Der Himmel über dem Meer war schwarz, ein heftiger Wind war aufgekommen. Sie rieb sich fröstelnd die Arme. Schnell zog sie sich um und zog ihre Armbanduhr aus der Tasche. Es war nicht viel mehr als eine halbe Stunde vergangen, aber die Temperatur musste um mindestens zehn Grad gefallen sein. Sie hätte jetzt gern eine Strickjacke dabeigehabt.

»Wir sind wohl beide eingeschlafen. Tut mir leid. Das werden wir nicht mehr trocken nach Hause schaffen«, sagte er und wies über das Meer.

Als sie aufbrachen, trafen die ersten Regentropfen sie. Groß und kalt klatschten sie auf ihre nackten Arme.

»Hoffentlich macht Ihr Vater sich keine Sorgen«, rief er ihr über den aufkommenden Wind hinweg zu.

Sie waren noch keinen Kilometer gelaufen, als das Unwetter mit aller Macht über sie hereinbrach. Es blitzte in schneller Folge, und Donnerschläge brüllten.

Theo nahm sie bei der Hand und zog sie mit sich. Sie waren beide bis auf die Haut durchnässt, und Elisabeth klapperten vor

Kälte die Zähne. Und sie hatten mindestens noch zwei Stunden zu laufen.

»Ich weiß, wo wir uns unterstellen können«, rief sie und schlug ihm mit der Hand auf den Arm, weil er sie in dem Sturm nicht gleich hörte. Sie wies auf das Haus an der Steilküste, das oberhalb von ihnen lag.

Sie steuerten darauf zu und hatten Mühe, die Düne hinaufzukommen, so sehr zerrte der Sturm an ihnen.

Als sie in die Diele kamen, waren sie außer Atem.

Elisabeth schlang die Arme um ihren Körper.

»Sie frieren!«, rief Theo aus. Er inspizierte das Nebenzimmer. »Hier ist ein Kamin!«, hörte sie ihn rufen.

»Auch Holz?«, fragte sie und folgte ihm. Bitte, bitte, dachte sie dabei.

»Hier unten nicht.«

»Oben wächst ein Baum in eines der Zimmer hinein. Eine Kiefer. Wir könnten die Zapfen …«

Er war schon auf dem Weg hinauf.

Elisabeth wartete unten auf ihn. Sie wollte diese Treppe nicht noch einmal hinaufgehen. Sie wollte sich gar nicht bewegen, weil jede Bewegung in dem klitschnassen Kleid ihr Kältewellen durch den Körper jagte. Der Stoff klebte ekelhaft an ihren Oberschenkeln und am Bauch.

Theo kam mit einem Armvoll Kiefernzapfen und einigen kleineren Ästen zurück. »Das Holz ist schön trocken. Es müsste gehen.« Er durchwühlte seinen Rucksack nach Streichhölzern.

»Sind die Zünder nicht durchgeweicht?«

»Ich hoffe nicht«, sagte er. »Haben Sie zufällig eine trockene Zeitung bei sich?«

Sie musste lachen, obwohl ihr so kalt war. »*Abendblatt* oder *Die Zeit*?«

Einige Minuten später flackerte eine kleine Flamme im Kamin, die rasch größer wurde. Theo hatte noch trockene Kiefernnadeln von oben geholt. Es qualmte, aber das war ihnen egal, solange das Feuer nur ein wenig Wärme spendete.

»Der Schornstein ist wahrscheinlich hoffnungslos verstopft«, meinte er. »Wie haben Sie das Haus gefunden?«

»Reiner Zufall. Und erst gestern.«

Er sah sie verwundert an, weil sie vor Zähneklappern nicht richtig sprechen konnte. »Mein Gott, Sie zittern ja! Los, ziehen Sie das Kleid aus, damit wir es trocknen können. Nun machen Sie schon. Sie wollen doch nicht den Rest der Ferien mit einer Grippe im Hotelzimmer verbringen.«

Zögernd zog Elisabeth ihr Kleid über den Kopf und stand jetzt nur noch im Unterkleid vor ihm. Sie war sich bewusst, dass der Stoff durchsichtig war, und schlang die Arme um den Körper. Sie bemerkte seinen raschen Blick und wie er sich bemühte, sie nicht anzusehen.

Er wandte sich ab und durchwühlte seinen Rucksack. »Leider nichts drin, was uns weiterhelfen könnte. Los, drehen Sie sich um.« Als sie sich nicht bewegte, nahm er sie an beiden Armen und drehte sie mit dem Rücken zu sich. Dann begann er, ihren Rücken kräftig zu reiben und abzuklopfen, bis sie lachend sagte:

»Danke, das reicht. Ich bekomme ja blaue Flecken.« Sie drehte sich zu ihm herum und sah den Widerschein der Flammen in seinen Augen. Seine Haut leuchtete in einem warmen Bronzeton, und sie konnte seine Brustwarzen unter dem nassen Hemd ausmachen.

»Ist Ihnen ein wenig warm geworden?«

Sie sah ihn lange an. »Ja«, sagte sie dann. »Aber was ist mit Ihnen? Frieren Sie denn gar nicht?«

»Geht schon«, gab er zur Antwort.

Sie setzten sich nebeneinander dicht vor das Feuer, und er bot ihr eine Zigarette an. »Das Picknick ist leider schon aufgegessen«, sagte er.

»Ein heißer Tee wäre jetzt nett.« Elisabeth nahm einen tiefen Zug von der Zigarette. Die Haut auf ihrem Rücken und den Armen prickelte mittlerweile von Theos Massage. Sie begann sich ein wenig komfortabler zu fühlen.

»Es ist schön mit Ihnen, wissen Sie das? Ich bin gern mit Ihnen zusammen. Mit Ihnen ist es nie langweilig.«

»Ich sehe bestimmt furchtbar aus. Blaue Lippen und so.«

»Dagegen lässt sich doch etwas tun.« Er sah sie eindringlich an, nahm ihr die Zigarette aus der Hand und warf sie ins Feuer. Dann zog er sie an sich und küsste sie. Seine Lippen waren anfangs an den Rändern ein wenig rau vom Salz, doch dann wurden sie weich, und sie schmeckten nach Zitronenlimonade. Er fuhr mit der Zunge über Elisabeths Lippen und zeichnete sie nach. Automatisch öffnete sie ihre Lippen, und seine Zunge fuhr über ihre Zähne und ihre Zungenspitze.

Theo küsste sie wieder und wieder und streichelte ihr Haar, dann glitten seine Hände über ihre Brüste, was ihr Wonneschauer über die Haut jagte. Er zog ihr das Unterkleid aus, und sie spürte sein feuchtes Hemd auf ihrer nackten Haut. Die Kälte ließ sie zusammenzucken. »Entschuldige«, murmelte er und zog es über den Kopf. Als sie seine warme, glatte Haut auf ihrer spürte, konnte sie ein Stöhnen nicht unterdrücken. Doch seine feingliedrigen Hände wanderten schon weiter über ihren Körper, über ihren Bauch und ihr Gesäß. Als seine Finger sich einen Weg in ihre Unterhose bahnten und seine Hand warm und fest ihre Vulva umschloss, hielt sie den Atem an. Sie war überwältigt von diesen unbekannten Empfindungen. Sie überließ sich ganz seiner Hand, und ohne es zu merken, begann sie sich unter ihr zu bewegen. Als seine Finger ihre Lippen teilten, zerfloss sie beinahe vor Wonne. Sie stöhnte jetzt und flüsterte seinen Namen. Er berührte eine bestimmte Stelle, und sie stieß einen hohen Schrei aus. Ihre Bewegungen wurden schneller, fordernder, und sie klammerte sich an ihn und presste ihren Körper an seinen. Sie hörte, dass auch sein Atem schneller ging. Das Streicheln seiner Finger zwischen ihren Beinen wurde noch ein wenig fordernder, kreisender … Dann schlug eine Welle der Lust über ihr zusammen. Ohne es zu wollen, bäumte sie sich auf und keuchte. »Theo!«, rief sie. Doch er hörte immer noch nicht auf, obwohl sie glaubte, diese Wonne keine Sekunde länger ertragen zu können. Er wurde wieder zärtlicher, langsamer und wartete, bis ihre Erregung in sanften Wellen auslief. Seine Hand ruhte immer noch in ihrem Schoß.

Irgendwann setzte er sich auf und wandte ihr den Rücken zu.

»Was ist denn? Habe ich etwas falsch gemacht?«, fragte sie, noch ganz außer Atem und verunsichert.

Er drehte sich zu ihr herum und sah sie mit einem schiefen Lächeln an. »Du hast mir derart den Kopf verdreht. Wenn ich jetzt nicht aufhöre, kann ich für nichts mehr garantieren.«

»Kannst du mich nicht noch ein einziges Mal küssen, so wie eben?«, fragte sie.

Er beugte sich über sie, um seine Lippen erneut auf ihre zu pressen.

Elisabeth wühlte in seinem dichten Haar und ließ ihre Hände über seinen Rücken gleiten. Sie konnte nicht genug bekommen von dieser Haut, die sich so glatt und warm anfühlte. Sie ließ ihre Hand zu seinem Schlüsselbein gleiten und fuhr dann mit der Fingerspitze hinunter, bis sie die Brustwarze fand. Er stöhnte auf, und dieser Laut machte sie plötzlich stolz und ließ ihre eigene Erregung wieder ansteigen.

»Ich will dich auch anfassen, aber ich weiß nicht, wie …«, flüsterte sie dicht an seinem Ohr. Sie atmete den überwältigenden Geruch seiner Haut ein, die nach Wärme, nach Salz und nach Mann roch. Mit den Lippen strich sie über seinen Hals und leckte das Salz von seiner Haut.

Er rollte sie auf den Rücken und legte sich auf sie, und sie spürte etwas Hartes zwischen ihren Schenkeln. Sein Gewicht auf ihrem Körper fühlte sich für Elisabeth himmlisch an. Theo stützte seine Hände rechts und links neben ihrem Kopf ab, um sie anzusehen. In seinen Augen las sie Liebe und Begehren. Dann umfasste er ihren Körper und begann sich rhythmisch zu bewegen und sich an ihr zu reiben. Instinktiv fiel Elisabeth in seine Bewegungen ein, und wieder fühlte sie diese unglaubliche Hitze zwischen ihren Beinen und in ihrem Bauch. Dieses Mal erfasste sie aber auch ihren restlichen Körper, und sie spürte gleichzeitig, wie auch Theo von diesen Gefühlen übermannt wurde. Seine Lust wurde zu ihrer. Wieder stützte er sich auf und sah ihr in die Augen. Sie spreizte ihre Beine und hob ihm ihr Becken entgegen, sie probierte aus, wie sie ihn am besten spüren konnte. Dann fühlte sie seine Hand unter ihrem Po, die sie anhob, ihm entgegen. Sie wusste nicht, wie ihr geschah, sie konnte nur noch dieser Bewegung folgen, ihr entgegenstreben, stöhnen, Theos Namen sagen, immer wieder. Sie versank in einem Taumel der Lust.

Keuchend lagen sie danach nebeneinander. In ihrem Schoß pulsierte immer noch das Blut. Aber sie trug noch ihre Unterhose, und Theo hatte seine Hose anbehalten.

»Haben wir miteinander …«

»… geschlafen?«, fragte er mit einem Lächeln. »Nein, ich hatte nichts dabei.«

»Das heißt, es besteht keine Gefahr, dass ich schwanger bin?«

Er lachte, dann wurde er ernst. »Nein, du musst dir keine Sorgen machen.«

»Ist es dann noch schöner?«, wagte sie zu fragen. »Ich glaube nicht, dass das möglich ist oder dass ich das aushalten könnte.«

Nach etwa einer Stunde hörte das Gewitter auf, nur noch ein Grummeln in der Ferne war zu hören. Elisabeth zog ihr Kleid wieder an, das immer noch feucht war und zudem nach Rauch roch, und sie machten sich auf den Rückweg zum Hotel, wo Nikolaus bestimmt schon besorgt auf sie wartete.

12

Hand in Hand liefen sie am Strand und blieben immer wieder stehen, um sich leidenschaftlich zu küssen. Als die ersten Häuser in Sicht kamen, lösten sie sich voneinander, und Elisabeth kam es vor, als hätte man ihr ein Körperglied amputiert. Sie vermisste Theos Berührungen jetzt schon. Er brachte sie ins Hotel zurück, und sie ging in ihr Zimmer hinauf. Beim Blick in den Spiegel fielen ihr die geröteten Wangen und die glänzenden Augen auf. Am Kinn war die Haut ganz empfindlich von den vielen Küssen.

Das Abendessen war eine reine Qual, weil sie neben Theo saß, ohne ihn berühren zu dürfen. Nach dem Essen zögerten sie den Abschied hinaus, und endlich verstand Nikolaus den Wink und sagte Gute Nacht.

Der nächste Tag war ein Montag, und Theo musste den ersten Zug zurück nach Hamburg nehmen. Also mussten sie sich hier und jetzt voneinander verabschieden. Elisabeth war glücklich und traurig zugleich, als sie vor dem Hotel im Schatten einer Kiefer zusammenstanden.

»Wir sehen uns nächste Woche in Hamburg«, flüsterte er dicht an ihrem Ohr. Er küsste sie noch einmal, und ihr wurden die Knie weich, und das warme Pulsieren zwischen ihren Schenkeln, das sie an diesem Tag schon so oft gespürt hatte, stellte sich wieder ein. Sie hielt sich an ihm fest, bis er sich sanft losmachte. Dann schritt er in seinem für ihn so kennzeichnenden, schlendernden Gang davon, während Elisabeth ihm nachsah.

»Dreh dich um«, sagte sie leise zu sich selbst. »Wenn du dich umdrehst, liebst du mich und alles wird gut.«

»So allein hier draußen? Darf ich Ihnen vielleicht Gesellschaft leisten?«

Sie fuhr erschrocken herum, als sie die Stimme des Mannes vom Nebentisch erkannte. Er reiste allein und hatte schon mehrfach versucht, mit ihr anzubändeln.

»Nein, vielen Dank«, sagte sie so abweisend, wie sie konnte.

Er zog den Hut und ging wieder hinein.

Als Elisabeth sich umwandte, war Theo bereits um die nächste Hausecke verschwunden. Sie konnte nicht sagen, ob er sich nach ihr umgedreht hatte oder nicht.

Die letzten Tage der Ferien verbrachte Elisabeth in einer fieberhaften Unruhe, die ihren Vater nervös machte.

»Was hast du denn? Ist dir eine Laus über die Leber gelaufen?«, fragte er beim Frühstück, als sie jeden Plan, den er für den Tag vorschlug, ablehnte.

»Ich möchte einfach nur allein sein. Ich mache einen Spaziergang«, gab sie zurück und warf ihre Serviette auf den Tisch.

»Und wenn wir … nach Lübeck fahren und bei Niederegger Marzipantorte essen? Und dann zu Ladewig gehen und ein neues Kleid für dich kaufen? Damit du schön bist? Ich meine natürlich, noch schöner als sonst?« Er sah sie zögernd an. Dieser Besuch in Lübeck und der Gang zum Marzipanhersteller Niederegger und später in das elegante Bekleidungsgeschäft in der benachbarten Hüxstraße hatte zu den Ritualen gehört, die Marietta eingeführt hatte. Sie hatte bei Ladewig meistens das erste Herbstkostüm gekauft.

Elisabeth erwiderte seinen Blick und nickte. »Wenn du meinst …«

Sie nahmen den Mittagszug nach Lübeck. Es war das erste Mal nach Mariettas Tod, dass Elisabeth ein Kleid kaufte. Die dunkelblaue Seide mit den hellen Passen war ihr eigentlich ein bisschen zu elegant, aber der Schnitt gefiel ihr, weil das Kleid kurz über dem Knie endete. Ihr Vater mochte es auch, also sagte sie Ja. Als sie mit der Einkaufstasche wieder auf die Straße traten, kam gerade eine Frau aus dem Frisörgeschäft, das sich neben Ladewig befand. Sie trug ihr Haar modern auf Kinnlänge geschnitten, es umrahmte in Wellen ihr Gesicht.

»Würde dir auch stehen«, sagte Nikolaus versonnen.

»Soll ich?«, fragte sie. »Neue Frisur zu neuem Kleid?«

»Geh nur, ich hole dich in einer Stunde hier wieder ab.«

Elisabeth gab ihm einen Kuss. »Du bist genau so, wie ein Vater sein soll«, sagte sie, und er räusperte sich umständlich.

Am Freitag packten sie ihre Koffer und ließen sie zum Bahnhof bringen. Sie gingen ein letztes Mal ans Meer, und Elisabeth hielt die Füße ins Wasser. Das Wetter würde schlechter werden, die heißen Tage des Sommers waren vorüber. Ohne sich abzusprechen, gingen sie auf dem Rückweg an der Pension vorbei, in der sie in den letzten Jahren immer gewohnt hatten, als Marietta noch bei ihnen gewesen war. Sie blieben vor dem Jägerzaun stehen und hielten einen Moment inne.

Bei der Rückfahrt nach Hamburg lehnte Elisabeth den Kopf ans Fenster, schloss die Augen und ergab sich dem sanften Ruckeln des Zuges. Plötzlich entstand ein Bild vor ihren Augen: Sie saß in einem anderen Zug und blickte hinaus. Die Scheiben waren von den Ausdünstungen der vielen Menschen beschlagen, und weil zu wenig Platz war, saß sie auf dem Schoß ihrer Mutter. Eigentlich hätte sie sich geborgen fühlen können, aber es fehlte jemand. Ihre rechte Körperseite war kalt und fühlte sich fremd an. Sie spürte, wie ihre Mutter zitterte. Ihre Tränen benetzten Elisabeths Haar. Der Traum entsetzte sie derart, dass sie mit einem Schrei erwachte.

»Du hast schlecht geträumt.« Nikolaus beugte sich ungeschickt zu ihr herüber und strich ihr übers Haar.

Elisabeth nickte und sah die anderen Reisenden im Abteil entschuldigend an. Für den Rest der Fahrt blieb sie wach, weil sie Angst davor hatte, der Traum könnte wiederkommen.

Sie wollte sich stattdessen auf das Wiedersehen mit Theo freuen. Sie fragte sich, ob sie jetzt verlobt war. Wenn zwei Menschen solche Gefühle füreinander hegten wie sie und Theo, dann konnte es doch gar nichts anderes bedeuten, oder? Ob ihre Mutter diese Verbindung gutgeheißen hätte? Sie seufzte bei dem Gedanken an Marietta. Sie hatte Elisabeth immer spüren lassen, dass sie etwas Besseres waren und dass ihre Tochter eine gute Partie machen sollte. Elisabeth sollte die Position einnehmen, die sie selbst früher gehabt hatte, als sie noch das große Haus geführt und Dienstboten gehabt hatte. Deshalb hatte sie sich ja auch gegen Elisabeths Interesse an der Sägerei gestellt. Eine Frau ihres Standes arbeitete nicht, sie repräsentierte. Im Grunde war Marietta eine hoffnungslos konservative Frau gewesen, die nicht begreifen wollte, dass die alten Zeiten vorüber waren. Die Gesellschaft der Vorkriegszeit, wo Männer und Frauen festgefügte Rollen innegehabt hatten, gab es jedoch nicht mehr. Ob Theo ihr wohl genügt hätte? Elisabeth schürzte nachdenklich die Lippen. Nein, wahrscheinlich nicht. Sie ertappte sich dabei, eine gewisse Erleichterung zu fühlen, weil sie diesen Kampf mit ihrer Mutter nicht mehr ausfechten musste. Denn sie würde sich nicht davon abhalten lassen, Theo zu lieben, von niemandem. Diese Liebe war stark und das Wichtigste in ihrem Leben.

In Hamburg erwartete sie eine riesige Enttäuschung. Auf ihrem Schreibtisch lag inmitten der anderen Post eine kurze Nachricht von Theo. Er hatte erneut nach Liverpool fahren müssen und würde mindestens zwei Wochen dort bleiben. *Ich melde mich, sobald ich zurück bin.* Der Brief war freundlich, aber unverbindlich gehalten. Als wäre der Nachmittag in dem verlassenen Haus an der Steilküste nie passiert. Verwirrt und wütend zerknüllte sie ihn und warf ihn in den Papierkorb. Sie wusste nicht, was diese Zeilen bedeuteten. Hatte sie sich in Theo geirrt? Seine Gefühle falsch interpretiert? War er einer dieser Männer, die nur »das eine« wollten und dann das Interesse an einer Frau verloren? Einer der Männer, mit denen Hanna sich abgab? Nein, das konnte nicht sein. Sie hatte die Liebe in seinen Augen gesehen, und er war so rücksichtsvoll gewesen und hatte gerade auf »das eine« verzichtet. Aus Respekt vor ihr. Oder nicht? Nervös stand sie auf und begann, in ihrem Büro hin und her zu gehen. Bis ihr Vater die Tür öffnete und fragte, was denn los sei und ob sie nichts zu tun habe.

An ihrem dritten Arbeitstag nach den Ferien kam Fritz Sierichsen zu ihr, um die Arbeit der folgenden Wochen zu besprechen. Selbstbewusst stand er vor ihrem Schreibtisch, die Hände tief in den Hosentaschen vergraben.

»Wieso, müssen wir das jetzt besprechen, das können wir doch von Tag zu Tag bereden, so wie wir es immer machen«, sagte sie verwundert.

»Ich trete übermorgen eine Reise zur Elfenbeinküste an, um dort die Möglichkeiten einer Niederlassung unserer Sägerei zu prüfen. Ich werde vier, fünf Wochen weg sein«, entgegnete er beiläufig, beobachtete dabei aber genau ihre Reaktion. »Hat Ihr Vater Ihnen das denn nicht gesagt? Entschuldigen Sie bitte, ich dachte, er würde alles Wichtige mit Ihnen besprechen.«

Elisabeth machte sich ganz steif und schluckte. Am liebsten hätte sie vor Enttäuschung geweint, aber diese Blöße wollte sie sich vor Sierichsen nicht geben.

»Wissen Sie, dass man Abidjan, die Hauptstadt der Elfenbeinküste, mit Paris vergleicht? Es soll dort wunderschön sein, prachtvolle Häuser, Boulevards und so weiter. Ich werde berichten, wenn ich zurück bin.«

»Ich denke, Sie fahren dorthin, um die Interessen unserer Firma zu vertreten«, gab sie eine Spur bissig zurück.

Er entgegnete mit einem unschuldigen Gesichtsausdruck: »Aber das werde ich, das werde ich! Das Wichtigste dabei ist aber, die richtigen Leute kennenzulernen. Die einem die Türen öffnen und wissen, wie der Hase läuft. Schließlich ist das dort unten Afrika. Da gelten keine europäischen Maßstäbe. Ist bestimmt auch nicht ganz ungefährlich. Auf jeden Fall nichts für eine Frau wie Sie.«

Mit einem Lächeln wandte er sich um und verließ den Raum. Elisabeth blieb auf ihrem Stuhl sitzen und ballte die Fäuste vor Wut.

Die nächsten Wochen vergingen eintönig, und Elisabeth platzte beinahe vor schlechter Laune. Sie vermisste Theo und dachte immer noch darüber nach, wie sie den kühlen Ton seines Briefes deuten sollte. Ob sie für ihn nur ein kurzfristiges Abenteuer gewesen war? Eigentlich passte das nicht zu seinem Charakter. Und sie hatte genau gespürt, dass seine Gefühle für sie echt waren. Ein neuer Gedanke kam ihr: Und wenn es da eine andere Frau gab? Sie wusste von seinem Privatleben so gut wie nichts. Verheiratet war er nicht, das wusste sie, aber vielleicht gab es eine Verlobte?

Auch Hanna konnte sie nicht aufmuntern, die hatte eigene Sorgen.

»Ich habe einen Tadel bekommen«, sagte sie zur Begrüßung, als sie sich nach Elisabeths Rückkehr zum ersten Mal wiedersahen. Ihre Augen glänzten, und sie roch süßlich aus dem Mund. Elisabeth hatte ihr eigentlich von ihrer Schwester und von Theo erzählen wollen, doch sie ließ es sein.

»Du riechst nach Schnaps«, sagte sie stattdessen.

»Auf den Ärger darf man sich doch wohl mal einen genehmigen«, gab Hanna zurück.

»Was ist denn passiert?«

»Ach, ein blöder Fehler. Ich habe die Packliste nicht sorgfältig genug mit der Ware abgeglichen und das Falsche eingepackt.«

Elisabeth konnte sich ungefähr vorstellen, wie das passiert war, denn Hanna hatte ihr oft genug die öde Arbeit beschrieben, die sie täglich acht Stunden lang verrichtete. Bei Otto standen die Packerinnen vor drei Fließbändern. Auf dem ersten kamen die bestellten Waren in Plastikkörben vorbeigefahren. Die

Packerin zog den Korb zu sich heran und nahm das passende Verpackungsmaterial von einem zweiten Fließband über ihrem Kopf. Während sie die Waren einpackte, verglich sie sie mit der Bestellung. Das alles musste sehr schnell gehen, denn die nächsten Waren kamen schon angefahren, und die Kolleginnen passten auf, dass keine trödelte. Dann kam der Deckel auf den Karton, der Adressschein wurde aufgeklebt, und mit einem Hebelgriff sauste das Paket auf das dritte Fließband zur Verschnürungsstation und von dort weiter zur Poststation, wo es gewogen und versandfertig gemacht wurde. Von dem vielen Stehen taten den Packerinnen die Beine weh, die älteren hatten fast alle schmerzhafte Krampfadern. Schwatzen und Radiohören war verboten.

»Aber das kann doch jedem mal passieren«, sagte Elisabeth.

»Mir ist es diese Woche dreimal passiert«, sagte Hanna dumpf.

»Liegt es daran, dass du angetrunken warst?«, wagte Elisabeth zu fragen.

Hanna lächelte sie schief an. »Nüchtern ist diese Arbeit nicht zu ertragen.«

Seit zwei Jahren stand sie nun schon als Packerin bei Otto. Immer wieder hatte sie sich als Modell für den Katalog beworben, war aber abgelehnt worden. Jedes Mal war ihre Enttäuschung größer geworden.

»Ich mag meine Arbeit auch nicht besonders«, gestand Elisabeth leise. »Ich könnte viel mehr machen, aber mein Vater lässt mich nicht. Sierichsen meint es gut mit mir, aber er hilft mir auch nicht. Aber eines weiß ich: dass Trinken auch keine Lösung ist.«

Hanna versuchte die Sache herunterzuspielen. »Ach, so ein kleiner Tröster ab und zu schadet doch niemandem.«

»Offensichtlich doch. Wenn du getrunken hast, arbeitest du nicht sorgfältig. Pass auf, dass du deinen Arbeitsplatz nicht verlierst. Denk an deine Mutter!«

»Meine Mutter kann sich hundertprozentig auf mich verlassen«, brauste Hanna auf. »Und du hast gut reden. Dein Vater hat immerhin sein eigenes Geschäft. Du weißt gar nicht, was es heißt, jede Mark umdrehen zu müssen!«

»Aber dafür kann ich doch nichts!«, sagte Elisabeth mit Nachdruck. »Ich sage nur, dass du aufpassen musst, wenn du deine Arbeit behalten willst. Was soll sonst aus deiner Mutter werden, jetzt, wo dein Vater nicht mehr da ist?«

Horst Wolnik war im Jahr zuvor gestorben. Er hatte einfach nicht mehr gekonnt. Die jahrelange harte körperliche Arbeit im Hafen bei Hitze und Kälte hatte am Ende aus dem bärenstarken Mann einen von Rheuma geplagten Invaliden gemacht, der den Lebensmut verloren hatte. Hannas Schwester Lotte hatte inzwischen geheiratet und war nach Bremen gezogen, der jüngere Bruder ging aufs Gymnasium. Hanna und ihr älterer Bruder hatten dafür gesorgt, dass ihre Mutter endlich die Notunterkunft verlassen konnte, und ihr eine winzige Wohnung in Barmbek besorgt. Dort konnte sie wenigstens heizen, und es gab fließend Wasser. Aber Hertha Wolnik war auf die finanzielle Unterstützung ihrer Kinder angewiesen.

»Außerdem ist es nicht gesund«, sagte Elisabeth.

»Was denn?«, fragte Hanna.

»Wenn man zu viel trinkt.«

»Ich habe das im Griff«, sagte Hanna, »mach dir mal keine Sorgen. Guck dir mal lieber an, was ich bei uns im Fabrikverkauf ergattert habe. Kommt frisch aus Paris und hat nur einen kleinen Fleck.« Sie zog ein leichtes weißes, kastig geschnittenes Kleid aus dem Schrank und schwenkte es vor Elisabeth hin und her. »Der Schnitt ist ganz einfach mit dem engen Oberteil, dem geraden Kragen und dem Bahnenrock. Komm, wir gehen zu Karstadt, Stoff kaufen, und ich nähe es für dich nach. Dann haben wir am Wochenende was Schönes zum Anziehen, wenn wir ausgehen. Wenn du schon eine neue Frisur hast …«

Elisabeth musste lächeln. Da war sie wieder, ihre alte Hanna: patent, fröhlich und immer bereit, sich ins Vergnügen zu stürzen.

Am Sonnabend nahmen sie den Bus in Richtung Reeperbahn. Auf der Straße kamen ihnen zwei junge Matrosen entgegen und riefen ihnen zweideutige Komplimente für ihre Kleider zu. Hanna quittierte es mit einem verächtlichen Lächeln, aber Elisabeth wurde wütend.

»Genau das wollen die Männer von uns«, rief sie. »Wir sollen gut aussehen und schicke Kleider tragen. Aber wehe, wir haben etwas zu sagen!« Sie ballte im Gehen die Fäuste, als wollte sie zuschlagen.

»Ach, geht es mal wieder um deine Sägerei?«, fragte Hanna sarkastisch.

»Du musst auch nicht so tun! Du hast mal geglaubt, die Welt würde dir zu Füßen liegen und du würdest bei Otto die Kleider vorführen. Und was ist aus dir geworden? Eine enttäuschte junge Frau, deren Zukunft vor einem Fließband liegt, die die falschen Männer kennt und die zu viel trinkt, um ihr Elend zu vergessen.«

Hanna schnappte wütend nach Luft, und Elisabeth lenkte ein. »Das Leben hat unsere Träume ganz schön zurechtgestutzt. Es gehört sich eben nicht für eine Frau, große Pläne zu haben. Das gilt schnell als anmaßend.«

Ihr selbst war es ja auch nicht anders ergangen. Sie hatte geglaubt, die Geschicke der Sägerei mitbestimmen zu können, und jetzt tippte sie nach Diktat und machte die Ablage. Sie spürte, wie ihr die Tränen in die Augen traten, und ging schneller, bis Hanna sie ziemlich unsanft am Arm nahm und sie zwang, stehen zu bleiben.

»Mag sein, dass du recht hast. Heute will ich mich aber amüsieren. Einverstanden?« Dabei zwinkerte sie ihr verschwörerisch zu.

»Einverstanden.«

Sie gingen in ein neu eröffnetes Tanzlokal auf der Reeperbahn. Das »Laue Lüftchen« war laut, verraucht und überfüllt. Aber mit ihren Kleidern, die zehn Zentimeter über dem Knie endeten, und den weißen Stiefeln dazu waren Elisabeth und Hanna die Stars des Abends. Ständig scharwenzelten Männer um ihren Tisch herum und forderten sie zum Tanzen auf. Es wurde englische und amerikanische Musik gespielt. Hanna ließ sich zu einigen Gläschen einladen und wurde immer ausgelassener. Sie knutschte mit einem jungen englischen Soldaten herum, der sich als David vorgestellt hatte, und brüstete sich mit ihren Sprachkenntnissen.

»Ich finde, wir sollten es gut sein lassen«, mahnte Elisabeth, der die hemmungslose Ausgelassenheit auf einmal zu viel war.

»Och, nö, warum denn? Jetzt wird es doch erst lustig. Guck mal, da kommt David mit Nachschub.«

David balancierte drei Gläser an ihren Tisch, Cola gemischt mit Weizenkorn, das Spezialgetränk der Bar. Elisabeth hatte ihr letztes Glas erst zur Hälfte ausgetrunken, und es schmeckte ihr auch nicht mehr. Der Zucker verklebte ihr den Gaumen, und der Geschmack des scharfen Korns ließ sie beinahe würgen. Sie versuchte Hannas Aufmerksamkeit zu erregen, die ihr an dem kleinen Tisch gegenübersaß, und beugte sich dazu vor. Doch Hanna war zu beschäftigt. David hatte den Ellenbogen aufgestützt, den anderen Arm hatte er besitzergreifend um Hanna gelegt und hielt ihr das Glas an die Lippen, damit sie trank. Ein Teil der Flüssigkeit schwappte über und tropfte vom Tisch auf Hannas Schoß. Elisabeth lehnte sich zurück, damit ihr neues Kleid nicht auch noch etwas abbekam.

In dem Augenblick sah sie Theo, der das Lokal betrat. Ihr Gesicht leuchtete vor Freude auf, doch dann sah sie, dass er in Begleitung war. Vor ihm ging ein Paar etwa im Alter ihres Vaters, und er selbst hielt eine junge Frau am Arm. Sie war schön und trug ihr dunkles Haar am Hinterkopf zu einem Knoten gewunden, der fast ein bisschen altmodisch wirkte, aber dadurch strahlte sie eine natürliche Eleganz aus. Sie musste ein paar Jahre älter sein als sie selbst, und sie und Theo gaben ein wunderschönes Paar ab.

Elisabeth sah an sich herunter und kam sich in ihrem auffälligen Kleid und wie sie hier an dem besudelten Tisch herumsaß, neben ihrer knutschenden Freundin, unsäglich unreif und albern vor. Gleichzeitig war sie wütend auf Theo. Erst fuhr er weg und hinterließ ihr nur ein paar Worte. Und dann meldete er sich nach seiner Rückkehr nicht, wie er es versprochen hatte.

Sie beobachtete, wie er und seine Begleiter auf einen frei werdenden Tisch auf der anderen Seite des Saals zusteuerten. Er bot der jungen Frau fürsorglich einen Stuhl an, und seine Geste versetzte Elisabeth einen Stich. Sie wollte nur noch so schnell wie möglich weg von hier, bevor er sie entdeckte. In einer unbeherrschten Bewegung stand sie auf und geriet aus dem Gleichgewicht. Sie musste sich am Tisch abstützen. Offensichtlich hatte sie mehr getrunken, als sie angenommen hatte und als ihr guttat. Sie strich ihr Kleid glatt und zupfte Hanna unsanft am Ärmel.

»Komm, lass uns gehen.«

Sie sah, wie David vor Enttäuschung die Mundwinkel herunterfielen. Er neigte das Glas zu stark, und ein paar Tropfen liefen von Hannas Kinn über den Hals in ihren Ausschnitt. David küsste sie weg, er leckte sie geradezu ab, und Hanna schlug spielerisch nach ihm und kicherte.

»Spielverderberin! Warum willst du denn schon los?«, fragte sie. »Ich amüsiere mich prächtig.«

Elisabeth machte noch einen Versuch. »Hanna, bitte, ist doch klar, was der von dir will.«

»Na und? Wenn ich das Gleiche will?« Ihre Stimme kippte ins Schrille, und sie wandte sich wieder David zu, um sich küssen zu lassen.

Elisabeth blieb nichts anderes übrig, als allein quer durch den Saal zum Ausgang zu gehen. Sie hielt sich am Rand der Tanzfläche, die aus einem von unten beleuchteten Milchglasboden bestand. Nur zwei Paare tanzten, und sie fühlte sich wie auf dem Präsentierteller. Sie sah verstohlen zu Theos Tisch hinüber und hoffte, unbemerkt den Raum verlassen zu können. Sie war auf halber Höhe, als er den Blick hob und sie erkannte. In seinen Augen las sie Freude und Überraschung. Er stand auf und kam ihr rasch entgegen. Sie standen mitten auf der Tanzfläche, alle konnten sie sehen.

Elisabeth verschlug es den Atem, als er plötzlich so dicht vor ihr stand. Er strahlte eine Virilität aus, die sie so von ihm nicht kannte. Sie bildete sich auch ein, dass er anders roch: nach Erfolg. Sie sah sein Lächeln, und in diesem Augenblick wünschte sie sich nichts mehr, als dass er immer nur für sie so lächeln würde.

»Elisabeth?«, sagte er. In seiner Stimme schwang eine Frage mit, aber er sah sie auf diese ruhige, zuversichtliche Art an, die sie so an ihm mochte.

»Du wolltest mich anrufen!«, gab sie heftiger zurück, als sie beabsichtigt hatte. Sie schwankte leicht, und er griff instinktiv nach ihrem Arm. In einer heftigen Bewegung machte sie sich los, und als sie sein betroffenes Gesicht sah, fühlte sie Triumph in sich aufsteigen und ärgerte sich gleich darauf über sich selbst.

»Was ist los?«, fragte er.

»Alles bestens. Einen schönen Abend noch. Ich glaube, deine Begleiterin wartet auf dich.«

Sie bemerkte seinen besorgten Blick, und für eine Sekunde wurde der Wunsch übermächtig, sich einfach an ihn zu lehnen, doch dann versteifte sie sich und wandte sich ab, um zu gehen. Als sie ihre Strickjacke überzog, verhedderte sie sich im Ärmel und zerrte wütend daran herum, während sie seine Blicke in ihrem Rücken spürte.

Theo stand immer noch auf der Tanzfläche und folgte Elisabeth mit den Augen. Immer noch versuchte sie, einen Arm in ihre Weste zu stecken. Ein Mann wollte ihr helfen, doch sie fuhr ihn so wütend an, dass er erschrocken das Weite suchte. Das weiße Kleid, das sie unter der Jacke trug, war kurz und ließ ihre schönen Beine sehen. Ein wehmütiges Lächeln umspielte Theos Lippen. Er spürte das starke Verlangen, ihr nachzugehen, sie an sich zu reißen und zu küssen. Doch dann bemerkte er den irritierten Blick von Heinrich Malchow und ging widerstrebend zurück an den Tisch.

»Entschuldigen Sie, das war die Tochter von Nikolaus Michelsen …«

»War sie etwa *betrunken*?«, mischte sich Frau Malchow ein und beugte sich dabei über den Tisch in seine Richtung.

»Nein, nein«, log er, »das hätte ich bemerkt. Ich hatte eine Nachricht für ihren Vater, und so muss ich Montag nicht bei ihm im Büro vorbei.«

In Gedanken war er noch bei Elisabeth. Sie war eben sehr zornig gewesen, vielleicht zu Recht. Sie glaubte wahrscheinlich, er sei schon länger aus England zurück und habe es nicht für nötig gehalten, sich bei ihr zu melden. Tatsächlich war er aber erst an diesem Morgen wieder in Hamburg angekommen und hatte einfach noch nicht die Zeit dazu gefunden. Wider Willen musste er lächeln. Sie hatte ihn mit Friederike Malchow gesehen, vielleicht lag der Grund für ihre Wut auch hier? Wenn sie nur wüsste, wie sehr sie sich irrte! Gewiss, Friederike war eine schöne, aparte Frau, die bestimmt viele Verehrer hatte und einen Mann gewiss glücklich machen konnte, aber für ihn war sie nicht mehr als die Tochter von Hafeninspektor Malchow, der ihn nach England geschickt hatte und ihm mit diesem Abend für die geleistete Arbeit danken wollte. Heinrich Malchow hätte es gern gesehen, wenn Theo seine Tochter heiratete. Er gab sich keine Mühe, das zu verstecken. Schon dreimal an diesem Abend hatte er betont, wie hübsch seine Tochter doch sei und ob Theo das nicht auch so sehe.

»Nun tanzt doch mal, Kinder!«, rief er gerade, und seine Frau mahnte ihn, doch leiser zu sein, indem sie ihm die Hand auf den Unterarm legte.

Friederike war das Verhalten ihres Vaters unsäglich peinlich. Hilflos sah sie von einem zum anderen. »Vielleicht später«, sagte sie, und Theo wusste plötzlich, warum sie ihm nicht gefährlich werden konnte: Sie war zu brav. Bei dem Gedanken daran, wie Elisabeth ihn gerade eben abgekanzelt hatte, musste er lächeln.

Das Lokal, in das sie geraten waren, machte die Sache nicht besser. Theo sah sich diskret um. Das »Laue Lüftchen« war einfach der falsche Ort. Zumindest für die Eltern Malchow. Die Musik war zu laut und zu modern, und Frau Malchow war entsetzt über das Verhalten der jungen Leute, besonders das der Frauen. Sie starrte auf eine junge Frau, die sich von einem britischen Soldaten Alkohol einflößen ließ, und schüttelte sich vor Abscheu.

»Heinrich, wie konntest du uns nur hierherbringen? Das ist doch nicht die passende Umgebung für Friederike!«, sagte sie zu ihrem Mann, wegen des Lärms so laut, dass nicht nur dieser, sondern alle am Tisch es hören konnten.

»Mama, lass doch …«, versuchte Friederike sie zu beschwichtigen.

»Ich hatte doch keine Ahnung«, verteidigte sich Heinrich Malchow. »Ich habe nur gehört, dass der Laden neu aufgemacht hat und dass man sich hier gut amüsieren kann.«

»Und wer hat dir das gesagt?«, fragte seine Frau.

»Hennings. Aber mit dem werde ich morgen mal ein Wörtchen reden. Und die Einrichtung ist doch wirklich sehenswert. Die Barhocker sehen schön amerikanisch aus. Und sieh nur diese leuchtende Tanzfläche …«

Frau Malchow folgte seinem Blick, der jetzt auf einer jungen Frau ruhte, deren Rock beim Tanzen weit über das Knie hochschwang, sodass die Maschen ihrer Nylons im Licht aufblitzten.

»Ja, also, ich meine …« Er räusperte sich.

»Lassen Sie uns doch einfach woanders hingehen. Wo es ruhiger ist«, schlug Theo vor. Er bemerkte, dass Frau Malchow wieder empört auf die Frau von vorhin starrte. Sie trug dasselbe weiße Kleid wie Elisabeth und musste ihre Freundin sein. Und sie war offensichtlich zu beschäftigt, um zu bemerken, dass Elisabeth gegangen war. Theo merkte, dass Groll gegen sie in ihm aufstieg, weil sie Elisabeth im Stich ließ.

Er wäre Elisabeth jetzt gern hinterhergeeilt, um ihr zu erklären, warum die Nachricht vor seiner Abfahrt so knapp gewesen war. Aber er hatte nach seiner Rückkehr aus Timmendorf von einer Stunde auf die nächste aufbrechen müssen, weil gerade ein Schiff nach Liverpool ablegte. So hatte er ihr nur im Büro eine Nachricht hinterlassen können. Und dort war Fritz Sierichsen gewesen. Theo traute ihm zu, fremde Post zu öffnen, und da er Elisabeth nicht in Schwierigkeiten hatte bringen wollen, war der Brief so unpersönlich und kurz ausgefallen. Er hatte vorgehabt, ihr das zu erklären, sobald er zurück war. Und jetzt war es zu dieser verpatzten Begegnung gekommen, und sie war zu Recht wütend. Elisabeth war noch unerfahren in Liebesdingen. Sie musste ja glauben, dass er ihr aus dem Weg ging, nachdem er bekommen hatte, was er wollte. Wenn er sich vorstellte, dass sie jetzt allein und womöglich traurig oder wütend nach Hause ging, wurde der Wunsch, ihr nachzugehen und sie in die Arme zu nehmen, fast übermächtig. Stattdessen musste er hier mit Friederike sitzen, der das alles genauso unangenehm war wie ihm.

Mit einem gequälten Lächeln wandte er sich wieder seinen Begleitern zu.

Vor dem Lokal atmete Elisabeth tief durch. Endlich war es ihr gelungen, in den Ärmel ihrer Strickjacke zu finden. Sie hatte es nicht weit bis nach Hause und beschloss zu Fuß zu gehen. Die Septembernacht war mild und mondhell und viel zu schön für ihre düstere Stimmung. Die frische Luft tat ihr gut. Sie half ihr, einen klaren Kopf zu bekommen und ihre Wut verrauchen zu lassen.

Vor Pünjer in der Talstraße drängten sich wie üblich die Passanten. Das bis tief in die Nacht hinein geöffnete Pfandhaus war letzte Station für Glücksritter und Verzweifelte. Nur die wenigsten kamen hierher, um einen Gegenstand zu versetzen, weil sie eine Krankenhausrechnung bezahlen oder die Zeit bis zum Monatsende überbrücken mussten. Wer zu Pünjer ging, der brauchte Nachschub an Geld für schnelle Vergnügungen oder illegale Glücksspiele. Ein Mann trat unschlüssig vor dem vergitterten Schaufenster von einem Bein aufs andere, dann streifte er mit einer verstohlenen Bewegung seine Uhr vom Handgelenk und betrat den Laden.

Der Abend hatte so fröhlich begonnen. Sie hatte sich schön und unbesiegbar in ihrem neuen Kleid gefühlt. Als Nikolaus eine Bemerkung darüber gemacht hatte, dass es eventuell zu kurz sein könnte, hatte sie ihn mit der Arroganz der Jugend ausgelacht. Und dann war Theo erschienen, und sie hatte sich vor ihm zum Narren gemacht. Wahrscheinlich bin ich einfach zu jung für ihn, dachte sie traurig. Sie beneidete die andere Frau um ihre Eleganz. Die würde bestimmt nicht halb betrunken auf einen Mann zustolpern und Unsinn reden.

Warum musste das Leben nur so kompliziert sein?, fragte sie sich, während sie die Treppe zur Wohnung hinaufstieg.

Im Hausflur wischte sie sich schnell die Tränen aus dem Gesicht, weil sie sah, dass im Wohnzimmer noch Licht brannte. Seit ihre Mutter tot war, schlief Nikolaus nur noch wenig. Er saß die halbe Nacht vor dem Radioapparat.

»Bist du schon da? War es nicht schön?«, fragte er, als sie den Kopf durch die Tür steckte.

»Doch, sehr schön, aber ich bin müde«, gab sie zurück. »Gute Nacht.«

13

In der Zeit, in der Sierichsen die Firmeninteressen in Afrika vertrat, saß sie an seinem Schreibtisch und öffnete die Post. Das behielt er sich sonst vor, so als wäre Elisabeth dafür nicht vertrauenswürdig genug. In diesen Tagen war sie auch die Erste im Büro und erfuhr umgehend, was in der Sägerei vor sich ging. Sonst musste sie immer erst warten, bis ihr Vater oder Sierichsen sich dazu herabließen, ihr davon zu berichten.

Elisabeth machte es sich an dem großen Schreibtisch bequem, von dem aus sie auf die Elbe blicken konnte. Als Kind hatte sie hier auf der Fensterbank gesessen und stundenlang auf das Wasser gesehen und ihren Vater nach der Herkunft der verschiedenen Schiffe gefragt. Auf dem gegenüberliegenden Fußweg eilten die Arbeiter in ihren dunklen Arbeitsanzügen zur Tagschicht, die Henkelmänner unter den Arm geklemmt. Sie liebte diesen Platz, den Ausblick und die Ruhe, die hier herrschten, solange noch niemand da war. Vor ihr auf dem Schreibtisch lagen die Bleistifte und das Stempelkissen, die Stempel hingen an einem runden Ständer. *Eingegangen, Bezahlt, 1. Mahnung, Einschreiben*. Das Holz aus der Sägerei konnte man bis hierher riechen, und es lag immer eine feine Staubschicht auf den Möbeln, auch auf dem schwarzen Telefon, das auf der rechten Seite des Tisches stand. Das mit dem Staub war in einer Sägerei wohl unumgänglich, und Elisabeth störte es nicht. Nur Sierichsen bestand darauf, dass sie jeden Morgen als Erstes mit einem Tuch über seinen Schreibtisch fuhr. Als wenn sie hier die Putzfrau wäre! Schon wieder ärgerte sie sich über ihn.

Sie sah ihn noch vor sich, wie er am Tag seiner Abreise morgens im Büro vorbeigekommen war: Den Hut hatte er unternehmungslustig in den Nacken geschoben, und er trug einen neuen, hellbraunen Anzug. Er sah aus wie ein Abenteurer auf Weltreise. In der rechten Hand hielt er das Ticket und ein Scheckheft, beides schwenkte er großspurig hin und her.

»Passen Sie hier gut auf alles auf, während ich weg bin«, sagte er mit einem breiten Lächeln. Er war schon fast aus der Tür, als er sich noch einmal umdrehte und ihr mit dem Zeigefinger drohte: »Aber werden Sie nicht übermütig. Ich bin ja bald zurück.«

Elisabeth kochte vor Wut. Sierichsens Worte sollten spielerisch klingen, aber sie waren ernst gemeint, das spürte sie. Sie sollten ihr deutlich machen, wer hier das Sagen hatte.

Auf der breiten Fensterbank lag normalerweise nur das Telefonbuch. Jetzt aber hatte sie einen Strauß roséfarbene Malven danebengestellt und stellte sich dabei vor, was für ein Gesicht Sierichsen machen würde, könnte er es sehen. Sie nahm den ersten Brief zur Hand. Die Oberpostdirektion fragte nach einem Angebot für die Fenster des Zentralgebäudes am Stephansplatz. Ein Architektenbüro erteilte den Auftrag für die Holztäfelungen für eine neue Siedlung im Norden der Stadt. Elisabeth hatte mitbekommen, dass sich viele Sägereien um diesen Auftrag gerissen hatten, aber Sierichsen hatte den Zuschlag bekommen.

»Wie macht er das nur?«, fragte sie sich selbst und erschrak über ihre eigene Stimme, die in dem spärlich möblierten Raum widerhallte. Er musste wirklich über ausgezeichnete Verbindungen verfügen. Theos Bemerkung fiel ihr wieder ein. Niemand im Hafen kannte Sierichsen, niemand wusste, wo er seine Fähigkeiten und seine Kontakte eigentlich herhatte. Aber Theo von Waren war der Letzte, über den sie jetzt nachdenken wollte. Sie hatte schon das komplette vergangene Wochenende in ihrem Zimmer gesessen und nichts anderes getan.

Mit dem silbernen Brieföffner schlitzte sie den nächsten Brief auf. Das gute Stück gehörte Sierichsen, und es bereitete ihr klammheimlich Freude, ihn zu benutzen. Ein Kunde fragte, ob die Sägerei Michelsen auch Ylombaholz liefern könne. Elisabeth seufzte. Diese Bezeichnung hatte sie noch nie gehört. Oft benutzten die Händler afrikanische Bezeichnungen oder die französischen Wörter für eine Holzart. Es war dann manchmal schwierig, das richtige Holz zu finden. Sie verließ den Raum und setzte sich an ihrem eigenen Schreibtisch an die Schreibmaschine. Sie brauchte keine fünf Minuten, um eine knappe Antwort zu formulieren: Ein Repräsentant der Sägerei sei gerade vor Ort in Westafrika. Bei seiner Rückkehr werde man mehr wissen und sich so bald wie möglich melden. *Wir bedanken uns für Ihr freundliches Interesse* usw. Sie unterschrieb den Brief und legte die Anfrage mit einem Durchschlag ihrer Antwort auf den Poststapel für Sierichsen.

Sie ging zurück in das große Büro und zündete sich eine Zigarette an. Ihr Blick folgte dem Rauch, der in Kringeln nach oben stieg. Ihr Vater mochte es überhaupt nicht, wenn sie rauchte, aber ihr war es egal.

Mit Theo hatte sie auch geraucht und war sich dabei erwachsen und ein bisschen verrucht vorgekommen. Sie seufzte tief auf. Theo war nicht da, genauso wenig wie Sierichsen. Aber Theo von Waren vermisste sie. Er war der einzige Mann, der sie verstand. Er wusste von ihren Ambitionen in der Sägerei. »Warten Sie es ab. Irgendwann kommt Ihre Zeit.« Diesen Satz hatte er schon vor längerer Zeit zu ihr gesagt und sie dabei auf seine ruhige, unerschütterliche Art angesehen. Sie musste nur an ihn denken und bekam schon einen Kloß im Hals. Sie stellte sich vor, wie er sie berührt hatte, und ihr wurde ganz warm. Sie schlug die Beine übereinander, und ihre Nackenhärchen stellten sich auf.

Vor der Tür hörte sie energische Schritte. Ihr Vater war eingetroffen. Sie schrak zusammen. Hier war nicht der Ort, um an Theo zu denken. Schließlich hatte sie noch viel zu tun. Entschlossen drückte sie die Zigarette in Sierichsens Aschenbecher aus.

Fritz Sierichsen verlor auf seiner Reise etliche Kilos und sah bald ausgemergelt aus, gar nicht mehr wie der tolle Kerl, dem die Welt zu Füßen liegt.

Sobald er die enge Schiffskabine gesehen hatte, die während der fast zwei Wochen dauernden Überfahrt seine Unterkunft war, wusste er, dass die Reise kein Vergnügen für ihn werden würde. Als der Schiffsjunge seinen Koffer auf dem Boden abstellte, konnte Fritz zuerst keinen Schritt mehr tun. Kaum war die Tür hinter ihm zugefallen, fühlte er sich in seine Gefängniszelle zurückversetzt. Die eiskalte Angst hatte ihn sofort in ihren Klauen. Er spürte wieder den Druck auf der Brust, der ihn nicht atmen ließ. Er riss die Augen auf, als müsse er sich wieder in der nachtschwarzen Dunkelheit der Einzelzelle zurechtfinden, in der ein ständiges Krabbeln und Rascheln ihn halb wahnsinnig vor Angst gemacht hatte. Entsetzt sah er sich um. Der Raum war nicht viel größer als damals, gerade groß genug für eine Pritsche, auf deren offener Seite sich ein Holzbrett anbringen ließ. »Falls Sturm kommt«, hatte der Junge, der ihn hierhergebracht hatte, auf seine Frage hin gebrummt. Am Kopfende gab es einen kleinen Verschlag für seine Hemden und Socken, davor hingen drei Kleiderhaken, an denen er seine Sachen aufhängen konnte. Eine zerlesene Bibel lag auf dem Kopfkissen, und Fritz musste daran denken, dass das Schiff Teil der christlichen Seefahrt war. Er nahm das Buch und schob es unsanft unter das Bett. An der anderen Wand befand sich in einem Holzrahmen eine Waschschüssel. Darüber war ein winziges Bullauge angebracht, zu klein, um den Kopf hindurchzustecken. Er stieg über seinen Koffer und wollte das Fenster öffnen, aber das Scharnier klemmte. Er rüttelte wütend daran, aber der Griff war hoffnungslos eingerostet. Er war wohl schon lange nicht mehr bewegt worden.

Dabei war Kapitän Fischer stolz gewesen, weil er ihm eine Einzelkabine geben konnte. »Na ja, zu viel dürfen Sie natürlich nicht erwarten, schließlich sind wir hier bei der Handelsmarine«, hatte er gesagt und Fritz jovial auf die Schulter geschlagen.

Fluchend ließ Fritz von dem Fenster ab und öffnete stattdessen die Tür. Dort war ein Haken angebracht. Wenn man ihn am Türrahmen einhängte, blieb die Tür einen Spaltbreit geöffnet. Er stöhnte erleichtert auf. Wenigstens etwas, das ihm das Gefühl des Eingesperrtseins nahm. Er wartete, bis sich sein Atem einigermaßen beruhigt hatte. Dann verließ er fluchtartig die Kabine.

»Wo wollen Sie denn hin?«, fragte der Schiffsjunge, als er an ihm vorbeistürmte.

»An Deck. Wir laufen doch gleich aus.«

»Das dauert noch eine knappe Stunde.«

Fritz ging weiter, ohne auf ihn zu achten.

Überall an Bord herrschte drangvolle Enge, in den Kajüten und auf den Abgängen, in der winzigen Kombüse und in der Messe, wo er die Mahlzeiten mit den Männern einnahm. Wenn er die Arme ausstrecken wollte, musste er an Deck gehen. Mit dieser Enge hatte er nicht gerechnet. Er hielt sich während der ganzen Reise so wenig wie möglich in seiner Kabine auf und erledigte seine Arbeiten in der Offiziersmesse. Die meisten Stunden der Nacht war er an Deck. Erst wenn er vor Müdigkeit umzufallen drohte, wagte er sich in sein Bett und hoffte, dass die Gespenster der Vergangenheit ihn verschonen würden.

Der fehlende Schlaf und mehr noch die Erkenntnis seiner Verwundbarkeit machten ihn extrem reizbar. Er sah sich gern als starken Mann, der alles unter Kontrolle hatte. Seine Angst vor engen Räumen war eine unverzeihliche Schwäche, die er unbedingt verbergen musste. Er reagierte durch zügellose Wutanfälle. Er war aufbrausend und machte jeden zur Schnecke, der unvorsichtig genug war, ihm in die Quere zu kommen.

Nach der Ankunft in Abidjan hörte dieses Verhalten keineswegs auf, sondern wurde eher noch schlimmer. Der deutsche Mittelsmann, Werner Baring, der ihm alles zeigen sollte, kam wegen einer Autopanne zwei Tage später als geplant. Während der beiden Tage hatte Fritz keinen Blick für die mit exotischen Blumen gesäumten Straßen, die bunten Märkte, die Palmen am Strand, die eleganten, weiß gestrichenen Häuser mit den Säulen vor dem Eingang, die sich die Franzosen inmitten großer, gepflegter Gärten auf den Hügeln der Stadt errichtet hatten. Er unternahm einen kurzen Rundgang durch die Stadt und beschloss, dass ihn die vielen Menschen und besonders der in den Straßen hängende Geruch nach Erdnusssauce und Öl anwiderte. Und dann diese Musik, die aus jeder miserablen Kneipe auf die Straße schwappte! Er fand keinen Zugang zum afrikanischen Lebensstil und verbrachte seine gesamte Zeit stattdessen lieber an der Bar des »Hôtel du Parc« und warf mit dem Geld nur so um sich. Der Besitzer war Franzose, doch hinter der Theke stand ein schwarzer Barmann, der wunderbare Cocktails mixte. Je mehr Alkohol Fritz trank, umso mehr schikanierte er die Angestellten. Als man ihm Süßkartoffeln zum Essen servierte, wurde er ausfallend und verlangte »richtiges Essen, keinen Negerfraß«.

Als Baring endlich erschien und Fritz sah, sagte er nur: »Wissen Sie, es gibt hier einen Spruch: *Africa makes you or breaks you*. Sie sollten vorsichtig sein.«

Dann lud er Fritz in seinen Wagen, und sie fuhren die holprige Straße an der Küste entlang bis San Pédro und von dort ins Landesinnere bis Soubré. Als sie nach einer knappen Tagesreise dort ankamen, war Fritz wieder einigermaßen nüchtern. Der Weg zu dem Holzeinschlagplatz, der hier Chantier genannt wurde, führte zu Fuß durch dichten Dschungel und brachte Fritz ans Ende seiner Kräfte.

»Kann es sein, dass ich schon Malaria habe?«, fragte er, während er keuchend hinter Baring herstolperte.

Der lachte. »Bei so viel Alkohol im Blut eher unwahrscheinlich. Brauchen Sie eine Pause?«

»Nein!«

Endlich erreichten sie das Chantier, das lediglich ein abgegrenztes Stück Urwald war, wo die Bäume geschlagen wurden. Dazu musste allerdings erst eine Straße in den Wald getrieben werden. Danach wurden einzelne Stämme markiert und geschlagen. Meistens war es nicht möglich, eine Motorsäge zu benutzen. Daher bauten die Afrikaner schwankende Gerüste aus Bambus und Lianen, auf denen sie barfuß und mit nacktem Oberkörper standen und mit langstieligen Äxten mit präzisen Schlägen auf die Bäume einhackten. Wenn die eine Hälfte des Stammes zerteilt war, wurde das Gerüst umgebaut, und die Arbeit ging auf der gegenüberliegenden Seite weiter. Vier bis fünf Stunden brauchte ein Mann, um einen Baum zu fällen, der zehnmal so dick war wie er selbst. Die Hauer nötigten Fritz mit ihrer Schnelligkeit und Präzision gegen seinen Willen Achtung ab. Aber seine Kopfschmerzen wurden wieder stärker, weil er die ganze Zeit nach oben sah.

»Vorsicht!«, schrie Fritz und begann zu laufen, als er zum ersten Mal Zeuge war, wie ein Baumriese unter ohrenbetäubendem Krachen niederstürzte und dabei zahlreiche kleinere Bäume mitriss und die Erde zum Beben brachte. Die Krone des Baumes schwang noch ein paar Mal hin und her, bis alles wieder still war.

Die Arbeiter blieben einfach seelenruhig stehen und zeigten lachend mit dem Finger auf ihn.

Fritz sah zu Baring hinüber, dem die Szene nicht entgangen war. Er lächelte ihn beruhigend an, doch Fritz sah in seinem Gesicht eine Spur von Verachtung. Fritz zwang sich ebenfalls zu einem Lächeln, doch innerlich raste er vor Wut. Die Afrikaner hingegen waren schon dabei, auf den Stamm zu klettern und die zum Teil mächtigen Äste abzuschlagen.

»Kommen Sie, dann sehen Sie, wie es weitergeht«, forderte Baring ihn auf.

Sie folgten zu Fuß der großen Zugmaschine, mit der der Stamm auf einen großen Sammelplatz geschleppt wurde. Immer wieder schnellten Äste über ihre Köpfe hinweg, die von dem

Traktor mitgerissen wurden. Fritz musste höllisch aufpassen, nicht getroffen zu werden, und fühlte sich zunehmend verunsichert. Als sie den großen freien Platz endlich erreichten, wurden die Stämme vermessen, die Rinde wurde in großen Stücken entfernt, die Bäume wurden auf Länge gesägt und markiert, Risse in der Schnittfläche mit S-Haken zusammengeklammert. Dann flößte man die Stammabschnitte auf Wasserwegen an die Küste. Nur die wenigsten Bäume wurden in Millimeterarbeit und mittels Holzbohlen auf LKW-Ungetüme verladen und auf dem Landweg ans Meer gebracht.

Während der ganzen Zeit trieben sich einige Frauen rund um den Platz herum. Fritz verstand nicht genau, was sie dort wollten, konnte aber seine Augen kaum von den bunten Gewändern und der glänzenden Haut der Frauen lösen. Einige trugen nur einen Rock und ließen ihre Brüste sehen, große schwere und kleine runde. Sie bückten sich, sammelten etwas auf, dabei lachten sie und zeigten mit dem Finger auf ihn.

»Sie holen sich die Reste der Stämme als Feuerholz«, erklärte Baring. »Einige suchen sich aber auch einen Mann aus. Seien Sie lieber vorsichtig. Die Afrikanerinnen können einen Mann verhexen!«

In den folgenden Tagen sah Fritz das alles noch oft vor sich gehen. Er beobachtete genau, stellte viele Fragen, rechnete und lernte. Die Afrikaner verstanden nicht, was er von ihnen wollte, und er war auf einen Dolmetscher angewiesen, dem er unterstellte, er würde ihn vor den Arbeitern lächerlich machen. Fritz brüllte alle an und wurde sogar handgreiflich.

In Soubré gab es außer ihm und Baring nur noch eine Handvoll Europäer, die auf anderen Chantiers arbeiteten. Es war eine Männergesellschaft, auch wenn einige von ihnen mit einheimischen Frauen lebten. Allesamt waren sie raue Kerle und Fritz absolut ebenbürtig.

Werner Baring und Fritz lebten in einem einfachen Holzhaus, Strom kam aus dem Generator, der abends um zehn abgestellt wurde. Als Fritz in der ersten Nacht beim Licht einer Petroleumlampe unter sein Moskitonetz kroch, fühlte er sich besser als auf dem engen Schiff, aber ein Gefühl der Demütigung blieb.

In der zweiten Woche waren sie gerade dabei, einen annähernd fünfzig Meter hohen Ebenholzbaum zu fällen. Der Stamm hatte nur einen Durchmesser von einem knappen Meter, doch das Holz war sehr hart und schwer zu fällen. Die Männer mit den Äxten keuchten vor Anstrengung, bereits mehrfach mussten die Schnittflächen der Werkzeuge geschliffen werden, weil das Holz sie derart beanspruchte. Die Männer trugen Tücher vor dem Mund und wiesen auch Fritz an, einen Mundschutz zu tragen. Er verstand aber nicht, warum er das tun sollte.

»Der Staub ist ungesund«, klärte ihn Baring auf.

Der schwarze Kern des Stammes war schon auszumachen, der Stamm ächzte und war kurz davor umzustürzen, als die Männer plötzlich schreiend auseinanderstoben. Fritz wusste einmal mehr nicht, was los war, er hörte nur ein Knacken und Rauschen aus dem Wald. Er meinte, einen fallenden Baum zu hören, doch das war es nicht.

»Sierichsen! *Attention!*«, hörte er jemanden in Panik rufen.

Er drehte sich um und sah einen der Schwarzen, der wild gestikulierend mit dem Finger auf den Waldrand zeigte.

Sierichsen blickte in die Richtung und kniff die Augen zusammen, um zu erkennen, welche Gefahr von dort drohte.

Und dann sah er ihn. Es war ein riesiger Elefantenbulle, der den Kopf in Richtung der Männer schwenkte, die er wohl als Störenfriede betrachtete. Der Bulle hob den Rüssel und schüttelte den mächtigen Schädel, wobei die Ohren um seinen Kopf schlackerten und Staub und Blätter aufwirbelten. Dann senkte er den Kopf und stürmte mit einem Brüllen, das Fritz das Blut in den Adern gefrieren ließ, direkt auf ihn zu. Nie hätte er geglaubt, dass ein derart schweres Tier so schnell sein konnte. Er spürte, wie die Erde unter seinen Füßen bebte, als der Elefant in voller Geschwindigkeit auf ihn zuraste.

Das Tier war vielleicht noch zehn Meter von ihm entfernt, und Fritz stand immer noch unbeweglich an seinem Platz. Er war vor Angst wie gelähmt. Er hörte nicht mehr die warnenden Rufe der Arbeiter. Auch Baring nicht, der ihn anschrie, er solle sich hinter dem Bagger in Sicherheit bringen. Fritz war sich nur der Urgewalt dieses riesigen Tieres bewusst, das auf ihn zustürmte. Er nahm seinen strengen Geruch wahr. Aber er war immer noch unfähig, sich zu rühren. Als der Bulle nur noch wenige Schritte von ihm entfernt war, schloss er ergeben die Augen. Er sah sich selbst dort stehen, auf einer kleinen Lichtung mitten im afrikanischen Busch, die Erde aufgerissen, neben ihm ein riesiger Schaufelbagger, mit hängenden Schultern, die Augen geschlossen.

Plötzlich war es still. Nur das Schnaufen des Elefanten dicht vor ihm war zu hören. Fritz fühlte eine Staubwolke, die sich warm um ihn legte.

Als er nach einer gefühlten Ewigkeit die Augen öffnete, sah er, dass der Elefantenbulle sich seitlich abgewendet hatte und gemächlich zurück in den Wald trottete.

Die Männer stürmten auf ihn zu und schlugen ihm auf die Schultern, um ihn für seine Kaltblütigkeit zu beglückwünschen. Fritz sah weiße Zähne in lachenden Mündern und hörte, wie die Männer aufgeregt auf ihn einredeten.

»Junge, Junge, das war knapp. Woher wussten Sie, dass man stehen bleiben muss, wenn ein Elefant auf einen zurast?«, hörte er die Stimme von Werner Baring hinter sich.

Fritz zuckte nur die Schultern und lächelte. Seine Beine zitterten, und für eine Sekunde überkam ihn erneut Panik, weil er glaubte, sich vor Angst eingenässt zu haben. Aber dann entspannte er sich und setzte ein kaltblütiges Lächeln auf.

»Lassen Sie uns weitermachen«, sagte er.

Von diesem Tag an galt er als mutiger Mann. Baring erzählte ihm, dass die Männer ihn den Elefantenzähmer nannten.

In der Nacht holte er sich eine der schwarzen Köchinnen ins Bett. Obwohl er wusste, dass sie kein Wort verstand, erzählte er ihr davon, dass er schon früher ein Erlebnis mit einem wütenden Bullen gehabt hätte, der sich losgerissen hatte und auf ein paar Kinder losgestürmt war. Damals habe er sich dem Tier in den Weg gestellt, um es abzulenken. An der Geschichte war kein Wort wahr, aber es gefiel Fritz, als echter Mann dazustehen. Er hatte schon immer gelogen, schon als Kind. Er hüllte sich in seine Lügengeschichten ein, und er wärmte sich an ihnen wie an einem Mantel. Am Ende glaubte er sie selbst, und wenn er sich tatsächlich in seinen Lügengespinsten verhedderte und aufflog, dann war er selbst am meisten davon überrascht, dass nichts daran wahr war.

14

Falls Elisabeth gehofft hatte, dass sich nach Sierichsens Rückkehr ins Büro etwas ändern würde, dann wurde ihr diese Hoffnung gleich am ersten Tag genommen.

Fritz Sierichsen ließ es sich nicht nehmen, Elisabeth mit großer Geste ein kleines hölzernes Kästchen zu überreichen. Auf den Deckel war ein Elefantenrelief geschnitzt. Darin befanden sich zwanzig Holzproben, die säuberlich beschriftet waren. Elisabeth klappte den Deckel auf und roch den Duft, der diesem Kästchen entströmte und der für sie nach Weite und unbekannten Abenteuern duftete. Auch ein Stäbchen mit dem Namen Ylomba war dabei.

Sierichsen schimpfte nur über den Dreck und die Faulheit der Neger, dass es keine Straßen gebe, dass die Arbeit dort die Hölle sei. »Und dann die Moskitos!«, rief er. Natürlich erzählte er auch die Elefantengeschichte, wobei er sie ordentlich ausschmückte und berichtete, alle anderen wären schreiend in den Wald gelaufen, der Elefant hätte sie verfolgt, nur er allein habe sich ihm in den Weg gestellt.

»Aber haben Sie denn nichts von der Schönheit Afrikas gesehen? Die Natur, die Tierwelt? Abidjan, das Paris der Elfenbeinküste?«

Er sah sie an, als wäre sie ein dummes Kind. »Wie kann es dort schön sein? Allein das Klima! Und Sie sollten mal sehen, wie die dort unten einen Hafen organisieren. Nämlich gar nicht. Der eine weiß nicht, was der andere tut, ständig muss man auf alles aufpassen und diesen Leuten sagen, was sie zu tun haben. Seien Sie froh, dass Ihnen das erspart geblieben ist. Das ist nichts für eine Frau.«

»Schon wieder etwas, das angeblich nichts für eine Frau ist«, gab Elisabeth voller Sarkasmus zurück. »Wissen Sie was, gerade diese Dinge fangen an, mich am allermeisten zu interessieren!«

»Welche Laus ist dir denn über die Leber gelaufen?«, fragte ihr Vater am nächsten Morgen. Wie jeden Tag saß er früh am Tisch und vernebelte die Küche mit seiner ersten Zigarette, während er darauf wartete, dass Elisabeth das Frühstück machte.

Sie mochte den Geruch von Tabak in der engen Küche nicht. Vor allem nicht, was später kommen würde: Nikolaus nahm nämlich stets die Kaffeetasse von der Untertasse und drückte die Zigarette auf dem Tellerrand aus. Am Wochenende war es die Eierschale, in die er seine Kippe drückte. Der Geruch ließ Elisabeth regelmäßig schlecht werden. Sie mochte keine gekochten Eier, hatte sie schon früher nicht gemocht, aber seitdem ihr Vater diese Unsitte pflegte, waren sie ihr richtiggehend zuwider. Bei Marietta hätte Nikolaus sich das niemals getraut, seit ihrem Tod nahm er keine Rücksicht mehr.

Wie jeden Morgen lief das Radio. Ein Sprecher verkündete gerade, dass im Hafen an diesem Morgen eintausend zusätzliche Arbeiter gebraucht würden. Zu melden hätten sie sich im Arbeitsamt an der Admiralitätstraße, mitzubringen waren Steuerkarte und, falls vorhanden, Invalidenausweis.

»Muss ein dicker Pott reingekommen sein, wenn die so viele Leute suchen«, sagte Nikolaus. »Die melden jetzt beinahe täglich.«

»Ist doch gut, wenn es Arbeit gibt.« Elisabeth setzte den Wasserkessel auf und stellte Teller und Tassen auf den Tisch. Ihr Vater griff in die Schublade, die sich an seinem Platz unter der Tischplatte befand, und holte zwei Messer und zwei Löffel hervor. Das war alles, was er zum Frühstück beitrug. Elisabeth nahm Butter, Marmelade und Brot aus dem Schrank, außerdem das Stück Käse, das auf die Stullen kam, die sie beide mit zur Arbeit nahmen.

»Mir ist keine Laus über die Leber gelaufen, ich bin unzufrieden, das ist etwas anderes«, sagte sie und nahm damit seine Frage von eben auf. Sie musste ihm ja nicht sagen, dass sie auch an Theo gedacht hatte und dabei tatsächlich schlechte Laune bekam. Seit über einem Monat waren sie aus Timmendorf zurück, und der missglückte Abend im »Lauen Lüftchen« war auch schon fast eine Woche her, und sie hatte ihn weder gesehen noch eine Nachricht von ihm erhalten.

»Jetzt geht das schon wieder los!«, brummte ihr Vater. »Sierichsen macht seine Arbeit sehr gut. Weißt du, wie viele neue Kunden er uns gebracht hat, seit er für mich arbeitet? Und seine Reise nach Abidjan war doch auch erfolgreich. Er hat einen Agenten engagiert, der sehr gute Arbeit leistet. Mit seiner Hilfe kriegen wir das Holz günstiger.«

»Da hat er dir wieder mal mehr erzählt als mir. Ja, er kann gut mit Menschen. Manchmal zu gut.«

»Was willst du damit sagen?«

»Dass er die Leute einwickelt. Er sagt ihnen, was sie hören wollen. Er kommt ihnen bei den Terminen entgegen, und die Männer an der Säge müssen das ausbügeln.«

Nikolaus sagte nichts dazu. Es stimmte, manchmal gab es Unmut unter den Männern, wenn sie Sonderschichten einlegen mussten, um Termine zu halten. Fritz Sierichsen ließ sich Konventionalstrafen in die Verträge schreiben, um große Aufträge zu bekommen, und schikanierte dann die Arbeiter, damit sie alles rechtzeitig erledigten.

»Die Männer interessieren ihn nicht. Hauptsache, er schreibt gute Zahlen.«

»Die Firma floriert, seit er da ist. Und davon profitieren auch die Männer.«

»Die Maschinen sind nicht gut gewartet. Das kann gefährlich werden. Und außerdem: Du hast es doch gerade im Radio gehört: Im Hafen werden erfahrene Leute gesucht. Wenn Sierichsen so weitermacht, gehen die Männer vielleicht woanders hin. Funke hat neulich schon so etwas angedeutet. So kann man mit ihnen nicht umgehen!«

»Funke würde nie für jemand anderen arbeiten als für mich. Und die Maschinen gehen dich nichts an.«

»Ich kenne sie viel besser als Sierichsen.«

»Du bist eine Frau.«

»Das musste ja kommen! Gleich wirst du mir auch noch sagen, dass eine Frau, die arbeitet, keinen Mann findet«, fauchte sie.

Das Kaffeewasser kochte mit einem wütenden Pfeifen der Flöte. Sie nahm den Kessel vom Herd und goss das Wasser mit Schwung in den Porzellanfilter. Der Geruch von frisch gebrühtem Kaffee verteilte sich im Raum und vermischte sich mit dem Zigarettenrauch. Sie stellte ihrem Vater eine Tasse hin, und er nahm wortlos sein Brot und tunkte es hinein. Plötzlich hatte sie genug.

»Warum soll ich eigentlich noch heiraten? Ich habe doch schon einen Mann, dem ich das Frühstück mache, dessen Wäsche ich wasche und der mir täglich sagt, was ich als Frau darf und was nicht.« Sie wusste, dass sie zu weit gegangen war. Nikolaus hieb mit der Faust auf den Tisch.

»Das muss ich mir von dir nicht sagen lassen!«

Elisabeth verließ die Küche.

Auf dem Weg zur Arbeit hielt sie an einer der Kaffeeklappen im Hafen. Ohne auf die neugierigen Blicke der umstehenden Arbeiter zu achten, die hier frühstückten und später nach der Nachtschicht hier ihr Feierabendbier trinken würden, ließ sie sich ein Mettbrötchen geben. Einen Kaffee konnte sie auch im Büro kochen. Fritz Sierichsen hatte dafür gesorgt, dass es eine Kanne und Filter gab. Aber kochen musste ihn selbstverständlich Elisabeth.

Sie verstaute das Brötchen in ihrer Tasche. Wütend trat sie in die Pedale. Wenn sogar schon ihrem Vater auffiel, dass etwas nicht stimmte! Und sie belog sich selbst, wenn sie sich einredete, sie sei wütend wegen der Arroganz von Sierichsen. Das war sie, aber was sie viel mehr aus dem Gleichgewicht brachte, war die Sache mit Theo. Es gelang ihr einfach nicht, die leidenschaftlichen Stunden am Meer und die kühle Begegnung vor einigen Tagen in Einklang zu bringen. Wenn die Liebe so kompliziert war, dann verzichtete sie lieber auf sie.

Und so wie Rita wollte sie schon gar nicht leben. Sie hatte inzwischen ihren Alfred geheiratet und hieß jetzt Meier. Ständig hielt sie allen ihren Ehering vor die Nase, und beim Gedanken daran kam Elisabeth die Galle hoch.

Hanna und sie hatten Rita einige Tage zuvor in ihrer neuen Wohnung besucht, und Elisabeth hatte sich geschworen, dass es das erste und letzte Mal gewesen war. Rita hatte ihren dicken Bauch in einem hässlichen gelben Hängerkleid vor sich hergeschoben und ihre Wohnungseinrichtung gepriesen. Hier ein neues Sofakissen mit akkuratem Kniff oben genau in der Mitte, dort eine kitschige Vase voller Plastikblumen und über allem bestickte und gestärkte Zierdeckchen. Sie selbst war damit beschäftigt, Babysachen zu stricken. Nach einer knappen Stunde hatte sie ihre Freundinnen hinauskomplimentiert, Alfred würde demnächst von der Arbeit kommen und dann müsse das Abendessen auf dem Tisch stehen. Schließlich arbeite er ja den ganzen Tag und wolle es dann gemütlich haben. Elisabeth hatte den Eindruck, dass Rita alles genauso meinte, wie sie es sagte, und fand es zutiefst entwürdigend.

Hanna ging es ähnlich. »Darauf brauch ich erst mal einen Schnaps«, sagte sie, als sie wieder unten auf der Straße standen.

Theo von Waren wartete auf Heinrich Malchow. Sie waren bei »Tante Hermine« verabredet, einer Seemannskneipe am Hafen, direkt am Fähranleger. Theo hatte sich einen Platz in der Ecke gesucht, von wo aus er den Raum im Blick hatte. Die Decken hier waren hoch, so hoch, dass es nicht störte, dass ein Klavier auf einer winzigen Galerie von der Decke hing. Das hatte den

Vorteil, dass das Instrument bei Sturmfluten nicht beschädigt wurde. Ansonsten war die Kneipe ein kleines Naturkundemuseum. Die Seeleute brachten aus aller Welt die absonderlichsten Dinge mit. Eingelegte Bandwürmer zum Beispiel. Bei »Tante Hermine« hing die größte Sammlung Seesterne von ganz Hamburg an den Wänden. Und von der Decke baumelte neben dem Klavier ein riesiger Walfischpenis, der bei den meist männlichen Kunden für wilde Spekulationen und Prahlereien sorgte. Tante Hermine selbst hatte Arthrose, war klein und dick und saß eingeklemmt hinter ihrem Tresen. Sie passte auf, dass alles seine Ordnung hatte. »Tresenkönigin« wurde sie genannt. Und als richtige Königin hatte sie auch Untertanen: die Kellnerinnen, den Klavierspieler, den Kassierer, den Bierholer und nicht zuletzt den Rausschmeißer. Den Seeleuten, die bei der Einfahrt in die Elbe ihre Heuer bekamen, nahm sie die Geldbörse ab, bevor sie spätabends zu den Bordellen auf der Reeperbahn weiterzogen. Und viele von ihnen waren ihr am nächsten Morgen sehr, sehr dankbar dafür. Nachts ging es bei ihr hoch her. Tagsüber trafen sich bei »Tante Hermine« Schiffsmakler, Ausrüster und Reeder, um ganz solide Geschäfte zu verabreden.

Theo war zu Mittag mit Heinrich Malchow und dem Sekretär des Hafensenators verabredet. Malchow hatte das Treffen organisiert, und Theo konnte nur vermuten, worum es gehen sollte.

»Kaffee, Theo?«, rief Hermine ihm von ihrem Platz hinter dem Tresen aus zu. Sie kannte jeden Gast beim Namen, auch jeden Seemann, der einmal bei ihr gesoffen hatte und nach einem halben Jahr mal wieder bei ihr einkehrte.

»Gern«, gab er zurück, und sie winkte einem Kellner und wies auf seinen Tisch.

»Essen auch?«

Theo hatte große Lust auf die besten Bratkartoffeln von Hamburg, die hier serviert wurden, aber es wäre unhöflich gewesen, wenn er bei der Ankunft seiner Verabredung gegessen hätte.

»Vielleicht später.«

Er nahm einen Schluck von seinem Kaffee und schüttelte sich. Der Kaffee hier war so scheußlich, wie die Bratkartoffeln gut waren, und er hatte sich eigentlich vorgenommen, hier nie wieder einen zu bestellen. »Kann ich eine Cola haben?«, rief er dem Kellner nach, der brummend nickte.

Das Lokal füllte sich langsam mit den Mittagsgästen. Nur an einem Tisch saß noch ein Seemann, der es bisher nicht nach Hause geschafft hatte. Er hatte den Kopf auf den Tisch gelegt und schlief. Tante Hermine machte dem Kellner ein Zeichen, und der weckte ihn wenig sanft und komplimentierte ihn zur Tür hinaus. Sie achtete stets darauf, dass die nächtlichen Gäste verschwunden waren, wenn die Honoratioren kamen.

Theo nippte an seiner Cola und dachte an den verpatzten Abend im »Lauen Lüftchen«. Er und die Malchows hatten überstürzt das Lokal verlassen und dann verlegen auf der Straße herumgestanden. Schließlich hatte Friederike Müdigkeit vorgeschützt, und Theo hatte vorgeschlagen, doch einfach den Abend zu beenden und nach Hause zu gehen. Auf dem Heimweg hatte er einen Umweg über den Neuen Pferdemarkt gemacht, aber in Elisabeths Wohnung waren alle Lichter aus gewesen, und er war schweren Herzens nach Hause gegangen.

In den letzten Tagen hatte es nicht geklappt, sie zu sehen. Einmal war er in der Mittagspause kurz in der Sägerei vorbeigegangen, hatte Elisabeth aber nicht angetroffen. Er hatte sich fest vorgenommen, sie heute nach Dienstschluss im Büro abzuholen. Er wollte dieses Missverständnis aus dem Weg räumen. Die Verletzung, die er in Elisabeths Augen gesehen hatte, machte ihm zu schaffen.

Aber heute würde er sie sehen und ihre Traurigkeit wegküssen. Bei dem Gedanken lächelte er voller Vorfreude in sich hinein.

»Nanu, so gute Laune, von Waren?«

Er sah Heinrich Malchow mit einem anderen Mann vor seinem Tisch stehen und erhob sich, um ihnen die Hand zu geben.

»Das ist Bruno Odermatt vom Senat – Theo von Waren«, stellte Malchow die beiden einander etwas kurzatmig vor. Er war klein und dick, das Haar stand ihm in einer weißen Mähne vom Kopf. Theo fand, dass er mehr wie ein Künstler aussah denn wie ein Ingenieur. Aber als Hafeninspektor hatte Malchow die Gesamtleitung des Hafens unter sich, und in diesen Zeiten, in denen wie wild expandiert wurde, hatte er alle Hände voll zu tun. Es galt, die richtigen Weichen zu stellen, um den Hamburger Hafen für die nächsten Jahre und Jahrzehnte konkurrenzfähig zu machen. Ein Thema, für das sich Theo brennend interessierte und zu dem er eine Menge zu sagen hatte.

Sie setzten sich, und Odermatt fing sofort an, Theo Fragen nach seiner Reise zu stellen.

Theo berichtete von Hamburgs heimlicher Schwesterstadt Liverpool. Dort gab es auch eine Reeperbahn, die *Ropewalks* hieß, und Labskaus oder *Lobscouse* aß man dort ebenfalls.

»Aber die Frauen sind nicht so schön wie bei uns!«, rief Malchow dazwischen.

»Frauen? Habe ich nicht zu Gesicht bekommen«, gab Theo zurück.

Alle lachten, dann holte Odermatt tief Luft. »Und wie weit ist man dort mit diesen neuen Containern?«, wollte er wissen und senkte dabei die Stimme.

»Container?«, fragte Malchow.

Theo nickte. Also darauf wollte Odermatt hinaus. »Das sind große Stahlboxen zum Transportieren von Waren«, sagte er. »Da passt zur Not auch ein Auto rein oder ein Elefant.« Einige Jahre zuvor hatte ein amerikanischer Spediteur, der vorher Tankwart gewesen war, einen Tanker zu einem Containerschiff umbauen lassen. Die beladenen Container wurden mit riesigen Kränen direkt vom Schiff auf Lastkraftwagen verladen und weitertransportiert, ohne dass man die einzelnen Waren auspacken und anfassen musste. Neben Arbeitskräften sparte man damit auch Lagerplatz und natürlich Kosten. Statt in ein paar Tagen konnte man ein Schiff auf diese Weise in einigen Stunden be- oder entladen. In Hamburg stritt man sich noch über Fluch oder Segen dieser neuen Entwicklung.

»Als vor einigen Jahren die Paletten aufkamen, wollte anfangs auch keiner was davon wissen«, erinnerte Theo von Waren. Damals war die Angst umgegangen, dadurch Arbeitsplätze zu verlieren. Schließlich brauchte man für das Stückgutgeschäft, für das stückweise Entladen, Zwischenlagern und neu Beladen zahlreiche Hände.

»Aber was das erst mal kosten würde!«, warf Malchow ein. »Wir bräuchten in Hamburg Kräne. Und den Krach, den die Gewerkschaften schlagen werden, höre ich jetzt schon.«

»Wir müssten die Kaianlagen komplett sanieren. Diese Kräne brauchen schließlich Platz.« Odermatt sprach wie zu sich selbst, so als ginge es bereits darum, diese Pläne praktisch umzusetzen.

»Die Waren wären in diesen Boxen nicht mehr so anfällig für Beschädigungen. Und für die Zollabfertigung wäre es ein Segen«, sagte Theo.

Dieses Argument interessierte Odermatt besonders. Durch Schmuggel gingen der Stadt Steuereinnahmen in großer Höhe verloren. Die Arbeiter im Hafen hatten immer neue Tricks parat, um Schnaps und Zigaretten, aber auch Kleidung und zunehmend Elektrogeräte am Zoll vorbei aus dem Hafen zu schmuggeln. »Von der Palette gefallen«, wurde das dann genannt. Mit geschlossenen, plombierten Containern wären solche Diebstähle nicht länger möglich.

»Obwohl die Männer bestimmt auch da Mittel und Wege finden werden.« Malchow seufzte.

»Wir müssen in Hamburg an die Zukunft denken, wir dürfen uns nicht abhängen lassen. Wenn wir einmal den Anschluss verloren haben, ist alles zu spät.« Das war Odermatt, ganz der Politiker.

Sie bestellten Bratkartoffeln, dazu Bratheringe und Bier. Während des Essens drehte sich das Gespräch weiter um die Vor- und Nachteile von Containern und technische Neuerungen allgemein.

Nach dem letzten Bissen sah Odermatt auf die Uhr. »Meine Herren«, sagte er, »die Pflicht ruft.« Er stand auf und verabschiedete sich.

Als sie unter sich waren, zwinkerte Malchow Theo komplizenhaft zu. »Das neulich Abend ist uns ja nicht so geglückt«, sagte er leise. »Meine Frau hat mir ganz schön die Hölle heiß gemacht. Wie ich unsere Tochter in so einen Laden führen kann und so weiter. Sie können sich das denken.« Er grinste ihn jovial an.

Theo sah verstohlen auf die Uhr. Es war fast drei geworden, und er hatte an diesem Nachmittag noch einiges zu erledigen. Er musste sich beeilen, wenn er Elisabeth pünktlich bei Dienstschluss abholen wollte.

Doch Malchow hielt ihn zurück, als er aufstehen wollte. »Bitte bleiben Sie noch einen Augenblick. Ich habe Ihnen einen Vorschlag zu machen. Sind Sie ein Mann der schnellen Entschlüsse?«

15

Elisabeth hatte alle Hände voll zu tun. Fritz diktierte ihr immer neue Memoranden, Anfragen und Briefe, die mit seinem Aufenthalt in Afrika zu tun hatten. Er hatte dort wirklich etwas erreicht, das musste sie ihm lassen. Nach seiner Rückkehr kamen Briefe mit bunten Marken von der Elfenbeinküste. Mehrere Agenten bewarben sich darum, die Interessen der Sägerei dort zu vertreten.

Es kamen auch Spesenrechnungen in beträchtlicher Höhe, die Nikolaus, ohne mit der Wimper zu zucken, unterschrieb.

Elisabeth runzelte die Stirn, als Sierichsen ihr eine weitere Quittung hinlegte. Sie war mittlerweile natürlich wieder an ihren eigenen Schreibtisch gezogen. Ihr Büro befand sich zwischen der Eingangstür und dem Büro, in dem ihr Vater und Sierichsen saßen, und im Winter zog es ständig von draußen herein. Der Raum war klein und dunkel, der braungefleckte Linoleumboden hatte schon bessere Tage gesehen, und vor dem Tresen, hinter dem sich ihr Schreibtisch befand, war er so stark abgelaufen, dass der darunterliegende Holzfußboden durchschien. Vor diesem Tresen standen allwöchentlich die Arbeiter, um ihre Lohntüten abzuholen. Jeder, der etwas vom Chef oder von Sierichsen wollte, stand zuerst hier und hielt sie von der Arbeit ab. Es war mehr ein Taubenschlag als ein Büro.

Sie nahm Sierichsen das Blatt Papier aus der Hand und atmete hörbar ein, als sie die Summe las, die er im »Hôtel du Parc« ausgegeben hatte.

»Das sind französische Francs«, sagte er mit einer Spur Herablassung in der Stimme, weil er ihre Überraschung bemerkte.

»Das sind dreihundert Mark«, gab sie zurück.

»Es war der Abend vor meiner Abfahrt. Ich habe alle Europäer, die für uns von Nutzen sein können und zu denen ich Kontakte geknüpft hatte, zu einem Abschiedsabend an der Bar eingeladen. Das war notwendig, damit sie die Sägerei Michelsen in guter Erinnerung behalten.«

»Ich bin sicher, davon verstehe ich nichts«, sagte Elisabeth.

»Nun ja, das sind Männerrunden.« Er lächelte, doch er wich ihrem Blick aus. Sie versuchte ihm in die Augen zu sehen, aber sein Blick glitt an ihr ab und fixierte irgendetwas hinter ihrem Kopf. Er sah aus wie jemand, der unaufrichtig war, und in diesem Augenblick keimte in ihr der Verdacht, dass er ihren Vater übers Ohr haute.

Fritz hingegen kam die letzte Nacht in Abidjan in den Sinn. Er hatte den Abend tatsächlich mit möglichen Geschäftspartnern verbracht, die allerdings ihn freigehalten und als Elefantenzähmer gefeiert hatten. Die Geschichte hatte sich offensichtlich unter den Deutschen in Abidjan herumgesprochen, und Fritz war das nur recht.

An einem der Tische saßen zwei Frauen, eine Europäerin und eine Schwarze, die verliebt miteinander taten, ihn dabei aber immer wieder mit Blicken und scheinbar zufälligen Gesten reizten. Die eine war üppig und weich und trug ein Kleid mit einem tiefen Dekolleté, die andere war knabenhaft. Als sie aufstand, blieb ihm die Luft weg. Der Rücken ihres Kleids war so tief ausgeschnitten, dass es den Ansatz ihres muskulösen Pos erkennen ließ. Die Unterschiedlichkeit der Frauen erregte ihn plötzlich. Er stellte sich vor, wie es wäre, beide zu haben und ihnen zuzusehen, wie sie sich liebten. Als hätte die Schwarze seine Gedanken gelesen, fuhr sie mit ihren schmalen Fingern über die Schulter der anderen und ließ sie in ihrem Dekolleté verschwinden. Dabei warf sie Fritz einen intensiven Blick zu. Der konnte es kaum erwarten, seine Begleiter zu verabschieden. Sobald die anderen Männer gegangen waren, winkte Fritz die Frauen zu sich. Er nahm sie mit auf sein Zimmer und bestellte Champagner. Als er am nächsten Morgen die Rechnung sah, musste er schlucken. Doch dann dachte er sich, dass die beiden es wert gewesen waren.

Bei der Erinnerung an die Nacht fühlte er eine Erektion in sich aufsteigen und räusperte sich lautstark.

»Wir erwarten einen wichtigen Anruf«, sagte er dann. »Ich gehe mal wieder zu Ihrem Herrn Vater.«

Kurze Zeit später stellte Elisabeth ein Telefonat durch, dann hörte sie aufgeregte Stimmen von nebenan. Sie bekam mit, dass es um ein Grundstück am Reiherstieg ging, auf der anderen Hafenseite. Es war groß genug und günstig, es stand sogar schon eine Halle dort.

»Und wir können es sofort haben?«, hörte sie ihren Vater fragen. »Und die Maschinen auch? … Gut, am besten jetzt gleich. Wir sind in einer halben Stunde dort.« Damit wurde das Gespräch beendet.

Sierichsen und ihr Vater kamen in ihr Büro, sie hatten die Jacketts bereits übergezogen.

»Wir sind für einige Stunden unterwegs. Notieren Sie bitte alle Anrufe«, sagte Sierichsen, während er Nikolaus respektvoll die Tür aufhielt.

Elisabeth antwortete nicht. Wütend hämmerte sie in ihre Schreibmaschine. Wie konnten die Männer es wagen, sie nicht einzuweihen!

Das Grundstück am Reiherstieg war perfekt für ihre Zwecke, das sah Fritz sofort, als er mit Nikolaus Michelsen dort ankam. Der Makler, ein hagerer Mann, an dessen langem Arm eine Aktentasche baumelte und der sich als Herr Brümmer vorstellte, wartete bereits auf sie und zeigte ihnen das Gelände. Es war rundherum eingezäunt, und an der westlichen Seite stand die an einer Seite offene Halle. Sie war groß und hoch genug, um mit einem Fahrzeug hineinzufahren und Stämme und gesägtes Holz anzuliefern oder aufzunehmen. Gegenüber stand ein zweistöckiges Bürogebäude. Unten gab es drei Räume für Büros, der große Raum im ersten Stock würde sich als Archiv und Materiallager eignen.

»Auf diese Weise hätten wir die Werkzeuge auch besser unter Kontrolle«, sagte Sierichsen leise zu Nikolaus, während sie die Treppe aus dem Obergeschoss wieder hinunterstiegen.

»Sie wollen doch nicht andeuten, dass die Männer klauen?«

Sierichsen zuckte nur mit den Schultern.

An der Nord- und der Westseite des Geländes gab es jeweils ein großes Tor, durch das man bequem auch mit großen Lastkraftwagen fahren konnte. Und zur Elbseite hin waren Schienen verlegt, sodass sie die Stämme auch per Eisenbahn transportieren konnten. Von den Gegebenheiten her war das Angebot perfekt.

»Und der Preis ist auch in Ordnung«, sagte der Makler gerade. »Herr Haller, der jetzige Besitzer, hat hier einen Reifenhandel betrieben.«

Das hätte er nicht erwähnen müssen, denn in der Halle stapelten sich Gummireifen in allen Größen und Fabrikaten.

»Vielleicht haben Sie davon gehört, tragischer Unfall. Von seinem eigenen LKW überfahren …« Er sah für einen Augenblick zu Boden. »Er hat keine Söhne, und seine Frau sieht sich außerstande, das Unternehmen weiterzuführen. Sie hat eine Tochter in Süddeutschland und will zu ihr ziehen. Es liegt in ihrem Interesse, alles so schnell wie möglich zu verkaufen.«

»Was passiert damit?«, fragte Fritz und wies auf die Reifen.

»Nun, das liegt ganz beim Käufer. Es könnte sich als lukrativ herausstellen, den Bestand zu übernehmen und auf eigene Rechnung zu veräußern.«

»Daran haben wir kein Interesse«, warf Nikolaus ein. »Ich handle mit Holz, nicht mit Gummi.«

»Ganz wie Sie meinen«, sagte der Makler. »Dann werde ich mich darum kümmern, so ist es mit der Eigentümerin abgesprochen.«

»Ohne die Ware wird sich der Kaufpreis natürlich reduzieren«, warf Fritz ein. Er war einen Schritt vorgetreten.

Der Makler sah von Nikolaus zu ihm, dann nickte er.

Sie beredeten noch eine halbe Stunde die Einzelheiten, dann schlug Nikolaus Michelsen ein.

Sierichsen feierte den erfolgreichen Abschluss der Kaufverhandlungen noch am selben Abend mit Monika. Er lud sie in ein schickes Restaurant in der Nähe der Staatsoper ein, weil er wusste, dass er dort niemandem begegnen würde, der ihn kannte und sich über seine Begleiterin wundern würde.

»Ich habe es satt, dass du immer nur heimlich mitten in der Nacht zu mir kommst. Warum stellst du mich nicht mal deinen Freunden vor?«, hatte sie noch vor einigen Tagen schmollend gefragt. »Ich bin dir nicht gut genug, gib es wenigstens zu.«

Fritz lächelte bei der Vorstellung, dass Nikolaus Michelsen und Monika sich begegnen sollten, in sich hinein. Seine Tochter würde er nie in einem solchen Aufzug aus dem Haus gehen lassen. Monikas Kleid hatte ein schreiend grelles geblümtes Muster und einen zu tiefen Ausschnitt, wie Fritz sofort feststellte. Dazu trug sie rote Lackstiefeletten. Als sie das Restaurant betraten, sah der Kellner sie irritiert an.

»Bedaure, wir sind ausgebucht«, sagte er blasiert, obwohl hinter ihm fast die Hälfte der Tische frei war.

Fritz sah ihn verächtlich an und steckte ihm einen Schein zu.

»Einen Tisch in der Ecke, aber nicht bei den Toiletten«, befahl er.

Als Monika mit wiegenden Hüften vor ihm herging, erfreute er sich an dem Anblick. Sie würden nicht lange hierbleiben, er hatte etwas anderes mit ihr vor. Seit er aus Afrika zurück war, hatte er sie noch nicht besucht, weil er sich nicht in der Lage dazu gesehen hatte. Es funkte zwischen ihnen nur, wenn er der starke Mann sein konnte, und als der hatte er sich nach seiner Rückkehr nicht unbedingt gefühlt. Aber heute Nachmittag hatte sich das Blatt gewendet.

»Ich habe dem Alten von dem Grundstück im Hafen erzählt«, sagte er zu ihr, nachdem sie bestellt hatten. »Heute haben wir den Vertrag gemacht. Jetzt geht es aufwärts mit der Firma. Sobald der Agent in Afrika anfängt zu arbeiten, steigen wir groß in den Holzhandel ein. Dort sind ganz andere Margen zu holen als mit der blöden Sägerei. Wart's nur ab, in ein paar Jahren kaufe ich mir ein Haus an der Elbchaussee.«

Monika kicherte, dann wurde sie ernst. »Werde ich auch in dem Haus wohnen?«, fragte sie.

»Na, was denkst du denn!«, sagte er und tätschelte ihr die Hand, aber er las in ihren Augen, dass sie ihm nicht glaubte.

»Immerhin habe ich dich von der Straße geholt, als du noch niemanden in Hamburg gekannt hast«, sagte sie, und in ihrer Stimme schwang ein Vorwurf mit.

»Dafür werde ich dir immer dankbar sein«, gab er zurück und sah ihr dabei tief in die Augen. Doch in seinem Blick lag eine leise Drohung. Er wollte nicht länger über das Thema reden.

Monika ließ aber nicht locker. »Du kannst es doch nicht ertragen, jemandem zu Dank verpflichtet zu sein.«

Sein Blick begann unmerklich zu flackern, und Zorn stieg in ihm auf. »Wollen wir jetzt eigentlich essen oder uns streiten?«, sagte er mit unterdrückter Wut. »Oder ist das hier eine scheißtherapeutische Sitzung? Sind wir hier beim Seelenklempner?« Während er sprach, nahm er ihre Hand und presste ihre Finger zusammen, bis sie leise aufschrie. Von den Nebentischen ernteten sie missbilligende Blicke. Fritz ließ sie los.

Monika zog ihre schmerzende Hand zurück und rieb sie mit der anderen. »Ist ja schon gut«, lenkte sie ein, und um Fritz' Mundwinkel zeigte sich ein befriedigtes Lächeln. So muss man die Frauen nehmen, dachte er.

Nach dem Streit im Restaurant spürte er Monikas Angst, und das berauschte ihn. Als sie bei ihr waren, schubste er sie aufs

Bett und verzichtete darauf, sich groß auszuziehen. Während er in sie eindrang, beschimpfte er sie.

»Du kleine Nutte«, sagte er mehrfach zu ihr.

»Aber Fritz, was soll das denn?«, entgegnete sie, aber es klang untergeben.

Dass sie sich nicht wehrte, sondern reglos unter ihm lag, machte ihn wütend. Er rollte von ihr herunter und drehte sich auf den Rücken. Dann packte er sie bei den Haaren und zwang ihr Gesicht zwischen seine Schenkel.

»Mach endlich den Mund auf«, herrschte er sie an. Er presste ihren Kopf hinunter und fing wieder an, sie zu beschimpfen. Dass sie würgen musste und ihr die Tränen kamen, erregte ihn nur noch mehr. »Ich denke, du magst Sieger«, sagte er.

Er holte sich noch mehrfach, worauf er Lust hatte, ohne darauf Rücksicht zu nehmen, ob er ihr wehtat. Als er zu grob wurde und sie vor Schmerz aufschrie, verpasste er ihr eine Ohrfeige. Nachdem er genug von ihr hatte, ging er ohne ein Wort und ließ sie weinend zurück. Jetzt fühlte er sich wieder unbesiegbar.

Doch mit dem pelzigen Geschmack am Gaumen und dem Kopfschmerz am nächsten Morgen kamen seine Selbstzweifel wieder hoch. Immer wieder sah er die beklemmende Enge in der Schiffskabine vor sich, und von dort schweiften seine Erinnerungen zur Einzelzelle im Knast.

Er brauchte einen schnellen Erfolg. Er rief in der Firma an und sagte, er habe einen Termin mit einem potenziellen Kunden in Ohlsdorf.

»In Ohlsdorf?«, fragte Elisabeth misstrauisch. »Davon steht nichts im Kalender.«

»Haben Sie was dagegen? Eine Friedhofsgärtnerei will ein neues Gewächshaus bauen, ein Riesending. Ich bin morgen wieder da.« Bevor sie weiter nachfragen konnte, legte er auf.

Bei Erna am Wilhelmsplatz war die Luft von Tabakqualm und Schweiß zum Schneiden. Die Nacht musste noch heftiger gewesen sein als üblich. Erna hinter dem Tresen sah abgekämpft aus und hielt ein Schnapsglas in der Hand.

»Fängst du jetzt schon morgens an zu spielen?«, fragte sie ihn zur Begrüßung.

Er nickte mit dem Kopf in Richtung des Hinterzimmers. »Ist jemand da?«

Sie schüttelte den Kopf. »Die haben heute Nacht einen Kapitän ausgenommen. Und der Idiot ist zur Polizei gegangen. Ein paar Minuten später waren die hier und haben uns alle eingebuchtet. Ich komme gerade von der Wache. Ich habe natürlich so getan, als wüsste ich von nichts, aber da kommt wohl noch was nach.« Entschlossen kippte sie einen weiteren Schnaps.

Es war Fritz im Augenblick herzlich egal, was aus Erna und ihrem Laden wurde, er wollte spielen, und zwar gleich.

»Gibt es was anderes?«

Sie sah ihn gleichgültig an. »Versuch's drei Häuser weiter in der ›Blauen Lagune‹. Sag, du kommst von mir, und frag nach dem Eber. Sonst lassen sie dich nicht rein.«

Er drehte sich auf dem Absatz um und ging davon.

»Viel Glück«, rief sie ihm nach, aber sie meinte nicht, was sie sagte.

Wenige Minuten später saß Fritz dem Mann, den Erna als »Eber« bezeichnet hatte, am Spieltisch gegenüber. Er trug den Namen zu Recht. Er hatte einen mächtigen Schädel mit schwabbeligen Wangen und winzige Schweinsäuglein, die kaum in den Fettfalten auszumachen und von beinahe weißen Wimpern umkränzt waren. Er lachte ständig, und sein Lachen klang wie die Salve eines Maschinengewehrs.

»Wir spielen ohne Limit«, sagte er zu Beginn des Spiels, und es sollte einschüchternd klingen.

Fritz nickte nur.

»Ich warne Sie, ich gewinne heute alles«, sagte der Eber. Dabei lehnte er sich herausfordernd auf seinem Stuhl zurück und streckte die Beine von sich. Fritz hoffte für einen Moment, der Stuhl würde unter seinem Gewicht zusammenbrechen.

»Aber jetzt spielen Sie gegen mich«, erwiderte er kalt.

Der dritte Mann am Tisch, ein kräftiger Bauer aus den Vierlanden, zögerte, bevor er ebenfalls zustimmte. Er hatte seinen braunen Cordhut in den Nacken geschoben und kratzte sich nervös am Kinn. Er war in Begleitung von zwei aufgedonnerten Blondinen, die auf Barhockern hinter ihm saßen und sich offenbar langweilten.

Fritz akzeptierte den Eber als gleichwertigen Gegner, aber ein Blick auf den Bauern sagte ihm, dass er leichte Beute für ihn war.

Doch er irrte sich gründlich.

In den folgenden Stunden setzte der Bauer Kühe und seinen Zuchtbullen und verlor alles. Aber dann wendete sich das Glück, und er fing an zu gewinnen und hörte nicht wieder auf damit. Er trank die ganze Zeit Schnaps und Bier, und Fritz und der Eber hofften, er würde irgendwann betrunken und unvorsichtig werden. Aber es war wie verhext: Der Bauer spielte immer besser, je mehr er trank. Er zeigte keine Spur von Unaufmerksamkeit. Er fixierte die anderen, bluffte wie kein Zweiter und gewann jedes Spiel. Dem Eber war schon lange sein meckerndes Lachen vergangen, und Fritz spielte verbissen darum, wenigstens seinen Einsatz wieder herauszubekommen.

»Huren beim Spiel bringen nur Unglück«, blaffte er die Frauen an. Die eine sah ihn beleidigt an, doch die andere lächelte nur verächtlich und machte mit ihrem Kaugummi eine Blase, die sie mit einem provozierenden Knall platzen ließ.

»Mir bringt ihr Glück, nicht wahr, meine Täubchen? Ihr seid ja auch *meine* Huren«, rief der Bauer, als er auch dieses Spiel gewann. Er lachte und schlug sich auf die Schenkel, dann bestellte er eine weitere Runde.

Fritz hatte bereits alles an Bargeld verloren, außerdem seine Uhr. In einem letzten Akt der Verzweiflung warf er die Autoschlüssel für seinen neuen Volkswagen auf den Tisch. Das nächste Spiel würde die Entscheidung bringen.

Auch dieses Spiel gewann der Bauer, und Fritz hatte nichts mehr, das er einsetzen konnte. Die Runde löste sich auf.

Fritz musste starr vor Wut zusehen, wie sein Gegenspieler alles zusammenraffte, was auf dem Tisch lag.

Als er auf die Straße kam, verwirrte ihn das helle Sonnenlicht, bis ihm einfiel, dass es ja Tag war. Er wollte auf seine Uhr sehen und fluchte, als er auf das nackte Handgelenk blickte.

»Wie spät?«, fragte er den Bauern, der hinter ihm das Lokal verlassen hatte.

»Gleich vier«, sagte der Mann und sah dabei auf Fritz' Uhr. Dann zog er die Autoschlüssel hervor und winkte mit ihnen. »Wo steht er denn?«

Fritz zeigte die Straße hinunter, und der Bauer tippte sich an den Hut und schwankte davon, rechts und links im Arm die beiden Blondinen.

»Jetzt machen wir es uns so richtig nett«, rief er, und die Frauen kicherten.

»Hoffentlich fährst du dich tot!«, knurrte Fritz. »Und die Weiber gleich mit.«

Er hatte sein Auto, die teure Uhr und einen Haufen Geld verloren. Aber er war fest entschlossen, sein Glück erneut zu versuchen, und zwar bei Erna. Dort gewann er immer. Allerdings würde er vorher Geld auftreiben müssen.

Er ging nach Hause, um sich auszuschlafen und sich zu überlegen, was er tun könnte, um an Geld zu kommen.

16

Gegen neun Uhr abends betrat Theo zum zweiten Mal an diesem Tag das »Tante Hermine«. Im Lokal an der Hafenstraße ging es hoch her. Die Stimmung war eine ganz andere als noch einige Stunden zuvor. Jetzt war es hier voll bis auf den letzten Stehplatz, und auch die Wirtin hatte ordentlich getankt. Wie so oft, wenn sie betrunken war, nahm sie eine lange Pfauenfeder und kraulte damit den Walfischpenis über ihrem Kopf. »Wartet, was passiert«, sang sie mit hoher Stimme, und das Gegröle der Männer schwoll zu einem ohrenbetäubenden Krach an.

Theo musste grinsen, als er das Spektakel sah, obwohl ihm eigentlich nicht zum Lachen war. Er war bis eben im Hafen gewesen, weil auf einem einkommenden Bananenfrachter die gesamte Mannschaft an schwerem Durchfall litt. Er hatte den Arzt begleitet, der feststellen sollte, was los war. Der Arzt hatte das Schiff für drei Tage unter Quarantäne gestellt, und Theo hatte Bordwachen organisiert, die dafür sorgten, dass niemand an oder von Bord ging. Die Zustände auf dem Schiff waren ekelerregend gewesen, und Theo brauchte jetzt unbedingt einen Schnaps, um seinen Magen, der immer noch rebellierte, zu beruhigen.

Er gab der Kellnerin über die Köpfe der vor ihm Stehenden hinweg ein Zeichen, indem er mit Daumen und Zeigefinger die Größe eines Schnapsglases anzeigte, und sah auf die Uhr. Er war frustriert. Wegen dieses blöden Bananendampfers konnte er Elisabeth wieder nicht treffen. Und er wollte ihr doch von Malchows wichtigem Angebot berichten. Es war wie verhext!

Dabei hatte er sie am Nachmittag auf dem Rückweg in sein Büro gesehen, wie sie mit dem Fahrrad auf der anderen Straßenseite an ihm vorbeigeradelt war. Sein Herz hatte vor Freude schneller geschlagen. Er hatte ihren Namen gerufen, aber sie war einfach weitergefahren. Er ging davon aus, dass sie ihn nicht gehört hatte. Aber sicher war er sich nicht.

Er roch unauffällig an seinem Jackenärmel und meinte, die

säuerlichen Ausdünstungen der Kranken auf dem Schiff wahrzunehmen. Er rümpfte angewidert die Nase.

Die brünette Kellnerin reichte ihm das Glas und sah ihm dabei tief in die Augen. Theo konnte erkennen, dass der Schönheitsfleck über ihrer Oberlippe nur aufgemalt war.

»Noch nüchtern?«, fragte sie ihn. »Dann hast du ja einiges aufzuholen.«

Ein paar Matrosen waren durch die Geschichte mit dem Walfischpenis auf Gedanken gekommen und wollten ihr Glück anderswo versuchen. Hermine legte ihre Pfauenfeder zur Seite, um sich von einem besonders jungen Seemann das Portemonnaie aushändigen zu lassen.

»Deine Mutter wird mir dankbar sein«, sagte sie und steckte dem Jungen ein paar kleine Scheine aus dem Geldbeutel zu. Der Rest kam in eine Schublade unter dem Tresen, vor der sie immer saß und an die niemand außer ihr herankam. Die Begleiter des Jungen wieherten vor Vergnügen.

»Da, wo wir hingehen, braucht der sowieso kein Geld, der ist noch Jungfrau!«

Der Junge zog den Kopf ein und trottete hinter ihnen her.

Theo nutzte die frei gewordene Lücke und stellte sich an die Theke. Er setzte das Glas an und legte den Kopf in den Nacken. Diese Getränke kippte man am besten auf einen Zug. Im Spiegel hinter dem Tresen entdeckte er Fritz Sierichsen, der am anderen Ende der Theke stand. Er hatte eine Schar Zuhörer um sich versammelt und vollführte großspurige Gesten. Seine vollen Lippen waren feucht vom Alkohol, die Augen hinter der Brille glänzten. Theo schob sich durch die dichte Menge in seine Richtung und bestellte noch einen Doppelten.

»Endlich hab ich den Alten so weit. Wir expandieren! Demnächst gibt es eine Niederlassung in Afrika und eine neue Sägerei, viel größer als die alte.« Fritz prostete den Männern zu und kippte sein Glas. »Noch ’ne Runde«, rief er der Kellnerin zu.

»Auf den Walfisch!« Er holte einen Schein aus der Tasche, packte den Arm der Bedienung und schob ihn ihr über den Tresen zu. Sie lachte ihn gutmütig an und ließ sich von ihm küssen. Fritz drehte sich zu den anderen um. »Und jetzt … werde ich euch ein Geheimnis verraten.«

»Nun sag schon!«, brüllten sie.

»Ich werde die Tochter vom Chef heiraten.«

»Die hat doch Haare auf den Zähnen, was man so hört!«, rief ein Mann dazwischen.

Fritz versuchte den Mann zu fixieren, was wegen seiner Trunkenheit gar nicht so leicht war. Er wies mit dem Zeigefinger auf ihn. »Mit der werde ich schon fertig, da mach dir mal keine Sorgen. Und dann gehört mir der Laden, dann kann mir keiner mehr was!«

Theo hatte genug gehört. Er legte Geld auf den Tisch und ging. Sein Magen machte sich wieder bemerkbar. Und er wollte nicht, dass Fritz Sierichsen ihn bemerkte. Den Triumph gönnte er ihm nicht.

Nachdem der Kaufvertrag über das Gelände am Reiherstieg unterschrieben war, fühlte Nikolaus zum ersten Mal nach dem Tod seiner Frau wieder Zuversicht. Die Verhandlungen waren gut gelaufen, und der Makler war ihm beim Preis noch ein Stück entgegengekommen. Trotzdem blieb eine bedeutende Summe zu zahlen. Mit dem Kredit, den er dafür aufnahm, hatte er die Sägerei für die nächsten Jahre verschuldet.

Sierichsen redete ihm beruhigend ins Gewissen. »Chef, Sie haben nicht gesehen, was ich gesehen habe. Halb Afrika wird abgeholzt, weil wir in Europa Holz brauchen. Wir sind doch immer noch dabei, das wieder aufzubauen, was der Krieg zerstört hat. Und das, was die Alliierten uns als Reparationszahlungen weggenommen haben«, sagte er bitter, um dann triumphierend hinzuzufügen: »Aber das wird sie teuer zu stehen kommen! Die haben jetzt unsere alten Anlagen, während hier alles neu aufgebaut wird – nach neuesten Methoden und Erkenntnissen, versteht sich. Denken Sie doch nur an den Ausbau der Eisenbahnen. Wie viel Holz da allein für die Schwellen gebraucht wird! Alle paar Meter eine. Was sage ich? Jeden Meter eine! Und dann die Telefone! Haben Sie schon eins zu Hause?«

Nikolaus nickte.

»Na, sehen Sie! Bald wird es in jedem Haushalt einen Fernsprecher geben. Und was braucht man dafür? Richtig, Telefonleitungen! Und woran hängen die? An Masten aus Holz, genau. Fahren Sie mal über Land, dann werden Sie sehen, dass es ganze Gegenden gibt, wo Sie nichts davon sehen, keine Masten, keine Eisenbahn. Aber das wird kommen, so sicher wie das Amen in der Kirche. Und die Sägerei Michelsen wird dabei sein und gutes Geld verdienen. Ich an Ihrer Stelle würde mir schon mal ein neues Auto bestellen.«

»Apropos Auto: Wo ist eigentlich Ihres?«, fragte Nikolaus.

Fritz lachte. »In der Werkstatt. Außerdem wird mir der Käfer langsam zu klein. Ich spiele mit dem Gedanken, mir einen Ford Falcon zu kaufen. Natürlich als Cabrio.«

»Na, na«, mahnte Nikolaus. »Zahle ich Ihnen vielleicht zu viel Gehalt?«

Fritz beugte sich zu ihm hinüber und lächelte ihn mit seinem gewinnendsten Lächeln an. »Wenn Sie meinen, dass ich mein Geld nicht wert bin, müssen wir uns tatsächlich darüber unterhalten.«

Nikolaus ruderte zurück. »Nein, nein, so meine ich es nicht.«

»Ohne Sierichsen hätte ich mich das nicht getraut. Aber jetzt starte ich noch mal durch, du wirst sehen«, sagte er zu Elisabeth und rieb sich die Hände, als wollte er gleich loslegen. »Schließlich haben wir in Deutschland gerade goldene Zeiten. Wer jetzt kein Geld verdient, der verdient nie mehr was.«

»Sagt Sierichsen.« Elisabeth hatte diesen Satz schon häufiger von ihm gehört.

»Sagt Sierichsen, ganz genau. Und er hat recht. Die Kunden rennen uns die Türen ein. Überall wird gebaut. Und wenn wir erst unser eigenes Holz aus Afrika importieren, machen wir mehr Gewinn. Mit Alfons Köhler haben wir einen guten Mann dort unten. Ich habe Erkundigungen über ihn eingezogen. Malchow, du weißt doch, der Hafeninspektor …«

»Ich weiß, wer Heinrich Malchow ist. Und seine Tochter kenne ich auch«, unterbrach Elisabeth ihn mit eisiger Stimme.

Ihr Vater sah sie verwirrt an. »Was hat denn die Tochter damit zu tun?«

Elisabeth gab keine Antwort.

»Ist ja auch egal. Auf jeden Fall sagt Malchow, dass Köhler ein grundehrlicher und solider Kaufmann ist, der über jahrelange Erfahrung in der Afrikafahrt verfügt. Mit ihm haben wir den besten Mann vor Ort, du wirst schon sehen. Und gefunden hat ihn nun mal Sierichsen.«

Er nahm sich ein Brot und beschmierte es dick mit Butter. Dann legte er eine Scheibe Schinken obendrauf und schnitt es in mundgerechte Stücke.

»Die nächsten Tage werden anstrengend«, sagte er kauend. »Der Umzug und so. Aber wir werden dann viel mehr Platz haben. Sierichsen hat einen Plan gemacht, wo die Maschinen stehen müssen, damit es im Arbeitsablauf nirgends hakt. Ganz moderne Methoden sind das, aus Amerika.« Er schob sich den nächsten Happen in den Mund. »Sierichsen ist ein guter Mann. Ich wünschte, du könntest das auch endlich so sehen.«

Elisabeth seufzte. »Du hast wahrscheinlich recht. Seit er bei uns ist, verdient die Sägerei richtig Geld. Aber …«

»Was, aber?«

Sie zuckte mit den Schultern. »Irgendetwas ist an ihm. Er ist mir zu … glatt.«

»Zu glatt? Was soll das denn heißen?«

»Ich kann es dir nicht genau erklären. Er guckt manchmal so … Und niemand kennt ihn von früher.«

»Ach, er guckt manchmal so? Und niemand kennt ihn von früher? Jetzt hör aber mal auf. Was hast du bloß gegen den Mann? Kennt dich denn jemand von früher? Stell dir vor, ich hätte so über deine Mutter gedacht. Du kannst im Hafen fragen, wen du willst, alle halten große Stücke auf ihn.«

Elisabeth senkte den Blick. Sie erzählte nichts von ihrem Verdacht, dass er mit den Spesenrechnungen betrog. Sie sah ihrem Vater an, wie glücklich ihn die neueste Entwicklung machte, und sie freute sich aufrichtig für ihn. Sie wollte seine Hochstimmung jetzt nicht mit ihren Bedenken trüben, an denen vielleicht noch nicht mal etwas dran war.

»Und dein neues Büro wird viel schöner sein, du wirst schon sehen«, sagte er und tätschelte ihre Hand.

Anfangs hatten sie noch gedacht, das Büro am Oberhafen in Stadtnähe zu behalten und nur mit dem Sägeplatz umzuziehen, aber diesen Plan hatten sie schnell aufgegeben. Es musste alles in einer Hand und an einem Ort sein. Also hatten sie die alten Räume gekündigt und schnell einen Nachmieter gefunden.

Am Tag des Umzugs überreichte Fritz Sierichsen ihr einen Kolbenfüllfederhalter mit einer vergoldeten Kappe. Der Füller war glänzend poliert und schwer. Ein wirklich edles Stück.

Sie sah Fritz überrascht an.

»Sie müssen genau hinsehen«, sagte er, und auf seinem Gesicht lag so etwas wie ehrlicher Eifer. Er schien echte Freude daran zu haben, ihr etwas zu schenken. Er sah sie verunsichert an und wartete auf ihre Reaktion wie ein verliebter Junge.

Seine Haltung rührte sie. Als sie ihren Namen in Schreibschrift auf dem Clip eingraviert sah, spürte sie ihm gegenüber zum ersten Mal so etwas wie Dankbarkeit und Sympathie.

Fritz hatte das letzte Stück seines Beuteguts verkaufen müssen, um den Füller erstehen zu können. Aber für den Plan, den er hatte, war das eine gute Investition. Er wollte sich Elisabeth gewogen machen, denn er spürte, dass sie ihm nicht traute. Was er vor einigen Tagen betrunken und unbedacht bei »Tante Hermine« ausgeplaudert hatte, hatte sich in seinem Kopf als konkrete Idee festgesetzt. Elisabeth war eine attraktive Frau mit guten Umgangsformen. Er würde sie heiraten und auf dem Wege noch mehr Einfluss in der Firma bekommen. Er musste nur diesen Hafenmeister ausschalten, der ständig um sie herumscharwenzelte. Aber der hatte sich in der letzten Zeit glücklicherweise rar gemacht.

In den nächsten Tagen tat er viel, um in Elisabeths Ansehen zu steigen. Er arbeitete unermüdlich, um den Umzug reibungslos über die Bühne zu bringen. Er war freundlich zu den Umzugsleuten, beruhigte die Männer, die sich fremd an ihrem neuen Arbeitsplatz vorkamen, hatte auf jede Frage eine Antwort und verbreitete einen ansteckenden Optimismus. Und während der ganzen Zeit war er äußerst charmant gegenüber Elisabeth, machte ihr Komplimente für ihr Aussehen und mehr noch für ihre Tüchtigkeit, denn er wusste, dass sie dafür noch empfänglicher war. Er fiel in seine bewährten Muster zurück, die er im Kinderheim in Wismar gelernt hatte: Er schmeichelte sich in die Herzen der Menschen hinein.

Elisabeth konnte von ihrem Büro aus sehen, wie gegenüber in der großen Halle die Einzelteile der riesigen Vierblatt-Gattersäge vom Tieflader gehievt und abgesetzt wurden. Während sie ihr Büro einrichtete, sah sie immer wieder hinüber, um zu sehen, wie die Montage der Säge voranging. Ihr Vater und Sierichsen überwachten alles ganz genau, gaben den Arbeitern Anweisungen und packten selbst mit an. Es war schön zu sehen, wie die vertraute Maschine vor ihren Augen wieder erstand. Währenddessen holte sie staubige Akten aus großen Kartons und sortierte sie in die neuen Schränke ein, die Sierichsen bestellt hatte. Sie bekam auch abschließbare Schränke, »für die sensiblen Akten«, wie er gesagt hatte. Wenn ihr die Arme und Beine wehtaten und sie eine Pause brauchte, setzte sie sich auf ihren drehbaren Schreibtischstuhl an ihrem neuen Schreibtisch. Fritz hatte darauf bestanden, dass sie neue Möbel bekam. »Sie sollen sich hier schließlich wohlfühlen«, hatte er verkündet.

Sich selbst hatte er allerdings auch etwas gegönnt. Zwei Tage zuvor war ein mächtiges Möbelstück angeliefert worden, das direkt per Schiff aus Afrika kam. Es handelte sich um einen mit feinen Intarsien versehenen Schreibtisch, den Fritz bei einem französischen Tischler in Abidjan bestellt hatte. Auf seine eigenen Kosten, wie er versicherte.

»Ich dachte mir, wenn ich schon mit afrikanischem Holz handle, dann bitte auch an einem Schreibtisch aus Afrika«, erklärte er, als Nikolaus und Elisabeth dazukamen, um zu sehen, was die Möbelpacker da brachten.

Das Holz glänzte wie warmer Honig. Entlang der Kanten waren etwa zehn Zentimeter breite Streifen und Rauten in fast schwarzem Ebenholz eingelegt. Das Muster wiederholte sich an den seitlich angebrachten Schubladen. Der Schreibtisch strahlte Macht aus und wäre eines Generaldirektors würdig gewesen, wie Nikolaus feststellte.

Fritz musste bei seinen Worten grinsen. Nikolaus hatte gar nicht so unrecht. Der Schreibtisch stammte aus dem Büro eines Franzosen, der in Abidjan eine Handelsniederlassung hatte. Er war so unvorsichtig gewesen, sich mit Fritz auf ein Spiel einzulassen und hatte seinen Schreibtisch verloren.

Wenn sie seitlich aus dem Fenster sah, konnte Elisabeth auf die Elbe sehen. Am Ufer, jenseits des Zaunes, stand eine große Trauerweide, deren Äste bis ins Wasser hingen. Elisabeth stützte die Ellenbogen auf und legte das Kinn sinnend in die Hände. Gegenüber stellte ihr Vater gerade feierlich die Säge für einen Probelauf an. Alles schien zu klappen, denn die Männer gaben sich lachend die Hände.

Vielleicht hat Vater recht, und Sierichsen tut wirklich sein Bestes für die Firma, dachte sie. Die Expansion tut der Sägerei gut. Wir können ab sofort viel größere Aufträge annehmen, und wenn wir erst unser eigenes Holz importieren, entsteht ein ganz neuer Geschäftszweig. Vater gibt diese Entwicklung Auftrieb.

Sie ließ ihren Blick wieder hinüber zu den Männern schweifen und sah ihren Vater, wie er stolz die Daumen hinter die Hosenträger klemmte und vor der Säge auf und ab ging. Zum ersten Mal seit dem Tod ihrer Mutter wirkte er wieder gelöst. Allein dafür sollte sie Sierichsen danken. Sie beschloss, in Zukunft netter zu ihm zu sein.

Es war halb sechs, als sie beschloss, es für heute gut sein zu lassen. Den Rest würde sie morgen erledigen. Jetzt wollte sie nach Hause. Sie zog sich ihren Mantel an und ging hinüber in die Halle.

»Kommst du mit?«, fragte sie ihren Vater.

Nikolaus winkte ab. »Fahr du schon vor, ich nehme die nächste Fähre«, rief er ihr zu.

»Warten Sie auf mich, dann begleite ich Sie. Sie sollen nicht allein die Barkasse nehmen«, sagte Fritz und lächelte sie an.

Elisabeth lachte auf. »Aber warum denn nicht? So was fangen wir gar nicht erst an. Ich gehe jetzt.«

Er kam auf sie zu. »Wie schade«, sagte er und sah sie mit tieftraurigem Dackelblick an. »Aber natürlich weiß ich, dass Sie das bestens alleine können. Ich dachte nur … Aber ich muss noch einen Anruf machen, leider.«

Vielleicht tue ich ihm wirklich Unrecht, dachte sie, während sie den kurzen Fußweg bis zur Anlegestelle nahm, von wo aus die Barkassen in regelmäßigen Abständen zu den Landungsbrücken übersetzten. Sie lief die letzten Meter, denn das Schiff war schon da.

Sie stellte sich an die Reling, mitten zwischen die Männer, die von der Schicht an Bord eines der großen Frachter oder in einem der Schuppen kamen. Es war ein schöner Spätsommerabend, die Wolken zogen dünn und durchsichtig am Himmel und nahmen eine rosa Farbe an, die sich im Wasser spiegelte. Sie kamen an einigen wirklich großen Schiffen vorüber, die so weit aus dem Wasser ragten, dass sie die Sonne verdeckten. Elisabeth fröstelte plötzlich. Der Herbst kommt, dachte sie wehmütig. Dann fuhren sie wieder ins Sonnenlicht, und sie kniff die Augen gegen das Licht zusammen. Sie genoss diese Fahrt sehr und freute sich darauf, sie von nun an täglich zu machen. Den Weg durch den Elbtunnel würde sie nur bei ganz schlechtem Wetter nehmen. Dort fuhr man mit einem Aufzug in die Tiefe oder nahm die gewundene Eisentreppe, dann ging man zu Fuß unter der Elbe hindurch, und auf der anderen Seite fuhr man wieder nach oben ans Tageslicht.

Sie wäre gern noch länger auf dem Wasser geblieben, um ihren Gedanken nachzuhängen und diesen rundum gelungenen Tag Revue passieren zu lassen, doch das Schiff machte schon an den Landungsbrücken fest, und sie ging im Strom der vielen Arbeiter von Bord.

Von hier aus war der Turm der Michaeliskirche zu sehen, die die Hamburger liebevoll Michel nannten, und sie hielt sich rechts davon, um nach Hause zu gehen.

»Elisabeth!« Die weiche, melodische Stimme kam von hinter ihr.

Sie blieb abrupt stehen. Ein Kloß bildete sich in ihrer Kehle. Jäh tauchte sie aus ihren Gedanken auf und war wieder ganz in der Gegenwart.

»Elisabeth. Endlich! Jetzt warte doch.«

Sie drehte sich langsam um und sah Theo. In seinen Augen las sie ehrliche Freude und Zärtlichkeit. Der intensive Blick aus seinen grauen Augen, in denen sich die Abendsonne fing, machte sie nervös. Ihr Herz begann wild zu klopfen.

»Ich glaube, du gehst mir aus dem Weg«, sagte er und versuchte ein Lächeln.

»Da musst du dich irren«, sagte sie knapp.

Sein Blick verdüsterte sich. »Ich habe gehört, die Sägerei Michelsen ist umgezogen.«

»Gestern war unser erster Tag drüben.« Sie machte eine Kopfbewegung hinüber zur anderen Elbeseite.

»Und?«

»Wir haben jetzt mehr Platz. Ich habe ein schönes Büro. Sierichsen hat dafür gesorgt.«

»Sierichsen. Hätte ich mir denken können.«

»Er tut viel für die Firma.« Warum sagte sie diese Sachen? Als wollte sie ihm wehtun.

»Hör zu, Elisabeth«, seine Stimme wurde drängender. »Unsere Begegnung neulich Abend … Das war einfach unglücklich. Ich habe gesehen, dass es dir nicht gut ging. Ich wäre so gern mit dir gegangen. Aber ich war nicht allein, ich konnte nicht …«

»Ich habe gesehen, dass du in Begleitung warst. Du musst dich dafür nicht entschuldigen.«

»Aber das weiß ich doch! So meine ich es ja auch nicht. Jetzt sei doch nicht so …«

»Wie bin ich denn?«, unterbrach sie ihn.

»So abweisend. Als würdest du mich absichtlich missverstehen wollen.«

Sie waren mitten auf der hölzernen Brücke stehen geblieben, die das feste Land mit den Schwimmpontons verband, wo die Barkassen ablegten, und die nach ihr kommenden Männer mussten um sie herumgehen. Einer rempelte sie an, und sie wurde gegen Theos Brust gedrückt.

»Entschuldigung, junges Fräulein, Sie stehen hier aber auch ganz schön im Weg«, sagte der Mann in Arbeitskluft und ging weiter.

»Entschuldigung«, sagte auch Elisabeth zu Theo. Für eine Sekunde hatte sie seinen Duft wahrgenommen, und die Erinnerung an seine Umarmung stieg in ihr auf. Sie konnte nicht verhindern, dass ihre Wangen rot aufflammten, und trat schnell einen Schritt zurück. Dabei trat sie einem anderen Mann auf die Füße. Sie stieß einen leisen Schrei aus. Was machte sie hier eigentlich? Eben war sie noch stolze Besitzerin eines gravierten Füllers und eines eigenen Büros gewesen, und jetzt stand sie hier im Weg herum und wusste nicht, was sie sagen sollte.

Theo nahm sie an den Oberarmen und zog sie mit sich zur Seite, sodass die heranbrandenden Männer an ihnen vorbeigehen konnten.

»Ich muss nach Hause«, brachte sie heraus.

»Ich würde dich gern bringen, aber ich bin verabredet – beruflich«, fügte er hinzu, als er ihren hastigen Blick bemerkte. »Wann sehe ich dich wieder? Ich muss mit dir reden.«

»Ich habe viel zu tun, das habe ich ja schon gesagt.«

Er nahm ihren Arm und brachte sein Gesicht dicht vor ihres.

»Elisabeth! Über solche Spielchen sind wir doch längst hinaus, meinst du nicht?«

Sie wusste selbst nicht, was sie trieb, aber auf einmal machten ihr genau diese Spielchen Spaß. Sie merkte plötzlich, dass sie Macht über ihn hatte, und sie hatte Lust, diese Macht auszukosten.

Mittlerweile hatte die nächste Fähre angelegt. Hunderte von Männern strömten vom Schiff an Land und an ihnen vorbei.

»Fräulein Michelsen! Jetzt erwische ich Sie doch noch, wie schön! Oh, Verzeihung, störe ich? Guten Tag, Herr von Waren. Sie haben sich aber rar gemacht in letzter Zeit.«

Fritz streckte ihm die Hand hin und lächelte ihn strahlend an, als würde er sich von Herzen freuen, ihn zu sehen. Dabei legte er Elisabeth wie zufällig die Hand auf den Unterarm, so, als seien sie langjährige Vertraute.

Elisabeth ergriff die Möglichkeit zur Flucht. »Wir haben uns zufällig getroffen und wollten uns ohnehin gerade verabschieden. Auf Wiedersehen, Herr von Waren.« Sie registrierte das siegessichere Zucken um Sierichsens Mund und die Resignation in den hellgrauen Augen von Theo, und plötzlich wusste sie, dass sie einen Fehler gemacht hatte. Die Situation fühlte sich absolut falsch an. Aber nun war es zu spät, um sie zu retten.

Sie fühlte, wie ihr die Tränen in die Augen stiegen. Ohne ein weiteres Wort ließ sie die beiden Männer stehen und ging.

17

Am nächsten Morgen fühlte sie sich elend, ihr Kopf dröhnte und der ganze Körper fühlte sich schwer an. Sie hatte schlecht geschlafen und war immer wieder aus wirren Träumen aufgeschreckt. Und bei der Erinnerung an das verpatzte Treffen mit Theo fühlte sie sich noch elender. Warum nur war sie gestern so abweisend zu ihm gewesen? Welcher Teufel hatte sie geritten, als sie ihn einfach stehen ließ? Sie musste die Sache unbedingt bereinigen und so bald wie möglich mit ihm reden und sich für ihr Verhalten entschuldigen.

Nachdem sie diesen Entschluss gefasst hatte, fühlte sich ihr Herz leichter an.

Beim Frühstück hielt ihr Vater ihr einen Brief hin.

»Den hat der Postbote gerade gebracht. Als Eilsendung. Warum schreibt von Waren dir denn einen Brief?«, fragte er. »Und dann auch noch an deine Privatadresse? Habt ihr etwa Geheimnisse?«

»Von Waren?«, stotterte sie. Sie steckte den Umschlag in ihre Tasche. Sie war ganz kribbelig vor Ungeduld, aber sie hätte die Nachricht niemals im Beisein ihres Vaters gelesen.

Sie konnte es kaum erwarten, bis er aufgegessen hatte. Er drückte seine Zigarette aus und stand auf. »Ich muss heute rechtzeitig da sein. Die erste Fuhre Holz kommt an, und wir probieren die Säge aus. Da muss ich dabei sein.« Er war voller Tatendrang und guter Laune.

»Ist gut.« Sie versuchte, ihren Ton möglichst beiläufig klingen zu lassen, ahnte aber, dass ihr das nicht gelang. »Ich räume hier noch auf, dann komme ich auch. Die Fähren gehen ja zum Glück im Minutentakt.«

Sobald sie hörte, dass die Haustür ins Schloss gefallen war, riss sie den Umschlag auf.

Liebste Elisabeth,
ich weiß nicht, was gestern los war, aber es tut mir von Herzen leid. Ich glaube, ich habe einen großen Fehler gemacht, weil ich nach meiner Rückkehr aus England nicht gleich zu Dir gekommen bin. Wenn Du wüsstest, wie gern ich das getan hätte! Aber wir hatten im Hafen einige Probleme, die mich aufgehalten haben. Vielleicht war ich mir Deiner auch zu sicher. Und dabei ist es eine Tatsache: Ich sehne mich mit jeder Faser meines Körpers und meines Herzens nach Dir. Dieser Nachmittag in dem Haus an der Steilküste hat mich geprägt wie nichts vorher in meinem Leben und ich will nichts mehr, als jeden weiteren Tag meines Lebens mit Dir so erleben.

An dieser Stelle des Briefs kamen ihr die Tränen. Sie schluchzte und musste ein Taschentuch aus ihrer Handtasche fischen und sich die Augen trocknen, bevor sie weiterlesen konnte.

Doch seit gestern bin ich mir nicht mehr sicher, ob Du ebenso fühlst. Vielleicht habe ich zu viel in diesen Nachmittag hineininterpretiert. Vielleicht geht das alles zu schnell für Dich, vielleicht bist Du zu jung, und ich überfordere Dich mit meiner Liebe …

Ungläubig starrte sie auf die Zeilen. Wie konnte er denn nur glauben, sie würde ihn *nicht* lieben? Atemlos las sie weiter.

Liebste Elisabeth, ich habe ein Angebot, von dem ich mein Leben lang geträumt habe: Ich soll ab sofort die Vertretung des Hamburger Hafens in New York übernehmen. Zu jeder anderen Zeit meines Lebens hätte mich diese Möglichkeit vor Glück jubeln lassen. Aber nun habe ich Dich und Deine Liebe getroffen (oder hat sie mich getroffen?), und ich bin mir nicht mehr sicher, was ich tun soll. Also musst Du für mich entscheiden.

Ich bitte Dich, heute Abend um sechs Uhr an den Landungsbrücken zu sein, dort, wo wir uns gestern zufällig getroffen haben.

Wenn Du dort sein wirst, dann werde ich in Hamburg bleiben, es sei denn, Du könntest Dich entschließen, mit mir nach New York zu gehen. Aber ich werde Hamburg nicht ohne Dich verlassen, wenn ich weiß, dass Du die gleichen Gefühle für mich hegst wie ich für Dich, denn eines weiß ich genau:

Ich werde mit Dir an jedem Ort der Welt glücklicher sein als ohne Dich im Paradies.

Ich weiß aber auch, dass ich ein Leben in Hamburg ohne Dich nicht ertragen würde. Bitte verzeih mir diese Schwäche, aber der Gedanke, Dir zu begegnen, womöglich an der Seite eines anderen Mannes, ist absolut unerträglich für mich. Das ist mir gestern Abend klar geworden.

Wenn Du kommst, dann machst Du mich zum glücklichsten Mann auf der Welt. Solltest Du nicht da sein, dann weiß ich, dass ich zu viel von Dir erwartet habe. Vielleicht war die gemeinsame Zeit, die wir hatten, zu kurz für Dich, um eine Entscheidung zu treffen, die Dein Leben verändert. Ich hätte jedes Verständnis dafür, und ich will Dich mit diesen Zeilen nicht unter Druck setzen. Wenn Du heute Abend nicht da bist, dann werde ich noch am selben Abend ein Schiff nach New York nehmen und Dir alles Glück der Welt wünschen.

Doch ich hoffe, dass es anders kommt.

Ich warte auf Dich, und ich liebe Dich,
Dein Theo

Elisabeth las den Brief noch zweimal, obwohl sie sich bereits nach dem ersten Lesen entschieden hatte. Sie würde überallhin gehen, wo Theo war. Diese Entscheidung hatte sie instinktiv getroffen, ohne weiter über ihre Tragweite nachzudenken. Um an Theos Seite zu sein, würde sie alles hinter sich lassen, was ihr wichtig war und was bisher ihr Leben ausgemacht hatte: ihren Vater und die Sägerei. An Theos Seite würde vielleicht auch die Sehnsucht nach ihrer verlorenen Schwester kleiner werden, so hoffte sie. Die Entscheidung war gefallen, ohne dass sie sie bewusst getroffen hatte.

Während sie das Frühstück abräumte, stellte sie sich vor, was sie tun und wie ihr Tag verlaufen würde. Als Erstes müsste sie mit ihrem Vater sprechen, und sie würde dieses Gespräch nicht aufschieben. Gleich heute Morgen würde sie in sein Büro gehen. Dann würde sie sich mit Theo treffen. Natürlich konnte sie nicht gleich heute Abend mit ihm nach New York fahren, aber sie würde nachkommen, in ein paar Tagen oder Wochen. Sie würde nicht zulassen, dass er ihretwegen auf seinen beruflichen Traum verzichtete. Die Aussicht, vorläufig wieder von ihm getrennt zu sein, machte ihr zwar Angst, aber anders würde es nicht gehen.

Dies alles lag klar umrissen vor ihr. Sie hatte sich noch nie im Leben einer Sache so sicher gefühlt. Mit festen Schritten ging sie zum Hafen, um die Fähre zu nehmen.

Das Wetter war über Nacht umgeschlagen. Es war empfindlich kühler geworden, doch vor lauter Seligkeit merkte Elisabeth es anfangs nicht, obwohl sie nur eine leichte Strickjacke trug. Auf der Barkasse zitterte sie dann aber und suchte in der Menge der Männer Schutz vor dem Wind, wenngleich sie nicht sicher sagen konnte, ob das Zittern von der Kälte oder von ihrer Erregung kam. Als sie auf der anderen Seite ausstieg, setzte ein leichter Nieselregen ein. Er verband sich mit dem Staub auf den Straßen, der sich in den letzten, trockenen Wochen gesammelt hatte, und Elisabeth sog den intensiven Geruch, der entstand, tief ein.

Auf dem Sägeplatz war die erste Ladung Stämme bereits angekommen, wie ihr Vater es gesagt hatte. Riesige, glatte Fichten, die aus Finnland stammten. Sie waren in der linken Hälfte der Halle gestapelt. Auf der anderen Seite stand die Gattersäge, die sie jetzt aufsägte. Von hier aus ging es an die Kappsäge, wo sie auf die richtige Länge gekürzt wurden, wie man sie für die Schwellen der Bahn verwendete. Über dem Platz lag der würzige Duft von frisch gesägtem Nadelholz. Die feinen Sägespäne wurden aus der Halle ins Freie geweht und vermischten sich mit dem Staub auf dem Kopfsteinpflaster. Die Absauganlage scheint noch nicht richtig zu funktionieren, dachte Elisabeth, als sie den Platz überquerte, um ins Büro zu gehen. Aber sie wollte jetzt erst einmal mit Nikolaus reden, wie sie es sich vorgenommen hatte.

Aus den Augenwinkeln heraus bemerkte sie verwundert, dass es ihr Vater war, der auf dem Bock des Greifers saß, und die Stämme anpackte. Sie machte ein paar schnelle Schritte in seine Richtung und rutschte beinahe auf dem nassen Kopfsteinpflaster aus. Die Mischung aus Regen, Spänen und Staub war zu einer glitschigen Masse geworden.

»Was ist los?«, fragte sie Funke, der mit den Händen in den Hosentaschen dastand. »Wieso sitzen nicht Sie auf dem Stapler?«

Funke zuckte die Achseln. »Zwei Männer haben sich krank gemeldet. Ihr Vater ist fuchsteufelswild und hat gesagt, dann packt er eben selbst mit an. Achtung!«, schrie er und zog Elisabeth ein paar Schritte auf die Seite. Nur einen Meter entfernt von ihren Köpfen sauste der Stamm vorbei.

»Geht da weg, zum Donnerwetter!«, brüllte ihr Vater sie an.

Funke bedeutete ihm, dass er langsamer fahren solle. »Was macht er denn da? Wenn er so schnell fährt, geraten die Stämme aus dem Gleichgewicht und kommen ins Trudeln!«, rief Funke Elisabeth zu, während ihr Vater den Motor des Greifers aufheulen ließ und anschließend die paar Meter zur Säge hinüberfuhr. Dort ließ er den Stamm auf das Transportband hinunter, das zur Säge führte. Kaum hatte er den Greifer geöffnet und die Last abgelegt, raste er in Höchstgeschwindigkeit wieder zurück zum Holzstapel, um den nächsten Stamm zu holen.

Elisabeth sah ihn sorgenvoll an, dann ging sie hinüber ins Büro.

Ihr Vater erschien einige Minuten später an ihrem Schreibtisch.

»Gut, dass du da bist. Kannst du gleich beim Arbeitsamt zwei Leute anfordern? Mit Maschinenschein. Wir kommen hier nicht weiter. Ich muss auch gleich wieder raus.«

Elisabeth nickte und griff zum Telefonhörer. Ein Blick auf ihren Vater sagte ihr, dass jetzt nicht der Moment war, ihm zu sagen, dass sie mit Theo nach Amerika gehen würde. Schwer atmend stand er vor ihr, und sie sah, dass sein weißes Hemd und sein Haar voller Sägestaub war. Er wischte sich mit dem Handrücken den Schweiß von der Stirn und hinterließ dort eine hellbraune Spur.

Elisabeth reichte ihm ein Taschentuch.

»So ein verdammter Mist!«, sagte er. »Gleich am ersten Tag fehlen zwei Männer.«

»Wer ist es denn?«, fragte sie, während sie auf die Verbindung wartete.

»Evers und Müller.«

»Die sind neu.«

Ihr Vater brummte. »Und mit dem Holz stimmt was nicht. Es rutscht immer wieder aus dem Greifer. Ich glaube, es ist nicht trocken genug. Was haben die uns da geliefert?«, rief er plötzlich wütend aus.

»Oder die Rinde ist nicht fachmännisch entfernt. Mit den Finnen hatten wir doch schon häufiger Probleme. Können wir nicht eine andere Fuhre vorziehen?«, schlug sie vor.

Ihr Vater sah sie verwundert an. »Wir haben keine andere Fuhre. Nur diese Lieferung. Das andere Holz ist drüben im Oberhafen geblieben und wird erst in den nächsten Tagen rübergebracht, weil der Auftrag für die Bahn vorgeht.«

»Wo ist denn eigentlich Sierichsen?«, fragte Elisabeth.

»Geht anschaffen.« Damit meinte Nikolaus, dass er bei den Hamburger Bauherren war, um neue Aufträge zu verhandeln. Sierichsen selbst hatte diesen Ausdruck geprägt. Elisabeth mochte ihn nicht.

Endlich ging bei der Arbeitsvermittlung jemand ans Telefon. Elisabeth gab durch, was für Männer sie benötigten.

»Und?«, fragte ihr Vater.

»Sie hängen es ans Schwarze Brett, jetzt gleich.«

»Gut, dann bleib du hier am Telefon, falls jemand anruft. Ich muss wieder raus.«

»Sei vorsichtig!«, rief sie ihm nach, als sie aus der Halle ein hohes Fiepen hörte, das in den Ohren brannte. So schrie die Säge, wenn sie mit letzter Kraft arbeitete. Sie blickte aus dem Fenster und sah Funke über den Hof auf ihren Vater zulaufen.

»Die Säge ist hinüber«, rief er, »festgeklemmt.«

Elisabeth konnte es durch das geschlossene Fenster hören. Sie stand auf und lief auch hinaus.

»Das Holz ist total verharzt und hat das Sägeblatt verschmiert. Das ist jetzt so stumpf, da können Sie mit dem nackten Hintern bis …« Funke besann sich und sah den Chef entschuldigend an. »In jedem Fall dürfen wir das jetzt alles abkratzen und sauber machen. Das dauert Stunden.«

Sie eilten zu dritt hinüber in die Halle, um den Schaden zu sichten. Ein eingeklemmtes Sägeblatt war so ungefähr das Schlimmste, was in einer Sägerei passieren konnte. Wenn man Pech hatte, konnte es Tage dauern, den Schaden zu beheben.

Die Säge hatte sich schief in das harte Kernholz der Fichte gefressen und steckte rettungslos fest. Der Stamm war am oberen Ende in große Keile zersplittert. Es roch durchdringend nach verbranntem Holz und nach Harz. Die Männer hatten schon den Gabelstapler geholt und eine Kette um den Stamm gelegt. Der Fahrer legte den Rückwärtsgang ein und versuchte, den Stamm wieder aus der Säge zu ziehen. Drei weitere Arbeiter schlugen Enterhaken in das Holz und zogen ebenfalls. Es gelang ihnen, den Stamm mit vereinten Kräften ein paar Zentimeter zu bewegen, aber dann rührte er sich nicht mehr. Mit hochroten Köpfen und ratlos standen die Männer da.

»Stellt die Säge an!«, brüllte Nikolaus. »Mal sehen, ob sie wieder fasst.«

Funke drückte den Knopf, und ein Jaulen in höchsten Tönen war zu hören, sodass Elisabeth sich die Ohren zuhielt. Das Sägeblatt rührte sich keinen Zentimeter, es zitterte nur. In Panik stellte Funke die Maschine wieder ab und duckte sich.

Elisabeth wusste, was ein gerissenes Sägeblatt anrichten konnte. Es stand dann derart unter Spannung, dass es wie ein Geschoss quer durch die Halle fliegen konnte und alles zerstörte, was im Weg war. Es hatte dabei schon Unfälle mit abgetrennten Gliedmaßen gegeben, zum Glück nicht bei ihnen.

»Die Säge bleibt an, sage ich!«, rief Nikolaus voller Wut dazwischen. »Wir müssen die Maschine wieder flottkriegen. Stell sie wieder an!«, drohte er Funke, der die Hand zögernd nach dem Knopf ausstreckte.

Funke folgte dem Befehl und trat dann gleich einen Schritt zurück. Das Jaulen setzte wieder ein.

Voller Entsetzen sah Elisabeth, dass ihr Vater einen der Enterhaken löste, um ihn aufs Neue in das Holz zu treiben. Weil er ihn nicht richtig packen konnte, machte er sich daran, auf den Stamm zu klettern, dessen vordere Hälfte immer noch in der Säge feststeckte. Elisabeth wunderte sich über seine Behändigkeit. Noch nie hatte sie ihren schweren Vater so leichtfüßig, beinahe tänzerisch gesehen. Als er oben auf dem Stamm war, hob er den Enterhaken über den Kopf und trieb ihn mit aller Macht in das Holz.

»Chef, was machen Sie denn? Kommen Sie da runter!«, schrie Funke.

»Komm du lieber rauf und hilf mir!«, brüllte Nikolaus zurück, um den Lärm der kreischenden Säge zu übertönen.

Dann ging alles in Sekundenschnelle.

Ihr Vater balancierte und sprang oben auf dem Stamm herum und versuchte, ihn mit seinem Gewicht zu bewegen, damit das eingeklemmte Sägeblatt wieder fassen konnte. Ein völlig vergebliches Unterfangen, denn dafür war der Stamm viel zu schwer. Plötzlich gab es so etwas wie einen zischenden Laut, dann fasste die Säge wieder Tritt, der Stamm bewegte sich mit einem Ruck nach vorn. Nikolaus verlor das Gleichgewicht und fiel mit einem wütenden Schrei rückwärts auf den ruckelnden Stamm, der sich nun langsam wieder vorwärts bewegte, auf die Sägeblätter zu. Funke stürzte sich auf den Knopf, um die Säge abzustellen. Bevor ihm das jedoch gelang, lösten sich vorn die Keile, mit denen der Stamm in der Waage gehalten wurde. Der mächtige Stamm drehte sich um sich selbst und begrub Nikolaus unter sich.

Entsetzt musste Elisabeth zusehen, wie ihr Vater mit beiden Beinen unter den Stamm gezogen wurde. Sie konnte den hässlichen Laut hören, mit dem seine Knochen zermalmt wurden, und sah, wie das Blut unter seinem zerschmetterten Körper hervorsickerte. Während der ganzen Zeit schrie er, und sie fragte sich später immer wieder, ob vor Schmerz oder eher vor Wut.

Sie stürzte auf ihn zu und nahm seine Hände. Um sie herum hörte sie die Männer schreien und Funkes Befehle. »Kette umlegen und den Stamm anheben! Die anderen nehmen Kanthölzer als Hebel! Nun macht schon!«

»Läuft sie wieder?«, fragte Nikolaus, und Elisabeth meinte so etwas wie Genugtuung in seinen Augen zu lesen.

Sie nickte.

»Weg da!«, schrie Funke sie an, als es den Männern gelang, den Stamm so weit anzuheben, dass sie ihren Chef unter dem Stamm hervorziehen konnten. Sie legten ihn auf den Hallenboden, jemand brachte eine Decke. Dann stellten sie sich um Nikolaus und Elisabeth, die neben ihm kniete.

»Rettet die Sägerei. Du und Sierichsen«, brachte er noch hervor und tastete nach ihrer Hand. Dann erloschen seine Augen.

Es war schon dunkel, als sie endlich nach Hause kam. Sie hatten Krankenwagen und Polizei informiert, dann ein Beerdigungsinstitut. Alle hatten ihr Fragen gestellt, und sie hatte funktioniert wie eine Maschine. Nachmittags war Sierichsen gekommen, die Nachricht vom Tod Nikolaus Michelsens hatte sich im Hafen blitzschnell verbreitet und war auch ihm zu Ohren gekommen.

Er hatte Elisabeths Hand genommen und sie väterlich umsorgt. Von da an hatte er sich um alles gekümmert, und sie hatte wie betäubt an ihrem Schreibtisch gesessen und versucht, das schreckliche Ereignis zu verstehen. Sierichsen brachte sie am Abend nach Hause. Er fragte auch, ob er bleiben solle, aber sie lehnte ab. Sie wollte allein sein.

Das ganze Ausmaß der furchtbaren Wahrheit kam ihr erst in den folgenden Tagen zu Bewusstsein. Sie hatte innerhalb eines Jahres Vater und Mutter verloren, sie war ab jetzt ganz allein auf der Welt. Sie musste das Vermächtnis ihres Vaters erfüllen und das Geschäft fortführen, das gerade erst expandiert hatte und auf dem hohe Schulden lagen.

Und dann war da noch etwas anderes: Sie hatte sich bisher mit aller Macht verboten, daran zu denken, und beschäftigte sich in jeder Sekunde, die sie wach war, mit den Beerdigungsvorbereitungen. Aber in einem ersten Moment der Ruhe fiel es ihr wieder ein, und sie zuckte wie in wildem Schmerz zusammen, und endlich kamen die Tränen. Sie begann hemmungslos zu schluchzen, als ihr einfiel, was noch zu der bitteren Wahrheit gehörte, die jetzt ihr Leben bestimmte: Theo war ohne sie nach New York gegangen, weil er glaubte, sie würde ihn nicht lieben.

Teil 3

18

Elisabeth wunderte sich, wie viele Menschen zur Beerdigung kamen. Nikolaus Michelsen wurde neben Marietta und seiner Mutter beigesetzt, und Elisabeth konnte den Gedanken nicht abschütteln, dass sie an diesem Tag das letzte Mitglied ihrer Familie auf diesem Friedhof verabschieden musste. Auch wenn er nicht ihr leiblicher Vater gewesen war, so hatte Nikolaus doch zu ihrer Familie gehört.

Sie war unendlich dankbar und gerührt, als sie neben Hanna auch Frau Wolnik den Gang zwischen den Gräbern auf sich zukommen sah. Hannas Mutter war schmal geworden, hielt sich aber sehr gerade. Der heftige Wind zerrte an ihrem Hut, und sie nahm ihren Schal fester um den Hals. Als sie vor ihr stand, reichte Frau Wolnik ihr eine der zarten Hände und sagte:

»Du kannst immer zu mir kommen, wenn dir danach ist.«

Ihre Worte rührten Elisabeth zutiefst, denn sie waren ernst gemeint und kamen von Herzen. »Das ist sehr nett von Ihnen«, gab sie zurück und fühlte sich zum ersten Mal seit dem Tod ihres Vaters getröstet. Sie hatte sich immer zu Hannas Mutter hingezogen gefühlt, die so viel Arbeit mit ihren Kindern hatte und in schrecklich beengten Verhältnissen leben musste. Früher hatte sie nie viel Zeit gehabt, nicht einmal für ihre Kinder. Aber jetzt war sie bereit, Trost zu spenden. Elisabeth lächelte sie dankbar an. »Das werde ich ganz bestimmt tun«, sagte sie.

Hanna stand am Grab rechts neben ihr, auf der anderen Seite stand Fritz Sierichsen. Hinter ihnen standen die Trauergäste im Halbrund. Der Pfarrer begann mit seiner Trauerrede. Fritz hatte lange mit ihm gesprochen und ihm Einzelheiten aus Nikolaus' Berufsleben erzählt. Er hatte ihr sehr bei all den Vorbereitungen geholfen und daran gedacht, alle einzuladen, die wichtig waren. Wahrscheinlich war es ihm zu verdanken, dass so viele Trauergäste gekommen waren. Elisabeth sah sich verstohlen um. Der eine, auf den sie wartete, war nicht dabei. Theo hatte auch keine Beileidskarte geschickt. Wahrscheinlich hatte er in New York noch nicht einmal vom Tod ihres Vaters erfahren. Starr sah sie wieder auf das offene Grab. Sie wollte sich den zermalmten, verstümmelten Körper, der dort im Sarg lag, nicht vorstellen, aber die Bilder verfolgten sie. Sie waren so entsetzlich, dass sie nicht einmal weinen konnte.

»Spät in seinem Leben hat Nikolaus Michelsen die Gnade der Liebe erfahren, mit der er schon nicht mehr gerechnet hatte, wie er mir einmal anvertraut hat.« Als der Pfarrer diese Worte sagte, horchte Elisabeth überrascht auf. Derart Persönliches hätte sie nicht erwartet, und von Fritz konnte er diese Dinge nicht erfahren haben. »Seine geliebte Frau Marietta und die Tochter Elisabeth waren sein ganzes Glück. Er hat mir mehrfach gestanden, wie unendlich dankbar er dafür war. ›Marietta hat frischen Wind in mein Leben gebracht‹, hat er gesagt. Sie kam nicht aus Hamburg, sie lehrte ihn eine neue Sicht auf die Dinge, denn sie war weltoffen und neugierig. Und seine Tochter Elisabeth hat ihn jung gehalten. Sie verkörperte für ihn eine Welt, die mit Krieg und Hass nichts zu tun hatte. Nikolaus hatte davor mit Kindern kaum zu tun gehabt. Elisabeth hat ihn dazu gebracht, die Welt durch Kinderaugen zu sehen. Doch weil Gottes Wege unergründlich sind, ist seine geliebte Marietta viel zu früh heimgegangen und mit ihr das Kind, das sie erwartet hatte. Das Schicksal hat ihn hart getroffen, und er ist nach dem Tod seiner Frau ein anderer gewesen. Und in kurzem Abstand ist ihr Nikolaus nun gefolgt, aus dem Leben gerissen von einer Sekunde auf die andere, ohne die Möglichkeit, sich zu verabschieden oder Vorsorge zu treffen.« Die ersten Trauergäste schnäuzten sich, karierte Taschentücher mit scharfen Bügelfalten wurden hervorgeholt. Elisabeth spürte, wie sich ein Kloß in ihrem Hals bildete. »Doch vielleicht war es eine Art Vorsorge ihres Vaters, dass er sein Unternehmen in den letzten Monaten erweitert hat. Unser Mitgefühl gilt den Hinterbliebenen, besonders aber seiner Tochter, auf deren Schultern jetzt ein großes Erbe lastet.«

Er sprach die Aussegnungsformel, dann warf er die erste Schaufel Sand in das offene Grab. Nach ihm trat Elisabeth vor und tat es ihm gleich.

Nach der Beisetzung ging die Trauergemeinde in ein nahe gelegenes Lokal in der Großen Brunnenstraße, wo es Kaffee und Butterkuchen und später Schnaps gab.

Elisabeth fand endlich Gelegenheit, sich zu setzen. Sie hatte unzählige Hände geschüttelt, Beileidsbekundungen entgegengenommen und gelächelt. Jetzt war sie erschöpft, in ihrem Kopf drehte sich alles, wahrscheinlich, weil sie an diesem Tag noch nicht genug gegessen hatte. Sie nippte dankbar an dem heißen Kaffee.

Ihr gegenüber am Tisch saß Fritz Sierichsen, der jetzt etwas umständlich aufstand, sich sein Jackett zuknöpfte und sich räusperte, bis alle still waren. Er wollte offensichtlich eine Trauerrede halten. Darüber hatte er vorher kein Wort gesagt.

»Liebes Fräulein Michelsen, verehrte Trauergäste«, begann er. Sie sah zu ihm hin und fing ein offenes Lächeln voller Zuneigung und Fürsorge auf. »Wir haben uns hier zu einem traurigen Anlass versammelt. Ein Patriarch ist von uns gegangen, ein liebender Vater, ein würdiger Hamburger Kaufmann, ein weiser Chef, ein fairer Arbeitgeber und, erlauben Sie mir diese Freiheit, ein väterlicher Freund und Fürsprecher.« Während er das sagte, sah er nacheinander die Gemeinten an: Elisabeth, die Vertreter der Hafenbehörde und der Handwerkskammer und die Arbeiter, die ihre Mützen im Schoß kneteten. »Nikolaus Michelsen ist durch einen tragischen Unfall aus unserer Mitte gerissen worden, zu einem Zeitpunkt, als er sich vielleicht auf dem Zenit seines Erfolgs befand. Gerade hatte er seine Aktivitäten bis nach Afrika ausgeweitet, weil er verstanden hat, dass es gut ist, alle Glieder einer Kette selbst in der Hand zu halten. Das war ein mutiger Schritt, und ich bedaure es sehr, dass er die Früchte nicht mehr wird ernten können. Nur wenige Tage vor seinem entsetzlichen Unfall war er mit der Sägerei umgezogen, ein weiterer mutiger Schritt. Drüben am Reiherstieg ist Platz, viel Platz, für viel Holz, für eine neue, größere Säge …«

Hier horchte Elisabeth auf. Von einer neuen Säge war bisher nicht die Rede gewesen. Sie sah Funke fragend an, doch der zuckte die Schultern und sah verlegen zu Boden.

»… denn wir sind immer noch dabei, Deutschland wieder aufzubauen. Es gibt noch viel zu tun, zahlreiche Hände werden gebraucht, Männer, die mutige Entscheidungen treffen. So einer war Nikolaus Michelsen, und ich verneige mich vor ihm.«

Mit diesen Worten beugte er sich vor und legte die Hand aufs Herz.

»Der tut ja gerade so, als wäre er der neue Chef«, knurrte ein Mann, der ein Freund von Nikolaus gewesen war und mit Kaffee handelte. »Dabei ist er noch nicht mal zwei Jahre in der Firma.«

Heinrich Malchow, der neben ihm saß, entgegnete: »Sie haben doch gerade gehört, was in diesen zwei Jahren alles passiert ist. Lassen Sie ihn mal machen. Der Junge hat was drauf. Und irgendeiner muss die Sägerei doch weiterführen. Oder glauben Sie, dass seine Tochter das kann?«

Als Fritz geendet hatte, klatschten die Anwesenden, einige sehr wohlwollend. Er kam zu Elisabeth herüber und gab ihr die Hand.

»Das hätten Sie mir vorher sagen müssen«, sagte sie. »Aber trotzdem vielen Dank für die schönen Worte.«

»Die Leute erwarten eine Rede an einem solchen Tag. Ihr Vater war ein wichtiger Mann. Und ich wollte Ihnen das nicht zumuten. Ich war einfach davon ausgegangen, in Ihrem Sinne zu handeln.« Er suchte ihren Blick und hielt ihn so lange fest, bis sie nickte.

Fritz Sierichsen war mit sich zufrieden, als er zwei Stunden später die Trauerfeier als einer der Letzten verließ. An der frischen Luft zerrte er sich die Krawatte vom Hals und stopfte sie in die Tasche seines Jacketts. Natürlich hatte er Elisabeth angeboten, sie nach Hause zu bringen, aber sie hatte abgelehnt. Ihre Freundin hatte neben ihr gestanden und von oben herab zu ihm gesagt, sie werde sich um sie kümmern. Fritz war es recht, er brauchte jetzt etwas Zerstreuung. Er atmete tief die frische Luft ein und blieb stehen, um zu überlegen, was er tun sollte.

Abenteuerlustig sah er sich um. Er könnte zum Hamburger Balkon hinübergehen, von wo aus man einen weiten Blick über den Hafen hatte, und von dort hinunter zur Elbe laufen. Von dort war es nicht besonders weit zu den Kaschemmen auf der Reeperbahn. Er hatte das Gefühl, heute würde er gewinnen.

Er war beinahe am Ziel seiner Wünsche angelangt. Dass der Alte bei einem Unfall ums Leben kam, hätte er ihm nicht unbedingt gewünscht, aber es spielte ihm in die Hände. Vorhin bei der Beerdigung hatte er sich gut geschlagen. Das hatte er an den wohlwollenden Blicken der Anwesenden gemerkt, zumindest bei einigen. Diese Herren sahen in ihm schon den künftigen Chef des Sägewerks, jetzt, wo Nikolaus Michelsen nicht mehr da war. Er hatte aber auch alles getan, um gut dazustehen, besonders vor Elisabeth. Er spielte den mitfühlenden, väterlichen Freund, er kümmerte sich um alles, fragte sie ständig, wie es ihr gehe, war morgens der Erste und abends der Letzte in der Firma. Er hatte sogar die Männer zu einem Bier eingeladen, um sie sich gewogen zu machen. Der Tag war gut für ihn gelaufen. Die Idee, eine Rede auf den alten Michelsen zu halten, war richtig gewesen. Er hatte den Alten gelobt, und doch konnte jeder, der Verstand hatte, hören, wie groß sein eigener Anteil am Erfolg der Sägerei war. Dass er die neue Säge erwähnt hatte, war ebenfalls geschickt gewesen. Er könnte vor Elisabeth immer noch vorgeben, dass das ein Plan ihres Vaters gewesen sei.

Er war an der Aussichtsplattform angekommen und sah auf die Elbe und die Hafenanlagen hinunter. Von hier aus konnte er gut sehen, wo der Reiherstieg und die Sägerei lagen. Das Herz wurde ihm weit bei dem Gedanken daran, was er dort geschafft hatte. Er hatte viel Zeit und Energie in dieses Unternehmen gesteckt, er hatte geschuftet und alle seine Stärken ausgespielt.

Er setzte sich auf eine Bank, obwohl sie nass vom Regen war. Aber er brauchte Ruhe, um zu überlegen. Denn er war noch nicht ganz an seinem Ziel angelangt. Etwas fehlte noch. Dabei ging es ihm beileibe nicht um Ideale oder darum, etwas Bleibendes zu hinterlassen. Derartige Werte waren ihm fremd, nach denen sollten sich besser andere richten. Er pfiff auf das, was die Nachwelt von ihm in Erinnerung behalten würde. Er wollte einfach nur ein gutes Leben, Wohlstand und Macht. Das Schicksal hatte es nicht immer gut mit ihm gemeint, aber jetzt war seine Chance da, und er würde sie ergreifen. Der Beruf des Holzhändlers war ihm auf den Leib geschneidert. Diese Männer waren im Allgemeinen Hasardeure. Ihr Beruf, besonders wenn sie in Afrika waren, gab ihnen die Möglichkeit, frei zu sein. Man verlangte von ihnen schnelle, manchmal riskante Entscheidungen, sie jonglierten mit großen Summen, kannten Gott und die Welt. Das lag ihm, das wollte er weiterhin tun. Um sein eigener Herr zu sein, reichte es aber nicht, nur Geschäftsführer einer Sägerei zu sein. Er wollte alles.

Der Weg dahin führte über Elisabeth. Er hatte schon früher mit dem Gedanken gespielt, wie es wäre, sie zu heiraten. Aber damals hatte der Alte noch gelebt, er hätte warten müssen, bis er sich aus dem Unternehmen zurückzog, um die Geschäfte zu bestimmen. Jetzt, wo er tot war, könnte alles viel schneller gehen. Wenn er Elisabeth heiratete. Da gab es aber ein Problem, und das hieß Theo von Waren. Bei dem Gedanken an ihn wurde Fritz unruhig, also stand er wieder auf und begann energischen Schrittes den Elbhang hinunterzugehen.

Er beobachtete ja schon länger, wie der Hafenmeister um Elisabeth herumscharwenzelte. Und er hatte ihn im Verdacht, ihr sogar nach Timmendorf hinterhergefahren zu sein. Als sie von dort zurückgekommen war, war sie anders gewesen, sie hatte ja geradezu über dem Erdboden geschwebt. Zu ihm, Fritz, war sie nett, er gab sich ja schließlich auch alle Mühe, mit Nelken hier und Komplimenten da, aber wenn dieser von Waren vor ihr stand, schmolz sie geradezu dahin. Nicht auszuhalten!

Aber jetzt war Theo von Waren, der einzige Mann, der ihm gefährlich werden könnte, auf seinem neuen Posten in New York. Es war nicht schwer gewesen, Heinrich Malchow auf die Idee zu bringen, Theo dorthin zu versetzen. Er hatte es so geschickt angestellt, dass Malchow am Ende geglaubt hatte, der Plan stamme von ihm selbst. Fritz hatte sich das Ohr von Frau Malchow geliehen und ihr geflüstert, dass Theo von Waren sich sehr für ihre Tochter Friederike interessiere. Das hatte Frau Malchow auch schon gemerkt. Sie fand aber, und Fritz bestärkte sie darin, dass ihre Tochter noch zu jung für die Ehe war, außerdem sollte ihr Zukünftiger erst mal etwas werden, dann würde man weitersehen. Fritz stimmte ihr in allem zu und erzählte von dem vakanten Posten in New York. Das sei eine wunderbare Gelegenheit für Theo, sich zu profilieren, und für die jungen Leute, sich zu prüfen. Das fand Frau Malchow auch und sprach noch am selben Abend mit ihrem Mann darüber.

Auf Fritz' Gesicht stahl sich bei dem Gedanken an seine Intrige ein höhnisches Lächeln. Malchow gehörte zu den Männern, die sich von ihrer Frau beeinflussen oder gar herumkommandieren ließen. Bei einem wie Malchow führte der Weg in sein Hirn über das Herz seiner Frau. Wie kleinbürgerlich das war! Seine Ehe würde anders laufen, er würde niemals als Schwächling vor seiner Frau dastehen, da war er sich ganz sicher.

Plötzlich hatte er es sehr eilig, zu Erna zu kommen, um seine Glückssträhne richtig auszukosten. Er sah ein Taxi kommen und hob den Arm, um es anzuhalten. Der Wagen hielt kaum, da riss er schon die Tür auf.

»Zum Wilhelmsplatz, aber machen Sie schnell!«

Eine Woche nach der Beerdigung setzte er zum nächsten Schlag an. Die Zeit drängte, und zwar aus zwei Gründen: Er hatte am Tag von Nikolaus Michelsens Beerdigung eine hohe Summe verloren und war finanziell in der Klemme. Er war bei Erna nur ohne blaues Auge rausgekommen, weil er sich Geld bei einer Kiezgröße geliehen hatte, zu zwanzig Prozent Zinsen. Er hatte keine Ahnung, wie er das Geld zurückzahlen sollte, und wenn er daran dachte, was passieren würde, wenn er nicht rechtzeitig zahlte, geriet er ins Schwitzen. Er hatte sich gerade erst wieder finanziell von der Nacht mit dem Bauern aus Vierlanden erholt, der jetzt mit seinem Auto herumfuhr. Einige getürkte Spesenrechnungen, ein paar Manipulationen an Rechnungszahlen, wo dann die Kohlelieferung nicht zweihundert, sondern dreihundert Mark kostete und er die Differenz einsteckte, auf diese Art hatte er sich sein Geld wieder beschafft, aber jetzt brauchte er erneut eine große Summe. Er musste endlich regulären Zugriff auf das Firmenvermögen haben!

Noch einen Grund gab es, schnell zu handeln: In den Tagen nach der Beerdigung ihres Vaters war Elisabeth ganz kopflos gewesen. Sie kam ins Büro und erledigte automatisch ihre Arbeiten. Aber sie war noch gar nicht auf den Gedanken gekommen, sich zu überlegen, wie es mit der Sägerei weitergehen sollte. Rechtlich war sie jetzt die Eigentümerin, sie konnte in der Sägerei schalten und walten, wie sie wollte. Sie konnte ihn entlassen oder das Werk verkaufen. Aber das war noch gar nicht in ihr Bewusstsein gedrungen. Bevor es so weit kam und irgendein wohlmeinender Rechtsverdreher das Problem ansprach, musste er Fakten schaffen.

Den ersten Teil seines Plans, nämlich Theo von Waren aus Hamburg zu schaffen, hatte er geschickt eingefädelt, und alles war geglückt. Von hier aus war es nur noch ein kleiner Schritt zu der Lüge, die er Elisabeth auftischen würde. Er musste nur ein wenig Schicksal spielen.

Am Montagmorgen schlenderte er gut gelaunt ins Kontor.

Elisabeth war schon da und hatte ihm die Post hingelegt wie immer. Während er den Stapel Briefe durchsah, sagte er in beiläufigem Ton zu ihr:

»Ach, übrigens, Sie kennen doch auch Theo von Waren. Was sagen Sie dazu, dass er Friederike Malchow heiraten wird? Ich habe es gerade erfahren. Die Hochzeit soll in New York stattfinden, ich finde das ja ein wenig ›überkandidelt‹. So hätte Ihr Vater das wohl ausgedrückt.«

Mit Genugtuung stellte er fest, dass seine Worte Elisabeth getroffen hatten. Doch bevor sie das triumphierende Glitzern in seinen Augen bemerken konnte, ging er hinüber in sein Büro, als wäre diese Neuigkeit völlig belanglos gewesen.

Elisabeth starrte auf die Tür, die Sierichsen hinter sich geschlossen hatte. Sie fühlte, wie ihr der Boden unter den Füßen weggerissen wurde. Ihr wurde schwarz vor Augen, und sie presste die Fäuste vor den Mund, um nicht laut zu schreien. Ihr Atem ging stoßweise, bis sie merkte, dass sie haltlos schluchzte. Sie saß kerzengerade auf ihrem Stuhl und wartete, dass der bohrende Schmerz in ihrem Herzen wegging. Nein, er würde nicht aufhören, nie mehr. Er verdichtete sich zu einem klebrigen Klumpen, der sich um ihr Herz legte und es erstarren ließ.

Am Abend kam Hanna wie an fast jedem Abend seit dem Tod ihres Vaters, damit Elisabeth nicht allein war. Sie machte ihr Essen, und oft schlief sie auch bei ihr. Sie fand ihre Freundin zusammengerollt auf dem Sofa liegen. Sie legte ihr die Hand auf die Schulter und erschrak darüber, wie starr sich Elisabeths Körper anfühlte.

»Was ist denn passiert?«, fragte sie. »Was ist denn noch passiert?«, korrigierte sie sich.

Sie hielt Hanna den Brief hin, in dem Theo sie gebeten hatte, mit ihr nach New York zu gehen, und Hanna überflog ihn.

»O mein Gott«, sagte sie dann. »Das ist ja der Tag, an dem dein Vater …«

»Und er glaubt jetzt, dass ich nicht gekommen bin, weil ich nicht wollte.«

»Wärst du denn hingegangen?«

»Ich wäre mit ihm bis in die Hölle gegangen.«

»Kannst du ihm nicht schreiben? Ihm alles erklären?«, fragte Hanna.

Elisabeth merkte, wie ihre Augen sich mit Tränen füllten. Sie schluckte schwer, bevor sie tonlos sagte: »Dazu ist es zu spät.«

»Zu spät? Wieso zu spät?«

»Weil er eine andere heiraten wird.«

Hanna riss ungläubig die Augen auf. »Er hat dir vor ein paar Wochen geschrieben, dass er dich liebt. Und jetzt heiratet er eine andere? Woher willst du das denn wissen? Ich denke, er ist in New York.«

»Fritz hat es mir erzählt. Er kennt ihren Vater gut. Heinrich Malchow ist der Hafeninspektor. Friederike und Theo werden in New York heiraten.«

»Und das glaubst du ihm?«

Elisabeth sah ihre Freundin müde an. Jeder Glanz war aus ihren hellblauen Augen gewichen. »Warum denn nicht? Warum sollte er mich denn anlügen? Es ist zu spät, glaub mir.«

Wieder und wieder sah sie vor sich, was geschehen war: Als sie nach dem Tod ihres Vaters wieder zu sich gekommen war, hatte sie versuchte, Theo zu erreichen. Er sei nach New York abgereist, hatte man ihr in der Hafenbehörde mitgeteilt. *Wenn du nicht kommst …* Der Satz aus Theos Brief ging ihr nicht aus dem Kopf. Sie war nicht gekommen. Sie hatte ihn allein gehen lassen.

Er musste glauben, dass sie ihn nicht liebte, nicht genug, um mit ihm zu gehen.

Hanna überlegte und las erneut den Brief. »Da hat er sich aber schnell getröstet.« Ihre Worte sollten hart klingen und ein Trost für Elisabeth sein, aber sie verfingen nicht.

»Ich bin doch die, die ihn zurückgewiesen hat.«

»Aber das stimmt doch nicht!«, rief Hanna.

»Nein, aber das ist es, was er glaubt.«

Noch Jahre später konnte sich Elisabeth an die Tiefe der Verzweiflung erinnern, die sie in diesem Moment erfüllte. Wenn sie einen klaren Gedanken hätte fassen können, vielleicht hätte sie gehandelt. Es wäre nicht zu spät gewesen, um Theo einen Brief zu schreiben und ihm zu erklären, warum sie an jenem unglückseligen Tag nicht bei den Landungsbrücken gewesen war. Er hätte sie sicher verstanden. Aber hätte er auch seine Verlobung mit Friederike Malchow gelöst? Diese Frage war müßig. Sie stellte sich einfach nicht. Das Glück war an ihr vorübergegangen, sie würde ohne es weiterleben müssen.

Die Starre, die Hanna an diesem Abend an Elisabeth feststellte, hielt den ganzen Winter an. Hanna fühlte sich an Marietta erinnert, wenn sie ihre Freundin so auf dem Sofa liegen sah: apathisch, in sich gekehrt, der Welt abgewandt. Während dieser Zeit funktionierte Elisabeth wie eine Maschine. Sie stand morgens auf, sie aß, sie fuhr in den Hafen und arbeitete, und abends fuhr sie wieder nach Hause. Sie legte sich ins Bett, aber sie konnte nicht schlafen. Jedes Gefühl war ausgeschaltet. Hätte sie ihre Gefühle zugelassen, sie wäre verrückt vor Trauer geworden oder hätte sich wie eine altgriechische Furie die Haare ausgerissen.

Hanna versuchte mit ihr zu reden. Sie tröstete sie, und sie schimpfte mit ihr. Als alles nichts half, holte sie Doktor Wiedemann. Der machte ein besorgtes Gesicht.

»Sie müssen sich zusammenreißen«, sagte er zu Elisabeth.

Als diese den Kopf zur Wand drehte, sprach er weiter: »Sie sind nicht wie Ihre Mutter. Sie sind nicht depressiv. Sie sind stark. Sie werden den Verlust Ihres Vaters verkraften.«

Und was ist mit dem Verlust meiner Liebe?, dachte sie verzweifelt. Am liebsten hätte sie den Satz hinausgeschrien.

Und doch drang etwas von den Worten des Arztes zu ihr durch. »Sie sind nicht wie Ihre Mutter«, hatte er gesagt. An diesem Satz richtete sie sich auf. Sie wollte nicht sein wie ihre Mutter in ihren letzten Jahren. Sie wollte ihr Leben leben, auch wenn es ohne Theo schwer werden würde.

Als Fritz sie kurz vor Abschluss des Trauerjahrs fragte, ob sie seine Frau werden wolle, sagte sie Ja.

19

Luise sah Felix Tremper, ihren Horst Buchholz, von einem Tag auf den anderen nicht wieder. Eines Tages fand sie einen Zettel von ihm im Briefkasten, nur ein hastig aus einem Heft gerissenes Stück Papier, nicht mal einen richtigen Brief. *Berlin ist mir zu eng. Ich gehe nach Hannover, um dort zu studieren. Ökonomie. Mach es gut.*

Sie starrte einige Sekunden lang auf die Wörter, dann lachte sie gegen ihren Willen laut auf und wunderte sich gleich darauf über diese ungewöhnliche Reaktion. Sie hatte viel über die erste Liebe gelesen. Wenn eine Frau den ersten Mann in ihrem Leben nicht am besten gleich heiratete, dann vergaß sie ihn in ihrem ganzen Leben nicht wieder. Der erste Mann prägte eine Frau, drückte ihr seinen Stempel auf, und alle anderen Männer, die nach ihm kamen, konnten nur Ersatz für das ganz große Gefühl sein. Eine Frau sehnte sich bis zu ihrem Tod nach der ersten großen Liebe.

Aber das stimmte nicht, zumindest nicht in ihrem Fall. Mit diesem hingeworfenen Wisch hatte Felix sich lächerlich gemacht oder sich als Schwein erwiesen, je nachdem, wie man es sah. Außerdem war er feige: Warum hatte er nicht mit ihr gesprochen? Er tat ja gerade so, als sei seine Entscheidung, in Hannover zu studieren, über Nacht gefallen, dabei hatten sie sich vor zwei Abenden noch gesehen. Und da hatte er kein Wort gesagt. Ach, sollte er doch studieren, wo der Pfeffer wuchs! Sie zerknüllte das Papier und warf es in den Ofen. In den Filmen, die sie mit Gertrud im Kino sah, zerknautschten die Frauen bei solchen Gelegenheiten ihre bestickten Taschentücher und weinten sich die Augen aus dem Kopf, aber auch das würde Luise nicht tun. Wenn sie es richtig überlegte, war sie stattdessen erleichtert. Der Druck war von ihr genommen, den die Beziehung zu Felix bedeutet hatte. Ständig hatte sie Ernst und Magda belogen, um sich heimlich mit ihm zu treffen, und dann hatte sie Krach mit ihm gehabt, weil sie zu mehr als Küssen und Streicheln nicht bereit gewesen war.

Luise hatte ihre erste Lektion in Sachen Liebe gelernt. Nämlich dass es Beziehungen gab, die lau waren. Die keine echte Liebe waren. Dennoch war sie wütend auf Felix, weil er sich so feige aus dem Staub gemacht hatte.

Nach ihm kamen noch zwei andere junge Männer, aber das waren nur kurze Episoden. Beide waren nett und manchmal auch langweilig. Keiner berührte ihr Herz. Luise ging mit ihnen ins Kino oder zum Nachmittagstanz.

»Was ist denn nun das Geheimnis der Liebe?«, fragte sie eines Tages in gespielter Verzweiflung Gertrud.

»Wenn du ihr begegnest, wirst du es wissen«, gab die knapp zurück, und Luise ärgerte sich über die Überheblichkeit in ihrer Stimme. Gertrud sollte nur nicht so tun. Schließlich hatte sie selbst ja auch keinen Mann an ihrer Seite.

»Weißt *du* es denn?«, fragte sie eine Spur schnippisch und sah Gertrud dabei provozierend an. Sie spürte, dass seit einigen Monaten etwas mit ihrer Freundin nicht stimmte. Sie war manchmal todtraurig und hatte zu nichts Lust. An anderen Tagen wieder sprühte sie vor Fröhlichkeit. Und oft hatte sie jetzt keine Zeit. Immer wieder sagte sie Verabredungen in letzter Minute ab. Als Entschuldigung gab sie Termine vor, die mit ihrem Beruf als Journalistin zu tun hatten, aber Luise ahnte, dass das nicht der Wahrheit entsprach, und fühlte sich hintergangen. Immerhin hatte Gertrud versprochen, ihr immer die Wahrheit zu sagen.

Gertrud hatte immer noch nicht geantwortet.

»Willst du mir nicht sagen, was los ist?«, fragte Luise versöhnlich und legte ihr die Hand auf den Arm, damit Gertrud sie ansah.

Gertrud holte tief Luft, wie um Kraft zu schöpfen, dann drehte sie sich zu Luise herum und schenkte ihr ein Lächeln, das strahlend sein sollte, aber irgendwie aufgesetzt wirkte.

»Ich weiß gar nicht, was du hast. Es ist alles in bester Ordnung.«

Diesmal war Luise sicher, dass sie nicht die Wahrheit sagte.

Nach der Sache mit Felix Tremper kümmerte sich Luise wieder mehr um die Schule und bestand erfolgreich ihr Abitur. Sie wollte mehr aus ihrem Leben machen. Sie wollte so leben wie Gertrud. Auf keinen Fall wollte sie von einem Mann abhängig sein.

Journalismus war nichts für sie, das hatte sie schnell erkannt, nachdem sie Gertrud näher kennengelernt hatte. Das Recherchieren von Geschichten, das Herauskitzeln von Details in einem Interview, das würde ihr Spaß machen, aber was dann kam, das lag ihr überhaupt nicht: das Schreiben, das stundenlange Feilen an einem Text, den der Redakteur anschließend rücksichtslos zusammenstrich.

»Du musst einen Beruf finden, in dem du mit Menschen zu tun hast«, riet Gertrud ihr.

»Verkäuferin«, gab Luise zurück, und Gertrud lachte.

»Du meinst beim Bäcker, wo all die feschen jungen Männer ihr Brot kaufen?«

»Haha.«

»Was willst du denn werden?« Gertrud gab nicht auf.

»Ich weiß es noch nicht… Ich bin ganz sicher, dass eines Tages etwas passieren wird, das mich auf den richtigen Weg bringt.«

Dieser Tag kam nur wenige Wochen später. Luise war mit Gertrud im Kino, und sie sahen *Ein Engel auf Erden*. Atemlos verfolgte sie die Geschichte der Stewardess, die sich in einen Rennfahrer verliebt. Der Rennfahrer war aber mit einer anderen Frau verlobt, und es brauchte einige Verwicklungen und einen Schutzengel, damit die beiden Liebenden zueinanderfanden.

»Was für ein romantischer Film. Und Romy Schneider ist einfach wunderschön«, schwärmte Gertrud, als sie hinterher untergehakt nach Hause gingen. »Die zwei, die zusammengehören, kriegen sich, wie es sich gehört. Auch wenn das dauern kann.« Sie sagte das in einem entschiedenen, zufriedenen Ton.

Luise blieb abrupt stehen. »Die Liebesgeschichte war doch nicht das Interessante«, gab sie zurück, und diese Erkenntnis, die sie vorher nur als vage Intuition gespürt hatte, stand auf einmal glasklar vor ihr.

»Was denn sonst?« Gertrud sah sie fassungslos an.

»Na, dass Romy Schneider Stewardess ist!«

Gertrud verstand immer noch nicht, worauf sie hinauswollte.

»Ich werde Stewardess! Ich habe dir doch gesagt, dass ich eines Tages wissen werde, was der richtige Beruf für mich ist.«

Gertrud sah sie entgeistert an, dann lachte sie laut auf und umarmte Luise mitten auf dem Trottoir. Zwei ältere Damen, die an ihnen vorübergingen, schüttelten voller Missbilligung die Köpfe.

»Weißt du was, das ist eine grandiose Idee! Und wie ich dich kenne, schaffst du das auch.«

»Und dann angle ich mir an Bord einen Millionär, genau wie Romy! Das müssen wir feiern. Moment!« Sie wühlte in ihrer Handtasche nach dem Portemonnaie und überprüfte den Inhalt. »Für zwei Eierlikör-Flip reicht es. Ich lade dich ein.«

»Warum musst du nur immer alles anders machen als alle anderen jungen Frauen in deinem Alter?« Magda seufzte resigniert. »Hat Gertrud dir diesen Floh ins Ohr gesetzt?«

»Gertrud hat damit ausnahmsweise gar nichts zu tun. Sie ist nur mit mir in diesen Film gegangen, in dem es um eine Stewardess ging. Und Stewardess ist doch ein Traumberuf!«, rief Luise. »Stell dir nur vor, wo ich überall hinkommen werde! Amerika, New York, Bangkok, Johannesburg!«

Ihre Stiefmutter sah sie fragend an.

»Das liegt in Südafrika.«

»Afrika?« Magda war durch diese Antwort keineswegs beruhigt und seufzte erneut.

»Ich werde ein Leben in Luxus führen und viel Geld verdienen. Und so manche Stewardess hat ihren Zukünftigen im Flugzeug kennengelernt.«

»Ich weiß nicht, was Ernst dazu sagen wird.« Magdas Blick war voller Zweifel.

»Ich habe schon mit ihm gesprochen. Und mich auch schon für das Auswahlverfahren angemeldet.« Jetzt bekam Luise doch ein schlechtes Gewissen, weil sie ihre Adoptivmutter vor vollendete Tatsachen stellte. Aber sie hatte bereits vor einer Woche in Hamburg angerufen, und ein freundlicher Mann hatte ihr mitgeteilt, dass der nächste Termin für die Bewerbungen kurz bevorstehe. Luise hatte das als Zeichen des Himmels genommen und ihm gesagt, dass sie teilnehmen wolle. Da sie die Fragen nach Alter, Gewicht, Größe und Schulbildung anscheinend zu seiner Zufriedenheit beantwortet hatte, hatte sie vor zwei Tagen eine Einladung nach Hamburg in der Post gehabt.

»Was?« Magda setzte die Kaffeetasse mit einem gefährlichen Klirren ab. »Du hast dich schon angemeldet?«

»Ja.« Sie wedelte triumphierend mit dem Briefumschlag. »Sie haben mir ein Flugticket geschickt. Stell dir vor, ich fliege nächste Woche nach Hamburg. Dort findet ein Vorgespräch für den Flugbegleiterlehrgang der Lufthansa statt, und ich habe mich beworben. Die Leiterin ist Ursula Tautz, die Chefstewardess. Dort bekommt man sogar Benimmunterricht bei einer echten Gräfin.«

»Benimmunterricht?«

»Ja, falls mal ein König oder ein Showstar aus Hollywood an Bord ist.« Luise lachte. »Als Stewardess muss man wissen, wie man mit wichtigen Herrschaften umgeht. Und in dem Film kriegt Romy Schneider, also, die spielt die Stewardess, die kriegt auch ihren Rennfahrer.«

Magda schlug die Hände vor das Gesicht. »Du willst doch nicht etwa einen Rennfahrer heiraten?«

»Aber nein! Das ist doch nur ein Beispiel.«

»Aber du vergleichst dich jetzt mit Romy Schneider! Welcher Mann will denn so eine störrische Frau wie dich?«

»Verheiratete nehmen sie bei der Lufthansa sowieso nicht«, gab Luise mit einem frechen Grinsen zurück.

Magda rührte mit ihrem Löffel in der Kaffeetasse. Der Kaffee, echter Bohnenkaffee von Jacobs!, war kalt geworden, aber die Ankündigung ihrer Tochter hatte sie so erschüttert, dass sie ganz vergessen hatte, ihn zu trinken.

»Und wie sind deine Chancen?«, fragte sie dann vorsichtig.

»Sie müssen mich einfach nehmen!«, gab Luise zurück, und in ihren Augen las Magda eine wilde Entschlossenheit, die sie bisher nicht dort gesehen hatte. Das ließ sie einlenken.

»Wenn es dich glücklich macht. Meinen Segen hast du. Aber willst du denn allein nach Hamburg? Und dann auch noch fliegen?«

Luise lachte erheitert. »Wenn ich erst Stewardess bin, fliege ich ständig!« In ihrer Freude und Ausgelassenheit umarmte sie Magda und gab ihr einen Kuss auf die Wange, was sie nur sehr selten tat.

Gertrud war begeistert, als Luise ihr von der Einladung nach Hamburg berichtete. Sie saßen in einem Café am Kurfürstendamm und tranken Türkisch-Mokka-Likör mit einer extra Sahnehaube obendrauf. Gertrud sog an ihrem Strohhalm, um an die Flüssigkeit darunter zu kommen.

»Mensch, und dann auch noch fliegen! Natürlich machst du das. Du hast alle Voraussetzungen dazu. Du darfst nur nicht dicker werden.«

Als Luise sie entsetzt ansah, lachte sie sie aus. »War doch nur ein Scherz.«

»Das hoffen, glaube ich, auch Ernst und Magda. Ihnen wäre es bestimmt am liebsten, wenn mich gleich auf dem ersten Flug jemand vom Fleck weg heiratet.«

»Sie machen sich doch nur Sorgen.«

Luise nickte. Das wusste sie ja selbst.

»Sie haben schon eine Tochter verloren«, sagte Gertrud.

»Sie reden nie über sie. Ich weiß nur, dass sie Erika hieß.«

»Du bist ihr ähnlich«, sagte Gertrud leise.

Luise nutzte die Gelegenheit, um zu fragen, was sie schon wissen wollte, seit sie bei den Mangels lebte. »Woran ist sie eigentlich gestorben?«

»An einer Hirnhautentzündung. Sie muss sich irgendwo angesteckt haben. Anfangs glaubten wir alle, sie hätte eine Grippe. Aber dann wurde sie plötzlich bewusstlos. Sie ist dann noch ins Krankenhaus gekommen, aber die Ärzte konnten nichts mehr für sie tun. Sie ist nicht wieder aufgewacht. Ich glaube, das war am schwierigsten zu ertragen: dass wir uns nicht von ihr verabschieden konnten. Auf einmal war sie nicht mehr da.«

Luise senkte den Blick. Manchmal begleitete sie ihre Adoptivmutter, wenn sie auf den Luisenfriedhof ging, um Erikas Grab zu besuchen. Sie beobachtete Magda, wie sie zärtlich mit der Hand über den Grabstein strich und ein paar verwelkte Blätter vom Grab zupfte. In solchen Momenten war sie in Gedanken ganz bei ihrer Tochter. Luise fragte sich dann, ob ihre eigene Mutter, wo immer sie auch sein mochte, ebenfalls diese Momente abgrundtiefer Trauer kannte, weil sie eine Tochter verloren hatte, und ob sie wohl mit derselben Zärtlichkeit an sie dachte.

Gertrud legte ihr die Hand auf den Unterarm und riss sie aus ihren Gedanken. »Du musst kein schlechtes Gewissen haben. Du bist nicht schuld an ihrem Tod.«

»Das habe ich auch nie geglaubt. Aber ein komisches Gefühl ist es schon. Als hätte ich ihren Platz eingenommen.«

»Das hast du ja auch in gewisser Weise, und dafür sind wir

dir dankbar. Wenn du nicht gekommen wärst, wäre dieser Platz leer geblieben.«

Luise nickte. »Aber ich habe doch auch irgendwo einen Platz gehabt. Ich frage mich, ob irgendjemand mich vermisst.« Sie wurde plötzlich traurig, gleichzeitig war sie erleichtert, weil sie seit Wochen wieder einmal die alte Vertrautheit mit Gertrud spürte. Vielleicht war sie auch nur beschwipst von dem Likör. Jedenfalls sagte sie ohne groß zu überlegen:

»Ich heiße gar nicht Luise, sondern Sophie.« Sie war überrascht. So leicht war es also, diese Worte zu sagen. Und so einfach, diese im Grunde ungeheuerliche Wahrheit auszusprechen und zu akzeptieren.

»Wie meinst du das?« Gertrud sah sie verblüfft an.

»Mein richtiger Name ist Sophie.«

»Sophie. Und weiter?«

Luise sah Gertrud ängstlich an. Aber als sie in ihren Augen las, dass sie bereit war, ihr zu glauben, fasste sie Mut. »Das weiß ich nicht. Ich weiß nur, dass ich Sophie heiße. Ich hatte mal ein Amulett an einer Kette, auf dem stand mein Name. Auch ein Nachname. Aber ich war damals zu klein, um ihn lesen zu können.«

»Wo ist denn dieses Amulett? Und hast du Ernst und Magda davon erzählt?«

Sie schüttelte den Kopf. »Wozu hätte ich das tun sollen? Für sie bin ich doch so oder so eine Fremde gewesen. Egal ob Luise oder Sophie.«

»Und dieses Amulett?«

»Man hat es mir abgenommen. In dem ersten Heim, in dem ich war, noch in Polen.«

»Du warst in einem polnischen Heim?«

»In zwei polnischen Heimen, es muss in Gebieten gewesen sein, die während des Kriegs noch deutsch waren. Damals wusste ich das natürlich nicht, aber in diesen Heimen musste ich polnisch sprechen. Und dort hat man beschlossen, mich Luise Fobienke zu nennen.«

»Das ist unglaublich!« Auf Gertruds Stirn zeigte sich eine steile Falte, die immer dann erschien, wenn sie wütend war oder wenn sie angestrengt an einer Formulierung feilte.

»Glaub mir, ich bin nicht die Einzige, mit der sie das gemacht haben. Wir waren viele Kinder, die ohne Eltern waren, und die polnischen Behörden wollten nach dem Krieg keine Deutschen mehr in ihrem Land. Was ja auch verständlich ist. Vielleicht haben sie auch gedacht, dass wir unsere Familien ohnehin nie wiederfinden würden und dass es besser sei, wenn wir polnische Namen hätten.«

»Oder sie wollten alle Deutschen bestrafen und ihnen ihre Kinder wegnehmen.«

»Und den Kindern ihre Eltern.«

»Ja, entschuldige.« Gertrud dachte nach. »Eine meiner Kolleginnen ist von ihrem Kind getrennt worden, als sie von Schlesien nach Berlin geflohen ist.«

»Hat sie …?«

»… ihr Kind wiedergefunden? Ja, das hat sie, ihre Tochter kam zwei Monate später mit einem Kindertransport hier an. Diese Kollegin hat mir immer mal wieder davon erzählt. Ich werde sie gleich morgen noch mal dazu befragen. Vielleicht gibt es da etwas Interessantes herauszufinden. Wofür arbeite ich schließlich bei einer Zeitung!«

»Das hat aber nichts mit Klatsch oder Prominenten zu tun«, gab Luise zu bedenken.

»Das hängt mir ohnehin langsam zum Hals raus.« Ihre Stimme wurde leiser, als sie fragte: »Hast du eine Ahnung, was aus deinen richtigen Eltern geworden ist? Sind sie gestorben? Warum hat man dich überhaupt in ein Heim gesteckt?«

Luise sah auf das weiße Tischtuch vor sich. »Meine Eltern sind nicht tot, jedenfalls nicht meine Mutter.«

»Jetzt verstehe ich gar nichts mehr. Deine Mutter lebt?«, fragte Gertrud außer Atem. »Aber was ist denn, um Himmels willen, passiert? Wieso bist du nicht bei ihr?«

»Ich erinnere mich nur an einen Bahnsteig, auf dem sehr viele Menschen waren. Ich war dort mit meiner Mutter … und mit meiner Schwester. Ich glaube, sie hieß Lisa …«

»Deine Mutter?«, fragte Gertrud.

»Nein, meine Schwester.«

»Was ist auf diesem Bahnhof passiert?« Gertruds Stimme war zu einem Flüstern geworden.

»Auf einmal war ich ganz allein. Nur noch Koffer waren um mich herum. Dann kam eine Frau in Schwesterntracht, und dann bin ich in ein Heim gekommen.«

»Du meinst, sie haben dich dort zurückgelassen?«

»Nein, nicht zurückgelassen. Es herrschte absolute Panik, jeder wollte in den Zug, der in den Westen fuhr, alle hatten Todesangst. Ich nehme an, dass ich es einfach nicht geschafft habe, mitzuhalten.«

»Und wie … wie alt bist du damals gewesen?«

Luise zuckte mit den Schultern. »Ich bin noch nicht in die Schule gegangen …«

»Du konntest den Namen auf dem Amulett ja auch noch nicht lesen«, warf Gertrud ein.

»Genau. Ich schätze, ich war so um die fünf Jahre alt. Der Krieg war noch nicht vorbei, denn an die Siegesmeldung erinnere ich mich noch. In dem polnischen Heim, in dem ich war, haben wir gefeiert.«

»Dann kennst du auch dein Geburtsdatum nicht?«, fragte Gertrud ungläubig.

»Nein, nicht sicher. Ich feiere meinen Geburtstag am 30. Mai. Und ich erinnere mich auch an Feste vor Kriegsende, bei denen es warm war. Aber ob das die Feier meines Geburtstags war und ob der 30. Mai stimmt, weiß ich nicht.«

In Gertruds Augen schimmerten Tränen. Jeder in Deutschland kannte Bilder und Geschichten von den vielen Hunderttausenden, die kurz vor und nach dem Ende des Krieges aus dem Osten nach Westen geflohen waren. Von hoffnungslos überfüllten Zügen, von Schiffen, die untergegangen waren, von Märschen über die zugefrorene Ostsee. Und an den Wegrändern waren die liegen geblieben, die zu schwach gewesen waren, verhungert oder erfroren waren.

Etwa eine halbe Million Kinder waren im Krieg und auf diesen Märschen verloren gegangen, nur ein Bruchteil war nach dem Krieg von Eltern oder Verwandten wiedergefunden worden. Gertrud hatte auch davon gehört, dass die polnischen Behörden nach der Westverschiebung der Grenze möglichst vollendete Tatsachen schaffen wollten und die Gebiete »entdeutscht« hatten. Das heißt, sie hatten die Deutschen, die auf nach dem Krieg polnischem Gebiet gelebt hatten, vertrieben. Und Kinder ohne Eltern waren möglichst schnell in Erziehungsanstalten gebracht und zu guten Polen erzogen worden. Man hatte nicht nur die Namen der Kinder geändert, sondern auch ihre Geburtsdaten. Gertrud dachte an die Tochter ihrer Kollegin, die mit einem Schiff im Berliner Westhafen angekommen war. Wie die anderen Kinder zwischen zwei und vierzehn Jahren hatte sie apathisch auf dem Schiffsboden gelegen, halb verhungert, von Läusen zerfressen, der Leib, die Knie und Füße dick angeschwollen. Sie hatte Glück gehabt, denn danach waren kaum noch Kindertransporte aus Polen gekommen. Die Polen hatten ihre Politik geändert: Oberste Priorität hatte jetzt die Polonisierung der Kinder. Und wenn Kinder ausreisen durften, dann in die sowjetisch besetzte Zone von Deutschland. Dazu hatte wohl auch Luise gehört, dachte sie.

»Wann bist du denn in dieses Heim in Wismar gekommen? Und weißt du, warum sie dich haben gehen lassen?«

»Da war ich acht. Aber warum sie mich nicht in Polen behalten haben, das weiß ich nicht. Vielleicht wollten sie mich dort nicht. Auf jeden Fall musste ich in Wismar wieder Deutsch lernen.«

»Das tut mir unendlich leid. Was hast du nur durchgemacht!« Am liebsten wäre sie aufgestanden und hätte Luise vor den Augen der anderen Gäste in den Arm genommen, um ihr Mitgefühl auszudrücken. Doch sie ahnte, dass sie dann beide weinen würden und womöglich nicht wieder aufhören könnten. Also blieb sie unbehaglich auf ihrem Platz sitzen.

»Hast du nach deiner Familie gesucht?«, fragte sie stattdessen.

Luise schüttelte den Kopf. »Wie hätte ich das tun sollen? Ich war ja noch ein kleines Mädchen. Ich hätte auch nicht gewusst, wo ich mit der Suche beginnen sollte.«

»Und was ist mit deinem Vater?«

»An den erinnere ich mich gar nicht, sosehr ich mich auch bemühe. Ich nehme an, er ist Soldat gewesen und dass ich ihn deshalb nur sehr selten gesehen habe.«

»Wo kommst du denn ursprünglich her? Wohin wolltet ihr, als ihr auf diesem Bahnhof wart?«

Luises Blick ging in die Ferne. »Ich erinnere mich an das Meer, an Kiefern, an ein großes Haus. Meine Mutter hat immer sehr gut gerochen, und meine Schwester und ich waren unzertrennlich. Aber wo dieses Haus stand, das weiß ich nicht. Ich nehme an, irgendwo in den ehemals deutschen Gebieten, die heute polnisch sind. Meine Mutter ist mit uns vor den Russen geflohen.«

Gertrud nickte. »Das würde auch erklären, warum du verloren gehen konntest.«

»Hätte sie nicht zurückkommen müssen? Um mich zu suchen?«, fragte Luise, und ihre Stimme war nur noch ein Flüstern. »Warum hat sie mich verloren und nicht meine Schwester? Diese Frage habe ich mir schon hundertmal gestellt.«

»Vielleicht *ist* sie zurückgekommen und hat dich nicht gefunden? Vielleicht sucht sie dich immer noch? Gerade in diesem Augenblick?«

Beide sahen unwillkürlich auf und ließen ihre Blicke durch das sonnendurchflutete Café schweifen.

»Es gibt doch den Suchdienst des Roten Kreuzes …«, schlug Gertrud vor.

Doch Luise schüttelte den Kopf. »Die brauchen doch Angaben: Namen der Eltern, Geburtsort und Geburtsdatum und so weiter. Ich habe nichts davon. Ich habe ja nicht mal einen Nachnamen.« Sie zögerte. »Lach nicht, aber weißt du, was ich glaube: Dass mir meine Familie eines Tages durch einen Zufall über den Weg laufen wird. Genauso, wie mir der Beruf der Stewardess in den Schoß gefallen ist. Diese Hoffnung gibt mir Trost.«

Gertrud mochte daran nicht glauben. Selbst wenn Luise eines Tages einem Familienmitglied, ihren Eltern oder ihrer Schwester, gegenüberstehen sollte, wie sollte sie sie denn erkennen? Nachdem sie sie fünfzehn Jahre nicht mehr gesehen hatte? Aber sie äußerte ihre Bedenken nicht, denn sie wollte Luise die Hoffnung nicht nehmen.

»Als Stewardess hast du dann immerhin einen Beruf, der dich mit vielen Menschen zusammenbringt. Und an viele Orte führt.«

Luise gelang ein Lächeln. »Wenn ich sie im Flugzeug treffe, dann heißt das, dass sie sich das Fliegen leisten können und dass ich aus einer wohlhabenden Familie stamme. Das ist ja wohl das Mindeste, was ich erwarten kann.«

20

In den Tagen bis zum Aufnahmegespräch in Hamburg war Luise nervös und stopfte sich von morgens bis abends mit allem Wissen voll, das sie für nützlich hielt. Zum ersten Mal war sie dankbar, dass man sie im Kinderheim mit russischer Literatur traktiert hatte, denn Kenntnisse darüber wurden vorausgesetzt. Sie sprach sogar ein wenig Russisch, nur würde ihr das jetzt, mitten im Kalten Krieg, wohl nicht viel nützen. Russen würden ja wohl kaum mit der Lufthansa fliegen. Die Kontakte des Westens zu den Sowjets lagen auf Eis.

Außerdem wurden zwei Fremdsprachen verlangt, die Kandidaten mussten Hemingway aus dem Deutschen ins Englische rückübersetzen. Als sie das in der Einladung gelesen hatte, hatte sie aufgelacht. Die Romane Hemingways hatte sie verschlungen, einige seiner Bücher hatte sie sogar im Original gelesen und die Rowohlt-Rotations-Romane danebengelegt, die sie in Ernsts Bücherschrank gefunden hatte. Dort hatte er auch eine Ausgabe im Zeitungsformat aufbewahrt, das dritte Buch, das der Rowohlt Verlag 1946 als Zeitung herausgebracht hatte, um den schier unglaublichen Lesehunger der Deutschen zu stillen. »50 Pfennig« stand oben rechts auf der Titelseite von Hemingways *In einem andern Land.* Luise hatte ganz vorsichtig umgeblättert, um das Papier nicht zu zerreißen. Am Abend, nachdem sie das zerlesene Exemplar gefunden hatte, hatte sie Ernst ein Kompliment dafür gemacht.

»Ich hatte alle Ausgaben der Rotations-Romane«, hatte er zur Antwort gegeben. »Aber die meisten sind mir irgendwie abhandengekommen. Ich habe sie verliehen und nicht zurückbekommen.«

Durch die Lektüre war ihr Englisch ganz passabel. Französisch war schon schwieriger, aber sie lernte die Sprache seit einigen Wochen in einem Kurs, den das französische Kulturinstitut anbot. Und dort hatte sie einen Soldaten aus Rennes kennengelernt, der in sie verliebt war. Sie traf sich mit ihm, aber nur unter der Bedingung, dass er ausschließlich Französisch mit ihr sprach.

»*Vous n'êtes pas sérieuse avec moi*«, beklagte er sich, sie spiele mit ihm.

»*Je ne vous ai rien promis*«, gab sie zurück, sie habe ihm nichts versprochen.

Am Abend, bevor sie nach Hamburg fliegen sollte, konnte sie nicht einschlafen. Noch nie in ihrem Leben hatte sie etwas so sehr gewollt, wie Stewardess zu werden. Nur die Sehnsucht nach ihrer Mutter und ihrer Schwester war noch größer, aber dagegen konnte sie nichts tun. Doch dieses Auswahlgespräch zu meistern, das lag in ihrer Macht, und sie hatte das beruhigende Gefühl, alles ihr Mögliche dafür getan zu haben.

Sie wusste noch genau, wie der Gedanke Besitz von ihr ergriffen hatte. Es war wie eine Befreiung für sie gewesen, auf einmal zu wissen, was sie mit ihrem Leben anfangen wollte. Das Gefühl der Heimatlosigkeit, das beklemmende Wissen, dass sie zufällig in dieser Familie in Berlin untergekommen war, würde verschwinden, so hoffte sie.

Als Stewardess würde sie alles haben, was sie sich vom Leben erträumte: Sie würde die Welt sehen und ihr Fernweh stillen, sie würde unabhängig sein und interessante Menschen treffen. Die Frauen, die für die Lufthansa arbeiteten, wurden bewundert wie Filmstars. Irgendwann werde ich für jemanden das sein, was Gertrud für mich ist, dachte sie, bevor sie einschlief.

Den 13. August 1961 würde Luise nie vergessen.

»Es war wohl vermessen von mir zu glauben, du würdest die Musikalienhandlung übernehmen«, sagte Ernst leise am Morgen, bevor er hinunterging, um den Laden zu öffnen. Luise packte gerade, dann war es Zeit für sie, zum Flughafen Tempelhof zu fahren. »Aber das ist wohl nichts für dich.«

Luise kam auf ihn zu und lehnte den Kopf an seine Schulter. »Wer weiß?«, gab sie zurück. »Flugbegleiterin bleibt man nicht sein Leben lang. Spätestens mit fünfunddreißig ist Schluss. Und wenn ich heirate, schmeißen sie mich ohnehin raus.« Sie zögerte. »Ich verdanke euch sehr viel«, sagte sie dann, und ihr Blick ging hinüber zu Magda, die am Frühstückstisch saß und die Krümel auf dem Tisch zu kleinen Häufchen zusammenschob. »Seit ich bei euch lebe, geht es mir gut, viel besser als im Heim. Ihr habt mir schon erlaubt, das Abitur zu machen, das weiß ich sehr zu schätzen. Aber ich will so gern etwas von der Welt sehen, etwas erleben. Ich bin doch noch so jung. Und du übrigens auch. Wenn du noch zehn Jahre im Laden stehst, dann bin ich dreißig, vielleicht habe ich dann keine Lust mehr zum Fliegen. Und außerdem haben sie mich ja noch nicht einmal genommen.«

»Ist ja schon gut.« Ernst nahm sie bei den Schultern und schob sie zärtlich einen Schritt von sich weg, damit er sie ansehen konnte.

»Schon gut«, sagte er noch einmal und musste an seine verstorbene Tochter denken, die schon mit vierzehn Jahren ein genauso neugieriges und beinahe störrisches Wesen gehabt hatte. »Was können Frauen denn heutzutage schon werden?«, hatte sie ihn eines Tages wütend gefragt. »Krankenschwester oder Sekretärin, höchstens!« Auch Erika wäre sicherlich keine brave Hausfrau geworden. Indem er Luise ihren ausgefallenen Berufswunsch gestattete, glaubte er, seine Tochter posthum glücklich zu machen.

»Ich drücke dir die Daumen. Sag um Gottes willen gleich Bescheid, wenn du ein Ergebnis hast.«

»Nein, du rufst sofort an, wenn du in Hamburg gelandet bist«, warf Magda ein. »Vorher habe ich keine ruhige Minute.«

Ernst zog Luise an sich und küsste sie auf den Scheitel.

»Danke, Paps«, sagte sie zu ihm.

Dann nahm sie auch Magda in die Arme und nahm ihren Koffer. Unten auf der Straße wartete Gertrud in ihrem neuen Auto, mit dem sie Luise zum Flughafen bringen wollte.

Das Auto, eine Isetta, in der sie beide und der Koffer knapp Platz hatten, war ein weißes Gefährt mit roten Kunstledersitzen. Als Gertrud zum ersten Mal damit vorgefahren war, hatte Luise ehrfürchtig gestaunt.

»So viel Geld verdienst du?«, fragte sie.

Gertrud hatte nur gelacht, aber wieder hatte Luise das Ausweichende in ihrem Blick bemerkt. Ihre Augen flitzten immer an ihren vorbei und ließen sich nicht festhalten.

Irgendetwas stimmt nicht, dachte Luise. Gertrud verschweigt mir etwas. Aber sie wollte jetzt nicht darüber nachdenken. Jetzt ging es nur darum, diesen Aufnahmetest in Hamburg zu bestehen.

Im Flugzeug setzte sie sich auf den Platz, den eine Stewardess ihr zuwies. Sie bewunderte das knappe blaue Kostüm und das fesche Hütchen, das sie trug. Sobald sie in der Luft waren, ging sie mit einem Tablett herum, auf dem Sektgläser standen. Lächelnd stand sie vor Luise und hielt ihr ein Glas hin, doch Luise lehnte ab.

»Sie müssen keine Angst haben«, sagte die Stewardess zu ihr.

»Hab ich auch nicht. Jedenfalls nicht vor dem Fliegen. Aber ich fliege zum Auswahlgespräch nach Hamburg, ich will nämlich auch Stewardess werden, und dafür brauche ich einen klaren Kopf.«

»Da haben Sie recht, bei Frau Tautz haben Sie verloren, wenn Sie nach Alkohol riechen. Und sie hat eine untrügliche Nase. Ich wünsche Ihnen viel Glück. Halten Sie sich gerade und reden Sie nicht zu viel und vor allem nicht geschwollen. Sie hasst Manieriertheit.« Sie zwinkerte ihr zu.

»Danke«, sagte Luise glücklich.

Die Stewardess bewegte sich elegant und sicher und ließ sich auch von einigen leichten Turbulenzen nicht aus der Ruhe bringen. Mit einem bezaubernden Lächeln bot sie dem Mann, der in der Reihe vor Luise saß, ein Glas an und fragte, was sie sonst noch für ihn tun könne. Als alle Passagiere versorgt waren, ging sie durch den Gang, blieb hier und da stehen und plauderte mit den Fluggästen. Luise spitzte die Ohren, um zu hören, worum es ging, und war nicht erstaunt, dass sie sowohl über die neuesten Ereignisse der Politik als auch über Kunst Bescheid wusste.

Die Landung in Hamburg war sanft und kam für Luises Geschmack viel zu schnell. Jetzt wurde es ernst. Sie betrat das Flughafengebäude und bemerkte die Stewardess aus dem Flugzeug. Sie wies mit der Hand in eine bestimmte Richtung, und Luise entdeckte das Schild, das den Weg zum Personalbüro zeigte.

Zwei Stunden später war es vorbei. Sie wusste nicht, ob sie jubeln oder trauern sollte. Ursula Tautz hatte sich sehr lange und wohlwollend mit ihr unterhalten, und Luise hatte auch berichten müssen, dass sie adoptiert war. »Sie haben sich durchgebissen, das gefällt mir«, sagte Frau Tautz und gab der neben ihr sitzenden Stenotypistin einen Hinweis, das aufzunehmen.

»Sie eignen sich für den Beruf der Stewardess«, sagte sie dann, zu Luise gewandt, die vor Freude rot wurde. »Aber«, fuhr sie fort, »Sie erscheinen mir noch sehr jung. Und Ihr Französisch ist nicht gut genug. Kommen Sie in einem Jahr wieder und lernen Sie in der Zwischenzeit Französisch. Dann stelle ich Sie ein – wenn Sie den Lehrgang erfolgreich abschließen. Aber da sehe ich bei Ihnen keine Gefahr.«

»Was ist das für ein Lehrgang?«, wagte Luise zu fragen.

Frau Tautz schien sich über ihr Interesse zu freuen. Mit einem Lächeln antwortete sie: »Sie werden einen achtwöchigen Kurs durchlaufen, sechs Tage die Woche. Dort wird man Ihnen Flugzeug- und Länderkunde, Erste Hilfe, korrektes Benehmen und so wichtige Dinge wie Cocktails mixen beibringen. Wir zeigen Ihnen, wie Sie sich schminken und frisieren. Einen großen Teil nehmen die praktischen Übungen ein: Passagiere begrüßen und bedienen, Notfallübungen und so weiter. Stellen Sie sich das nicht zu einfach vor: Es gibt viele unfreundliche Passagiere, aber Sie müssen immer freundlich bleiben. Wir hatten schon Bewerberinnen, die bei den Übungen in Tränen ausgebrochen sind.« Sie sah für einen Moment auf den Boden vor sich, als sei ihr die Erinnerung körperlich unangenehm. »Nun ja, wenn Sie das alles hinter sich haben, werden wir Ihnen den Lufthansa-Kranich an den Hut stecken.«

Als sie die Enttäuschung in Luises Gesicht sah, fügte sie hinzu: »Freuen Sie sich. Ein Jahr ist schnell herum. Gehen Sie als Au-pair-Mädchen nach Paris. Lassen Sie sich den Duft der weiten Welt um die Nase wehen. Dann werden Sie perfekt sein.«

Damit reichte sie ihr die Hand und verabschiedete sie.

Als Luise in dem dunklen Flur wieder zu sich kam, war schon die nächste Bewerberin hineingegangen.

Sie hatte noch eine Stunde Zeit, bevor ihr Flug zurück nach Berlin ging. Mit zitternden Knien bestellte sie sich einen Kaffee, und während sie ihn trank, beobachtete sie das Treiben in der Abflughalle und auf dem Rollfeld.

»Ich werde Stewardess«, sagte sie. Sie sprach den Satz einige Male leise aus und lauschte dem Klang der Worte, bis sie eine tiefe Befriedigung und Freude in sich aufsteigen fühlte.

Als sie in Berlin landete und vor dem Flughafen auf den Bus wartete, fiel ihr die fieberhafte Geschäftigkeit der Menschen auf. Alle hatten es eilig, die Leute standen in Trauben zusammen und redeten erregt aufeinander ein.

Der Busfahrer erzählte ihr dann, was vorgefallen war. »Haben Sie schon gehört? Jetzt hat Ulbricht eine Mauer gebaut. Ab heute können Sie nicht mehr in den Osten, und die dürfen nicht mehr raus.«

21

Luise nahm die enge, gewundene Dienstbotentreppe an diesem Tag immer zwei Stufen auf einmal, denn sie hatte es eilig. Das »richtige« Treppenhaus mit Aufzug war für die Mieter der eleganten Wohnungen reserviert. Sie war in der Schule aufgehalten worden, und Madame wartete bereits auf sie, damit sie den Kindern etwas zu essen machte.

Sie betrat das winzige Zimmer unter dem Dach und fröstelte. Es wurde immer kälter hier oben, je mehr der Herbst über die Stadt kam. Ihr Zimmer lag im sechzehnten Arrondissement, unweit der sowjetischen Botschaft. Es hatte ein rundes Fenster, außen auf dem Sims waren noch die Reste eines Taubennests zu sehen. Luise schubste sie hinunter, denn sie wollte das Fensterbrett als Kühlschrank benutzen. Hier oben gab es sechs dieser kleinen Zimmer, in jedem hauste ein Au-pair-Mädchen, das in einer der herrschaftlichen Wohnungen unter ihnen tätig war. Die Familie Rochette, bei der Luise arbeitete, wohnte ganz oben, das hieß direkt unter ihr, und sie musste die schmale Wendeltreppe nur ein Stockwerk hinuntergehen, um dann durch eine Tapetentür im Flur neben der Küche in die Wohnung zu gelangen.

»Wo bleiben Sie denn?«, kam es prompt, als Luise in die Küche trat.

»Entschuldigen Sie, Madame, aber ich musste doch heute mein Referat halten, und Monsieur Badinter hatte noch Fragen.«

»Gut, Sie wissen ja Bescheid, ich bin dann weg.«

Die beiden Jungen, Florentin und Fabian, saßen bereits am Tisch, und Luise zwinkerte ihnen zu. Die beiden waren sechs und sieben Jahre alt und furchtbar süß. Nach dem Essen würden sie auf den nahe gelegenen Spielplatz gehen. Und dabei natürlich das »richtige« Treppenhaus benutzen, obwohl die Jungen das enge, dunkle Dienstbotentreppenhaus viel abenteuerlicher fanden.

»Heute nicht«, sagte sie fröhlich zu ihnen. »Wir haben es eilig.«

Während die Jungen im Sand spielten und mit ihren Holzschwertern Kämpfe ausfochten, las sie *Die Mandarins von Paris*, selbstverständlich auf Französisch. Jede Woche stand ein dicker Roman auf dem Stundenplan, den sie sich selbst erstellt hatte. Dazu kamen die Anforderungen der Alliance Française, in deren Räumlichkeiten sie mit vielen anderen ausländischen Studenten die Sprache und die französische Kultur sowie die Landeskunde lernte.

Seit zwei Monaten war sie jetzt hier. Es war leicht gewesen, von Berlin aus eine Stelle als Au-pair-Mädchen zu finden. Sie hatte einfach die kleinen Anzeigen am Schwarzen Brett des französischen Kulturinstituts studiert. Offenbar wollten viele Pariser Familien, dass ihre Kinder von deutschen Fräuleins beaufsichtigt wurden. Ernst und Magda hatten sie ziehen lassen, wenn auch schweren Herzens.

So langsam fing sie an sich heimisch zu fühlen, obwohl sie die Gefühlskälte von Madame Rochette verletzte. Diese stammte aus einer reichen, großbürgerlichen Familie und hatte mit ihrem Mann jemanden geheiratet, der über noch mehr Geld und Einfluss verfügte als sie selbst. Sie ließ Luise spüren, dass sie unter ihrem Stand war und es bedauerte, ihre Jungen von ihr betreuen lassen zu müssen. Es war jedoch die einzige verbleibende Möglichkeit, da sie weder bereit war, es selbst zu tun, noch eine ausgebildete Kinderfrau oder Gouvernante zu bezahlen.

Monsieur Rochette war zwar netter zu ihr als seine Frau, nur bekam sie ihn fast nie zu Gesicht.

Mit den Kindern verstand sie sich prächtig. Was auch daran lag, dass sie aus ihrer Zeit im Kinderheim über ein unerschöpfliches Repertoire an Spielen, Gruselgeschichten und Streichen verfügte. Vor allem wusste sie aber, was für Kinder wichtig war und wie man sie tröstete und ihnen Ängste nahm. Aus all diesen Gründen liebten Florentin und Fabian sie und waren immer bereit, kleine Geheimnisse mit ihr vor ihrer Mutter zu teilen.

Luise hatte sich gleich am Tag ihrer Ankunft rettungslos in die Stadt Paris verliebt. Als sie aus dem Zug gestiegen war, war es bewölkt gewesen, doch die Sonne hatte ihre Strahlen durch die dünne Wolkendecke geschickt und die Sandsteinfassaden und die Kupferdächer in einem hellen Goldton aufleuchten lassen. Als sie auf dem Weg zu den Rochettes aus dem Fenster des Taxis die glänzende Spitze des Eiffelturms über dem Dach des Trocadéro entdeckt hatte, war es um sie geschehen gewesen.

Manchmal hatte sie Heimweh, und am meisten vermisste sie Gertrud, mit der sie offen besprechen konnte, was ihr auf dem Herzen lag. Gegen das Alleinsein half ihr aber auch hier ihre Fähigkeit, sich überall anzupassen und sich durchzubeißen. Selbstmitleid war ihr im Kinderheim einfach nicht beigebracht worden.

Gleich nach ihrer Ankunft hatte sie auch an Marianne geschrieben und extra eine schöne Briefmarke auf den Umschlag geklebt. Aber sie hatte auch ein schlechtes Gewissen gehabt, weil sie wusste, dass ein Aufenthalt in Paris oder eine Anstellung bei der Lufthansa für Marianne unerreichbar waren. Nach vier Wochen war ihr Brief als unzustellbar zurückgekommen, und sie hatte den Verdacht, dass er geöffnet worden war. Post aus dem westlichen, »feindlichen« Ausland kam nicht gut an in Ostdeutschland und machte die Empfänger verdächtig. Sie machte sich Sorgen um Marianne und ihre kleine Schwester. Sie konnte nur hoffen, dass es ihnen gut ging.

Sie ging gern in die Alliance Française, weil sie dort viel lernte und unter Gleichgesinnten war. Sie wusste ja, warum sie dieses Jahr in Paris verbrachte. Wenn sie zurück in Deutschland war, im kommenden Juni, würde sie sich erneut bei der Lufthansa bewerben und dann würde sie Stewardess werden.

Neben dem Lernen und ihren Au-pair-Pflichten hatte Luise jedoch auch noch genügend Zeit, die Stadt zu genießen. In den Straßen des Quartier Latin, wo die Buchhandlungen und die Universität waren, gab es oft billige Livekonzerte der Jeunesse

Musicale. Sie fanden in wechselnden Clubs statt. Meistens wurde Jazz gespielt, eine Musik, die neu für Luise war, die sie aber aufregend und inspirierend fand. Sie lernte viele neue Interpreten und Chansons kennen, von denen sie Ernst in langen Briefen berichtete. »Du musst unbedingt die Schallplatten besorgen und sie deinen Kunden verkaufen!«

Am liebsten mochte sie es, durch die stillen Straßen zu laufen. Vor allem am Sonntagmorgen, wenn sie nicht auf die Jungen aufpassen musste, weil die Eltern aus gewesen waren und ausschlafen wollten, stand sie früh auf, um ihrer Passion nachzugehen. Oder in der Nacht davor, wenn sie tanzen gewesen war. Dann ging sie manchmal, nachdem die Musikkeller geschlossen hatten, den ganzen weiten Weg zu Fuß vom Quartier Latin nach Hause. Sie spazierte dann am Ufer der Seine entlang, mal auf der einen, mal auf der anderen Seite. Meistens blieb sie auf der linken Seite, um am anderen Ufer den Louvre und die Eisenkonstruktionen des Grand und des Petit Palais zu bewundern, und überquerte den Fluss auf Höhe des Eiffelturms, und dann blieb ihr noch ein ziemlich langer Weg durch die gutbürgerlichen, verschlafenen Avenuen bis nach Passy, wo sie wohnte. Hier hatten die großen Modeschöpfer ihre Ateliers, und oft blieb sie bewundernd vor den Roben von Dior und den anderen stehen.

Sie liebte die Stadt, weil sie so abwechslungsreich war. Stille Straßen, in denen imposante Häuser mit Stuckverzierungen und üppigen Balkonen standen, wechselten sich ab mit Straßenzügen, in denen die Arbeiter und Handwerker wohnten und wo in den Erdgeschossen alle möglichen Geschäfte, Bäckereien und Schlachtereien, Käsehandlungen und Tausende von Cafés und Tabakgeschäften untergebracht waren. An der Seine war es still und grün, ab und zu fuhr ein Schiff vorüber. Am Sonntagmorgen waren nur wenige Menschen auf den Straßen. Zu ihnen gehörten die Straßenkehrer. Luise konnte ihnen stundenlang dabei zusehen, wie sie das Wasser aus der Kanalisation in einem ausgeklügelten System von Barrieren aus aufgerollten Teppichen stauten und die Straßen entlanglaufen ließen, die sie gerade säuberten. Das kurze, schnelle Rascheln, das Krrch, Krrch der Reisigbesen, die sie über das nasse Pflaster schoben, um den Schmutz des vergangenen Tages zusammenzukehren, prägte sich ihr ein und gehörte für sie fortan zu Paris, ebenso wie das lang gezogene Tuten, mit dem in der Metro das Schließen der Türen angekündigt wurde.

In den Vierteln der kleinen Leute ging es lebhafter zu, und auf vielen Plätzen wurden am Sonntagmorgen Märkte abgehalten, damit die Hausfrauen für das Mittagessen einkaufen konnten. Die Lebensmittel hatten es Luise besonders angetan. Hier sah sie Waren aus aller Herren Länder, Früchte aus Afrika und Asien, Pasteten und Käsesorten, die es in Berlin nicht gab. Von den vielen Weinen gar nicht zu reden. Leider hatte sie kein Geld, um all die Köstlichkeiten zu kaufen, aber oft boten die Händler den Kunden Probierhäppchen an. Luise sagte niemals Nein. Einige der ungewöhnlichen Zutaten bekam sie auch bei den Rochettes zu essen, die oft Gäste hatten. Das waren dann sehr teure Lebensmittel wie Foie gras oder Hummer, Muscheln oder luftgetrockneter Schinken. Vor Einladungen kam immer eine Köchin ins Haus, um alles vorzubereiten, und Luise musste ihr helfen. Auf diese Weise lernte sie viel Neues kennen.

Das kann mir alles als Stewardess von Nutzen sein, wenn ich reiche Leute im Flugzeug zu Gast habe, die solche Sachen täglich essen, dachte sie, während sie das Zitronensorbet kostete, das sich hauchfein wie frisch gefallener Schnee auf ihrer Zunge anfühlte und eine herbe Säure verströmte, die sie absolut köstlich fand.

Gertrud hatte versprochen, sie zu besuchen. Luise musste sich allerdings bis nach dem Jahreswechsel gedulden. Aber dafür wurde das Wetter nach einem scheußlichen, nasskalten Winter, wo Luise in den Nächten Socken und eine Strickjacke im Bett anbehielt, endlich wieder schöner, als Gertrud am Nordbahnhof ankam, um die Ostertage in Paris zu verbringen. Sie hatte ihren Chefredakteur überredet, ihr die Bahnfahrt und ein Hotelzimmer zu zahlen, wenn sie im Gegenzug den Berlinerinnen über die neue Frühjahrsmode in Paris berichtete.

Der Termin war gut gewählt, denn ihre Gastfamilie war über Ostern in ihr Ferienhaus am Mittelmeer gefahren. Madame war ungehalten gewesen, als Luise abgelehnt hatte, mitzufahren.

»Und wer kümmert sich um die Jungen?«, hatte sie gefragt.

»Aber Schatz, wir sind doch beide da«, hatte ihr Mann sie besänftigt.

Luise freute sich schon seit Wochen auf diesen Besuch. Sie war so stolz auf »ihre« Stadt Paris und machte schon seit Tagen Pläne, was sie Gertrud alles zeigen wollte.

»Gertrud«, rief sie voller Freude, als sie sie im Gedränge der vielen Menschen auf dem Bahnsteig endlich entdeckt hatte. »Gertrud! Hier bin ich!«

Gertrud kam ungewöhnlich langsam auf sie zu, und als sie vor ihr stand, erschrak Luise. Gertrud war dünn geworden, vor allem aber hatte sie tiefe, dunkle Ringe unter den Augen und eingefallene Wangen. Sie sah furchtbar aus, von ihrer jugendlichen Frische war nichts zu spüren, und als sie losgingen, bemerkte Luise ihren leicht gebückten, zögerlichen Gang.

»Hast du Schmerzen?«, fragte sie beunruhigt.

»Ich erzähle es dir später«, sagte Gertrud gepresst und machte deutlich, dass sie jetzt nicht darüber reden wollte. »Können wir erst in mein Hotel gehen, bitte?«

Sobald sie in der Rue des Ternes angekommen waren und das Hotel mit dem schönen Namen *Délice des Dames* gefunden hatten, legte Gertrud sich aufs Bett.

»Es geht gleich wieder, die Zugfahrt war nur anstrengend.«

»Die Zugfahrt?« Luise verstand nicht.

»Ach, Luise«, sagte Gertrud, und dann begann sie zu weinen, leise und stetig, und die Tränen liefen ihr über das Gesicht.

Luise spürte, dass dieser Tränenfluss erst versiegen musste, bevor ihre Freundin erzählen konnte, was der Grund dafür war. Sie legte sich neben sie und hielt sie einfach in den Armen.

Irgendwann richtete Gertrud sich auf und putzte sich die Nase. Dann begann sie zu erzählen.

»Diese Reise ist sozusagen das Abschiedsgeschenk meines Chefredakteurs an mich. Er weiß es nur noch nicht. Er glaubt, ich würde am Mittwoch nach Ostern wieder in die Redaktion kommen, nachdem ich mich hier in Paris ein bisschen amüsiert habe, aber da irrt er sich. Ich gehe da nicht wieder hin.« Sie putzte sich noch einmal geräuschvoll die Nase.

»Aber was ist denn bloß passiert?«, fragte Luise. »Wieso willst du nicht mehr in die Redaktion? Und warum siehst du so krank aus?«

Gertrud berichtete ihr, wie sie sich in ihren Chefredakteur verliebt hatte. »Er war so kultiviert, er wusste einfach alles, er hat mir ganz neue Welten eröffnet. Und er hatte Geld und hat mir Zigaretten und schöne Dinge geschenkt – auch die Isetta.« Dann wurde ihre Stimme hart. »Aber er war verheiratet.« Anfangs hatte er diese Kleinigkeit vor Gertrud verheimlicht, aber irgendwann hatte ein Kollege zufällig von seiner Frau gesprochen. Da war es schon zu spät gewesen. Gertrud hatte sich bereits bis über beide Ohren in Gerhard verliebt. »Es war wirkliche, tiefe Liebe. Gertrud und Gerhard, ich habe das für einen Wink des Schicksals genommen.« Sie sah Luise mit zitternden Mundwinkeln an, dann sprach sie schnell weiter, um ihre Tränen zurückzuhalten. Es hatte eine Zeit der Heimlichkeiten begonnen, geheime Treffen, ein Versteckspiel in der Redaktion, wo natürlich niemand etwas wissen durfte, hastige Umarmungen in Hausfluren und manchmal in billigen Hotels.

Luise wurde mit einem Schlag etwas bewusst. »Das hat schon angefangen, bevor ich nach Paris gefahren bin. Jetzt wird mir auch klar, warum du in der Zeit davor so oft unsere Verabredungen abgesagt hast!«

Gertrud nickte und senkte den Kopf. »Man ist ja so dumm, wenn man verliebt ist. Da vergisst man sogar seine Freunde. Aber wenn Gerhard anrief, weil er sich kurzfristig für eine Stunde freimachen konnte, dann habe ich alles andere stehen und liegen lassen. Es tut mir leid.«

Luise musste an einen Spruch denken, den eine der Erzieherinnen im Heim ständig auf den Lippen geführt hatte: »Eine Frau darf einem Mann nie nachlaufen, dann wird sie für ihn uninteressant.« Jetzt glaubte sie zu verstehen, was sie damit hatte sagen wollen. »Und dann?«, fragte sie.

»Er hat mir versprochen, sich von seiner Frau zu trennen. Ich habe ihm geglaubt, aber er hat das Gespräch mit ihr immer wieder hinausgeschoben. Und dann …«

»Ja?«

»Dann habe ich gemerkt, dass etwas nicht stimmte. Meine Tage sind ausgeblieben.«

»Was? Aber habt ihr denn nicht verhütet? Es gibt doch Kondome!«

Gertrud zuckte resigniert die Schultern. »Das war immer meine Aufgabe. Gerhard hat gemeint, er würde aufpassen.«

»Aufpassen?«

»Das war seine Art, mit dem Problem umzugehen. Ich habe mich aber nicht auf ihn verlassen, ich bin ja nicht blöd, aber einmal … er hatte sich mal wieder kurzfristig freimachen können, und ich war nicht vorbereitet. Es war immer so schön mit ihm, ich wollte es an diesem Abend auch … ich habe geglaubt, es würde nichts passieren. Einmal ist keinmal, wie es so schön heißt. Er hat mir versprochen, aufzupassen …« Als der Termin für ihre Blutung überschritten war, war sie in Panik geraten und schließlich zum Arzt gegangen. Dort hatte sie Gewissheit bekommen. Sie hatte Gerhard davon erzählt. »Und er hat mich gefragt, wer der Vater sei! Kannst du dir das vorstellen?« Sie sah Luise mit einem Ausdruck fassungsloser Trauer an, der Luise hilflos schlucken ließ. Aber Gertrud hatte sich schon wieder gefasst. »Da wusste ich, dass er seine Frau niemals für mich verlassen würde. Er hat mich die ganze Zeit belogen. Stattdessen hat er mir diese Reise nach Paris spendiert. Ich glaube, er ist froh, dass er ein paar Tage Ruhe vor mir hat.« Gertruds Stimme klang resigniert.

»Aber was machst du denn jetzt? Du bekommst ein Kind!«

Gertrud schüttelte den Kopf. »Nein, ich bin nicht mehr schwanger.«

Jetzt verstand Luise, warum Gertrud so kränklich aussah und so gebückt ging. Es waren die Nachwirkungen einer Abtreibung. Sie wusste, dass man ungewünschte Kinder wegmachen lassen konnte, auch wenn es verboten war, aber sie hatte noch nie eine Frau getroffen, die das tatsächlich getan hatte. »Wann hast du es machen lassen?«, fragte sie.

»Gestern Morgen. Es war furchtbar.« Ihr Blick wurde ganz starr bei der Erinnerung. »Es gab keine Betäubung. Der Arzt hat etwas Dünnes, Langes in mich hineingestoßen, und dann haben die Schmerzen angefangen. Am Ende hat er mich auf der Liege angeschnallt. Und schreien durfte ich auch nicht. Ich weiß nicht, wie lange es gedauert hat. Er hat … etwas aus mir herausgeholt und es in eine Emailleschüssel geworfen. Ich habe es nicht über mich gebracht, mir dieses … Ding anzusehen. Ich habe meine Augen fest zugemacht, bis er es hinausgetragen hatte. Als es endlich vorbei war, durfte ich mich noch eine Stunde ausruhen. Dann bin ich direkt von der Arztpraxis aus zum Bahnhof gefahren. Ich musste einfach raus aus Berlin, weg von dem allen. Der Arzt hat gemeint, ich solle mich wenigstens einen Tag ausruhen, aber ich habe es nicht mehr ausgehalten. Außerdem wollte ich mit jemandem reden. In Berlin weiß niemand Bescheid. Sie würden es nicht verstehen.«

Luise hatte bei der Beschreibung dessen, was dieser Arzt mit Gertrud gemacht hatte, einen heftigen Würgereiz verspürt. »Das alles tut mir unendlich leid für dich«, brachte sie schließlich hervor.

Gertrud sah sie an, und ein kleines Lächeln erschien auf ihrem Gesicht. »Ich bin zäh. Es tut zwar ein bisschen weh, aber ausruhen kann ich mich auch hier. Jetzt, wo ich mich hinlegen kann, geht es mir schon viel besser. Du wirst sehen, morgen bin ich ganz die Alte.«

Luise sagte nicht, was ihr durch den Kopf ging: dass Gertrud nach dieser Erfahrung nie wieder ganz die Alte sein würde.

»Ist schon merkwürdig«, unterbrach Gertrud ihre Gedanken. »Eigentlich bin ich doch die Tante und du meine Nichte. Die Rollen sollten vertauscht sein.«

»Ich habe dich nie wie eine Tante gesehen, eher wie eine Freundin.« Sie zögerte. »Wie hast du diesen Arzt gefunden?«

»Es gibt ein paar in Berlin, die dabei helfen, damit Frauen wieder in normale Umstände kommen. Selbstverständlich illegal und selbstverständlich außerhalb der regulären Sprechstunde. Gerhard hat ihn mir empfohlen und ihn auch bezahlt. Weiß der Himmel, woher er ihn kannte.« Ihr Blick verdüsterte sich, und ihre Stimme wurde scharf. »Er hat mich allein dorthin gehen lassen. Keine Frau sollte diesen Weg allein machen.«

»Bist du denn sicher, dass alles in Ordnung ist? Ich finde immer noch, dass du elend aussiehst.«

»Mach dir keine Sorgen. Es fühlt sich ein bisschen an wie Schmerzen während der Menstruation. Es blutet auch nicht mehr. Ich bin einfach nur erschöpft. Und ich habe Liebeskummer.«

»Du liebst ihn immer noch? Nach dem, was er dir angetan hat?«

Ihre Augen wurden dunkel vor Trauer. »Ich weiß es nicht. Er war der Mann meiner Träume. Aber er hat sich wie ein Schwein benommen. So ist es immer. Wenn eine Frau schwanger wird, dann ist es auf einmal nur noch ihre Sache.«

»Glaubst du, dass alle Männer so sind?«

»Eigentlich will ich es nicht glauben. Ich will nicht verbittert sein, bloß weil ein Mann mir Unrecht getan hat.«

Luise blieb bei Gertrud im Hotel, weil das Bett breit genug war und sie keinen Grund darin sah, nach Hause zu fahren und am nächsten Morgen wiederzukommen. Nach ein paar Stunden Schlaf sah Gertrud tatsächlich besser aus. Ihre Wangen hatten wieder Farbe, und sie war fest entschlossen, die Tage in Paris mit Luise zu genießen.

Luise nahm Gertrud mit in ihr Zimmer und zeigte ihr die Wohnung. Madame Rochette hatte ihr verboten, Fremde ins Haus zu lassen, aber Luise hielt sich dieses eine Mal nicht daran. Gertrud stand vor der Vitrine mit dem polierten Silber und betrachtete die Gemälde an den Wänden.

»Was für schreckliche Möbel«, sagte sie und setzte sich vorsichtig auf einen Louis-XVI-Stuhl mit gefährlich dünnen Beinchen, der so wackelig wirkte, als würde er jeden Moment unter ihr zusammenbrechen.

»Schau dir die Bibliothek an, sie ist hinten rechts«, rief Luise ihr zu, während sie im Weinregal nach einem weißen Burgunder suchte, von dem sie neulich probiert hatte, als nach einem Diner ein Rest übrig geblieben war. Nachdem sie die Flasche gefunden hatte, entkorkte sie sie, und weil sie nicht gekühlt war, tat sie Eiswürfel in die Gläser. In jeder Hand eines, folgte sie Gertrud.

»Sieh dir das an!«, sagte diese. Sie stand auf einer filigranen Bücherleiter, die an einer Stange eingehängt war, die an den oberen Regalen entlanglief. »Nur Erstausgaben. Aber natürlich alle auf Französisch.«

»Ich weiß. Ich wische hier Staub. Obwohl ich die Bücher nicht anfassen darf. Er hat wohl Angst, dass ich sie durcheinanderbringe. Komm jetzt da runter. Diesen Wein musst du probieren.«

Sie setzten sich auf den großen Balkon, der mehr eine Dachterrasse war. Die Sonne hatte die Wand hinter ihnen aufgewärmt.

»Herrlich«, schwärmte Gertrud, nachdem sie an dem teuren Wein genippt hatte. »So lässt es sich aushalten.«

Luise zündete sich eine Zigarette an und inhalierte tief den Rauch.

»Aber nur solange Madame nicht da ist. Sie hasst es, wenn Frauen rauchen.«

»Musst du sie so nennen?«

Luises Lippen wurden schmal, sie nickte. »Aber die Jungen sind nett. Ich werde sie vermissen, wenn ich wieder in Berlin bin. So, und jetzt trink mal aus. Ich muss dir doch noch Paris zeigen.«

Die nächsten Tage waren vollgestopft mit Programm. Natürlich gingen Luise und Gertrud zum Eiffelturm, zu Notre-Dame und zum Montmartre, sie stellten sich in die Schlange vor der Kasse zum Louvre und flanierten am Ufer der Seine entlang. Luise zeigte Gertrud aber auch ihre Lieblingsorte: die Brücken über den Canal Saint-Martin, die Märkte am Sonntagmorgen, die Stadtpaläste im Marais. Und die Nächte schlugen sie sich in Saint-Germain um die Ohren, hörten Musik, tanzten und tranken Cocktails mit merkwürdigen Namen, die ihnen die Sinne vernebelten. Luise hatte ein bisschen Sorge, ob es Gertrud zu viel wurde, aber die schüttelte entrüstet den Kopf.

»Weiß ich denn, ob ich noch einmal wiederkomme? Ich will in diesen vier Tagen Paris entdecken. Ausruhen kann ich mich zu Hause, dann habe ich ja auch keine Arbeit mehr.«

Für eine Sekunde überlegten beide bedrückt, was Gertrud machen würde, wenn sie zurück in Berlin wäre, aber dann siegte ihre Lebenslust. Der Frühling hatte mit aller Kraft Einzug gehalten, sie konnten draußen sitzen, wippten mit den Beinen in den kurzen Röcken und ließen sich von den Blicken der Männer umschmeicheln.

Und dann war die gemeinsame Zeit schon wieder vorbei.

»Schreib mir gleich, wenn es bei dir etwas Neues gibt«, sagte Luise, als sie am Bahnsteig standen. Der Zug war abfahrbereit, der Schaffner mahnte zum Einsteigen.

»Mache ich. Und wenn alles nichts wird, dann komme ich auch nach Paris.«

Luise seufzte, als sie dem fahrenden Zug nachwinkte. Dann sah sie auf ihre Uhr. In zwei Stunden würden die Rochettes wiederkommen, und bis dahin musste sie noch die Wohnung aufräumen. In der letzten Nacht hatten sie dort übernachtet, weil Gertrud keine Lust gehabt hatte, allein in ihrem Hotelzimmer zu sein.

Luise blieben noch sechs Wochen, bevor Ende Mai die Abschlussprüfungen an der Alliance Française begannen. Sie verbrachte den größten Teil ihrer freien Zeit damit zu lernen und zu lesen. Als die Prüfungstermine und damit ihre Abreise immer näher rückten, fing sie an, Abschied von Paris zu nehmen. Beinahe täglich ging sie an einen der Orte, die sie hier besonders geliebt hatte.

In der Schule gab es einen neuen Schüler, Magnus aus Schweden, der ihr unverdrossen den Hof machte. Sie mochte Magnus wirklich gern, weil er so natürlich war. Er passte nicht in die Stadt, fand sie. Er zeigte ihr die Parks und die Friedhöfe und vor allem die Tiere und Pflanzen, die es dort gab und die Luise dort nie vermutet hätte. Aber als er zärtlich werden wollte, wies sie in beinahe panikartig zurück. Sie hatte Gertruds Schicksal vor

Augen, und wenn sie eines nicht wollte, dann war es, in die Falle einer frühen Mutterschaft zu laufen. Sie hatte nicht so hart gearbeitet, um dann zu heiraten.

Sie musste oft an Gertrud denken. Sie hatte ihre Tante immer für ihre emanzipierte Haltung bewundert. Umso schockierter war sie, wie wenig diese Gertrud im Ernstfall geholfen hatte. Im Heim war es immer mal wieder passiert, dass eines der Mädchen in andere Umstände gekommen war. In einer Art demütigender Gerichtsverhandlung hatte man sie den anderen als schlechtes Beispiel vorgeführt, und sie hatten das Heim verlassen müssen. Sie waren in eine Mutter-Kind-Einrichtung gekommen, und niemand hatte je wieder von ihnen gehört. Luise hatte niemals gesehen, dass auch die Väter zur Verantwortung gezogen worden waren. Es stellte sich immer so dar, dass die Mädchen selbst schuld waren. Jungen mussten sich die Hörner abstoßen und Erfahrungen sammeln, Männer waren nun mal so. Mädchen warfen sich weg, Mädchen waren Flittchen. Mit solchen und anderen Sätzen war sie traktiert worden. Und dann war Gertrud gekommen und hatte ihr gezeigt, dass auch eine Frau stark und selbstbewusst sein konnte. Dass sie sich amüsieren durfte. Obwohl, und das fiel ihr in diesem Moment ein, Gertrud ihr auch gebeichtet hatte, dass ihre Kolleginnen sie nicht zu Festen oder Feiern einluden, weil sie nicht verheiratet war. Weil in Deutschland nach dem Krieg auf eineinhalb Frauen nur ein Mann kam, stellten Witwen und alleinstehende Frauen eine Gefahr für die anderen Frauen dar. Und wenn sie dann noch so hübsch waren wie Gertrud …

Luise empfand das alles als zutiefst ungerecht. Auch ihr eigenes Selbstbewusstsein hatte durch das, was Gertrud zugestoßen war, gelitten. Sie würde vorsichtig sein, das schwor sie sich. Und Magnus hielt sie sich vom Leib, obwohl sie ihn attraktiv fand.

22

Die Stämme waren sauber aufgesägt worden, und die Bretter hatte man ordentlich übereinandergestapelt, mit Holzstücken dazwischen, damit sie belüftet waren und sich keine Schädlinge einnisten konnten. Auf diese Weise sahen sie aus wie ganze Stämme, nur ein wenig ins Ovale verschoben. Man konnte noch die Kreidezeichen erkennen: »o. k.«, mit denen jemand sie in Afrika beschriftet hatte. Gute siebzig Stämme lagerten in der Halle, bestes Bongossiholz, das vor einer Woche aus Abidjan eingetroffen war. Mit Alfons Köhler hatte die Sägerei Michelsen wirklich einen guten Mann dort unten, dachte Elisabeth zufrieden. Sie sah sich um, ob außer ihr noch jemand auf dem Platz war, aber die Männer waren an diesem Freitag schon nach Hause gegangen. Mit ein paar Schritten war sie am ersten der Stämme und brachte ihre Nase dicht an das Holz, um seinen Duft zu riechen. In ihrem Kopf wurde ein Film abgespult: Wie sie früher als Kind manchmal Funke und ein paar Männer dazu gebracht hatte, sich die Hände zu reichen, um zu prüfen, wie viele Armlängen es brauchte, um einen Stamm zu umfassen. Vorher hatten sie immer Wetten abgeschlossen, und wenn sie gewann, hatte sie ein Tütchen Brausepulver bekommen, das sie in ihre Handfläche geschüttet und abgeleckt hatte. Ohne zu überlegen, breitete Elisabeth die Arme aus und legte sie auf den Stamm. Sie konnte ihn nicht einmal zu einem Viertel umfassen, aber die raue Wärme des Holzes tat ihr gut. Sie versuchte sich vorzustellen, wo der Baum gestanden haben mochte, an einem Fluss oder mitten im Wald, ob Affen oder andere Tiere ihn bewohnt hatten, wie sein Same an jenen fernen Ort gekommen war.

»Na, wovon träumst du?«

Die laute Stimme von Fritz riss sie unsanft aus ihren Gedanken. Noch bevor sie es sah, konnte sie riechen, dass er rauchte.

»Rauchen ist hier verboten! Mit dem ganzen Holz …«

Er erwiderte nichts darauf, sondern fragte: »Kommst du mit nach Hause? Ich habe später noch eine Verabredung.«

Sie fragte nicht, was das für eine Verabredung war. Fritz war abends oft nicht zu Hause, und inzwischen bedauerte sie das nicht einmal mehr. »Hast du abgeschlossen?«, fragte sie.

»Natürlich.«

Gemeinsam gingen sie zum Anleger der Barkasse.

»Guten Abend, Frau Sierichsen«, rief ihr der Barkassenführer zu, und Elisabeth zuckte zusammen. Manchmal erschrak sie immer noch, wenn jemand sie mit ihrem neuen Namen ansprach.

Zu Hause zog Fritz sich nur kurz um, er trug jetzt gern seidene Krawatten und Anzüge aus feinstem englischem Tweed, die er bei einem der besten Schneider der Stadt fertigen ließ, dann verließ er das Haus wieder.

»Warte nicht auf mich, es kann spät werden«, sagte er von der Tür her und ging.

Elisabeth blieb kraftlos in ihrem Sessel sitzen. Sie hatte einen weiteren einsamen Abend vor sich. Anders als Fritz ging sie nicht allein aus, denn das tat eine verheiratete Frau, die etwas auf sich hielt, einfach nicht. Die lustigen Abende mit Hanna waren auch Vergangenheit.

Hanna hatte ein halbes Jahr nach ihr geheiratet. Jan war Seemann und fuhr meistens die Südamerikaroute. Als sie zum ersten Mal von ihm erzählt hatte, hatte sie in ihrer schnodderigen Art gesagt: »Nimm dir einen Seemann, der ist nur drei Monate des Jahres an Land.«

Aber sie meinte es nicht so. Sie war ernsthaft verliebt und vermisste ihren Mann, wenn er nicht da war. Jan tat ihr gut. Seit sie ihn kannte, trank sie nicht mehr. Und seit sie schwanger war, war sie überglücklich. Elisabeth sah ihr das schlechte Gewissen an, als sie die gute Neuigkeit erzählte, und das machte ihr wieder einmal deutlich, dass sie selbst schon längst guter Hoffnung sein sollte, schließlich war sie schon fast ein Jahr mit Fritz verheiratet.

Aber Fritz schlief nur selten mit ihr, und darüber war sie nicht gerade traurig. Im Grunde hatte alles bereits in der Hochzeitsnacht begonnen. Sie hatte sich vorgestellt, es würde so sein wie mit Theo. Aber Fritz gelang es nicht, Leidenschaft in ihr zu wecken. Mittendrin wälzte er sich von ihr herunter. Elisabeth glaubte schon, es sei vorüber, doch er sah sie abschätzig an.

»Du willst mir wohl weismachen, du seist noch unschuldig. Ich fasse es nicht! Wer war denn der Glückliche?« Seine Stimme klang verächtlich.

Sie erschrak vor dem Zorn in seiner Stimme und wusste nicht, was sie sagen sollte. Das machte Fritz nur noch wütender.

»Wer ist denn vor mir schon alles über dich drübergestiegen? Nun sag schon! Aber so seid ihr alle. Tut so, als wärt ihr was Besseres mit eurer guten Erziehung, und dann so was. Ihr seid doch alle Flittchen.«

»Fritz«, bat sie, doch er legte sich ohne ein weiteres Wort wieder auf sie, und sie konnte seine Wut in seinen Bewegungen spüren.

Er verhöhnte sie später immer wieder deswegen. Und weil er sie für ein Flittchen hielt, nahm er sich Dinge heraus, die er sonst vielleicht nicht gewagt hätte. Er schien im Bett Vorlieben zu haben, die sie nur dunkel ahnte, vor denen sie sich aber fürchtete und die sie deshalb von Beginn an verweigerte. Seine Grobheit und die obszönen Worte, die er benutzte, verletzten sie. Einmal zwang er sie auf den Bauch und bestieg sie von hinten. Elisabeth erstickte fast im Kissen. Als er endlich fertig war, weinte sie, und er warf ihr vor, frigide zu sein. Er war niemals zärtlich zu ihr, immer spürte sie seinen Zorn, und sie hatte ein schlechtes Gewissen, weil sie glaubte, ihm etwas vorzuenthalten.

Inzwischen war es so, dass er nur noch auf ihre Seite des Bettes kam, wenn er getrunken hatte. Und manchmal roch sie das Parfüm einer anderen Frau an ihm. Er nahm sich dann, worauf er vor dem Gesetz ein Recht hatte. Er redete nicht mit ihr, er küsste oder streichelte sie nicht, um sie in Stimmung zu bringen. Im Grunde benutzte er sie nur.

Sie hatte ihn geheiratet, weil sie glaubte, damit das Vermächtnis und den letzten Wunsch ihres Vaters zu erfüllen. »Rettet die Sägerei, du und Sierichsen.« Die Worte bekam sie nicht aus dem Kopf. Sie hatte ihnen vertraut, sie war so verwirrt gewesen, als sie plötzlich ganz allein dastand, sie brauchte Beistand. Und Fritz war zuverlässig an ihrer Seite gewesen. Deswegen hatte sie Ja gesagt. Eine leise Stimme in ihrem Inneren hatte sie gewarnt, als Fritz sie gefragt hatte. Da war keine Wärme in seiner Stimme gewesen, und in ihrem Herzen hatten sein Worte keine Wellen geschlagen. Aber ihre Einwilligung war bindend. In den ersten Wochen nach der Hochzeit hatte sie sich mit dem Argument getröstet, dass sie eine Vernunftehe eingegangen war und dass die nicht die schlechtesten sein mussten.

Aber der Alltag mit Fritz belehrte sie schnell eines Besseren. Solange es um die Firma ging, waren sie sich meistens einig, aber abends hatten sie sich nichts zu sagen. Fritz fing sehr schnell an, seine Abende ohne sie zu verbringen. Sie wusste nicht, wohin er ging, aber sie roch die anderen Frauen und den Alkohol an ihm, wenn er spät in der Nacht zurückkam. Er gab sich dann keine Mühe, leise zu sein. Er ließ seine Schuhe polternd zu Boden fallen und benutzte geräuschvoll die Toilette.

Bereits wenige Monate nach ihrer Hochzeit fing es an, dass er nach solchen Nächten morgens nicht aufstand. Er erschien dann erst mittags im Büro und sah oft übernächtigt und verkatert aus. An anderen Tagen sprühte er dagegen vor Elan, machte Witze mit den Arbeitern an der Säge und riss alle mit. »Wir werden alle reich werden, und ich kaufe mir eine Villa an der Elbchaussee und einen Mercedes«, rief er dann so laut, dass alle ihn hören konnten.

Ohne groß darüber nachzudenken, übernahm Elisabeth nach und nach die täglichen Arbeiten im Kontor. Jetzt war wieder sie es, die die Post öffnete. Und nicht nur das: Sie setzte jetzt die Summen unter die Angebote. Früher hatte sie sie nur getippt, jetzt war sie auch inhaltlich dafür verantwortlich. Und sie merkte, dass es ihr Spaß machte, wenn sie richtig kalkuliert hatte und am Ende ein Gewinn übrig blieb.

Eines Tages bestellte sie Funke in ihr Büro. Dort bot sie ihm einen Stuhl und einen Kaffee an.

Werner Funke sah sie unbehaglich an. Er hatte noch nie einen Kaffee angeboten bekommen, und jetzt siezte ihn die Chefin auch noch zum ersten Mal, seit er sie kannte.

»Herr Funke«, begann sie, »ich will Ihnen einen Vorschlag machen. Nein, lassen Sie mich erst ausreden, dann können Sie immer noch Ihre Meinung sagen. Wie lange sind Sie jetzt bei uns?« Sie stellte diese Frage, obwohl sie die Antwort natürlich kannte.

»Ich habe direkt nach dem verdammten Krieg bei Ihrem Vater angefangen, bald werden es zwanzig Jahre.«

Elisabeth nickte. »Sie kennen den Betrieb aus dem Effeff.«

»Das kann man wohl sagen.« Der Mann sah sie verunsichert an. Er fragte sich, wohin dieses Gespräch führen sollte. Wollte die Chefin jetzt doch den Laden dichtmachen und alle entlassen?

»Herr Funke, ich mache Sie zum Vorarbeiter und erhöhe Ihr Gehalt um fünfzig Mark. Ich brauche jemanden, der auf dem Holzplatz und an den Maschinen meine Interessen vertritt. Wir treffen uns jeden Montagmorgen hier bei mir im Büro, und Sie berichten mir, was ich wissen muss: Was an der Säge los ist, was die Männer denken, wo es Probleme gibt. Damit meine ich selbstverständlich nicht, dass Sie die Männer ausspionieren. Ich will wissen, was wir verbessern, wie wir Arbeitsschritte rationalisieren können.« Sie sah ihn abwartend an.

»Früher ist Ihr Vater oft bei uns gewesen, und nach seinem Tod Ihr Mann. Aber den kriegen wir ja kaum noch zu Gesicht …«

»Mein Mann ist mit anderen Dingen beschäftigt. Und Sie wissen besser als ich, dass die Männer Schwierigkeiten damit haben, mich zu akzeptieren, weil ich eine Frau bin. Also brauche ich jemanden, dem ich vertrauen kann. Kann ich Ihnen vertrauen?«

Er sah auf seine Hände und rieb sich die Stümpfe seiner abgetrennten Finger. »Wissen Sie noch, damals, als das Schiff rein kam und es war Pfingsten und Sie haben uns dazu überredet, weiterzuarbeiten?«

Elisabeth lächelte. »Daran kann ich mich gut erinnern.«

»Damals haben Sie der Firma einen guten Dienst erwiesen.«

»Danke.« Sie verkniff sich die Bemerkung, dass damals einige Männer, einschließlich ihres Vaters, der Meinung gewesen waren, sie als Frau hätte sich da raushalten sollen. »Mir ging es damals und mir geht es heute darum, dass die Sägerei wirtschaftlich gut läuft. Wir verdienen hier schließlich alle unsere Brötchen.«

»Und es ist das Lebenswerk Ihres Vaters«, warf Funke ein und sah sie an. »Ich glaube, Sie können das schaffen«, sagte er dann.

»Das heißt, Sie nehmen meinen Vorschlag an?«

Er stand auf und reichte ihr die Hand. »Sie können sich auf mich verlassen.«

Sie stieß einen tiefen Seufzer aus. »Danke, Funke.«

Die nächste Aufgabe – die, vor der sie sich am meisten fürchtete – würde es sein, die Geschäftspartner der Sägerei zu überzeugen, mit einer Frau zu verhandeln. Im Hafen, in den Chefetagen der Baufirmen und bei der Handelskammer, bei den Banken und auf dem Arbeitsamt: Überall hatte sie es ausschließlich mit Männern zu tun. Sie musste die Holzlieferanten, die Schauerleute im Hafen, die Männer bei der Bank und alle anderen auf ihre Seite ziehen. Aber sie konnte schlecht zu »Tante Hermine«

gehen, um dort die richtigen Leute zu treffen, und in den Klubs waren keine Frauen zugelassen. Sehr schnell kamen ihr die ersten hämischen Bemerkungen zu Ohren. »Mit einem Rock kann man sich schnell in der Säge verfangen« war noch die netteste.

Elisabeth machten diese Ansichten wütend, und sie war bereit, gegen die Widerstände anzukämpfen. Wenn sie abends das Büro verließ und einen Blick auf die Zettel mit den nächsten Aufträgen warf oder die frische Lieferung Stämme in der Halle sah, dann wusste sie, dass sie etwas geschafft hatte und dass sie etwas konnte. In ihrer Arbeit fand sie Ablenkung und Befriedigung. Sie würde das Vermächtnis ihres Vaters retten. Sie wollte die Sägerei behalten, sie groß machen, allen zeigen, was in ihr steckte. Dieses Ziel würde ihr helfen, den Verlust zu verkraften. Sie griff nach dieser Rettungsleine und zog sich an ihr hoch.

Doch es brauchte nicht einmal Hannas Sarkasmus, die ihr vorwarf, sich etwas vorzumachen und ihr Leben auf dem Sägeplatz zu vergeuden. »Wenn du vierzig Jahre alt wärst, dann würde ich dir das abnehmen. Aber du bist gerade mal dreiundzwanzig! Dein ganzes Leben liegt noch vor dir! Das Leben besteht doch nicht nur aus Arbeit!«

»Nein? Aus was denn noch?«

»Liebe? Familie? Kinder?«

Elisabeth war wütend, weil Hanna den Finger in die Wunde legte, die täglich größer wurde. »Und du? Sitzt doch auch den ganzen Tag allein da, über Wochen und Monate, und wartest auf deinen Mann. Wird er denn da sein, wenn du dein Kind bekommst?«

Ihre Worte hatten Hanna getroffen. Sie starrten sich wütend an, aber am Ende lagen sich beide weinend in den Armen.

»Kennst du eine Frau, die glücklich ist?«, fragte Elisabeth. »Ich meine, richtig glücklich?«

»Rita«, kam die Antwort wie aus der Pistole geschossen, und beide lachten unter Tränen.

Nachdem Hanna gegangen war, setzte Elisabeth sich auf das Sofa, um nachzudenken. Frauen hatten es offensichtlich nicht leicht, glücklich und zufrieden zu sein. Sie fröstelte und schlug die Beine unter.

Aber was hatte sie falsch gemacht? Wann genau hatte sie den falschen Weg eingeschlagen, der sie hierhergeführt hatte? Wie konnte es sein, dass sie ganz allein auf der Welt war? Warum war sie mit einem Mann verheiratet, der sie nicht liebte, der sie wahrscheinlich nie geliebt hatte, und den sie auch nicht liebte? Dass sie an jenem Abend verhindert war, zu dem Treffen mit Theo zu gehen, war eine böse Laune des Schicksals gewesen. Aber die Heirat mit Fritz war ein Fehler, den sie sehenden Auges begangen hatte, das wusste sie schon länger. Oder war es normal, dass sie an Theo dachte, wenn Fritz sie berührte, damit sie die Umarmungen überhaupt aushalten konnte? Wenn sie ein Kind hätte, vielleicht wäre dann alles besser. Sie konnte die Bemerkungen der Frauen in ihrer Umgebung nur schwer ertragen, ihre besorgten Nachfragen, ihre Tipps, ihre gut gemeinten Ratschläge. Irgendetwas sagte ihr aber, dass es vielleicht besser wäre, keine Kinder zu haben. Zumindest im Moment nicht, denn sie musste sich um die Sägerei kümmern.

Bei dem Gedanken hellte sich ihre düstere Stimmung etwas auf. Wenn es etwas gab, das ihrem Leben einen Sinn gab und ihr Befriedigung verschaffte, dann war es die Arbeit. Egal, was Hanna dazu sagte.

Und seitdem Fritz sich immer weniger um die Sägerei kümmerte, konnte sie die Entscheidungen treffen, die sie für richtig hielt.

Sie stand auf und ging im Zimmer umher. Ihr Blick fiel auf das Gemälde, das ihre Mutter mit der Perlenkette zeigte. Sie trat ganz dicht an das Bild heran, bis sie die einzelnen Pinselstriche ausmachen konnte. Die Perlen schimmerten leicht und ließen Mariettas Gesicht aufleuchten. Sie mussten wertvoll gewesen sein, ebenso wie das Kleid, das aus einem schweren Wollstoff gemacht war. Ihre Mutter musste, als sie für Schmidt-Rottluff Modell gesessen hatte, ungefähr so alt gewesen sein wie Elisabeth heute. Ihr Ausdruck war heiter und voller Zuversicht. Der dunkelrote Hintergrund verlieh der Szene etwas Majestätisches und unterstrich, dass sie eine Frau in der Blüte ihrer Schönheit und ihrer Macht war. Elisabeth konnte sich weder an die Perlen noch an das Kleid erinnern. Und auch nicht daran, je dieses Selbstvertrauen in den Augen ihrer Mutter gesehen zu haben. Warum hatte sie sie eigentlich nie gefragt, wie es gewesen war, einem so berühmten Maler Modell zu sitzen? Was sie dabei gefühlt und gedacht hatte? War sie damals eigentlich schon verheiratet gewesen? Elisabeth seufzte, als ihr bewusst wurde, wie viele Dinge sie nicht von ihrer Mutter wusste. Und sie würde nie wieder die Gelegenheit haben, sie danach zu fragen. Sie konzentrierte sich noch einmal auf das Bild und entdeckte einen zufriedenen, beinahe hochmütigen Zug um die Winkel des kühn geschwungenen Mundes. Sie suchte nach dem richtigen Wort, um zu beschreiben, wie der Gesichtsausdruck ihrer Mutter wirkte, dann fiel es ihr ein: wissend. Ihre Mutter sah aus, als wisse sie etwas. Plötzlich kam ihr die Idee, ob Marietta, als dieses Bild entstanden war, guter Hoffnung gewesen war. Wen mochte sie in ihrem Bauch getragen haben? Sie selbst, Elisabeth, oder ihre Schwester Sophie?

Sie legte die Hand an die Stirn und strich sich über die Augen, weil sie auf einmal Müdigkeit spürte. Kurz nachdem dieses Bild entstanden war, nur wenige Jahre später, hatte das Leben mit aller Unerbittlichkeit zugeschlagen. Marietta hatte ihren Mann verloren, und sie hatte alles zurücklassen müssen, als sie aus ihrer Heimat vor den Russen flüchtete. Und dann war wohl der größte Schlag gekommen: Sie hatte Sophie verloren und nie erfahren, was aus ihr geworden war. Die Schuld hatte sie zerbrochen, und auch die neue Ehe mit Nikolaus und das zweite Leben in Hamburg hatten diesen Schmerz nicht lindern können. Innerhalb weniger Jahre hatte Marietta sich von der starken, hochmütigen jungen Frau in eine leidgeprüfte Melancholikerin verwandelt, die keinen Grund mehr sah, am Leben zu hängen und ohne zu kämpfen gestorben war.

»Und ich bin auf dem besten Weg zu werden wie du«, sagte sie plötzlich mit einer Stimme, vor der sie selbst erschrak, weil sie so hart und bitter klang. Tränen schossen ihr in die Augen, als sie ihre Lage erkannte. Auch sie trug einen tiefen Schmerz in sich, den Schmerz um die verlorene Liebe zu Theo.

Sie betrachtete das Bild noch einmal ganz genau. Der Blick aus den leuchtend blauen Augen ihrer Mutter, die sie geerbt hatte, traf sie mitten ins Herz. Es war, als würden sie mit ihr sprechen. Elisabeth hatte das sichere Gefühl, dass ihre Mutter ihr alles Gute wünschte.

Plötzlich fühlte sie sich getröstet. Sie atmete tief durch und ließ frischen Sauerstoff in ihre Lungen. Sie würde ihr Schicksal annehmen. Ihre Ehe mit Fritz war ein Fehler, den sie nicht wiedergutmachten konnte. Sie würde Erfolg in einem anderen Bereich finden: in der Sägerei.

Sanft strich sie mit dem Zeigefinger über das Bild. Sie nahm sich vor, es in der nächsten Zeit häufiger anzusehen. Immer dann, wenn sie sich schwach fühlte oder zweifelte.

Sie wusste, was sie gleich am nächsten Morgen tun würde. Etwas, das sie schon länger hätte tun sollen.

Sie ging an den kleinen Sekretär, in dem sie Geschäftsunterlagen und persönliche Papiere aufbewahrte, und nahm einen schmalen Pappordner heraus. Er enthielt bisher nur einige wenige Papiere, aber sie nahm sich vor, dass es mehr werden würden.

23

In dem unscheinbaren Leitzordner aus hellgrüner Pappe lagen anfangs nur ein paar Zeitungsausschnitte. Seit Elisabeth für die Sägerei verantwortlich war, hatte sie sich angewöhnt, mindestens zwei Tageszeitungen zu lesen, das sozialdemokratische *Hamburger Echo* und *Die Welt*. Dazu kam noch *Die Zeit* als Wochenzeitung. Meistens kam sie im Büro nicht zur Lektüre, aber sie mochte es, abends am Esstisch unter der Lampe zu sitzen und konzentriert die Artikel zu studieren. Manchmal hörte sie leise Radio dazu. Sie mochte auch das leise Rascheln, wenn sie umblätterte. Ihr Augenmerk lag insbesondere auf dem Wirtschaftsteil. Anfangs machte ihr die Lektüre Schwierigkeiten, sie verstand vieles einfach nicht. Sie musste erst mühsam lernen, was eine Aktiengesellschaft, ein Aufsichtsrat oder ein Börsenkurs war.

»Ach, Mama«, sagte sie mit einem Blick auf das Gemälde ihrer Mutter, »warum hast du mich auf ein Puddinggymnasium geschickt und nicht auf eine Wirtschaftsschule? Dann würde mir heute vieles leichter fallen.«

Fast genauso wichtig wie die Wirtschaftsseiten fand sie die Seite mit den vermischten Nachrichten aus Hamburg. Sie befriedigte hierbei keineswegs nur ihr Interesse an Klatsch und Glamour. Sie versuchte zwischen den Zeilen herauszulesen, was in der Stadt vor sich ging, wer gerade wichtig war, wo man sich traf und so weiter. Auf diese Weise erfuhr sie auch von den exklusiven Klubs, wo sich die wichtigen Männer aus der Wirtschaft trafen, Informationen austauschten und Geschäfte einfädelten. Klubs, zu denen eine Frau keinen Zutritt hatte.

Wenn sie etwas las, das ihr Interesse erregte, dann schnitt sie den Artikel sorgfältig aus und legte ihn in den Ordner. Und wenn der zu dick wurde, sah sie die Blätter durch und entschied, was sie aufheben wollte und was nicht. Auf diese Weise hatte sie sich in den letzten Monaten ein ziemlich gutes Bild davon gemacht, was in Hamburgs Wirtschaft vor sich ging.

In den letzten Wochen war ihre Aufmerksamkeit immer wieder an Berichten über die Reparaturarbeiten an den Gleisen der Deutschen Bundesbahn hängen geblieben. Sie sah sich die Karten an, auf denen der zukünftige Ausbau des Streckennetzes und die Abschnitte verzeichnet waren, wo die Schwellen verrottet oder immer noch durch Kriegseinwirkung zerstört waren und ersetzt werden mussten. Sie informierte sich über die Vorteile von Eichen- und Buchenschwellen und fragte sich, warum Eisenbahnschwellen aus Weichholz sich nur für weniger befahrene Strecken oder Straßenbahnen eigneten. Sie versuchte genau zu berechnen, wie viele Festmeter Holz man für einen Kilometer neu zu bauende Strecke benötigte, und fragte sich, was wohl mit dem restlichen Holz geschah, das nach dem Abschrägen der Schwellen übrig blieb.

»Was machst du da?«, fragte Fritz sie eines Abends, als er sie zum wiederholten Male in ihrem Ordner blättern sah.

»Ich weiß es auch noch nicht so genau. Aber ich habe das Gefühl, dass diese Unterlagen einmal wichtig werden könnten.«

Er sah sie mit dem ironischen Lächeln an, das er in der letzten Zeit meistens für sie übrig hatte und dem jede Wärme fehlte. »Du hast das Gefühl? Glaubst du, die Sägerei mit weiblicher Intuition leiten zu können?«

Sie verkniff sich die Bemerkung, dass weibliche Intuition in jedem Fall besser war als gar nichts zu tun. Sie hatte keine Lust auf einen weiteren Streit. Sie klappte den Ordner zu und wollte aufstehen.

»Ich habe ein Grundstück gekauft«, sagte Fritz in diesem Augenblick zu ihr.

Sie fuhr herum. »Ein Grundstück?«

»Ja, direkt an der Elbe, es ist nicht groß, aber wir können ein Haus draufstellen.« Er hob den Zeigefinger. »So macht man nämlich Geschäfte. Man muss präsentieren, zeigen, was man hat.«

Elisabeth war sprachlos. »Du hast ein Grundstück gekauft, ohne mich zu fragen?«

»Du musst natürlich mit unterschreiben, aber das ist reine Formsache. Wir haben doch schon häufiger darüber gesprochen, dass wir aus dieser Wohnung ausziehen wollen.«

»*Du* hast darüber gesprochen. Und außerdem muss es ja nicht gleich ein Haus an der Elbe sein.«

»Was liegt denn näher? Wir arbeiten schließlich im Hafen. Ich habe schon mit einem Architekten gesprochen, der Pläne für das Haus entwirft. Du wirst sehen, es wird dir gefallen.«

»Aber wir haben noch nicht einmal den Kredit für das Grundstück am Reiherstieg getilgt. Und eine neue Säge willst du auch kaufen!«

»Das schaffen wir schon. Wer in diesen Zeiten nicht reich wird, der wird nie reich. Die Wirtschaft boomt! Aber man muss schon was riskieren.« Er sah sie kühl an, was bedeutete, dass er nicht wünschte, weiter über das Thema zu reden.

»Du bist kaum noch in der Sägerei.«

Seine Lippen wurden schmal. »Na und? Du wolltest doch früher schon immer bestimmen. Freu dich doch, dass ich dir vertraue und dir freie Hand lasse.«

»Du vertraust *mir*? Du lässt *mir* freie Hand? Die Sägerei stammt von meinem Vater. Er hat sie aufgebaut.«

Fritz kam auf sie zu. In seinen Augen glitzerte es gefährlich. Elisabeth spürte plötzlich Angst in sich aufsteigen, aber sie wollte sie auf keinen Fall zeigen. Sie beugte sich in ihrem Sessel nach vorn und sah ihn angriffslustig an. Fritz' Stimme klang leise, beinahe gleichgültig. »Kann sein, dass dein Vater mal eine kleine Klitsche hatte. Aber durch mich ist er groß geworden. Und außerdem sind wir beide verheiratet. Was ich sage, wird gemacht. Vergiss das nicht.« Damit verließ er das Zimmer, und kurz darauf hörte sie die Wohnungstür ins Schloss fallen.

Einige Tage später unterschrieben sie den Kaufvertrag für das Grundstück. Elisabeth war nicht wohl bei dem Gedanken, sich noch weiter zu verschulden, aber sie konnte auch Fritz' Argumentation verstehen: Jetzt waren wirklich die Jahre, um Geld zu verdienen. Und die Wohnung am Neuen Pferdemarkt entsprach nicht mehr ihren Ansprüchen. Die zweieinhalb Zimmer hätten vom Platz her ausgereicht, aber sie wünschte sich ein funktionierendes Badezimmer.

Am selben Abend waren sie zu einem Empfang der Industrie- und Handelskammer eingeladen. Es regnete, und Fritz hielt einen Schirm über sie, während sie die Treppen zu dem imposanten Säulenportal hinaufeilten. In der Öffentlichkeit spielte er nach wie vor den fürsorglichen Ehemann.

Drinnen gab es Champagner.

»Ich bin gleich wieder da«, sagte Fritz zu ihr und verschwand.

Elisabeth wandte sich dem Redner zu, der gerade auf die Bühne kam. Sie kannte den Mann nicht, aber als er sich als neuer Direktor des Eisenbahnausbesserungswerkes Hamburg vorstellte, hörte sie gebannt zu.

»Wir leben in goldenen Zeiten, in denen deutsche Tüchtigkeit am Werke ist. Wo überall Staub und Schweiß von deutschem Fleiß zeugen, wo wir täglich sehen, wie ein Haus, eine Straße, eine Brücke gebaut werden, wo der Wind durch Stahlgerüste weht und Hämmer klingen. Deutschland wird wieder aufgebaut. Wir haben alles, was dafür nötig ist: deutsche Ingenieurskunst, Gründlichkeit und fleißige Männer und Frauen. Doch eines ist unabdingbar für das Gelingen dieses großen Projekts: Wir brauchen schnelle Transportwege, um all die Güter, die Baustoffe, die Arbeiter dorthin zu bringen, wo sie etwas schaffen sollen.«

Ganz schön pathetisch, dachte Elisabeth, aber dann kam der Mann zur Sache.

»Bei allem, was wir tun, geht es auch um Schnelligkeit«, sagte er. »Und das schnellste und zugleich zuverlässigste Transportmittel, das wir in Deutschland haben, ist die Eisenbahn. Hamburg ist ein Knotenpunkt des Streckennetzes, auch wenn leider durch den Wegfall Ostdeutschlands ein Teil des Hinterlands brutal von uns abgeschnitten wurde. Im Hamburger Hafen treffen täglich Güter aus der ganzen Welt ein, und von Hamburg aus wird der größte Teil dieser Güter per Eisenbahn in alle Regionen Deutschlands und sogar in die skandinavischen Länder, die nicht weit sind, und bis zu unseren südlichen Nachbarn transportiert. Damit wir noch besser werden, noch schneller, muss das Eisenbahnnetz ausgebaut und modernisiert werden.«

»Sehr richtig!«, rief jemand aus dem Publikum dazwischen, aber der Redner ließ sich nicht stören.

»In den nächsten Monaten werden wir die Trasse nach Lübeck und weiter nach Puttgarden sowie die Strecke nach Bremen ausbauen. Wir brauchen Ausweichgeleise, damit schnellere Züge an den lokalen Zügen vorbeifahren können. Über viele Kilometer ist das Schienennetz kriegsbeschädigt oder altersschwach. Die Trassen sind für die neuen, schnellen Züge nicht ausgelegt. Das müssen wir ändern. Damit der Wiederaufbau Deutschlands weitergeht. Damit wir alle Teil des Wirtschaftswunders werden.«

Beifall brandete auf, als er sich verbeugte und die Bühne wieder verließ.

»Das versprechen Sie uns jedes Jahr aufs Neue, aber bisher ist nichts passiert.« Das war wieder die Stimme des Zwischenrufers von eben.

Elisabeth drehte sich suchend um und erkannte den schlohweißen Haarschopf von Heinrich Malchow. Sie bahnte sich einen Weg zu ihm durch die Menge und schluckte, bevor sie sagte:

»Sie haben ganz recht, Herr Malchow, die Eisenbahn muss endlich modernisiert werden. So, wie Sie den Hafen auf Vordermann gebracht haben.«

Er drehte sich zu ihr herum, dann ging ein breites Lächeln über sein Gesicht.

»Frau Sierichsen, ich freue mich, Sie zu sehen. Wie geht es Ihnen?«

Elisabeth sah sich unruhig um, ob eventuell seine Tochter bei ihm war. Oder vielleicht sogar Theo, aber sie schüttelte den Gedanken gleich wieder ab und konzentrierte sich auf das, was sie vorhatte.

»Kennen Sie den Mann, der eben gesprochen hat?«

»Das war Gustav Wähler. Er ist für die Eisenbahn rund um Hamburg zuständig. Eigentlich ein guter Mann, aber das dauert alles viel zu lange.«

»Würden Sie mich mit ihm bekannt machen?«

Ihm fiel die Kinnlade herunter. Er konnte sich beim besten Willen keinen Reim darauf machen, was sie von ihm wollen konnte, aber seine Höflichkeit siegte.

»Aber gewiss, sehr gern. Kommen Sie mit.«

Während Elisabeth ihm folgte, wedelte sie heimlich mit ihren Händen, um die leichte Feuchtigkeit zu vertreiben, die sich auf ihren Handflächen gebildet hatte. Sie fuhr sich mit der Hand über das Haar und setzte schon mal probehalber ihr schönstes Lächeln auf. Es fühlte sich aber eher so an, als würde sie eine Grimasse ziehen. Verflixt, was hatte sie sich dabei gedacht? Bis eben war sie noch forsch gewesen, aber jetzt wusste sie nicht mehr so genau, was sie eigentlich mit diesem Mann besprechen sollte. Malchow bewegte sich wegen seiner Masse langsam durch die Menge, wie ein Ozeandampfer durch das Meer, und nickte immer wieder jemandem auf dem Weg zu. Elisabeth folgte in seinem Kielwasser und wäre ihm fast in die Hacken getreten.

Endlich standen sie vor dem Direktor.

Malchow räusperte sich. »Herr Wähler, darf ich Sie mit Elisabeth Sierichsen bekannt machen? Ihrem Mann gehört die Sägerei Michelsen. Sie wissen schon, Nikolaus Michelsen, der letztes Jahr auf so tragische Weise verunglückt ist.«

»Ich bin seine Tochter«, sagte Elisabeth dazwischen und streckte dem Mann die Hand hin. Als sie in seinem Gesicht las, dass er ihren Vater und die Sägerei kannte, war ihre Unsicherheit verflogen. Elisabeth schätzte ihn kurz ein. Er war ziemlich jung und hatte nicht die Behäbigkeit der meisten wichtigen Männer. Er trug einen modernen, schmal geschnittenen Einreiher und sah gut aus. Neben Malchow sieht er aus wie ein Hering, ging ihr durch den Kopf, ohne dass sie es verhindern konnte. Bei dem Gedanken musste sie unwillkürlich lächeln. Eigentlich passten seine pathetischen Worte nicht zu seiner Erscheinung. Sie schloss daraus, dass er sich neuen Situationen gut anpassen konnte.

Wähler sah sie überrascht an und taxierte sie rasch. Aber ihm schien zu gefallen, was er sah. Schließlich sagte er: »Tut mir sehr leid, was mit Ihrem Vater passiert ist.«

Elisabeth nickte und senkte den Blick. Dann holte sie tief Luft. Jetzt oder nie, dachte sie. »Ich habe Herrn Malchow gebeten, mich vorzustellen, weil ich Ihnen einen Vorschlag machen möchte. Geschäftlicher Art. Ich habe etwas, das Sie brauchen.« Sie sah, dass Heinrich Malchow neben ihr zum zweiten Mal der Mund offen stehen blieb. Aber auch Wähler war perplex.

»Sie? Ich …« Er überlegte einen Moment, dann lächelte er. »Worum geht es denn?«

Elisabeth warf einen fragenden Blick auf Malchow, der aber keine Anstalten machte, sich zurückzuziehen. Also sagte sie laut und deutlich: »Sie wollen Schienen verlegen. Ich möchte Ihnen die Eisenbahnschwellen dazu liefern. Ich weiß, dass Sie bisher Eiche verwenden, die aber zunehmend teuer und vor allem knapp wird. Zudem hält Eiche höchstens fünfunddreißig Jahre. Meine Firma hat beste Verbindungen nach Westafrika. Wir haben eine eigene Niederlassung dort. Gerade ist eine Ladung bestes Balauholz auf dem Weg nach Hamburg. Ich würde Sie gern von den Qualitäten dieses Holzes überzeugen.«

Um sie herum war es still geworden. Elisabeth bemerkte, dass die Umstehenden sie anstarrten. Etwa zehn Schritte entfernt stand Fritz und tat dasselbe. Sie wurde wütend.

»Finden Sie mein Ansinnen derart außergewöhnlich, dass darüber Ihre eigenen Gespräche uninteressant werden?«, fragte sie. Sie sah dabei unschuldig lächelnd in die Runde, was ihre Respektlosigkeit noch größer machte. Sie merkte, dass ihre Wangen heiß wurden.

Gustav Wähler sah sie mit einem Ausdruck an, der zwischen Amüsement und Bewunderung schwankte. Dann reichte er ihr schwungvoll den Arm und sagte:

»Darf ich Sie an die Champagnerbar entführen? Dort ist es ruhiger, dann können Sie mir mehr erzählen.«

Elisabeth nickte Malchow und Fritz zu, dann ging sie an Wählers Arm davon, wobei sie darauf achtete, den Kopf möglichst hoch zu tragen.

Auf dem Heimweg erzählte sie Fritz von dem Gespräch. Sie war sich nicht sicher, wie er es aufnehmen würde, dass sie so eigenmächtig gehandelt hatte, aber er fand nichts dabei.

»Du hast einen ganz schönen Wirbel veranstaltet. Wenn das funktioniert, werden wir viel Geld verdienen. Da siehst du mal, ich hatte recht, das Grundstück zu kaufen.«

Zwei Wochen später setzten sie bereits ihre Unterschriften unter den Vertrag, der die Lieferung von fertig gesägten und getränkten Eisenbahnschwellen im Wert von zehntausend Mark regelte. Elisabeth hatte auf einer Optionsklausel bestanden, die besagte, dass Folgeverträge geschlossen würden, wenn diese erste Lieferung vertragsgemäß erfolgte.

»Woher weißt du, was eine Option ist?«, fragte Fritz, und Elisabeth musste lachen.

Dann ging alles ziemlich schnell. Die ersten Schienen waren verlegt, und Elisabeth ließ es sich nicht nehmen, selbst mit dem Zug nach Lübeck zu fahren, um sie zu testen. Als sie in Lübeck an die Bahnsteigkante trat und die frischen, noch ganz glatten und nach Teer riechenden Hölzer unter sich betrachtete, da stiegen Stolz und so etwas wie Übermut in ihr auf. Trotzdem brachte sie es nicht über sich, nach Timmendorf zu fahren, das nur wenige Kilometer entfernt lag. Die Erinnerung an den Tag mit Theo lastete zu schwer auf ihr.

Als es im Winter auf den Hafenbarkassen zu ungemütlich wurde, nahm sie den Weg durch den alten Elbtunnel, um in den Reiherstieg zu kommen. Sie hatte den Führerschein gemacht und fuhr einen diamantgrauen VW-Käfer. Während der Fahrten fiel ihr immer wieder auf, dass auf jeder Baustelle Schächte, Bäume, Tunnel und Materialplätze mit Wänden aus billigen Baulatten abgesperrt waren. An fast allen diesen Zäunen hingen Werbeschilder der ausführenden Baufirma: ein breites weißes H, das aussah wie ein Haus mit einem Tunnel darunter, auf rotem Grund. Es war das Zeichen der Firma Philipp Holzmann. Das brachte sie auf eine weitere Idee.

Im Januar des Jahres 1964 suchte sie das Hamburger Büro der Firma Philipp Holzmann am Mittelweg im noblen Stadtteil Harvestehude auf.

Sie hatte in den letzten Monaten gelernt, misstrauische Blicke wie den des Pförtners zu ignorieren, als sie verlangte, den Direktor zu sprechen.

»Ich habe einen Termin und nicht viel Zeit«, sagte sie knapp und trommelte dabei mit den Fingerspitzen auf dem Tresen.

Der Pförtner guckte immer noch misstrauisch, aber er zeigte ihr den Weg die Treppe hinauf ins Büro des Direktors.

»Winfried Pahlen« stand auf einem Messingschild an der Tür. Elisabeth wusste aus ihrem Zeitungsstudium, dass er den Posten erst kürzlich übernommen hatte und neu in Hamburg war. Das legte sie als Vorteil für sich aus.

»Auch unser Unternehmen hat mit dem Eisenbahnbau angefangen. Wir haben fast zweitausend Schwellen für die Taunusbahn geliefert. Das ist allerdings schon etwas länger her«, sagte Pahlen, nachdem sie sich begrüßt hatten.

»Und Sie haben die Bagdadbahn gebaut. Und einige der Speicher hier in der Speicherstadt – unter anderem. Und gerade jetzt planen Sie den Tunnel vor dem Hauptbahnhof und ziehen einige Wolkenkratzer in der Stadt hoch.«

»Sie haben sich informiert.«

»Nur wer Bescheid weiß, kann Geschäfte machen.«

Er lehnte sich zurück und legte die Fingerspitzen aneinander. »Also gut, was kann ich für Sie tun?«

Elisabeth hatte inzwischen schon häufig ihr Unternehmen vorgestellt und so Kunden geworben. Es schreckte sie nicht mehr, seit sie für sich allein die Vorträge laut geprobt hatte, um überzeugend zu wirken.

»Es geht um Ihre Baustellen«, begann sie. »Dafür brauchen Sie viel Holz, genauer gesagt, Holzlatten. Mein Unternehmen beliefert die Deutsche Bundesbahn mit Holzschwellen. Bei der Bearbeitung fallen massenhaft Latten ab. Ich könnte mir keine bessere Verwendung vorstellen …«

Als sie fertig war mit ihren Ausführungen, setzte sie noch hinzu: »Ich habe hier ein Empfehlungsschreiben von Gustav Wähler, dem Leiter des hiesigen Eisenbahnausbesserungswerks.«

»Ich weiß, wer Herr Wähler ist.«

Darüber wusste Elisabeth auch Bescheid, seit sie ein Foto gesehen hatte, auf dem beide gemeinsam nach einer Premierenfeier im Streit's Kino zu sehen waren. Sie reichte das Schreiben über den Tisch. Natürlich hatte sie Wähler gesagt, was er schreiben sollte: dass sie stets zuverlässig und pünktlich liefere und ihr Holz von allerbester Qualität sei. Was ja auch stimmte.

Ihr Gegenüber legte den Brief zur Seite, ohne ihn zu lesen. »Sie wachsen schnell«, sagte er dann.

»Die Sägerei befindet sich gerade in einer Expansionsphase.« Diesen Ausdruck hatte sie in der Zeitung gelesen, und er imponierte ihr. »Wobei wir nur auf dem Sektor der Holzbearbeitung expandieren. Andere Baustoffe können wir nicht.«

Zum ersten Mal ging so etwas wie ein Lächeln über seine Lippen. »Sie sind Realistin.«

»Ich habe eine Firma zu führen.«

Er erhob sich, und Elisabeth stand ebenfalls auf.

»Ich werde mir Ihren Vorschlag durch den Kopf gehen lassen. Ich melde mich bei Ihnen.«

»Darf ich fragen, wann?«

Jetzt lächelte er richtig. »Bald. Noch diese Woche.«

Elisabeth hatte so viel zu tun, dass sie manchmal nicht wusste, wo ihr der Kopf stand. Sie importierte so viel Holz aus Afrika wie nur möglich. Das Problem war nicht der Holzeinschlag, sondern die Schiffskapazitäten. »Ich werde mir am Ende ein eigenes Schiff kaufen müssen«, murmelte sie und legte den Hörer auf die Gabel. Sie hatte gerade wider besseres Wissen mit der Reederei Wohlleben telefoniert. Sie hatte schon vor drei Wochen dort angefragt, und man hatte ihr gesagt, dass zurzeit nicht ein Kubikmeter Frachtraum verfügbar sei, frühestens in vier Wochen wieder. Im Moment war kein Laderaum aus Westafrika zu haben.

Funke kam zu ihr und gab weiter, was die Männer sagten: »Das war eine gute Idee mit den Latten. Früher haben wir die Abschnitte gesammelt und weggeworfen. Jetzt können wir das verkaufen, was vorher Abfall war. Die Männer halten große Stücke auf Sie!«

Das Kompliment machte Elisabeth sehr stolz. Immer häufiger kam es jetzt vor, dass explizit sie am Telefon verlangt wurde. Fritz bekam das nur am Rande mit, denn er zog sich immer weiter aus dem Geschäft zurück. Im Grunde machte Elisabeth alles allein. Bis sie auf die Idee kam, eine Sekretärin einzustellen – für sich und nicht für Fritz. Sie sah sich einige Bewerberinnen an und entschied sich für Henriette Kamp, eine aufgeweckte junge Frau in einem geblümten Kleid, das fast ein wenig frech wirkte.

»Warum wollen Sie ausgerechnet für *mich* arbeiten?«

Henriette Kamp antwortete, ohne zu zögern: »Weil Sie eine Frau sind.«

Als Elisabeth sie fragend ansah, fügte sie hinzu: »Mein letzter Chef konnte seine Finger nicht bei sich behalten. Außerdem imponiert mir, wie Sie das hier geschafft haben. Sie können sicher sein, dass ich absolut loyal sein werde.«

Fritz verfolgte den rasanten Aufstieg seiner Frau mit gemischten Gefühlen. Einerseits war er froh, dass sie alles im Griff hatte. Er hatte die Lust daran verloren, jeden Tag über die Elbe zu fahren und in dem nüchternen Büro zu sitzen. Das war ihm zu wenig glamourös. Allerdings störte es ihn, wenn er bei »Tante Hermine« mit den Worten empfangen wurde: »Na, Sierichsen, hat Ihre Frau Ihnen Ausgang gegeben?« und wenn darauf dröhnendes Gelächter ertönte.

Er hätte schon gern selbst die Idee mit den Schwellen gehabt. Und er musste gegen seinen Willen einräumen, dass sie mehr über das Geschäft wusste als er. Sie hatte einen enormen Überblick über das, was in Hamburg vor sich ging, sie kannte alle wichtigen Leute, zumindest dem Namen nach, aber viele inzwischen auch persönlich. Sie setzte gewissenlos ihre Jugend und ihre weibliche Anziehungskraft ein, um die Unternehmer für sich zu gewinnen. Und jetzt hatte sie sogar eine Sekretärin!

Die kleine Kamp war recht anziehend, fand er, aber gegenüber seinen Schmeicheleien absolut resistent.

Mit Monika hatte er schon länger nichts mehr zu tun. Sie passte nicht mehr zu ihm, jetzt, wo er ein gemachter Mann war und in den besseren Kreisen verkehrte. Die letzten Male, die sie sich gesehen hatten, hatte sie geweint und ihm Vorwürfe gemacht. Am Ende hatte er ihr eine gelangt, dann seine Sachen, die noch bei ihr lagen, zusammengerafft und war gegangen.

»Das zahle ich dir irgendwann heim, du Schwein!«, schrie sie ihm weinend nach.

Er überlegte, ob er umkehren und sie vermöbeln sollte, ließ es dann aber. Er hatte eine Verabredung und wollte nicht zu spät dort erscheinen.

Inzwischen gab es eine neue Frau in seinem Leben. Helga war verheiratet und dadurch in einer Position, in der sie keine Forderungen stellen konnte. Er musste sie auch nicht ausführen. Sie trafen sich in einem Hotel, und sie hatte einen schönen Körper und war zu allem bereit. Helga brauchte jemanden, der sie liebte, und sie glaubte ihn in Fritz gefunden zu haben.

Er spielte noch mehr als früher, und seine Einsätze wurden höher. »Bei Erna« gab es nicht mehr, seit die Wirtin wegen verbotenen Glücksspiels im Gefängnis saß. Ihre Kunden waren weitergezogen in ein Kellerlokal zwei Straßen weiter. Hier war man besser organisiert. Der Wirt hatte einen guten Draht zu den Beamten der Davidwache und wusste immer schon vorher, wann eine Razzia durchgeführt wurde. Allerdings ließ er sich dieses Wissen durch exorbitant hohe Getränkepreise vergüten. Außerdem hatte er Frauen im Angebot, doch daran hatte Fritz selten Interesse. Ihm genügte Helga. Am liebsten hatte er es, wenn er am Spieltisch saß und gewann und dabei die ganze Zeit wusste, dass sie im Hotelzimmer auf ihn wartete, in den Dessous, die er ihr gekauft hatte.

In vier Wochen würden er und Elisabeth in das neue Haus umziehen. Für Fritz lief alles bestens.

24

Am Tag, als der amerikanische Präsident Berlin besuchte, hatte Luise zum Glück gerade frei. Sie kam soeben aus Lissabon, wo sie zwei Tage Aufenthalt gehabt hatte. Sie und eine Kollegin hatten sich Bikinis mit kleinen Rüschen am Ausschnitt gekauft, die mehr zeigten, als sie verhüllten. Luise hatte ihren ganz unten in den Koffer gelegt, damit Magda ihn nicht entdeckte. Zwei Tage in der Sonne und auf langen Wanderungen am Meer – sie sah phantastisch aus, und das wusste sie auch. Ihre Haut hatte einen leichten Bronzeton angenommen, der ihr ein frisches Aussehen verlieh.

Luise betrachtete sich nackt im Spiegel, und der Anblick der weißen Stellen um Hüfte und Busen berührte sie seltsam. Es wirkte irgendwie verletzlich, wie die dunklen Brustwarzen und die Schambehaarung von der hellen Haut abstachen. Es war kühl im Bad, und sie hatte eine leichte Gänsehaut. Sie sah anders aus als in früheren Sommern. Zwar war sie damals auch braun gewesen, aber da sie früher einen Badeanzug getragen hatte, waren nur die Beine und Arme dem Sonnenlicht ausgesetzt gewesen. Der Bikini verhüllte ebenfalls ihre Weiblichkeit – hob sie aber gleichzeitig auch hervor wie jetzt, wenn sie nichts anhatte. Sie warf noch einen letzten Blick auf ihre Vorderansicht, bevor sie sich umdrehte, um auch ihre Rückseite unter die Lupe zu nehmen. Es klopfte.

»Wann bist du fertig da drin?«, fragte Magda leicht ungeduldig. »Ich muss mir noch die Haare waschen, bevor wir gehen.«

»Gleich«, gab sie zurück und zog rasch ihre Unterwäsche an. Darüber streifte sie ein Kleid und eine Strickjacke. Ein Blick in den Spiegel zeigte ihr, dass sie wieder wie gewohnt aussah.

Sie wohnte immer noch bei Ernst und Magda, warum auch nicht, sie war ohnehin nur selten zu Hause. Als sie damals, vor einem Jahr, aus Hamburg zurückgekommen war, mit dem Zeugnis als beste Abgängerin der Lufthansa-Schule in der Tasche, war sie unglaublich stolz gewesen. Gleich in der Woche darauf hatte sie ihren ersten Flug gehabt nach München und abends wieder zurück. Sie war nervös gewesen, aber alles hatte wunderbar geklappt. Inzwischen war sie ein alter Hase, nach ihr waren noch viele weitere junge Stewardessen gekommen, und sie nahm sie gern unter ihre Fittiche und versuchte ihnen die Angst zu nehmen. Sie konnte sich noch genau an die nette Kollegin erinnern, die ihr damals auf dem Flug nach Hamburg Mut zugesprochen hatte. Leider war sie ihr nie wieder begegnet.

Seit einem Jahr war sie Stewardess bei der Lufthansa, und es war üblich, dass die Neuen anfangs nur Flüge innerhalb Europas machten. Aber auch das war schon ein besonderes Privileg. Wer konnte denn von sich behaupten, Paris, London und Madrid zu kennen und schon an der Côte d'Azur am Strand gelegen und in Marseille Fischsuppe gegessen zu haben? Seit sie für Lufthansa flog, war Luise nach der neuesten Mode gekleidet. Wenn sie nicht die Uniform anhatte, dann trug sie gern Blusen oder Oberteile in leuchtenden Farben und weite Hosen in schönen, fließenden Stoffen. Sie schminkte sich dezent und gekonnt. Sie war eine wirklich schöne Frau geworden, die mit ihrem Charme und ihren temperamentvoll vorgetragenen Geschichten alle in ihren Bann schlug. Felix Tremper hatte sie längst als unvermeidliche Erfahrung abgebucht. Manchmal dachte sie noch an Magnus aus Schweden, aber letztlich wusste sie, dass sie mit ihm nichts verpasst hatte.

Sie gingen zu Fuß von der Mommsenstraße zum Kurfürstendamm, wo Freunde von Ernst und Magda wohnten, von deren Balkon aus sie die Fahrt der Wagenkolonne Präsident Kennedys verfolgen wollten.

Das einst großbürgerliche, prächtige Haus hatte im Krieg gelitten. Im Treppenhaus waren Teile des blank polierten Geländers durch gröberes Holz ersetzt worden, die Karyatiden, die früher neben jeder der zweiflügeligen Portale gewacht hatten, fehlten nun an den meisten Eingängen. Die Tür der Ehrenbergs im dritten Stock war die einzige, die noch die bunte Bleiverglasung zeigte. Die Sonne schien aus dem Inneren der Wohnung hindurch und ließ das Treppenhaus in Regenbogenfarben aufleuchten.

»Es ist eine Schande«, sagte Hilde Ehrenberg, als sie die Tür öffnete. Das sagte sie jedes Mal, wenn Besuch kam, und meinte damit die fehlenden Figuren rechts und links neben dem Eingang. »Wir würden sie ja gern ersetzen, aber damit müssten alle Eigentümer einverstanden sein, und es gibt ja noch so viel anderes zu tun.«

Sie trat einen Schritt zur Seite, und Luise betrat nach ihren Eltern die Wohnung. Sie war lange nicht mehr hier gewesen und wunderte sich über die Veränderungen. Alles Dunkle wie die schweren Anrichten und die wuchtige Garderobe war verbannt worden, jetzt standen überall helle, leichte Möbel.

Sie folgten Hilde Ehrenberg in das Wohnzimmer. Die Dame des Hauses hatte sich dem Anlass entsprechend eine Schärpe in den Farben der USA über ihr fliederfarbenes Kleid gehängt. Aber auch der Stoff konnte nicht verbergen, dass sie in den letzten Jahren etliche Kilos zugelegt hatte, denn das Fleisch quoll unvorteilhaft zwischen den Schulterblättern hervor, wie Luise beobachten konnte. Luise war insgeheim froh, dass Magda nicht dem allgemeinen Trend zur Völlerei nachging und immer noch schlank und sportlich war.

Im Wohnzimmer wartete Herr Ehrenberg und gab allen mit einem freundlichen Lächeln die Hand.

Auch hier standen moderne Möbel aus hellem Holz. Mit einem Ächzen ließ Hilde sich in den einzigen Sessel fallen. Die Gäste und ihr Mann setzten sich auf die schmalen Sofas, die mit einem rehbraunen Stoff mit gelben Sternchen bezogen waren.

»Bist du auch schon nach Amerika geflogen?«, wurde Luise gefragt. »Vielleicht sogar mit Kennedy? Mein Gott, ich bin ja so stolz, dass er hier ist!« Hildes Wangen waren von der Aufregung gerötet, ein leichter Schweißfilm lag darauf.

Luise schüttelte den Kopf. »Nein, ich bin ja erst ein Jahr dabei. Aber nächste Woche habe ich meinen ersten Flug außerhalb von Europa.«

»Wohin denn?«, fragte Karin, die Tochter des Hauses, die zwei Jahre jünger war als Luise, als sie ins Zimmer kam. Das Tablett mit Crackern stellte sie auf den niedrigen Tisch, den man mittels einer Kurbel auf die gewünschte Höhe verstellen konnte.

»Nach Johannesburg in Südafrika. Ich werde dort drei Tage frei haben und eine Safari machen.«

Karin sah sie bewundernd an, aber Hilde Ehrenberg stand die Skepsis ins Gesicht geschrieben. Das wollte man denn doch nicht, dass die eigene Tochter ganz allein in der Weltgeschichte herumfuhr. Ihre Bedenken wurden anscheinend von Magda geteilt, denn diese rief ängstlich aus: »Aber davon hast du uns noch gar nichts erzählt. Ist das nicht gefährlich?«

Luise winkte ab. »Ich habe doch Hemingway gelesen. Außerdem werden wir die ganze Zeit von erfahrenen Leuten bewacht.« Sie sagte absichtlich nicht »Männern«.

»Und bist du schon mit berühmten Leuten geflogen?«, fragte Karin. Sie hatte sich ihr gegenüber gesetzt und sah sie mit großen Augen an.

»Mit einigen schon. Vor ein paar Wochen mit Willy Brandt. Von Bonn nach Berlin.«

»Das gibt's ja nicht!« Hilde Ehrenberg japste nach Luft. »Hast du das gehört?«, rief sie ihrem Mann zu. »Sie ist mit unserem Bürgermeister geflogen!«

»Vaterlandsverräter!«, brummte Heinz Ehrenberg in seinen Bart, aber alle hatten ihn gehört.

Auch Ernst Mangels, der aus Tradition SPD wählte und während der Diktatur insgeheim zu seiner Partei gehalten hatte. Er holte tief Luft, sein Unterton verhieß nichts Gutes, als er sagte:

»Er tut viel für die Stadt. Mehr als alle anderen. Und er hat damals nicht mitgemacht.«

»Kein Streit über Politik. Heute nicht!«, befahl Hilde und wedelte sich kühle Luft zu. »Heute sind wir mal stolz auf unser Berlin! Hier, das sind die ersten Erdbeeren des Jahres. War gar nicht so leicht, die zu kriegen!« Sie wies auf das Bowlegefäß, das auf dem Tisch stand und in dem die Früchte schwammen, und gab ihrer Tochter einen Wink, damit sie einschenkte.

Als sie alle ein Glas in der Hand hatten, traten sie auf den Balkon hinaus. Davor standen zwei Kastanien – eine Seltenheit im Berlin der Nachkriegszeit. Aber der Blick auf die Straße war frei. Die Erdbeeren leuchteten in den bauchigen Gläsern mit Schliff, und in jedem von ihnen steckte ein kleiner Spieß mit einem bunten Glastier daran. Luise bekam einen kleinen Pinguin mit einem winzigen gelben Schnabel. Frau Ehrenberg reichte den Teller mit den belegten Crackern herum, und Luise bemerkte Magdas Blick, der sorgenvoll den gesprungenen Zement musterte, auf dem sie standen.

»Eine Granate«, sagte Hilde Ehrenberg, der der Blick ebenfalls nicht entgangen war. »Zum Glück hat sie nur den Balkon getroffen, aber er ist immer noch nicht repariert.«

In der Ferne, aus Richtung des KaDeWe, waren Jubelschreie zu hören.

»Ich glaube, er kommt!«, rief Frau Ehrenberg und lehnte sich über die Balkonbrüstung, um besser sehen zu können. Magda streckte in einem Reflex die Hand aus, als wollte sie sie festhalten, falls das gemauerte Geländer nachgeben sollte.

Hilde machte noch einen Schritt nach vorn und wedelte mit dem freien Arm. »Da kommen sie, da kommen sie!«, rief sie, als das offene Auto mit dem Präsidenten die Straße heruntergefahren kam. Der Jubel der Menschen auf der Straße und auf den Balkonen der umliegenden Häuser war unbeschreiblich. Sogar in den Bäumen saßen sie, um einen Blick auf Kennedy werfen zu können. Im Radio waren immer und immer wieder die Worte zu hören, die er vor dem Schöneberger Rathaus gerufen hatte: »Ich bin ein Berliner.« Mit diesen Worten hatte er der Stadt Mut gemacht.

Auf dem Balkon prostete man sich zu, aber die Worte gingen in dem Freudenlärm unter. Luise winkte wie verrückt und hatte Tränen der Freude in den Augen. Sie glaubte zu träumen. Sie fühlte sich wie alle Berliner an diesem Tag als etwas ganz Besonderes. Kennedy hatte versprochen, zu Berlin zu halten und die Stadt nicht den Russen zu überlassen – trotz der Mauer, die seit zwei Jahren die Stadt trennte.

Luise hörte die Stimme des Passagiers auf Platz 2B und wusste, dass dies der Mann ihres Lebens war, bevor sie ihn auch nur zu Gesicht bekommen hatte. Sie befand sich auf einem Flug von Hamburg nach New York. Seit drei Monaten flog sie nun auch außerhalb Europas, aber ein Flug nach New York war immer noch etwas ganz Besonderes. Sie liebte diese Stadt beinahe noch mehr als Paris. Wenn sie dort war, spazierte sie über die Fifth Avenue und begutachtete die Auslagen in den berühmten Geschäften. Abends ging sie in eine Show, allein oder mit einer Kollegin, wobei sie wegen der Zeitverschiebung manchmal einschlief. Die Stewardessen wohnten in guten Hotels und führten ein Leben im Luxus. Luise liebte ihren Beruf, und wenn ihr jemand gesagt hätte, dass sie ihn irgendwann freiwillig aufgeben würde, hätte sie ihn ausgelacht.

Und jetzt hörte sie diese Stimme, und ihre Überzeugungen schmolzen dahin wie Butter in der heißen Pfanne.

»Ich hätte bitte gern ein Glas Champagner«, sagte der Mann in einer dunklen, sanften Stimme, die sie an flüssige Schokolade denken ließ, zu ihrer Kollegin.

»Ich mache das«, sagte sie schnell und stellte ein Glas Veuve Clicquot auf ein Tablett.

Als er sich zu ihr herumdrehte, stahl sich ein Ausdruck des Erstaunens auf sein Gesicht. Er hob leicht die dichten Augenbrauen, und seine dunkelblauen Augen begannen zu leuchten. Der Mund verzog sich zu einem entzückten Lächeln, das er gleich wieder zurücknahm, weil es ihm übertrieben erschien. Aber in seinen Augen stand nach wie vor das Glück zu lesen, dass er sie getroffen hatte.

Die Frau, die da mit einem Tablett vor ihm stand, verwirrte ihn zutiefst. Er sah dunkle Augen, die einen Stich ins Violette hatten, in einem dreieckigen Gesicht, das von einer weichen Kurzhaarfrisur umrahmt war. Die Haut hatte einen leichten Bronzeton, die Lippen waren perfekt geschminkt. Die Frau vor ihm hatte etwas von einem Engel, konstatierte er.

»Haben Sie sich anders entschieden?«, fragte der Engel und wies mit der freien Hand auf das Glas.

Er setzte sich auf und fuhr sich mit der Hand durch das dunkelblonde Haar. »Nein«, sagte er. »Ich habe mich genau in diesem Moment entschieden. Darf ich mich vorstellen? Mein Name ist Hans Wohlleben. Und mein Nachname ist Programm. Was machen Sie heute Abend, wenn wir in New York angekommen sind?«

Er führte sie in ein Restaurant im Chinesenviertel. Luise war noch nie in dieser Gegend von New York gewesen und hatte auch noch nie die kleinen, gedämpften Köstlichkeiten gegessen, die in runden Holzschächtelchen auf einem Wagen an den Tischen vorbeigefahren wurden. Es gab kein Besteck, sondern stattdessen geschnitzte Stäbchen aus Ebenholz. Hans konnte gut mit ihnen umgehen und zeigte Luise, wie sie sie zwischen Daumen und Mittelfinger halten musste. Den freien Zeigefinger bewegte er auf und ab, wenn er sprach, und brachte sie damit zum Lachen. Er pickte die appetitlichsten Teigtaschen und kleinen Teigrollen von den Tellern und bot sie Luise an. Währenddessen erzählte er von sich. Er war fünfunddreißig, gut zehn Jahre älter als Luise. Sein Urgroßvater hatte in Hamburg eine Reederei gegründet, die Hans seit dem Tod seines Vaters vor zehn Jahren allein führte. Ihr Gebiet war die Afrikafahrt, in der sich seit Gründung der Firma viel geändert hatte. Die ehemaligen Kolonien waren unabhängig geworden, der Krieg und die folgende Entmilitarisierung hatten die Schifffahrt für Jahre lahmgelegt. Viele Schiffe waren versenkt worden. Der folgende Neuanfang war ihm ganz recht gewesen, gab er ihm doch die Möglichkeit, das Geschäft neu aufzubauen und zu gestalten. Aber er ließ keinen Zweifel daran, dass die Reederei ein Familienbetrieb mit einer langen Tradition war, der er sich verpflichtet fühlte.

Luise spürte bei seinen Worten ein diffuses Unwohlsein in sich aufsteigen. Irgendetwas beklemmte sie, irgendetwas fühlte sich komisch an, wenn er von seiner Familie sprach, aber sie wollte diesen Gedanken jetzt nicht zulassen. Jetzt wollte sie einfach nur mit ihm an diesem Tisch sitzen und seine verwirrende Nähe fühlen. Sie wollte in seine Augen und auf seine Lippen schauen, während er sich den nächsten Happen in den Mund steckte. Und sie wollte zusammenzucken und das Brennen auf ihrer Haut spüren, wenn er sie zufällig berührte. Sie wollte genießerisch die Augen schließen und dabei seinen Blick auf ihrem Gesicht spüren. Sie wollte einfach nur das Zusammensein mit diesem Mann in vollen Zügen auskosten.

»Und dieser Neuanfang treibt Sie nach Amerika?«, fragte sie zwischen zwei Bissen eines mit Sesam und Hummerfleisch gefüllten Teilchens, das aussah wie ein großer Bonbon.

»Sie hören gut zu«, sagte er und berichtete dann, dass er ein neues Schiff kaufen wolle.

»Hier?«, fragte sie.

»Ich will mir eines dieser neuen Containerschiffe ansehen. Das hätte ich vielleicht auch in Hamburg tun können, aber ich mag New York«, sagte er mit einem Lächeln.

Im Lauf des Gesprächs stellte er auch Fragen nach Luises Leben. Sie versteifte sich und sagte dann in knappen Worten, dass sie in Berlin wohne und dass ihr Vater ein Musikgeschäft betreibe. Dann wechselte sie geschickt das Thema.

In den folgenden beiden Wochen hatte sie Mühe, sich auf ihre Arbeit zu konzentrieren, weil in ihrem Kopf nur noch Platz für Hans Wohlleben war. Er hatte sie einmal angerufen, das Gespräch dann aber ziemlich schnell wieder beendet und sie ratlos zurückgelassen.

Dann hatte sie einen Flug von Hamburg nach Berlin, der eine Stunde später wieder zurück gehen sollte. Als sie an der Kabinentür stand, um die Fluggäste zu begrüßen, traute sie erst ihren Augen nicht, dann überrollte sie eine warme Welle des Glücks. Vor ihr kam Hans die Treppe hoch und musterte sie dabei die ganze Zeit mit einem nachdenklichen Blick.

»Ich habe es nicht mehr ausgehalten ohne dich!«, flüsterte er, als er vor ihr stand, und es klang beinahe so, als wäre er ärgerlich deswegen. »Ich muss mit dir reden.« Er duzte sie jetzt, obwohl sie in New York noch per Sie gewesen waren.

Hinter ihm drängten die nächsten Passagiere ins Flugzeug und wunderten sich, warum es nicht weiterging. Hans ging an seinen Platz, setzte sich und ließ sie nicht aus den Augen. In ihrem Bauch formte sich eine heiße Kugel, die immer größer wurde.

»Woher kennst du meine Flugzeiten?«, fragte sie ihn leise, als sie ihm einen Drink brachte. »Die werden unter keinen Umständen herausgegeben.«

»Ich kann sehr hartnäckig sein, wenn ich etwas unbedingt haben will«, gab er zurück und sah sie dabei eindringlich an. »Ich fliege auch mit dir zurück. Dann hast du frei. Komm mit zu mir«, bat er sie, und in seiner Stimme lag ein Timbre, das sie bei einem Blick in seine Augen nur als Ausdruck heftigen Begehrens deuten konnte.

In Hamburg wartete er auf sie vor dem Crewraum, dann nahm er sie beim Arm und führte sie zu seinem Auto. Sie fuhren eine knappe halbe Stunde, während der beide kaum ein Wort sagten, so groß war die Spannung zwischen ihnen. Einmal hätte er fast eine rote Ampel überfahren. Er entschuldigte sich, und sie konnte sehen, dass er die Zähne zusammenbiss. Schließlich fuhr er durch ein Tor, das sich per Knopfdruck automatisch geöffnet hatte, auf eine zweigeschossige Backsteinvilla zu. Der Wagen hielt, sie stiegen aus und gingen hinein. Luise war noch nie zuvor in einem solchen Haus gewesen. Es hätte sie nicht gewundert, wenn plötzlich ein Butler in Uniform vor ihr gestanden hätte, aber es war niemand außer ihnen da. In der Eingangshalle hingen zu beiden Seiten Porträts in Goldrahmen, würdige Männer in dunklen Anzügen mit Vatermördern, einige mit Orden an der Brust. »Meine Vorfahren«, erklärte er, als er ihren Blick bemerkte, und führte sie in das dahinterliegende Wohnzimmer. Wieder spürte sie ein merkwürdiges Unbehagen. Um sich zu sammeln, trat sie an eines der großen Panoramafenster und sah in die Dunkelheit hinaus. Der Anblick nahm ihr den Atem. Die Elbe lag unter ihr, sie konnte den Fluss aber nur als schwarzes Band wahrnehmen, das auf beiden Seiten von Hunderten Lichtern gerahmt wurde. Das Blinken in der Dunkelheit war wunderschön. Sie atmete tief durch.

Als sie sich schließlich von dem Anblick löste und sich umdrehte, stand Hans direkt hinter ihr, und sie konnte seinen Duft riechen. Sie sog laut die Luft ein. Mit einer Heftigkeit, die ihr die Knie weich werden ließ, zog er sie an sich und küsste sie.

Sie zögerte nicht eine Sekunde und gab jeden Widerstand augenblicklich auf. Es war, als würde ein Damm brechen. Sie fieberte ihm entgegen, sie schmiegte sich an ihn, sie keuchte und flüsterte seinen Namen. Sie wäre niedergeschmettert gewesen, wenn er nicht dieselben Gefühle für sie gehabt und nun zurückgewichen wäre. Aber so war es nicht. Hans trug sie in sein

Schlafzimmer hinüber und liebte sie die ganze Nacht hindurch. Als er am Anfang bemerkte, dass sie noch Jungfrau war, war er leicht erschrocken und wollte sich zurückziehen, doch sie zog ihn wieder an sich.

»Oh, bitte, bleib bei mir«, flüsterte sie. Sie spürte keinen Schmerz, nur Lust. Wenn sie gewusst hätte, wie überwältigend dieses Gefühl war, wie sich diese Leidenschaft anfühlte, diese Freude daran, sich hinzugeben und dem anderen Lust zu schenken, sie hätte nicht so lange gewartet. Aber sie ahnte auch, dass sie solche Gefühle nie mit Felix Tremper erlebt hätte.

Am nächsten Morgen musste sie früh am Flughafen sein. Er fuhr sie hin. Beim Abschied strich er ihr zärtlich über ihr Haar. »Ich liebe dich«, sagte er.

»Ich dich auch«, gab sie zurück.

Sie liebte Hans aus tiefster Seele. Niemals vorher in ihrem Leben war sie sich einer Sache so sicher gewesen. Sie liebte ihn für seine Weltgewandtheit. Er war ein guter Mensch, er war alt genug, um tolerant gegenüber Charakterschwächen zu sein, aber jung genug, um verrückte Ideen zu haben, die sie zum Lachen brachten. Wenn sie fortan ins Flugzeug stieg, musste sie immer darauf gefasst sein, dass er plötzlich auftauchte, mit einem Lächeln auf dem Gesicht, das zwischen Frechheit und Liebe schwankte.

Er überhäufte sie mit Geschenken, und er liebte sie voller Zärtlichkeit und einer manchmal überwältigenden Leidenschaft, die ihr den Atem nahm. Wenn sie sich nach seinen Umarmungen sehnte, dann überrollten sie jedes Mal kleine Wonneschauer.

»Warum warst du am Anfang, ich meine, als wir uns kennengelernt haben, manchmal so … wütend?«, wagte sie nach einigen Wochen zu fragen.

Er sah sie fragend an.

»Ich hatte das Gefühl, du würdest mir die Heftigkeit deiner Gefühle vorwerfen«, erklärte sie.

Er nahm ihre Hand. »Das hast du bemerkt?«, fragte er.

Sie nickte.

»Ich muss dir etwas sagen«, begann er, und um seine Mundwinkel zuckte es.

Sie bekam Angst, und er sah das.

»Nein, nein, meine Zurückhaltung – so würde ich es eher nennen – hatte nichts mit dir zu tun. Aber ich habe gerade eine ziemlich böse Scheidung hinter mir. Eigentlich hatte ich von Frauen die Nase voll und wollte nie wieder eine in mein Herz lassen. Und dann bist du gekommen. Und du hast recht: Ich gebe dir die Schuld daran, dass ich meine Vorsätze von einer Sekunde auf die nächste über den Haufen geworfen habe.«

»Du bist geschieden?«

»Stört dich das?«

»Nein«, sagte sie und fügte nach einer Pause des Nachdenkens hinzu: »Doch, es stört mich. Ich spüre einen Stich im Herzen bei dem Gedanken, dass du vor mir eine andere Frau geliebt hast. Das ist kindisch und egoistisch, ich weiß.« Sie wurde rot.

Er zog sie an sich, dann ließ er sie wieder los und sah ihr in die Augen: »Sie war nicht wie du. Die Ehe war ein großer Fehler. Ihre Familie und meine Familie sind befreundet und geschäftliche Partner, ich habe Freundschaft und Verbindlichkeit für Liebe gehalten.«

Als sie versuchte, Gertrud ihre Gefühle für Hans zu schildern, verstand diese sofort, was Luise meinte. Gertrud arbeitete jetzt bei einer Illustrierten, die den Lesern unpolitische Unterhaltung bot. Dort war sie für die Leserbriefseiten zuständig und hatte seit ein paar Wochen eine Kolumne, in der Leser über ihre Probleme berichteten und Ratschläge in Liebesdingen bekamen.

»Dafür bin ich ja genau die Richtige«, flachste sie gegenüber Luise. Gertrud hatte sich mit der Trennung von Gerhard abgefunden, aber seitdem wies sie jegliche Annäherungsversuche von Männern ab. »Ich bin ein für alle Mal kuriert«, sagte sie. Die Erfahrungen, die sie in ihrer Liebe zu einem verheirateten Mann gemacht hatte, hatten ihr ihre Grenzen aufgezeigt. Dafür hasste Luise diesen Mann von ganzem Herzen.

»Wenn ich ihn mal irgendwo treffe, kratze ich ihm die Augen aus«, sagte sie.

»Hans ist doch nicht verheiratet?«, fragte Gertrud hastig.

Luise wehrte ab. Es gab keine andere Frau in Hans' Leben, das wusste sie sicher. Kein Mann konnte eine Frau so lieben und gleichzeitig eine andere haben.

Aber da war etwas anderes, das ihr Angst machte, eine verschwommene Angst, die sie nicht packen und in Worte fassen konnte, eine Angst, die sie so erschreckte, dass sie nicht einmal mit Gertrud darüber sprechen konnte.

Solange sie allein waren, gab Hans Luise das Gefühl, angekommen zu sein. Er wollte sie und niemanden sonst, und er wollte sie genau so, wie sie war. Bei ihm fühlte sie sich zum ersten Mal ganz. Er wusste nichts von ihrer Vergangenheit als Waisenkind, von ihrer zweifelhaften Herkunft.

Das ängstliche Gefühl, nicht am richtigen Platz zu sein, überfiel sie zum ersten Mal, als er sie zu einem offiziellen Anlass im Hamburger Rathaus mitnahm. Er stellte sie seinen Kollegen und Geschäftspartnern vor, und Luise hörte Namen, die sie aus der Zeitung kannte. Einige der Herren waren bereits Gast an Bord ihrer Maschine gewesen. Aber keiner erkannte sie wieder. Sie rechneten nicht damit, eine Stewardess unter sich zu haben. Stattdessen kannten sich die Anwesenden untereinander. Sie waren Mitglieder in denselben exklusiven Klubs. Ihnen war anzumerken, dass sie aus guten Familien kamen und dass sie es gewohnt waren, über andere zu befehlen. Sie bewegten sich mit einer natürlichen Eleganz und bemerkten sofort, wenn jemand nicht dazugehörte. Luise hatte gelernt, sich in diesen Kreisen zu bewegen, sie konnte angeregt plaudern und wusste, wie man ein Champagnerglas hielt. Niemand schien an ihrem Recht zu zweifeln, hier zu sein, alle waren nett zu ihr. Dennoch hatte sie das Gefühl, sich in diese Gesellschaft eingeschlichen zu haben.

Und dieses Gefühl würde so lange andauern, bis sie Hans nicht die Wahrheit über ihre Herkunft gesagt hatte. Sie hatte schon einige Male den Anlauf dazu unternommen, im letzten Moment hatte sie aber immer der Mut verlassen. Nachdem sie von seiner ersten Frau gehört hatte, fiel es ihr noch schwerer.

Das Haus an der Elbchaussee schüchterte sie nach wie vor mit seiner Größe und Pracht ein. Und die Ahnenporträts an den Wänden machten ihr Angst. Ihr war, als würde sie diese Menschen belügen, als würde sie sich einen Platz aneignen, der ihr nicht zustand. Sie spürte ihre vorwurfsvollen Blicke im Rücken.

Dann kam der Tag, den sie herbeigesehnt, vor dem sie sich aber gleichzeitig gefürchtet hatte. Hans kniete vor ihr nieder und hielt ihr einen Ring hin, der sogar im schwachen Licht der Notbeleuchtung funkelte.

»Willst du meine Frau werden?«

Er hatte sich einen wahrhaft merkwürdigen Ort für seinen Antrag ausgesucht: Er kniete mitten im Gang des Flugzeugs vor ihr. Sie waren ganz allein, die anderen Passagiere waren bereits ausgestiegen.

»Du musst mich jetzt endlich deinen Eltern vorstellen, damit ich bei ihnen ganz offiziell um deine Hand anhalten kann.«

Plötzlich bekam Luise keine Luft mehr. In ihrem Kopf stiegen Angst und Verunsicherung auf. Ihre Augen suchten unwillkürlich nach einem Fluchtweg, aber aus diesem Flugzeug gab es kein Entkommen. Sie taumelte und hielt sich an der Rückenlehne eines Sitzes fest.

»Was ist denn?«, fragte er, und sie hörte an seiner Stimme, wie enttäuscht und verletzt er war.

Luise konnte immer noch nicht antworten. Jetzt war der Moment da, den sie so gefürchtet hatte, den sie sich in vielen durchwachten Nächten voller Angst vorgestellt hatte. Jetzt musste sie die Wahrheit sagen: dass Luise nicht ihr richtiger Name war, dass sie keine leiblichen Eltern mehr hatte und dass man sie als Kind auf einem Bahnhof zurückgelassen hatte. Sie war ein verlassenes Kind, ein Waisenkind. Sie hatte keine Ahnung, wer ihre Eltern waren. Vielleicht waren sie schlechte Menschen? Verbrecher? Wie sollte sie an Hans' Seite repräsentieren? Und an ihre größte Angst traute sie sich gar nicht zu denken: Was, wenn sie keine gute Mutter sein würde? Wenn sie Hans' Kind ebenso schlecht behandeln würde, wie sie behandelt worden war? Wenn sie keine Muttergefühle aufbringen könnte?

Hans war aufgestanden und hatte schützend den Arm um sie gelegt. Es war so einfach, ihrem Wunsch nachzugeben und sich an seine Schulter zu schmiegen. Eine Sage kam ihr in den Sinn: In früheren Zeiten bestanden die Menschen noch aus zwei Hälften, einer männlichen und einer weiblichen. Die Götter fürchteten sich vor der Macht dieser Wesen und zerschlugen sie in zwei Teile. Und von da an verbrachten die Menschen ihr Leben damit, die verlorene Hälfte wiederzufinden. Luise hatte ihre Hälfte gefunden, und das war im Moment alles, was zählte.

»Ja, ich will dich heiraten. Ich will nichts mehr als das«, sagte sie und suchte seine Lippen. Während sie in seinem Kuss versank, verdrängte sie das ungute Gefühl, ihn zu betrügen.

25

Es war nicht viel Arbeit gewesen, die Wohnung auszuräumen und die Kartons für den Umzug in das neue Haus an der Elbchaussee zu packen. Das meiste hatte ohnehin ein Umzugsunternehmen erledigt.

Elisabeth ging noch einmal durch die Wohnung, die seit ihrem sechsten Lebensjahr ihr Zuhause gewesen war, fast zwanzig Jahre lang … Sie sah noch einmal ihre Mutter vor sich, wie sie mit leerem Blick die Tür zu ihrem Schlafzimmer schloss, was bedeutete, dass sie für Elisabeth nicht mehr zu sprechen war.

Während des Ausräumens war noch einmal die Hoffnung in ihr aufgekeimt, auf die Fotos, auf irgendeinen Hinweis zu stoßen, der ihr den Weg zu ihrer Schwester bahnen könnte, eine Erklärung dafür zu finden, was damals vorgefallen war, eine Erklärung für die Worte ihrer Mutter auf dem Totenbett. Sie war sorgfältig die Räume abgegangen und hatte sich die Fußleisten angesehen, ob eventuell etwas dahintergerutscht oder dahintergeschoben worden war. Sie hatte sich sogar dabei ertappt, die Holzdielen kritisch zu betrachten, ob irgendwo ein Brett lose war. Als ob sie in einen schlechten Krimi geraten war! Als die Möbelpacker die Gardinenbretter abschraubten, stand sie daneben, in der Hoffnung, dort etwas zu finden.

»Die nehmen wir doch sowieso nicht mit«, brummte Fritz, als er sah, was die Männer da machten. »Und was ist mit dem Bild?«

»Das transportiere ich im Auto. Es ist schließlich wertvoll.«

»Ich habe es nie besonders gemocht. Deine Mutter sieht darauf so kantig aus.«

»So war nun mal der Stil der Brücke-Maler. Das ist ein echter Schmidt-Rottluff. Der ist viele Tausend Mark wert.« Sobald sie das gesagt hatte, bereute sie es. Sie sah die Gier in seinen Augen aufblitzen und hatte plötzlich das Bedürfnis, das Bild zu beschützen. Sie machte einen Schritt darauf zu und versperrte ihm die Sicht darauf.

Fritz fing sich schnell wieder. »Wie du meinst. Ich fahre schon mal vor, wir sehen uns dann drüben.«

Elisabeth wartete, bis alle die Wohnung verlassen hatten und es ganz still war. Sie ging ein letztes Mal durch alle Zimmer und verabschiedete sich von den Räumen. Dann nahm sie das Bild vorsichtig von der Wand. Es ging ganz leicht, denn es hing an einem einfachen Nagel. Sie registrierte den hellen Fleck auf der geblümten Tapete, wo es gehangen hatte.

Sie pustete ein paar Staubkörnchen weg und dachte daran, dass ihr Vater dieses Bild zur Hochzeit hatte rahmen lassen. Sie sah ihn vor sich, wie er ihrer Mutter das eingepackte Gemälde überreichte, und ihre Freude, als sie es erkannte.

Ihre Fingerspitzen ertasteten etwas auf der Rückseite. Verblüfft drehte sie das Bild um, und da waren sie: drei lose Fotos und ein Briefumschlag, auf dem in der eleganten Handschrift ihrer Mutter der Name *Sophie* stand. In dem Umschlag rutschte etwas Leichtes in die Ecke und machte dabei ein raschelndes Geräusch. Die Sachen waren hinter die Metallschiene geklemmt, die das Bild im Rahmen hielt.

Sie fühlte sich plötzlich unendlich schwach, und sie hatte Angst vor dem, was sie gleich entdecken würde. Sie hätte sich gern gesetzt, aber weil alle Möbel bereits abtransportiert worden waren, blieb ihr nur die schmale Fensterbank, um sich anzulehnen. Die Sonne schien ins Zimmer und beleuchtete die Fotos.

Sie legte das Gemälde mit der Vorderseite nach unten neben sich auf die Fensterbank und zog die Fotos unter der Schiene hervor. Auf dem, das zuoberst lag, erkannte sie sich selbst, nicht zuallererst an ihren Gesichtszügen, sondern an einem handgestrickten Kleid mit einem gesmokten Oberteil. Das Kleid kannte sie, es war unter den Sachen gewesen, mit denen sie nach Hamburg gekommen war. Sie hatte es aber nie wieder getragen, weil es ihr zu klein geworden war. Das Foto war zwar schwarz-weiß, aber sie konnte sich erinnern, dass das Kleid orangerot gewesen war, mit dunkler abgesetzten Bündchen an den Ärmeln.

Neben ihr saß ein weiteres Mädchen im identischen Kleid. Sie trug auch die gleiche Frisur: einen geflochtenen Zopf und einen kurzen Pony.

»Sophie«, flüsterte sie.

Plötzlich stieg in ihr die Erinnerung auf, wie es sich angefühlt hatte, wenn ihre Mutter ihr diese Frisur machte. Manchmal ziepte es, denn der Zopf musste sehr streng geflochten sein, damit er in ihrem dünnen Kinderhaar hielt. Ohne darüber nachzudenken, fuhr sie mit der Hand in ihr Haar und strich es seitlich aus dem Gesicht. Noch etwas fiel ihr auf: Sie trugen beide eine Kette um den Hals, an der ein rundes silbernes Medaillon hing. Unbewusst fühlte sie mit der Hand über die Brust, wie um den Anhänger und die Kette zu fassen. Plötzlich wusste sie, was gerade eben das leise Geräusch in dem Briefumschlag gemacht hatte. Sie nahm ihn und drehte ihn auf den Kopf, er war nicht zugeklebt. Die Kette mit dem Amulett rutschte in ihre Hand. Ihr Name war eingraviert: Elisabeth Hermann, und ihr Geburtsdatum: 15. Mai 1940.

Sie behielt das kleine Medaillon in der Hand, bis das Silber ganz warm wurde. Dann betrachtete sie das zweite Foto. Es war eine typische Familienaufnahme, gemacht in einem Fotostudio. Sie wusste sofort, wer ihre Schwester, wer sie selbst war. Sophie saß auf Mariettas Schoß, sie selbst, Elisabeth, stand neben einem mächtigen Sessel, in dem ein Mann saß. Das musste ihr Vater sein. Sie wollte jetzt nicht darüber nachdenken, warum es ihre Schwester war, die so dicht bei der Mutter saß, und nicht sie. Sie wollte ihren Vater betrachten, denn sie hatte noch nie ein Foto von ihm gesehen. Ihr Vater war einfach vom Krieg verschluckt worden, bevor sie alt genug gewesen war, um sich an ihn zu erinnern. Er war groß und hatte einen leicht arroganten Zug um die Augen, aber die leicht geöffneten Lippen umspielte ein amüsiertes Lächeln. Unten rechts war ein schwacher Aufdruck zu erkennen: »Fotostudio Andresen, Danzig«. Sie wunderte sich, warum ihr Vater nicht in die Kamera sah, sondern sie fixierte. Sein Lächeln galt eindeutig ihr.

Ob es das letzte Foto war, das ihren Vater zeigte? Als die Aufnahme gemacht worden war, war bereits Krieg gewesen und ihr Vater hatte als Soldat gekämpft. Vielleicht war dieses Bild während eines Fronturlaubs aufgenommen worden. Hatten ihre Eltern geahnt, dass dieser Moment ein ganz kostbarer war, und ihn bewusst erlebt?

Das dritte Foto zeigte wiederum sie und ihre Schwester im Badeanzug am Strand. Sie saßen nebeneinander in einem Strandkorb und hielten sich an den Händen. Dabei sahen sie sich an, sodass die Gesichter im Profil erschienen. Elisabeth hielt das Bild dicht vor die Augen, aber sie konnte nicht entscheiden, wer sie und wer Sophie war. Wieder waren sie gleich angezogen, aber an den gestrickten Badeanzug konnte sie sich nicht erinnern. Das Foto war das älteste in der Serie, sie waren darauf vielleicht drei oder vier Jahre alt. Und sie waren sich so ähnlich, dass sie nicht auseinanderzuhalten waren.

Elisabeth legte die Fotos nebeneinander. Sie war verwirrt. Wer war ihre Schwester, und wer war sie? Und war es Zufall, dass ihre Schwester auf dem Familienporträt dichter bei der Mutter saß und sie selbst ihrem Vater näher war oder hatte es in der Familie Vorlieben und Allianzen gegeben? Ob ihre Eltern gewusst hatten, dass sie nicht mehr lange als Familie zusammenbleiben würden? Dass die eine Hälfte, nämlich ihr Vater und ihre Schwester, verschwinden würde?

Sie schob die Bilder wieder zusammen. Es war müßig, über diese Fragen zu grübeln. Vielleicht gab der Brief Antwort.

Sie nahm den Umschlag in die Hand, und das Seidenfutter knisterte leise, als sie die Bögen herauszog. Sie wollte sie schon auseinanderfalten, doch dann zögerte sie. Der Brief war immerhin an ihre Schwester gerichtet, nicht an sie. Was würde sie darin finden? Es war gut möglich, dass der Brief von Marietta an Sophie alles erklärte, was sie seit Jahren wissen wollte. Vielleicht standen dort aber auch Dinge, die sie lieber nicht erfahren wollte. Sollte sie ihn wirklich lesen? Was brachte es, jetzt, Jahre später, die möglicherweise schmerzhafte Wahrheit zu erfahren? Was, wenn ihre Mutter Sophie mehr geliebt hatte als sie? Wenn sie ihr Leben lang bedauert hatte, Sophie verloren zu haben und nicht Elisabeth? Plötzlich wog der Brief in ihrer Hand sehr schwer. Sie könnte ihn jetzt einfach wieder in das Kuvert zurückstecken und so tun, als hätte sie ihn nie gesehen. Sie könnte ihn in hundert kleine Fetzen zerreißen und diese Fetzen das Klo hinunterspülen. Sie hielt ihn in beiden Händen, ein kräftiger Ruck würde genügen, und Mariettas Vermächtnis würde für immer Geschichte sein.

Aber sie wusste, dass sie das nicht tun würde. Sie wollte endlich Gewissheit haben. Also faltete sie das Papier auseinander und begann zu lesen.

Meine geliebte Sophie,
ich erwarte nach so vielen Jahren wieder ein Kind, und das veranlasst mich, Dir zu schreiben.

Heute schreibe ich Dir, aber ich spreche jeden Tag zu Dir. Jeden Tag, an dem ich nicht bei Dir sein, Dir eine Mutter sein kann.

Nie werde ich es mir verzeihen, dass ich damals, auf jenem Bahnhof, nicht besser auf Dich aufgepasst habe. Dabei ist das doch die eigentliche Aufgabe einer Mutter: auf ihre Kinder achtzugeben. Und ich habe Dich verloren, das ist unverzeihlich. Du warst doch noch so klein!

Weißt Du noch, was damals passiert ist? Ich hatte Dich nur für eine Sekunde losgelassen, um Elisabeth in den Zug zu heben. Die Stufen waren so hoch, dass Ihr sie allein nicht bewälti-

gen konntet. Als Deine Schwester oben war, habe ich mich nach Dir umgedreht, um Dich nachzuholen. Doch Du warst plötzlich nicht mehr da. Du hattest Deinen Teddy verloren und bücktest Dich nach ihm. Ich wollte Dir nach, um Dich zu holen, aber die Menschen drängten mit aller Macht in den Zug und rissen mich einfach mit sich. Ich habe Deinen Namen gerufen, ich habe um mich geschlagen, um aus dem Zug zu kommen, aber ich wurde immer tiefer in den Waggon gedrückt. Ich konnte Dich sehen, Du hattest Deinen Teddy fest im Arm und wartetest. Und dann schlossen sich die Türen, und der Zug fuhr an … Ich wollte immer noch hinaus, und ein Mann hat mich angeschrien und mir mit der Faust ins Gesicht geschlagen. Ich muss für einen Moment ohnmächtig gewesen sein.

Es bringt mich beinahe um, nicht zu wissen, wo Du jetzt bist und wie es Dir geht. Ich kann nicht einmal sicher sein, dass Du Dich an uns erinnern kannst, an mich und an Deine Schwester.

Erinnert Ihr Euch noch an unser schönes Haus? Am allerletzten Tag bin ich noch einmal durch die Räume gegangen, um mich zu verabschieden. Von dem großen Esstisch aus Ebenholz, an dem wir so oft Gäste bewirtet haben, von dem Meissener Porzellan, das hinter Glas in den Schränken stand, von den Orientteppichen. Im Schlafzimmer auf der Frisierkommode stand das Hochzeitsfoto. Ich habe es nicht mitgenommen. Ich hatte andere Fotos eingepackt, wenige, von meinen Eltern, eines von Eberhard kurz vor unserer Verlobung und eine Aufnahme von uns allen und natürlich Bilder von Euch.

Noch einmal habe ich den Kleiderschrank geöffnet und habe mit der Hand an den kostbaren Kleidern entlanggestrichen. Dann bin ich zurück ins Wohnzimmer gegangen. Ich habe den Deckel des Klaviers geschlossen wie so oft, damit die Tasten nicht verstauben. Durch die Fenster drangen die Strahlen der Wintersonne und ließen das Glas der Vitrine aufblitzen. Für mich fühlte sich die Schönheit dieses Augenblicks wie Hohn an, denn ich wusste, dass ich diese Räume nie wiedersehen würde. Neben dem Klavier hing das Bild. Ich habe es von der Wand genommen, es hat nur locker im Rahmen gelegen, denn ich hatte es bereits am Vorabend herausgetrennt, es dann aber provisorisch wieder aufgehängt, denn mir fehlte sein Anblick. Ich habe es ja nicht einmal abgenommen, als der Maler verboten war. Ich wünsche mir so die Zeiten zurück, als dieses Bild entstanden ist! Ich nahm die Leinwand heraus und rollte sie sorgfältig in eine Tischdecke ein, die ich extra zu diesem Zweck herausgesucht hatte. Ich hoffte, dass man es so versteckt bei einer möglichen Durchsuchung nicht finden würde, und ich habe Glück gehabt. Das Bild hat überlebt. Ich legte es in den Koffer und ließ die Schlösser zuschnappen.

Dann ging ich zum letzten Mal den langen Flur mit den Schachbrettfliesen hinunter. Erinnert Ihr Euch? Ihr habt Euch auf diesem Flur mit Euren Rollern Rennen geliefert und mit dem Krach alle verrückt gemacht.

Vor dem Haus hat Henriette gewartet. Ihr werdet Euch nicht mehr an sie erinnern. Sie war die Schwester Eures Vaters. In östlicher Richtung waren die Detonationen von Granaten zu hören.

Ich habe den Koffer in den Handwagen gestellt, in dem bereits ein Rucksack und die beiden kleinen Taschen für Euch standen. Ihr saßt dahinter, eng aneinandergeschmiegt in eine Decke gehüllt. Ihr hattet die gleichen gestrickten Mützen mit den roten Bommeln und die Mäntel mit Kaninchenfell an. Ihr habt gedacht, wir machen einen Ausflug.

Henriette und ich haben den Griff der Deichsel gepackt und sind losgegangen. Es waren ungefähr dreißig Kilometer bis zum Bahnhof. Von dort sollten die Züge in den Westen fahren. Ich habe mich nicht ein einziges Mal umgedreht …

Am zweiten Abend kamen die Russen. Ich glaube, Ihr wisst mittlerweile, was sie damals mit den Frauen gemacht haben.

Henriette hat diese Nacht nicht überlebt. Zum Glück haben sie Euch nichts getan, Ihr habt friedlich geschlafen, dicht aneinandergekuschelt. Diese Nacht mit ihrem unermesslichen Schrecken war gleichzeitig die letzte, in der Ihr Arm in Arm schlafen durftet. Am nächsten Morgen bin ich allein mit Euch weitergezogen. Ich konnte Eure Tante nicht einmal begraben. Selbst wenn ich nicht verletzt gewesen wäre, der Boden war steinhart gefroren. An diesem Tag kamen wir am Bahnhof an.

Deine Schwester Elisabeth weiß nichts mehr von Dir, aber dafür kann sie nichts. Ich habe nie wieder über Dich gesprochen und alle Erinnerungen an Dich in meinem Herzen verschlossen. Und dennoch hat sie als Kind manchmal Dinge gesagt oder getan, die mir gezeigt haben, dass Du in ihrem Herzen warst. Sie hat manchmal ein Gedeck mehr aufgelegt, und an ihren Geburtstagen hatte sie immer ein kleines Geschenk und wollte mir nicht sagen, für wen es war. Sie hat unendlich unter der Trennung von Dir gelitten. Sie ist nie wieder ganz geworden.

Aber ich konnte ihr nicht helfen. Ich hatte nicht die Kraft, von Dir zu sprechen. Ich wollte nicht auch noch sie in Verzweiflung und Schuldgefühle stürzen. Nachdem Du fort warst, hatten wir nur ein Ziel: zu überleben und es bis Hamburg zu schaffen.

Manchmal befürchte ich, dass Elisabeth nicht glücklich ist. Sie will zu viel vom Leben, und das kann ich nicht zulassen, weil ich aus eigener, bitterer Erfahrung weiß, dass man vom Leben nur enttäuscht werden kann.

Ich war so glücklich mit Eurem Vater und mit Euch. Mein Leben war perfekt. Aber dann kam erst die Nachricht vom Tod Deines Vaters, und dann habe ich auch noch Dich verloren. Das ist mehr, als ich ertragen kann.

Seit dem Tag bin ich nicht mehr glücklich gewesen. Ich habe kein Recht mehr dazu.

Dieses neue Kind habe ich nicht gewollt. Jahrelang bin ich nicht schwanger geworden und war froh darüber. Obwohl das

Nikolaus, den Mann, den ich hier in Hamburg geheiratet habe und der uns gerettet hat, sehr gekränkt hat. Aber so ist es wohl: Mit jeder Entscheidung, die man trifft, macht man jemand anderen unglücklich.

Und nun doch dieses neue Kind: Ich hoffe, dass es glücklich wird. Dass sich mein Unglück nicht auf dieses Wesen überträgt. Es hat ja keine Schuld, genauso wenig, wie Du oder Deine Schwester Schuld auf Euch geladen habt.

Glaub mir, ich habe nach Deinem Verschwinden alles unternommen, um Dich zu finden. Ich habe Hunderte von Briefen an das Rote Kreuz und an verschiedene Heime geschrieben. Ich bin selbst in unzähligen dieser Heime gewesen, um nach Dir zu suchen. Denn nur ich wusste doch, wer Du bist! Oder hast Du Dich an Deinen Nachnamen erinnern können? Du warst doch noch so klein! Elisabeth hat sich sehr schnell an ihren neuen Namen gewöhnt und den Namen Hermann vergessen.

Ihr habt immer zur selben Zeit das Gleiche gemacht. Gleichzeitig gegessen und geschlafen. Ihr habt Euch aneinandergeschmiegt, schon als Säuglinge, wie Ihr es wohl schon im Mutterleib getan habt. Manchmal hatte ich das Gefühl, Ihr hättet Euch eine eigene Sprache geschaffen, die niemand außer Euch verstand. Als Ihr ungefähr zwei Jahre alt wart, habt Ihr gemerkt, dass Ihr nicht nur eine Person, sondern zwei Personen seid. Ich weiß noch genau, wie Ihr Euch plötzlich angesehen habt: erstaunt, entsetzt, neugierig. Damals fiel es zunehmend auch Fremden leichter, Euch auseinanderzuhalten. Du, Sophie, warst immer die Mutigere. Du warst diejenige, die stürzte, sich wehtat, sich an gefährlichen Orten versteckte. Vielleicht weil Du die um vier Minuten Ältere warst. Aber Elisabeth hatte mehr Durchsetzungskraft. Wenn sie etwas wirklich wollte, dann tat sie alles, um es zu erreichen. Wenn Du schon längst aus Deinem Versteck wieder aufgetaucht warst, weil Dir langweilig war, dann blieb Elisabeth in ihrem. Einmal blieb sie über Stunden auf einem Baum, wir haben sie gesucht und waren verrückt vor Sorge, es wurde schon dunkel, und sie war völlig durchgefroren, aber sie hat ausgeharrt, bis wir sie schließlich gefunden haben.

Ich frage mich, wie Ihr getrennt voneinander zurechtkommt. Manchmal wünsche ich mir, auch Du hättest Deine Vergangenheit vergessen, damit Du nicht leiden musst. Wie oft habe ich gebetet, dass Du einen Platz gefunden hast, an dem Du Dich wohlfühlst und an dem man Dich liebt. Obwohl ich weiß, dass niemand Dich mehr lieben kann als ich.

Verzeih mir, meine Tochter. Ich ahne, dass ich Dich in diesem Leben nicht mehr wiedersehen werde. Ich glaube auch nicht, dass Dich dieser Brief je erreichen wird, aber es erleichtert mich trotzdem, ihn geschrieben zu haben.

Sollte das Schicksal jedoch gnädig sein und Du Elisabeth einst begegnen, was Gott geben möge, so wird sie ihn Dir geben.

Deine Mutter

Als Elisabeth wieder zu sich kam, bemerkte sie, dass der Umschlag nass von ihren Tränen war. Hastig wischte sie sie ab, bevor die Tinte verlief. Endlich hatte sie den schriftlichen Beweis: Sie hatte eine Schwester, sogar eine Zwillingsschwester. Ihr wiederkehrender Traum, das Gefühl, dass in ihrer Kindheit etwas Entscheidendes gefehlt hatte, und auch das Unglück ihrer Mutter bekamen nachträglich und endlich einen Sinn.

Sie nahm noch einmal die Fotos zur Hand und betrachtete das Gesicht von Sophie, das ihr gleichzeitig vertraut und fremd war.

Mittlerweile war die Sonne hinter den Häusern verschwunden, die Umrisse verschwammen. Die Glühbirnen waren herausgeschraubt und mitgenommen worden, es wurde dunkel im Zimmer.

Elisabeth verpackte alles sorgfältig, dann machte sie sich auf, um die erste Nacht in der Villa an der Elbchaussee zu verbringen.

Als sie dort ankam, hatte sie nicht das tröstliche Gefühl, nach Hause zu kommen.

In den nächsten Tagen war sie in sich gekehrt. Sie wanderte durch ihr neues Haus, als befinde sie sich in einem Hotel. Sie war durch ihre Entdeckungen so durcheinander, dass sie nicht wahrnahm, was um sie herum vorging.

»Was ist denn los mit dir? Du tust, als wäre das hier ein Straflager«, schimpfte Fritz. Er hatte das Haus eingerichtet und erwartete von ihr, dass sie ihn für seinen guten Geschmack lobte.

»Frau Sierichsen, ist irgendetwas? Kann ich Ihnen helfen?«, fragte Henriette Kamp sie am dritten Tag besorgt.

Elisabeth sah von ihren Akten hoch, von denen sie ohnehin kein Wort aufgenommen hatte. »Ja«, sagte sie dann. »Reservieren Sie mir bitte einen Platz auf dem nächsten Schiff nach Abidjan.«

Henriette sah sie entgeistert an, doch dann legte sie wie ein Matrose die Hand an die Stirn, als würde sie salutieren. »Mach ich sofort«, sagte sie und grinste. Zehn Minuten später kam sie wieder. »Es gibt einen Frachter, der übermorgen früh geht«, sagte sie. »Er heißt, Sie werden es nicht glauben, *Henriette.*«

»Den nehme ich.«

Nachdem sie diese Entscheidung getroffen hatte, fühlte sich Elisabeth besser. Sie musste einfach raus aus Hamburg, raus aus den Grübeleien, raus aus dem großen Haus, in dem sie noch nicht angekommen war. Sie würde nach Afrika fahren und sich den Wind um die Nase wehen lassen. Und hoffentlich auf andere Gedanken kommen.

Fritz fand ihr Vorhaben überflüssig und zudem unpassend für eine Frau.

»Was soll das?«, fragte er am Abend, als sie im Wohnzimmer saßen.

»Ich wollte schon immer dahin, und jetzt kann ich es.«

»Aber das kostet Geld. Und wer kümmert sich um die laufenden Geschäfte?«

»Ich habe alles geregelt, und außerdem könntest *du* dich mal wieder im Büro sehen lassen.«

»Um Afrika habe ich mich immer gekümmert. Und Köhler ist ein guter Mann. Außerdem wird er gerade in Deutschland sein, wenn du dort bist.«

Er versuchte mit immer neuen Argumenten, sie von der Reise abzubringen, bis sie schließlich sagte:

»Man könnte meinen, du hast Angst vor dem, was ich in Abidjan entdecken könnte.«

»Ach, mach doch, was du willst! Ich gehe aus!«

Nachdem er gegangen war, blieb sie vor dem großen Fenster sitzen, von dem aus sie auf die Elbe blicken konnte. Die Aussicht war grandios. Ihr Haus lag etwas erhöht am Elbhang und hatte freie Sicht über die Dächer der weiter unten liegenden Gebäude hinweg. Aber die Einrichtung der Räume gefiel ihr nicht. Sie fand die Möbel zu groß, die Spiegel zu protzig. Dass Fritz zwei Schlafzimmer geplant hatte, hatte ihr einen Stich versetzt, auch wenn er behauptet hatte, getrennte Schlafzimmer seien modern. Sie genoss das große Badezimmer, das über eine Wanne und eine Dusche verfügte und sogar ein Fenster hatte. Ihr Lieblingsraum war jedoch ein kleines Arbeitszimmer im ersten Stock, neben ihrem Schlafzimmer. Hier hatte sie einen Sekretär mit Stuhl und eine Chaiselongue aufstellen lassen. Ansonsten gab es nur ein Bücherregal. Rechts an der Wand hing der Schmidt-Rottluff, den sie immer im Blick hatte, wenn sie hier saß. Das silberne Kettchen hing an einem kleinen Haken daneben. Sie hatte versucht, die Kette umzulegen, aber sie war für einen Kinderhals gemacht und ihr viel zu eng. Auch von hier konnte sie auf den Hafen blicken. In diesem Zimmer saß sie oft abends und las oder dachte nach.

Sie fühlte sich einsam. Hanna war ihre beste, aber auch ihre einzige Freundin, und sie sahen sich, so oft das möglich war. Aber Elisabeth arbeitete bis spät in den Abend hinein, und dann war es für Hannas Tochter Lisbeth schon Zeit, ins Bett zu gehen. Meistens besuchte Elisabeth Hanna zu Hause, weil das am einfachsten war. Tanzen waren sie schon lange nicht mehr gewesen. Vor einigen Tagen hatte Hanna jedoch Elisabeth besucht, da sie das neue Haus interessierte. Sie war begeistert.

»Wow!«, rief sie aus. »Das ist toll!«

»Findest du?«, fragte Elisabeth. »Ich finde deine Kleine viel toller.«

»Vermisst du ein eigenes Kind?«

»Ich bin mir nicht sicher, ob Fritz ein guter Vater wäre.«

Elisabeth sehnte sich nach Gleichgesinnten, nach Frauen, mit denen sie sich austauschen konnte. Sie fragte sich, ob andere Frauen in ihrer beruflichen Position sich auch so einsam fühlten. Ob sie ebenfalls diese Blicke kannten, wenn sie als Frau in eine Verhandlung gingen. Ob man sie auch automatisch für die Sekretärin hielt und wie sie sich dagegen wehrten. Warum gab es eigentlich keinen Klub ausschließlich für Frauen? Warum hatten Männer diese Orte, an denen sie unter sich waren, und Frauen nicht?

Wenn das Gefühl der Einsamkeit zu stark wurde, dann nahm sie manchmal Theos Liebesbrief zur Hand. Sie bewahrte ihn in der abschließbaren Schublade ihres Sekretärs auf. Nicht auszudenken, was passieren würde, wenn Fritz ihn entdeckte! Sie faltete das Blatt auseinander und begann zu lesen. Wie hatte sie eigentlich diese Jahre ohne ihn aushalten können? Woher hatte sie die Stärke genommen? Immer noch rührten Theos Worte ihr Herz. In ihnen lag das Versprechen auf eine glückliche Zukunft. Und nun war von ihrer großen Liebe nichts weiter geblieben als diese Zeilen. Das Schicksal war eben gegen sie gewesen.

Sie hätte gern gewusst, ob Theo mit Henriette Malchow glücklich war. Oder führten die beiden eine ebenso seelenlose Ehe wie sie und Fritz?

Etwas musste sich ändern, beschloss sie. Fürs Erste würde sie nach Afrika fahren, aber nach ihrer Rückkehr würde sie aktiv nach Frauen in ihrer Situation suchen.

Am nächsten Morgen ging sie noch vor der Arbeit zu einem Frisör in der Innenstadt und ließ sich ihr langes Haar abschneiden.

»Ich möchte ein neues Leben beginnen«, sagte sie zu der gut aussehenden Frau um die vierzig, die hinter ihr stand und ihr Haar im Nacken zusammennahm, um zu sehen, wie ihr ein Kurzhaarschnitt stünde. »Nein, noch kürzer. Haben Sie *Außer Atem* gesehen? Den Film mit Belmondo und Jean Seberg?«

»Ach, so ist das. Ich verstehe«, sagte die Frisörin und nickte ihr mit einem Augenzwinkern zu.

»Sind Sie die Chefin hier?«, fragte Elisabeth.

»Der Laden gehört auf dem Papier meinem Mann, wenn Sie wissen, wie ich das meine.«

»Das weiß ich ganz genau«, gab Elisabeth zurück und lächelte sie verschwörerisch an.

»Das steht Ihnen aber gut«, sagte Henriette zu ihr, als sie zwei Stunden später im Büro eintraf, und legte ihr die Zeitungen hin.

Elisabeth fing an zu lesen, wobei sie immer wieder mit der Hand durch das kurze Haar am Hinterkopf fuhr. Es fühlte sich fremd und aufregend an, und im Nacken war es schön kühl, was sie angesichts der Sommerhitze köstlich fand.

Plötzlich hielt sie in ihrer Bewegung inne. Sie war im hinteren Teil der Zeitung angelangt, wo die vermischten Nachrichten aus Hamburg standen. *Heirat im Hause Malchow*, las sie dort. Der Artikel fasste kurz die Hochzeitsfeier von Friederike Malchow mit einem Reederssohn aus Bremen im Hotel »Atlantic« zusammen. Besonderer Wert wurde auf die detaillierte Beschreibung des Hochzeitsmenüs gelegt.

Elisabeth atmete schwer ein und aus. Dann griff sie zum Telefonhörer und wählte Henriettes Nummer.

»Ist mein Mann zufällig da?«

»Er ist gerade gekommen«, gab die Sekretärin zurück.

Elisabeth stand auf und ging in Fritz' Büro hinüber. Sie warf ihm die Zeitung auf den Schreibtisch. »Soso, Friederike Malchow hat also Theo von Waren geheiratet. In New York.«

Fritz sah sie verständnislos an.

»Du hast mich belogen. Sie hat nämlich einen Reederssohn aus Bremen geheiratet. Vorgestern.« Ihre Stimme war eisig, die Lippen zusammengekniffen.

Bevor er etwas erwidern konnte, hatte sie sein Büro schon wieder verlassen und die Tür hinter sich geschlossen.

Plötzlich hatte sie es sehr eilig, die Sägerei zu verlassen. Sie besprach die letzten Dinge mit Henriette, dann ging sie nach Hause, um ihre Sachen zu packen.

26

»Über zwölftausend Kinder werden noch gesucht«, sagte Gertrud, warf ihre Tasche auf einen der beiden freien Stühle am Tisch und setzte sich auf den anderen, Luise gegenüber. »Das habe ich recherchiert. Stell dir das vor: Das sind zwölftausend Familien, die sich bisher nicht wiedergefunden haben.«

»Warum erzählst du mir das?«, fragte Luise.

»Um dir zu zeigen, dass du nicht allein bist. Es ist doch nicht deine Schuld, was im Krieg passiert ist. Ich verstehe nicht, warum du nicht den Mut hast, Hans alles zu erzählen.«

»Was soll ich ihm denn sagen? Dass ich keine Familie, keinen Namen, keine Vergangenheit habe? Vielleicht gibt es in meiner Familie Erbkrankheiten.«

»Jetzt bleib mal auf dem Teppich! Ich finde wirklich, du solltest ihm alles erzählen, bevor ihr heiratet. Das wäre einfach nur fair ihm gegenüber.«

»Siehst du, du findest es unfair, wenn ich ihm verschweige, wo ich herkomme.«

»Ja, aber nicht wegen der Tatsache, dass du keine Eltern hast, sondern weil es um Vertrauen geht.«

»Der Stammbaum von Hans' Familie reicht bis ich weiß nicht wann zurück.«

»Vielleicht bei dir auch.«

»Er bombardiert mich mit Briefen. Er schickt mir Blumen. Magda ist schon ganz nervös.«

»Rede mit ihm. Du liebst ihn doch.«

»Und wenn ich ihn heirate, muss ich meinen Beruf aufgeben.«

»Im Moment bist du erst mal nur verlobt.«

Seit Hans Wohlleben sie um ihre Hand gebeten hatte, schwebte Luise wie auf Wolken. Doch das ungute Gefühl, weil sie ihm bisher nichts von ihrer Herkunft erzählt hatte, stieg immer wieder unvorbereitet auf. Sie nahm sich vor, mit ihm zu sprechen, als sie ihn Ernst und Magda vorstellte.

Der Ernst, mit dem er diesen Weg auf sich nahm, seine ausgesuchte Höflichkeit Magda gegenüber, sein respektvoller Ton und sein ehrliches Interesse, als er sich von Ernst sein Geschäft zeigen ließ, ließen ihr das Herz übergehen. Er setzte sich an den Bechsteinflügel, der im Laden stand, und begann zu spielen. Luise hatte nicht gewusst, dass er das konnte. Sie bemerkte die Anerkennung, die in Ernsts Blick lag, und war stolz auf ihren Verlobten. In diesem Augenblick liebte sie ihn sogar noch mehr, als sie bisher für möglich gehalten hatte. Der Nachmittag verlief harmonisch, Hans nahm sich ein zweites Stück Schwarzwälder Kirschtorte und machte damit Magda glücklich. Er machte ihr Komplimente und erklärte beiden, was er als Reeder in Hamburg tat. Luise brachte es nicht über sich, die gute Stimmung zu verderben. Sie hätte es als Verrat an ihren Adoptiveltern empfunden, wenn sie ausgerechnet heute erzählte, dass sie nicht ihre richtigen Eltern waren. Sie ließ auch diese Gelegenheit ungenutzt verstreichen.

»Du bist so still«, sagte Hans zu ihr, als sie ihn zum Flughafen brachte, denn er musste am Abend noch zurück nach Hamburg. »Man könnte fast meinen, du bedauerst deine Entscheidung.«

Als sie schwieg, fragte er nach. »Gibt es etwas, das du mir sagen willst?« Dabei lag etwas Dringliches in seiner Stimme. So als wünschte er, sie würde sich ihm endlich öffnen.

Luise saß im Dunkel des Taxis neben ihm und spürte, wie ihr die Tränen in die Augen traten. Fast hätte sie ihm alles gestanden, aber dann verließ sie der Mut, der Augenblick war vorüber. »Nein«, sagte sie und versuchte möglichst harmlos zu klingen. »Es ist alles so, wie es sein soll.«

Danach wurde es unmöglich, das Thema anzusprechen. Je länger sie wartete, umso schwieriger wurde es. Ich habe es verpatzt, dachte sie. Warum habe ich nicht gleich mit ihm geredet? Jetzt muss er ja denken, ich habe etwas zu verbergen.

Sie konnten sich in der nächsten Zeit nicht oft sehen, denn sie flog mehrfach nach New York und blieb jeweils fast eine Woche dort. Sie ging in das Chinesenviertel und erinnerte sich an den ersten Abend mit Hans. Damals waren sie noch ganz unbeschwert gewesen. Jetzt drängte sich, wenn sie sich trafen, etwas Fremdes zwischen sie. Beide taten so, als wäre nichts, aber ein Flackern im Blick, ein Satz, der nicht zu Ende gesprochen wurde, ein Abschied, der einen schalen Geschmack hinterließ, verrieten Luise.

Sie war in diesen Wochen nicht sie selbst. Sie erledigte ihre Arbeit wie eine Maschine, sie lächelte und war freundlich. Auf einem Flug verbrühte sie sich mit heißem Kaffee. Auf ihrem Unterarm bildeten sich Blasen, die später anfingen zu nässen. Sie war fast froh darüber, denn dieser Schmerz ließ sie den anderen in ihrem Herzen vergessen.

Fritz vermisste seine Frau nicht ein bisschen. Gut, er musste sich jetzt, wo Elisabeth in Abidjan war, mehr um die Firma kümmern, aber das hatte er im Griff. Er ging über die Mittagszeit ins Büro, sah die Post durch und verließ sich ansonsten auf Henriette Kamp. Eine gute Wahl hatte Elisabeth da getroffen. Die kleine Kamp hatte alles im Blick und meldete sich bei ihm, wenn etwas Wichtiges seine Anwesenheit erforderte. Nach dem Büro ging er kurz in die Sägehalle und ließ sich von Funke sagen, dass alles in Ordnung war. Meistens fand er irgendetwas, das er monieren konnte: Der Boden war nicht gefegt, eine Ölkanne stand herum, er erwischte die Männer, wie sie sich außerhalb der Pause auf dem Gelände herumdrückten und rauchten. Er suchte nach solchen Anlässen, um die Männer zurechtzuweisen und den Chef heraushängen zu lassen. Sie sollten wissen, dass ihm nichts entging.

»Weitermachen!«, rief er ihnen zum Abschied zu. »Und ich möchte, dass vor Feierabend hier alles blitzblank ist. Ist schließlich Freitag.« Dann zündete er sich eine Zigarette an, was im

Holzlager verboten war, und schlenderte hinüber zum Barkassenanleger.

Er musste noch bei seinem Schneider am Jungfernstieg vorbei, denn er hatte sich einen neuen Smoking machen lassen. An diesem Abend fand ein Galaabend der Hafengesellschaft statt. Normalerweise wäre er mit Elisabeth hingegangen. Es ärgerte ihn, dass einige Reeder und Charterer mittlerweile lieber mit ihr verhandelten als mit ihm. Fehlte nur noch, dass auf der Einladung stand: »Elisabeth Sierichsen und Ehemann«. Er lächelte gemein bei dem Gedanken daran, Helga mitzunehmen. Da würden die Herren und Damen aber was zu tratschen haben. Natürlich kam das nicht infrage, und Helga würde so etwas nie mitmachen. Mit Monika wäre das gegangen. Die hätte ein unpassendes Kleid angezogen und den Herren ihre großen Titten unter die Nase gehalten. Je länger er über den bevorstehenden Abend nachdachte, umso wütender wurde er. Es lief nicht ganz so, wie er wollte. Er konnte anscheinend nicht alles zugleich haben: Einfluss und Geld und seine Freiheit. Wenn er mitreden wollte, müsste er sich wieder mehr in der Firma einbringen. Aber Elisabeth machte ihre Sache inzwischen so gut, dass er nur noch die zweite Geige spielte. Auch die Männer, bis auf die völlig verknöcherten, redeten lieber mit ihr als mit ihm. Denn sie kannte die Antworten auf ihre Fragen, sie hatte Visionen für die Zukunft. Und sie genoss mittlerweile mehr Vertrauen als er.

Der Anzug saß perfekt. Fritz steckte die schweren goldenen Manschettenknöpfe in die Löcher und schloss sie, wobei er darauf achtete, keine Falten in die gestärkten Manschetten zu bekommen. Er rollte die Schultern ein paar Mal nach hinten und zog den Bauch ein, was er nicht nötig hatte. Dann zog er die Smokingjacke über, zupfte die blütenweißen Manschetten unter den Ärmeln hervor und machte sich auf den Weg.

Als er den Ratskeller betrat, wo der Empfang stattfand,

herrschte vor der Garderobe bereits drangvolle Enge. Er suchte den ihm zugewiesenen Platz am Tisch und stellte befriedigt fest, dass er ziemlich zentral lag. Er setzte sich und wollte gerade beim Kellner ein Glas Champagner bestellen, da sah er sie. Vielmehr hörte er erst ihre Stimme, die er sofort wiedererkannte. Er fuhr herum, nein, er hatte sich nicht geirrt. Sie war es. Sie stand am Saaleingang und sah sich suchend um. Fritz senkte den Kopf und tat so, als würde er das Programm studieren, das auf den Tischen auslag. Dabei beobachtete er sie aus den Augenwinkeln heraus. Sie war in den letzten Jahren noch attraktiver geworden. Das dunkle Haar umrahmte in feinen Wellen das schmale Gesicht. Sie trug ein leuchtend blaues Kleid in einem modischen Schnitt und hatte die Hand in einer vertraulichen Geste auf den Arm eines gut aussehenden Mannes gelegt. Am linken Ringfinger trug sie einen stattlichen Verlobungsring.

Fritz wurde heiß. Als sie jetzt mit wiegendem Hüftschwung weiter in den Saal hineinging, hatte er keinen Zweifel mehr. Die Frau, die da gerade vor ihm den Kopf in den Nacken legte und lachte und dabei ihre schönen weißen Zähne zeigte, war Luise Fobienke. Sein Atem ging schneller, als sich in seinem Kopf eine Gewissheit ihren Weg bahnte. Seine Gedanken rauschten durch sein Hirn und weigerten sich erst, das Offensichtliche zu begreifen. Es war die Stimme gewesen, die ihn als Erstes an Elisabeth erinnert hatte. Aber es gab noch mehr Ähnlichkeiten: dieselbe Haarfarbe, vor allem aber die gleichen leuchtend blauen Augen, die einen Stich ins Violette bekamen, wenn Licht auf sie fiel. Sie sah seiner eigenen Frau zum Verwechseln ähnlich, wenn man auf die Feinheiten achtete. Er wunderte sich, warum die anderen Anwesenden das nicht auch bemerkten.

Fritz legte die Hand über die Augen, um sein Gesicht vor ihr zu verbergen. Er brauchte auch einen Moment, um seine Entdeckung zu verarbeiten und seine Emotionen in den Griff zu bekommen. Seine Kiefer mahlten, eine steile Falte bildete sich zwischen seinen Augenbrauen. Er musste sich zusammenreißen, um sich nicht voller Hass auf sie zu stürzen. Es wäre bestimmt amüsant, sie vor versammelter Gesellschaft zu fragen, wie sie es denn vom Heimkind hierher geschafft hätte. Aber das durfte er natürlich nicht tun. Luise kannte seine kriminelle Vergangenheit und wusste, dass er im Gefängnis gewesen war. Er musste vorsichtig sein und überlegt handeln. Zuallererst musste er unbemerkt von hier verschwinden. Er musste den Vorteil ausnutzen, den es ihm verschaffte, dass er von ihr wusste, sie aber nicht von ihm. Er musste nachdenken.

Er wartete, bis Luise und ihr Begleiter ihren Tisch gefunden hatten. Zum Glück saß sie mit dem Rücken zu ihm.

»Entschuldigen Sie mich«, sagte er mit einem charmanten Lächeln zu seiner Tischnachbarin und stand auf. Im Foyer packte er den Zeremonienmeister am Arm und wies auf den Tisch.

»Wer ist das? Der Mann neben der Frau in dem blauen Kleid?«

»Das ist Hans Wohlleben. Und neben ihm …«, er blätterte in seiner Liste, »ach, hier haben wir sie, das ist Fräulein Fobienke aus Berlin.«

Fritz steckte ihm wortlos einen Geldschein zu, dann verließ er den Ratskeller.

Hans Wohlleben, dachte er, während er zu seinem Auto ging. Der Name sagte ihm etwas. Er war Reeder, und ab und zu transportierte er Hölzer für die Sägerei. Das könnte Probleme geben. Er musste unter allen Umständen vermeiden, dass Elisabeth und Luise sich begegneten. Und er musste herausfinden, welche Geschichte sie verband. Diese Ähnlichkeit konnte kein Zufall sein.

An diesem Abend tat er, was er immer tat, wenn er Bestätigung brauchte: Er spielte. In der Kaschemme in St. Pauli sahen sie ihn komisch an, als er in seinem Smoking am Spieltisch auftauchte.

»Hat wohl keinen Spaß gemacht mit den feinen Pinkeln?«, fragte einer der Männer höhnisch.

»Die gehen mir auf die Nerven mit ihrer Disziplin, ihrem Fleiß, ihrer Ordnung.«

»Und immer schön pünktlich sein«, ergänzte der Mann grinsend.

»Gibt es hier ein Limit?«, fragte Fritz, der genug von den Frotzeleien hatte, und legte die schweren Manschettenknöpfe auf den Tisch.

Er spielte unkonzentriert und emotional. Er versuchte seine Verunsicherung hinter markigen Sprüchen zu verstecken, aber die anderen durchschauten ihn. Sie glaubten allerdings, seine Nervosität rühre daher, dass er verlor. Aber Fritz' Gedanken kreisten um Luise und Elisabeth. Die Ahnung, die ihn vorher beschlichen hatte, wurde nun zur Gewissheit. Die kleine Fobienke konnte nur Elisabeths Schwester sein. Wie hatte ihm die Ähnlichkeit zwischen den beiden bisher nur entgehen können? Er schlug sich in Gedanken vor die Stirn über seine Unachtsamkeit. Es konnte nur so sein, dass er in Elisabeth immer jemand ganz anderen gesehen hatte, nämlich die Tochter eines Firmenbesitzers. Außerdem war Luise damals noch kaum mehr als ein Kind gewesen. Gleich nachher, wenn er zu Hause war, würde er sich dieses Porträt ihrer Mutter mal genauer ansehen.

»Willst du jetzt spielen oder Maulaffen feilhalten?«, knurrte einer der Männer.

Fritz warf einen raschen Blick in sein Blatt und auf die Karten, die auf dem Tisch lagen. Einer der Männer war also schon ausgestiegen.

»Ich will zwei«, sagte er.

Drei Stunden später gehörten seine Manschettenknöpfe, ein Hochzeitsgeschenk von Elisabeth, einem anderen. Außerdem lagen die Schlüssel seines neuen Autos auf dem Tisch. Er hatte nichts mehr, was er setzen konnte, und musste aussteigen. Er war so wütend, dass er Revanche für den nächsten Abend verlangte.

»Gern«, sagte der Gewinner des Abends. Er hieß Günther Möcking, und sein Gesicht war plattnasig und pockennarbig. Unter seinem Jackett spannten sich die enormen Muskeln. Er war früher Berufsboxer gewesen. Und er sah aus wie jemand, mit dem man sich besser nicht anlegte.

Am nächsten Morgen schlief er lange. Als er aufwachte, fielen ihm die Ereignisse des letzten Abends wieder ein. Erst war er auf Luise Fobienke getroffen, und dann hatte er verloren.

Er stand auf, schenkte sich einen Jack Daniel's ein und ging in Elisabeths Arbeitszimmer hinauf. Er stellte sich vor das Gemälde, das ihre Mutter zeigte. Sie hatten alle drei dieselben Augen in diesem ungewöhnlichen Hellblau. Wie war es möglich, dass ihm das bisher nicht aufgefallen war?

Er prostete dem Bild zu. »Was verbergt ihr vor mir? Wollt ihr mich wahnsinnig machen? Aber keine Sorge, ich kriege das raus!«

Am frühen Nachmittag stattete er der Sägerei einen kurzen Besuch ab. Er nahm das Bargeld, fast tausend Mark, aus dem Tresor. Sein Blick fiel auf die Frachtpapiere für die Ladung Bongossiholz, die demnächst in Hamburg eintreffen sollte. Eine halbe Schiffsladung. Ein Vermögen. Er zögerte weniger als eine Sekunde, dann griff er nach den Papieren und steckte sie ein.

Danach traf er sich mit Helga im Hotel. Er nahm sich nicht einmal die Zeit, seine Hose auszuziehen, zog sie nur etwas herunter und presste Helga mit dem Rücken gegen die Wand. Er zerriss ihr den Schlüpfer und die Nylonstrümpfe und kratzte sie dabei am Oberschenkel. Sie protestierte, aber er hörte nicht auf sie. Er legte die Hände unter ihren Po und drang in sie ein. Er hatte sie noch nie so unvorbereitet genommen. Anfangs glaubte sie, es sei reine Leidenschaft, aber dann merkte sie, dass er sie einfach nur benutzte. Sie versuchte sich von ihm wegzustemmen, was ihn nur noch mehr erregte. Er stieß mit aller Macht in sie hinein, wieder und wieder, aber er konnte nicht kommen. Er wich einen Schritt zurück und las Schrecken und Verletzung in ihren Augen.

Erst als er ihre Tränen sah, fand er Erleichterung.

Abends traf er sich mit Möcking und verlor gleich die ersten beiden Runden. Er konnte nicht fassen, dass ihn sein Glück an zwei Abenden hintereinander im Stich ließ. Dabei wollte er doch zurückgewinnen, was er am Vorabend verspielt hatte. Doch Günther Möcking war ein absolut kaltblütiger Gegner. Und er ließ Fritz spüren, dass er in der stärkeren Position war. Seine Überheblichkeit machte Fritz rasend und unvorsichtig. Die tausend Mark waren in weniger als einer halben Stunde verspielt, Fritz stand der Schweiß auf der Stirn. Dieses Spiel war kein Spaß mehr, kein Abenteuer. Wenn er sonst verloren hatte, dann nur in der Gewissheit, dass er beim nächsten Mal gewinnen würde. An diesem Abend hatte er das Gefühl, unter dem spöttischen Blick von Möcking um sein Leben zu spielen.

In der letzten Runde ging es um einen Einsatz von zwanzigtausend Mark. Noch nie hatte Fritz um eine derart hohe Summe gespielt, aber Möcking reizte ihn mit seiner verdammten Selbstsicherheit bis aufs Blut. Und jetzt war es zu spät, um auszusteigen. Er wollte sich unter keinen Umständen von ihm vorführen lassen. Und sein Blatt war nicht schlecht. Er setzte alles auf eine Karte und warf die Frachtpapiere für die Ladung Bongossiholz auf den Tisch. Eine halbe Schiffsladung, deren Wert so viel betrug, wie die Sägerei Michelsen im vergangenen Jahr insgesamt umgesetzt hatte. Das Holz war für Eisenbahnschwellen vorgesehen. Bei nicht rechtzeitiger Lieferung würden hohe Versäumniszuschläge fällig werden. Fritz malte sich aus, was passieren würde, wenn er die Frachtpapiere bei Eintreffen des Schiffs nicht vorlegen könnte. Aber so weit wird es ja nicht kommen, dachte er.

»Was soll ich mit Holz?«, fragte Möcking, nachdem er einen Blick auf die Papiere geworfen hatte. Fritz schreckte aus seinen düsteren Überlegungen auf.

»Keine Sorge, die Papiere dienen nur als Sicherheit. Sie sind locker dreimal so viel wert wie das, was auf dem Tisch liegt. Zeig mir deine Karten, und die Papiere gehören wieder mir.«

»Und wenn nicht?«, fragte der andere lauernd.

»Dann löse ich das Verlorene aus, spätestens nächste Woche.«

Möcking nickte langsam. Er war zwar nicht der Hellste, aber diese Art von Geschäft verstand er.

»Und, was sagst du dazu?« Möcking legte seine Karten auf den Tisch, und Fritz sah fassungslos, dass er verloren hatte.

Er brauchte so schnell wie möglich zwanzigtausend Mark. Und er brauchte das Geld, bevor Elisabeth nächste Woche zurückkam und erfuhr, was er getan hatte. Er spielte seine Optionen durch, und Luise fiel ihm ein.

Über Wohllebens Sekretärin, die er charmant umwarb, war es ein Kinderspiel herauszubekommen, was Luise Fobienke so trieb und dass sie heute wieder in Hamburg sein würde.

Er musste mit Elisabeths Auto zum Flughafen fahren, weil er kein eigenes mehr hatte. Das wurde langsam zur Gewohnheit, und ihm fiel auch keine gute Ausrede mehr ein, wo sein Auto dieses Mal geblieben war. Das verbesserte seine Laune nicht gerade.

Er sah sie sofort, als sie das Gebäude verließ und auf den Taxistand zuging. Sie trug noch die Uniform, und sie stand ihr gut. Er spürte Verlangen in sich aufsteigen und ärgerte sich darüber, dass sie immer noch solche Macht über ihn hatte. Schnell eilte er ihr nach.

»Was für eine Überraschung«, sagte er dicht hinter ihr.

Sie fuhr herum, und er stellte mit Befriedigung fest, dass sie ihn sofort erkannte und Angst bekam. Unwillkürlich hielt sie die Hände vor ihre Brust.

»Was willst du«, brachte sie hervor.

»Nur mal Guten Tag sagen, schließlich waren wir mal Freunde.«

»Nicht dass ich wüsste«, zischte sie und wollte gehen. Ihr Blick flog hin und her, auf der Suche nach Hilfe oder einem Ausweg.

Doch er hielt sie am Arm fest. »Du hast es ganz schön weit gebracht. Stewardess, sieh mal an. Ich dachte immer, da müsste man einen guten Leumund haben.« Seine Stimme klang lauernd.

»Und was ist mit deinem Leumund?«

»Ich brauche keinen.« Er zog sie von dem Taxi weg und gab dem Fahrer mit einer Handbewegung zu verstehen, dass er sich raushalten sollte. Er zerrte Luise mit sich in eine Ecke neben dem Eingang. »Wo willst du hin?«, fragte er.

»Das geht dich nichts an.«

»Was machst du hier in Hamburg?«, fragte er weiter und sah sie dabei drohend an. »Sag schon.«

»Ich bin hier nur bis morgen, bis ich zurückfliege.«

»Du lebst noch in Berlin?«

»Warum ist das wichtig für dich?«

Fritz kam ihr noch ein bisschen näher. Sie konnte winzige Speicheltröpfchen in seinem Mundwinkel und Schlieren auf dem Glas seiner Brille erkennen. Plötzlich erlebte sie wieder die Situation in dem Hühnerstall. Panik stieg in ihr auf. Sie wollte sich losmachen, doch er stand direkt vor ihr und hatte die Arme rechts und links neben ihren Oberkörper an die Wand gestemmt. Sie konnte sich nicht rühren.

»Was ist mit Wohlleben?«, stieß er hervor.

»Er ist mein Verlobter. Wenn er wüsste, was du hier machst …«

Er lachte und nahm für einen Augenblick die Arme herunter, doch als sie sich unter ihm wegducken wollte, hielt er sie wieder fest. »Du und Wohlleben. Hätte ich mir ja denken können, dass du dir ein warmes Plätzchen sicherst. Wie viel ist es dir denn wert, dass es unser Geheimnis bleibt, wo du aufgewachsen bist? Du willst mir doch nicht erzählen, du hättest ihm gebeichtet, dass du ein Heimkind von drüben bist?«

An ihrer Reaktion konnte er die Antwort ablesen. Ein boshaftes Glitzern erschien in seinen Augen.

Plötzlich ließ er sie los und trat einen Schritt zurück. Sie atmete befreit auf.

»Ich melde mich wieder. Und komm mir nicht in die Quere, sonst mache ich dir Ärger«, sagte er in einem beiläufigen Ton, der dadurch nur noch bedrohlicher wurde.

Dann drehte er sich um und ging langsam davon.

27

Die zweiwöchige Reise auf dem Schiff katapultierte Elisabeth in eine Welt der erzwungenen Untätigkeit – etwas, das sie bislang nicht kannte.

Am ersten Abend stand sie an Deck, um den Sonnenuntergang zu beobachten. Die bösen Blicke der Männer ignorierte sie. Kapitän Luzius trat zu ihr an die Reling. Dann sagte er, jetzt, wo sie alles gesehen hätte, sei ihre ständige Anwesenheit an Deck nicht mehr erwünscht. Sie würde seine Männer nervös machen. Sie seien es nicht gewöhnt, Frauen an Bord zu haben.

»Einige sind der Meinung, Frauen an Bord bringen Unglück. Aber das ist natürlich Unsinn«, sagte er. Sein Ton ließ jedoch ahnen, dass er das keineswegs für Unsinn hielt.

»Soll ich denn den Rest der Reise in meiner Kabine verbringen?«, giftete sie ihn an. »So gemütlich ist es dort nicht.«

»Vielleicht können wir uns darauf verständigen, dass Sie sich ausschließlich auf dem Vorderdeck aufhalten, unterhalb der Brücke, da habe ich Sie im Blick.«

»Na gut, kann ich von dort den Sonnenuntergang sehen?«

»Gewiss.«

»Dann gehe ich jetzt dorthin. Damit Sie mich im Blick haben.«

Das Schiff hatte gebrauchte Autos und Maschinenteile für die Sägewerke geladen. Allerdings war der Laderaum nur zur Hälfte gefüllt. Die eigentliche Fracht war für die Rückfahrt gebucht: Holz aus Westafrika. Als der Kapitän ihr das Schiff zeigte, wollte sie auch die Ladung sehen. Die Sägen interessierten Elisabeth natürlich besonders. Als sie die riesigen Ersatzteile sah, die für viel größere Sägen als ihre eigene ausgelegt waren, bekam sie eine Ahnung von den Mengen an Holz, die in Afrikas Wäldern geschlagen wurden.

Nachdem sie die Kanaren passiert hatten, wurde es unerträglich heiß. In ihrer Kabine, die klein und stickig war, konnte Elisabeth es während der heißesten Stunden des Tages nicht aushalten. Sie suchte sich einen Platz im Schatten der Brücke und hielt ihr Gesicht in den Wind. Sie war froh, an einen Hut gedacht zu haben. Als sie abends in den Spiegel sah, stellte sie fest, dass ihre Haut ganz braun geworden war und ihr kurzes Haar von der Sonne gebleicht und leicht zerzaust. Zu ihrer neuen Frisur beglückwünschte sie sich, denn in der Kabine gab es nur einen Wasserhahn, unter dem sie sich auch die Haare waschen musste.

Sie verbrachte viele Stunden, ohne ein Wort mit jemandem zu reden. Eigentlich sprach sie nur bei den Mahlzeiten, die sie in der Offiziersmesse einnahm. Aber auch dort waren die Männer eher schweigsam und bemühten sich nur halbherzig um Konversation. Nach einigen Tagen gewöhnte sie sich daran und fand sogar Gefallen daran. Sie genoss es, ganz bei sich zu sein. Sie las sehr viel, und als ihr der mitgebrachte Lesestoff ausging, bat sie den Kapitän, die magere Bordbibliothek benutzen zu dürfen. Aber den größten Teil der Zeit saß sie über Stunden da, sah über das Meer und in den Himmel und ließ ihre Gedanken schweifen. Meistens landete sie am Ende bei Fritz und ihrer Ehe. Die Zeitungsmeldung über die Hochzeit hatte ihr im Grunde nur etwas schwarz auf weiß vor Augen geführt, was sie schon länger wusste, aber nicht zugeben wollte: Fritz belog sie, wenn es zu seinen Gunsten war. Jetzt konnte sie auch nicht länger die Augen davor verschließen, dass er häufig nachts nicht zu Hause war. Er betrog sie mit anderen Frauen. Die bittere Wahrheit war doch folgende: Fritz hatte sie nur geheiratet, um Miteigentümer der Sägerei zu werden, an der er seitdem nur wenig Interesse zeigte. Wie sonst war zu erklären, dass er kaum noch ins Büro kam? Die manipulierten Spesenrechnungen fielen ihr ein, wie er sie um den Finger gewickelt hatte, als ihr Vater noch lebte. Je länger sie über ihren Mann nachdachte, umso weniger konnte sie sich noch belügen: Er hatte sie nur wegen ihres Geldes geheiratet. Er hatte sie nie geliebt. Er brachte es ja nicht einmal mehr über sich, mit ihr zu schlafen. Diese Erkenntnis machte sie wütend und traurig zugleich. Sie würde das nicht länger hinnehmen, beschloss sie.

Sie stand auf und ging zur Reling hinüber. Ein leichter Wind war aufgekommen, und sie nahm ihren Hut ab und legte den Kopf in den Nacken, um ihn in ihrem Haar zu spüren. Als sie unterdrückte Stimmen hörte, wandte sie sich um und sah in die peinlich berührten Blicke von zwei jungen Matrosen. Fast hätte sie ihnen die Zunge herausgestreckt. Dann überlegte sie es sich anders und setzte lediglich ihren Hut wieder auf und begab sich wieder an den ihr zugewiesenen Platz.

Wenn sie darüber nachgrübelte, wie es mit ihrer Ehe weitergehen sollte, musste sie auch an die Sägerei denken. Was wäre der Preis, den sie zahlen müsste, wenn sie sich von Fritz scheiden ließe? Als ihr das ungeheuerliche Wort Scheidung zum ersten Mal in den Sinn kam, erschrak sie. Fritz würde sich einer schuldhaften Scheidung widersetzen. Also würde sie die Schuld auf sich nehmen müssen, und er würde jeden Pfennig, den er bekommen konnte, aus ihr herauspressen, dessen war sie sich sicher. Womöglich würde sie die Firma verlieren. Durfte sie so mit dem Erbe ihres Vaters umgehen? Und wollte sie eine geschiedene Frau sein? Sie erinnerte sich an einige Skandale, die es in Hamburg deswegen gegeben hatte. Frauen wurde es vom Gesetzgeber immer noch sehr schwer gemacht, eine Scheidung einzureichen. Wenn man sie nicht gleich für unzurechnungsfähig oder verdorben erklärte, dann ließ man die Frauen teuer dafür bezahlen. Geschiedene Frauen wurden wie Aussätzige behandelt. Man würde Elisabeth wahrscheinlich sofort aus den Vereinigungen ausschließen, in denen sie Mitglied war: der Handelskammer, der Interessenvertretung der Hafenbetriebe. Sie wäre gesellschaftlich erledigt. In Hamburger Kaufmannskreisen ließ man sich nicht scheiden und schuldhaft schon gar nicht.

Sie ertappte sich dabei, wie sie sich vorstellte, mit Theo von Waren verheiratet zu sein. Mit ihm gemeinsam würde sie es sogar ertragen, die Firma zu verlieren. Er hatte Friederike Malchow nicht geheiratet. Aber vielleicht eine andere? Konnte es möglich sein, dass er sie immer noch liebte? Plötzlich war ihr der Gedanke unerträglich, dass er womöglich immer noch dachte, sie hätte mit ihm gespielt. Sie wollte nicht, dass er schlecht von ihr dachte. Und insgeheim hoffte sie, dass seine Gefühle für sie immer noch dieselben waren wie damals.

Ich werde ihm alles erklären, sobald ich wieder zu Hause bin, nahm sie sich vor, und der Gedanke tröstete sie.

Als sie nach dreizehn Tagen die afrikanische Küste vor sich sah, fühlte sie sich innerlich gefestigt. Aller Ballast war von ihr abgefallen. Sie war bereit für eine neue Erfahrung.

Die Ankunft in Abidjan schlug sie in ihren Bann. Sie erreichten am späten Nachmittag den Hafen, die Sonne begann schon zu sinken und ließ das Meer golden aufleuchten. Elisabeth stand an ihrem üblichen Platz auf dem Vordeck an der Reling und versuchte so viel wie möglich von dem aufzunehmen, was sich vor ihren Augen abspielte. Am Ufer erkannte sie Palmen und weißen Strand, aber auch armselige Hütten. Von allen Seiten näherten sich schlanke Boote mit Männern darin, die winkten und nach Arbeit beim Ausladen fragten.

Elisabeth verabschiedete sich von Kapitän Luzius, der sichtbar erleichtert war, sie von Bord zu haben, nickte der Besatzung zu und kletterte die wacklige Jakobsleiter hinunter, um in eines der schmalen Boote zu steigen, das sie an Land brachte, denn die *Henriette* war zu groß, um bis ans Ufer zu fahren, und Kaianlagen gab es nicht.

Es war ein merkwürdiges Gefühl, wieder festen Boden unter den Füßen zu haben. Sie meinte zu schwanken, als sie die paar Schritte zu dem Taxi ging, das mutterseelenallein dort herumstand.

»Ins ›Hôtel du Parc‹«, sagte sie.

Im Hotel wartete Werner Baring auf sie. Er kam mit ausgebreiteten Armen auf sie zu und war ihr gleich sympathisch. Er trug eine Art Safarianzug und einen breitkrempigen Hut, der ihn aber nicht davor geschützt hatte, tiefbraun zu werden. In seinem Gesicht zeigten sich tiefe Furchen, er war drahtig und hatte einen federnden Gang. Er sah so aus, wie sie sich einen Abenteurer vorstellte.

»Tut mir leid, dass ich Sie nicht abholen konnte. Ihr Schiff war früher da als geplant. Aber wahrscheinlich wäre ich ohnehin an Ihnen vorbeigegangen, denn ich hätte Sie bestimmt nicht erkannt.«

»Warum denn nicht?«

Er lachte. »Sie sind viel jünger, als ich Sie mir vorgestellt habe. Sie müssen mutig sein.«

»Finden Sie?« Sie sah sich um. »Hier sieht doch alles ganz zivilisiert aus.«

»Hier sind Sie ja auch in der Hauptstadt. Warten Sie es ab, bis wir morgen in den Urwald fahren.«

»Ich freue mich darauf.«

»Ich nehme an, Sie wollen erst mal auf Ihr Zimmer?«

»Nur schnell die Sachen abstellen. Dann möchte ich einen Spaziergang durch die Stadt machen.«

Er sah sie überrascht an. »Sie interessieren sich für die Stadt?«

»Warum denn nicht? Deshalb bin ich doch hier!«

»Weil Ihr Mann da ganz andere Ansichten hatte.«

Es sollte nicht das letzte Mal sein, dass sie, wenn sie ihren Namen nannte, auf Fritz angesprochen wurde. Er hatte offensichtlich einen bleibenden Eindruck hinterlassen. Sie fragte sich aber, ob es der beste gewesen war.

Alles, was Fritz gestört hatte, das Lärmende, Bunte, die fremden Gerüche, das fand Elisabeth exotisch und aufregend. Sie schlenderte über die breiten Boulevards, die ihr von Fotos aus Paris bekannt vorkamen, und folgte dem Geschrei, das aus einiger Entfernung an ihr Ohr drang. Der Lärm kam von einem Markt, wo unter freiem Himmel und in einer überdachten Halle hauptsächlich Lebensmittel angeboten wurden. Sie ließ sich von den fremden Gemüse- und Fischsorten Appetit machen. Sie lachte die Kinder an, die ihr nachliefen und ihr immer wieder etwas zuriefen. Sie wiesen dabei mit den Fingern auf ihren Hut, bis sie schließlich verstand, dass sie die künstlichen Blumen darauf haben wollten. Kurz entschlossen nahm sie den Hut ab, durchtrennte die Fäden, mit denen der Blumenschmuck befestigt war, und reichte ihn den Kindern. Diese schrien vor Freude über die Trophäen.

»Das hätten Sie nicht tun sollen. Es war zwar nett von Ihnen, aber jetzt werden sie erst recht keine Ruhe mehr geben.«

Sie fuhr erschrocken herum und entdeckte Werner Baring, der sie amüsiert anlächelte.

»Sind Sie mir etwa gefolgt?«

»Sagen wir mal, ich hatte den Eindruck, dass Sie etwas zu blauäugig sind. Abidjan ist nicht Hamburg.« Er verscheuchte die Kinder mit einer Armbewegung, doch die Jungen wichen nur ein paar Schritte zurück und kamen dann gleich wieder näher. »Es wird gleich dunkel, das geht hier von einer Minute auf die andere. Darf ich Sie zu einem Aperitif einladen? Ein paar Straßen weiter ist ein Café, das von einem französischen Ehepaar geführt wird. Es wird Ihnen gefallen.«

Zehn Minuten später saß sie vor einem Cocktail, in dem frische Ananasstücke schwammen. Er schmeckte himmlisch.

»Passen Sie auf, da ist eine Menge Rum drin!«, mahnte Baring.

»Tatsächlich? Das schmeckt man gar nicht.« Sie nahm noch einen tiefen Zug mit dem Strohhalm.

»Deshalb sage ich es ja.«

»Ich habe noch nie frische Ananas gegessen. Und was waren

das für grüne Früchte auf dem Markt? Etwa so groß wie eine Birne.«

»Das sind Avocados. Sehr schmackhaft. Warten Sie.« Er gab dem Barmann ein Zeichen und sagte ein paar Worte, und kurz darauf wurde ein Teller mit einer halbierten Frucht vor sie hingestellt. Im Loch in der Mitte waren einige Garnelen drapiert. Das Ganze war mit Zitrone, Pfeffer und Salz ziemlich herzhaft gewürzt.

»Und jetzt?«, fragte sie Baring.

»Sie löffeln das Fruchtfleisch aus der Schale. So ungefähr wie bei einem Ei.«

Elisabeth probierte und wusste, dass sie ihre Lieblingsfrucht gefunden hatte. »Und das kann ich hier jeden Tag haben?«

In Barings Gesicht zuckte es. »Bis sie Ihnen zu den Ohren wieder herauskommen.«

»Wann fahren wir morgen los?«

»Gegen acht Uhr. Es wird eine anstrengende Fahrt. Die Straßen hier sind mit denen zu Hause nicht zu vergleichen. Sie werden ordentlich durchgerüttelt werden. Am besten ziehen Sie sich etwas Bequemes an.«

»Das macht mir nichts aus. Hauptsache, ich sehe etwas vom Land.«

»Warum reisen Sie allein? Warum ist Ihr Mann nicht mit?«

Elisabeth zögerte.

»Wir müssen nicht darüber sprechen. Vielleicht war ich indiskret. Sie scheinen … einen anderen Zugang zu Afrika zu haben als er.«

»Ich verdanke diesem Land viel. Mit dem Holz der Elfenbeinküste verdiene ich mein Geld. Ich würde gern mehr darüber wissen, wo es herkommt.«

Er sah sie eindringlich an, dann lächelte er. »Herzlich willkommen in Abidjan«, sagte er dann.

Während der ganzen Fahrt sah sie aus dem Autofenster. Sie konnte nicht genug bekommen von den neuen Eindrücken. Sie fuhren über staubige Straßen, vorbei an Hütten, vor denen Kinder und Frauen saßen. Sie winkten, und abgezehrte Hunde kläfften das Auto an. Zweimal mussten sie ein Flussbett überqueren, das nur noch wenig Wasser führte. Trotzdem stieg es bis in den Fußraum des Autos. Elisabeth stieß sich mehrfach den Kopf, wenn es allzu holprig wurde, und musste darüber lachen. Sie spürte den warmen Fahrtwind auf den Wangen. Als sie mit den Fingern durch das Haar fuhr, merkte sie, dass es durch den Staub völlig verklebt war. Sie beglückwünschte sich noch einmal zu ihrer Kurzhaarfrisur, denn sie ahnte, dass es nicht einfach sein würde, sich hier das Haar zu waschen.

»Sehen Sie! Da!«, schrie sie und schlug Werner Baring, der vor ihr am Steuer des Mercedes saß, auf die Schulter. Sie hatte am linken Straßenrand ein paar Elefanten entdeckt. Er bremste, und sie blieben stehen, um zuzusehen, wie die Tiere gemächlich die Straße überquerten. Kleine Vögel saßen auf ihrem Rücken und ließen sich von ihnen tragen.

»Sie befreien sie von Parasiten«, sagte Baring und drehte sich zu ihr um. »Mögen Sie Elefanten?«

»Ich habe noch nie welche gesehen. Außer bei Hagenbeck.«

»Hat Ihr Mann Ihnen von seinem Erlebnis mit dem Bullen erzählt?«

Sie nickte. Mehr als einmal hatte Fritz vor ihr mit seinem kaltschnäuzigen Mut geprahlt und sich selbst als Elefantenzähmer bezeichnet.

»Es gehört wirklich sehr viel Mut dazu, vor einem wütenden Elefantenbullen nicht wegzulaufen. Manche sind auch einfach vor Angst wie gelähmt.«

Sie sah ihn fragend an, und er gab ihren Blick schweigend zurück. Dann sagte er: »Ich glaube, wenn *Sie* stehen bleiben würden, dann weil Sie es wirklich wollten.«

»Ich lege keinen Wert darauf, es auszuprobieren«, gab sie zurück, während sie den Elefanten nachsah, die auf der anderen Straßenseite im Wald verschwanden.

Baring legte den Gang ein und fuhr weiter.

Sie schafften es gerade noch rechtzeitig vor Einbruch der Dunkelheit nach Sassandra.

»Morgen wird es noch ein bisschen holpriger. Aber dafür ist die Strecke nicht mehr so lang. Es geht landeinwärts.« Er zeigte ihr den Weg auf der Karte. Sie saßen im Speiseraum des Hotels, in dem sie die Nacht verbringen würden. Es war lange nicht so stilvoll wie das »Hôtel du Parc« in der Hauptstadt. Aber Elisabeth war so müde, dass sie einfach nur ein Kopfkissen und eine Matratze brauchte.

Am nächsten Tag kamen ihnen immer wieder Lastwagenkolonnen entgegen, die riesige Holzstämme geladen hatten. Sie mussten jedes Mal an den Straßenrand fahren und sie passieren lassen. Heller Staub wurde aufgewirbelt und legte sich auf alles. Die Alternative zu dem Staub sei Matsch während der Regenzeit, sagte Baring. Dann seien die Straßen oft unpassierbar. Sein Gesicht war graubraun, denn in den Falten hatte sich der Staub in dicken Schichten abgelagert. Elisabeth musste lachen, als sie ihn betrachtete.

»Glauben Sie, Sie sehen anders aus?«, fragte er.

»Na ja, ich habe nicht ganz so viele Falten, hoffe ich.«

Er reichte ihr ein sauberes Taschentuch, das er mit Wasser aus der Flasche angefeuchtet hatte. »Hier«, sagte er.

Sie nahm es und wischte sich damit über das Gesicht. Das Gefühl von Frische war köstlich. Als sie das Tuch ansah, war es voller dunkler Flecken. Sie hielt es unschlüssig in der Hand, bis er seine ausstreckte. »Geben Sie her.« Er goss wieder Wasser aus seiner Flasche über das Tuch, wrang es aus und fuhr sich über das eigene Gesicht. Zu sehen, wie er sich wusch, mit einem

Tuch, das vorher sie benutzt hatte, hatte etwas sehr Intimes, und Elisabeth musste den Blick abwenden.

»Noch eine knappe Stunde, dann sind wir da.«

»Gibt es dort die Möglichkeit, sich zu waschen?«, fragte sie.

»Sie werden staunen. Wir haben sogar eine Dusche. Mit warmem Wasser. Es wird durch die Sonne aufgeheizt, deshalb reicht es nicht unendlich.«

»Hauptsache nass«, gab sie zurück.

»Wundern Sie sich nicht über die Neugierde der Frauen. Sie haben noch nicht viele weiße Frauen gesehen.«

»Na, Sie machen mir ja Hoffnung!«

Ich werde das Holz zukünftig mit ganz anderen Augen sehen, dachte sie, als sie an den folgenden Tagen die Männer bei der Arbeit beobachtete. Und sie erschrak, als sie erkannte, wie mächtig die Bäume waren, bevor sie geschlagen wurden. Ein großer Teil von ihnen, die gesamte Krone und sämtliche Nebenäste, die zum Teil so groß waren wie ganze Bäume in Hamburg, wurden abgesägt und liegen gelassen. Nur der gerade, möglichst astlose Teil des Stammes wurde für den Export für gut befunden.

»Was passiert mit diesen Abschnitten?«, rief sie Baring über den Lärm der Motorsägen hinweg zu.

»Daraus wird Bauholz für die Hütten, aber auch für Boote. Und die kleinen Äste nehmen sie als Brennholz. Sehen Sie mal, da drüben.«

Elisabeth folgte seinem Blick und sah einige der Frauen, die in dem Camp wohnten. Sie trugen Bündel von Ästen, die so lang waren wie sie selbst, auf dem Kopf und balancierten ihre Last über den unebenen Boden, ohne dass ihre Ladung verrutschte. Einige hatten sogar zusätzlich ein Baby in einem Tuch auf den Rücken geschnallt.

»Wie machen sie das?«, fragte sie verblüfft.

»Probieren Sie es aus.«

»Das werde ich.«

Wo ein Baum geschlagen wurde, entstand eine große Lichtung. Beim Fallen rissen die Bäume andere mit sich, und wenn sie dann aus dem Wald gezogen wurden, entwurzelten sie weitere.

»Wie lange dauert es, bis diese Wunde verheilt ist?«, fragte sie.

Baring sah sie nachdenklich an. »Sie erstaunen mich immer wieder. Ich habe noch nie jemanden getroffen, der im Zusammenhang mit gefällten Bäumen den Begriff ›Wunde‹ benutzt hat.«

»Für mich sieht es aus wie eine.«

»Die Lichtung ist schnell wieder grün, allerdings mit anderen Pflanzen. So ein Baumriese braucht schon seine Jahrzehnte zum Wachsen. Aber damit ist es nicht genug. Mit uns kommen viele Menschen, auch Frauen und Kinder. Sie roden noch mehr Urwald, um Felder anzulegen. Ich weiß nicht, wohin das führen wird.«

»Ich nehme an, dies ist nicht das einzige Chantier?«

Er schüttelte den Kopf.

Elisabeth mochte Werner Baring, nein, es war mehr, sie fühlte sich zu ihm hingezogen. Er verhehlte nicht seine Überraschung, eine Frau und dazu eine noch so junge an der Spitze eines Unternehmens zu sehen.

»Ich würde eher sagen, ich leite eine Firma. Unter einem Unternehmen stelle ich mir etwas Größeres vor.«

»Trotzdem denkt man gemeinhin an einen Mann als Chef.«

Sie zuckte mit den Schultern. »Wenn ich vor einer Aufgabe stehe, dann gehe ich sie an. Und ich habe bei der Gelegenheit festgestellt, dass man meistens viel mehr kann, als man sich zutraut.«

»Und bestimmt können Sie mehr, als andere Ihnen zutrauen«, ergänzte Baring.

Abends, wenn die Dunkelheit über den Wald fiel, saßen sie

beim Schein von Öllampen auf der kleinen Terrasse vor der Hütte. Ab und zu leuchteten die Augen eines wilden Tieres gespenstisch am Waldrand auf… Baring wusste immer gleich, um was für ein Tier es sich handelte. »Schakal«, sagte er oder »Antilope«. Er erzählte ihr von seinen Erlebnissen in Afrika. Er war schon seit zehn Jahren hier.

»Aber meine Zeit ist bald um.«

»Haben Sie Familie?«

Er zog seine Brieftasche aus der Jacke und holte ein Foto heraus. »Das sind meine Frau und meine beiden Kinder. Sie leben in Hamburg. Ich möchte meine Jungs aufwachsen sehen. Nicht nur alle paar Monate für ein paar Wochen.«

Elisabeth dachte für eine Sekunde daran, ihr von ihrem Mann zu erzählen, von dem Fehler, den sie gemacht hatte, als sie ihn geheiratet hatte. Es erschien ihr plötzlich ganz passend, sich bei diesem Mann Rat für ihre Probleme zu holen. Doch dann überlegte sie es sich anders. Fritz gehörte nicht hierher. Nicht auf diese friedliche Terrasse, die wie ein kleiner Stern inmitten samtener Dunkelheit und mannigfacher Geräusche lag.

Baring wusste alles über Holz und seine Möglichkeiten, und während Elisabeth ihm zuhörte, wusste sie auch, was daran falsch gewesen wäre, Fritz zu erwähnen. Fritz interessierte sich nicht für alle diese Dinge. Für ihn war das Holz lediglich ein Mittel, um Geld zu verdienen. Plötzlich erschien Theo vor ihrem inneren Auge. Er war auch in Afrika gewesen, und Elisabeth war sich sicher, dass er die Faszination dieses Kontinents ebenso gespürt hatte wie sie.

Sie sah zu Baring hinüber. Er erinnerte sie an Theo. Baring bemerkte ihren Blick und sah sie fragend an. Elisabeth wurde rot. Dass sie ausgerechnet jetzt an Theo denken musste, machte sie nervös.

»Ich glaube, ich gehe schlafen«, sagte sie und stand auf.

Er erhob sich ebenfalls und machte eine leichte Verbeugung.

In dieser Nacht fand sie lange keinen Schlaf. Sie lag unter dem Moskitonetz in ihrem Bett und lauschte auf die Geräusche des Waldes. Baring hatte ihr erklärt, dass das Rauschen wie von Bettlaken im Wind von einem großen Nachtvogel stammte, und das leise Krisp, Krisp von Käfern, die sich durch die Bananenblätter fraßen. Sie hörte die vereinzelten Rufe der Meerkatzen, die durch irgendetwas gestört wurden, und das Trippeln von kleinen Nagern auf der Holzterrasse. Über allem lag das nicht enden wollende Sirren der Zikaden, das mal lauter, mal leiser an ihre Ohren drang. Es war wie eine Symphonie. Sie lag auf dem Rücken, den Hinterkopf in die Hände gelegt, und gab sich dieser Musik hin.

»Gute Nacht, Theo, wo immer du bist«, sagte sie plötzlich.

Sie hatte schon die ganze Zeit an ihn gedacht, seit ihr vorhin auf der Terrasse klar geworden war, wie nah sie sich ihm hier in Afrika fühlte. Der Gedanke machte sie glücklich.

Während ihres Aufenthalts fühlte sie sich wie aus der Welt gefallen. Sie dachte nicht an Hamburg, nicht an die Sägerei und nicht an Fritz. Einmal erreichte sie eine Nachricht von ihm, als ein deutscher Agent nach seinem Urlaub zurück auf das Chantier kam. Fritz schrieb, alles sei in bester Ordnung, sie solle sich keine Sorgen machen. Mit schlechtem Gewissen stellte sie fest, dass sie seine Nachricht nicht berührte. Sie vermisste ihren Mann nicht. Aber sie gewöhnte sich an, jeden Abend einen stummen Gruß an Theo zu schicken.

Zwei Tage vor ihrer Abreise klopfte Baring früh an ihre Tür.

»Haben Sie Lust auf etwas ganz Besonderes?« Er lachte. »Natürlich haben Sie. Kommen Sie, beeilen Sie sich.«

Sie fuhren in östlicher Richtung in ein kleines Dorf. Um einen staubigen Platz herum standen Lehmhütten. Als Baring das Auto anhielt und sie ausstiegen, kamen die Kinder des Dorfes auf sie zugelaufen und starrten Elisabeth an. Einige waren so mutig, den Stoff ihres Kleides zu berühren. Sie war das inzwischen gewöhnt. Die meisten hier hatten noch keine Europäer gesehen und schon gar keine europäische Frau.

Baring zeigte an den Rand des Platzes, wo zwei hässliche Plastikstühle standen, deren Sitzflächen mehrere Risse aufwiesen. Elisabeth war froh, dass sie ein Kleid aus relativ dickem Baumwollstoff trug. Bei der Vorstellung, sich die Haut in diesem Stuhl einzuklemmen, zuckte sie innerlich zusammen. Sie setzte sich, und dann begann etwas, das sie völlig gefangen nahm. Zwischen zwei Hütten kamen Männer hervor, die nur einen Lendenschurz trugen. Ihre Haut war mit weißer Farbe bemalt, auch die Kopfhaut. Sie sahen ein wenig aus wie Zebras, sollten sie wohl auch darstellen. Im selben Moment setzte lautes Trommeln ein. Der Klang großer und kleiner Instrumente fand sich in einem stampfenden Rhythmus zusammen, und die Männer begannen zu tanzen. Jeder hielt einen Speer in der Hand, den sie im Takt auf den Boden stießen. Die Musik wurde immer schneller, der Tanz immer eruptiver, einige der Tänzer waren noch Kinder, höchstens sechs oder sieben Jahre alt. Auch sie bewegten sich mit einer Kraft und Präzision, die Elisabeth bewunderte.

»Was bedeuten die Tänze?«, fragte sie Baring.

»Ich habe keine Ahnung. Ich habe schon mehrfach gefragt, aber sie geben keine Auskunft. Suchen Sie sich was aus. Ich nehme an, es geht um Jagdglück.«

»Und die Frauen?«

»Ich habe noch nie welche tanzen sehen. Sie gucken nur zu.«

Das stimmte. Die Frauen des Dorfes saßen in ihren bunten Kleidern und Kopftüchern am Rand und klatschten im Takt.

Am Schluss der Vorführung tanzten die Jungen allein. Sie stampften und vollführten schlangenartige Bewegungen, sie machten Purzelbäume, und am Ende blieben sie bewegungslos stehen.

»Vielen Dank«, sagte sie auf der Rückfahrt zu Baring.

Er sah sie mit dem für ihn typischen nachdenklichen Blick an, dann konzentrierte er sich wieder auf die Straße.

Vor der Rückreise mit dem Schiff kaufte sie in Abidjan Stoffe und Geschirr für das neue Haus und als Mitbringsel für Henriette und Hanna.

Der Abschied von Werner Baring fiel ihr schwer.

»Ich danke Ihnen für Ihre gute Gesellschaft«, sagte sie.

»Sie haben in mir einen verlässlichen Freund gefunden. Wenn ich nicht glücklich verheiratet wäre, würde ich sogar behaupten, Sie hätten mein Herz gestohlen. Wann immer Sie Hilfe brauchen, wenden Sie sich an mich. Aber ich wette, dazu wird es nicht kommen.«

28

»**Was ist los** mit dir? Warum weichst du mir aus? Ich will es jetzt wissen.« Hans Wohlleben nahm Luises Hände in seine, damit sie sich nicht abwenden konnte.

Am liebsten wäre sie sofort aufgestanden und gegangen. Sie hatte diese Frage gefürchtet, und er hatte natürlich ein Recht auf eine Antwort. Um genau diese Situation zu vermeiden, hatte sie sich in den letzten Wochen geweigert, ihn zu treffen. Sie hatte vorgegeben, keine Zeit zu haben, obwohl das nicht stimmte. Sie hatte sogar einen halben Tag und eine Nacht in einem Hamburger Hotel verbracht, ohne dass er davon wusste. Sie war vor lauter Angst, ihm zufällig zu begegnen, direkt vom Flughafen ins Hotel gefahren, obwohl es noch früher Nachmittag war. Dort hatte sie dann weinend im Bett gelegen und sich nach ihm gesehnt.

Aber jetzt saß sie ihm gegenüber, und es war eindeutig, dass er sich nicht mit einer Ausrede abspeisen lassen würde. Sie lehnte sich ein wenig in ihrem Stuhl zurück, um ihm auszuweichen, aber er beugte sich sogleich über den Tisch zu ihr herüber, ohne ihre Hände und ihre Augen loszulassen. Wenn sie ihn nicht verlieren wollte, dann musste sie ihm jetzt alles sagen.

Wo sollte sie beginnen? Seit Fritz ihr aufgelauert hatte, fürchtete sie immer und überall, auf ihn zu treffen. Sie hatte in seinem Blick gelesen, dass er immer noch diese Brutalität in sich hatte. Doch sie hatte nicht nur Angst vor dem, was er ihr antun könnte. Sie hatte im Telefonbuch nachgesehen und erfahren, dass er eine Sägerei im Hafen betrieb. Ihr Schrecken war noch größer geworden, als sie sich ausmalte, dass Hans ihn vielleicht kannte. Die Vorstellung, Fritz über den Weg zu laufen, wenn sie Hans zu einem offiziellen Anlass begleitete, jagte ihr Angstschauer über den Rücken. Fritz wäre dazu fähig, es würde ihm wahrscheinlich sogar Freude machen, sie vor ihrem Verlobten und der versammelten Gesellschaft bloßzustellen, und das wollte sie unbedingt verhindern. Das konnte sie Hans nicht antun.

Hans sah sie immer noch fragend an, und der Zweifel in seinem Gesicht tat ihr weh. Sie musste endlich reinen Tisch machen.

Sie löste ihre rechte Hand aus seiner und nahm einen Schluck Wein. Dann sah sie ihn über den Tisch hinweg an. »Ich glaube nicht an heile Familien. Und auch nicht an eine Welt, in der alles gut wird. Wer sagt denn, dass immer alles gut werden muss?« Ihre Stimme klang härter als beabsichtigt.

»Heile Familien?«

»Na, solche wie die, aus der du kommst. Wo jeder seinen Platz kennt, eine Familie mit Tradition und Geschichte. Du hast mir zu verstehen gegeben, wie wichtig das alles für dich ist. Ich habe die Galerie deiner Ahnen mehr als einmal gesehen. Sie jagt mir Angst ein. Ich bin nicht so. Damit kann ich nicht dienen.«

Er beugte sich zu ihr vor und brachte sein Gesicht dicht vor ihres. Sie konnte seinen Duft riechen, der sie schwindlig machte und Begehren in ihr weckte. Diese Situation wuchs ihr eindeutig über den Kopf. Sie senkte den Blick, um ihn nicht länger ansehen zu müssen.

»Wie bist du denn?«, fragte er. Je härter ihr Ton wurde, umso sanfter wurde seiner.

»Ich … ich habe keine Familie. Ich bin eine von diesen Flüchtlingen, den Polacken, wie ihr sie gerne nennt. Wenn du mich heiratest, dann nimmst du die Katze im Sack.« So, jetzt war es heraus. Sie atmete heftig ein und aus.

»Ich habe noch nie jemanden Polacke genannt. Und was meinst du damit, du hättest keine Familie? Du hast doch Eltern, sie leben in Berlin, dein Vater hat ein Musikgeschäft. Ich habe mit ihm gesprochen, erinnerst du dich?«

»Das sind nicht meine richtigen Eltern. Sie haben mich adoptiert.«

Er stutzte, überlegte kurz, dann richtete er sich auf und sah sie an. »Na schön. Erklär es mir. Erzähl mir endlich alles, fang einfach an.«

Luise wandte den Blick ab, dann nickte sie. »Also gut«, sagte sie und begann zu berichten. Irgendwann flossen die Worte nur so aus ihr heraus, sie merkte, wie sehr es sie erleichterte, ihm die Wahrheit zu sagen. Sie durchlebte noch einmal die entsetzliche Einsamkeit auf jenem Bahnhof, die kalten Jahre in den Heimen, das Warten darauf, dass ihre Eltern kommen und sie nach Hause holen würden, die Eifersucht auf ihre Schwester, die mehr Glück gehabt hatte als sie. Unter dem nachdenklichen Blick von Hans schaffte sie es am Ende sogar, die demütigende Begegnung mit Fritz Sierichsen in dem Hühnerstall zu schildern. Und auch, dass sie ihn vor einigen Wochen wiedergesehen und seitdem Angst hatte.

Als sie endete, war es draußen dunkel geworden. Hans stand auf und verließ das Zimmer. Auf dem Weg schaltete er eine kleine Lampe vor dem Fenster an. Durch den Widerschein in der Scheibe verdoppelte sich ihr Licht.

Luise blieb wie versteinert sitzen. Sie hatte also recht gehabt. Hans kam mit ihrer Vergangenheit nicht zurecht. Er sagte ihr nicht einmal auf Wiedersehen. Sie stand auf, um ihren Mantel zu holen. Sie sah sich noch ein letztes Mal in dem großen Wohnzimmer um. Hier gehörte sie nicht her.

Als sie in die Eingangshalle kam, blieb sie wie angewurzelt stehen. Hans war dabei, die Porträts seiner Familie von den Wänden zu nehmen. Zwei hatte er bereits abgehängt, sie umgedreht und am Fuß der Treppe an die Wand gelehnt. Jetzt stand er auf dem Treppenabsatz und machte sich an dem schweren Bild seines ordenbehängten Großvaters zu schaffen.

»Wenn du mir hilfst, geht es schneller«, sagte er und drehte sich zu ihr um. »Wir werden die Wände streichen müssen, die Tapete um die Bilder herum ist nachgedunkelt.«

Als Luise begriff, begann sie haltlos zu weinen. Sie schluchzte herzzerbrechend, bis er bei ihr war und sie in seine Arme nahm.

»Glaubst du wirklich, ich würde diese alten Männer mehr lieben als dich? Sie sind alle tot, aber du lebst. Luise, ich habe mich in dich verliebt, nicht in deine Familie. Ich will mit *dir* mein Leben verbringen!«

Er küsste sie und schmeckte salzige Tränen auf seinen Lippen. »Luise«, flüsterte er an ihrem Ohr, »alles wird gut. Vertrau mir.«

Luises Knie zitterten vor Erleichterung, und sie ließ sich auf die Treppenstufen sinken und lehnte sich an Hans, der sich neben sie setzte.

»Ich heiße gar nicht Luise, sondern Sophie.«

»Ach du meine Güte, kommt da noch mehr?« Das Lächeln zeigte ihr, dass seine Panik nur gespielt war. Sein Gesichtsausdruck wurde wieder weich. »Und wie soll ich dich dann nennen?«

»Ich werde erst wieder meinen richtigen Namen annehmen, wenn ich meine Familie wiedergefunden habe.«

Er zog sie an sich und küsste sie erneut.

In den folgenden Tagen konnte Hans kaum an etwas anderes denken als daran, wie er Luise helfen konnte. Er sprach mit einem Freund, der gleich nach dem Krieg beim Radio die Suchsendungen des Roten Kreuzes betreut hatte. Doch der konnte ihm keine Hoffnungen machen. Nach so vielen Jahren und mit derart dürftigen Informationen über die gesuchte Familie … Sein zweites Interesse galt Fritz. Er zog unauffällig Erkundigungen über ihn ein. Seine Reederei hatte bereits einige Male für die Sägerei Michelsen Hölzer transportiert, es war immer alles korrekt abgelaufen. Damals hatte er allerdings noch mit dem Seniorchef zu tun gehabt. Kurz nach dessen Tod hatte dessen Tochter Sierichsen geheiratet, der bis dahin nur Geschäftsführer gewesen war. Hans fragte sich, wie viel Liebe da wohl im Spiel gewesen sein konnte. Über Sierichsen waren Gerüchte im Umlauf. Er würde spielen. Als Hans bei »Tante Hermine« seinen Namen erwähnte, verdrehte die Wirtin die Augen. »Der kommt oft hierher. Ein Blender«, sagte sie, »fühlt sich zu was Höherem berufen.«

»Weiß jemand, was er früher gemacht hat?«

Sie schüttelte den Kopf. »Eines Tages ist er plötzlich hier aufgetaucht. Ich glaube, er hat mal gesagt, dass er vorher in Berlin war. Eigentlich komisch, dass ich nicht mehr über ihn weiß. Sonst kenne ich alle hier, und ich vergesse nie ein Gesicht.«

Berlin, ja, das passte, die Stadt war groß und zu behaupten, dass man von dort kam, stellte kein Risiko dar. Wo er vorher gewesen war, nämlich in Bautzen, darüber hatte er natürlich kein Wort verloren. Aber davon hatte Luise ihm erzählt.

Hans nahm einen großen Schluck Bier und sah sich um.

Hermine bemerkte seinen Blick und sagte: »Er ist nicht da. Sonst hätte ich dir schon Bescheid gegeben.«

»Weißt du, wo er wohnt?«

»Hat sich ein protziges Haus hingestellt. Irgendwo an der Elbe, wo denn sonst.«

Hans überlegte, ob er Fritz zur Rede stellen sollte. Er entschied, es vorerst bleiben zu lassen. Aber wenn er Luise noch einmal auflauern oder ihr drohen sollte, würde er seine gute Erziehung vergessen und ihn windelweich prügeln.

Seit Luise ihm endlich alles erzählt hatte, war ihre Liebe wieder wie ganz am Anfang. Wann immer ihr Flugplan es zuließ, sahen sie sich. Sie verbrachte auch die Nächte in seinem Haus. Sie hatte kein schlechtes Gewissen dabei, schließlich war sie seine Verlobte. Aber Ernst und Magda gegenüber verschwieg sie diesen Umstand doch lieber. Sie sprachen über die Hochzeit, die sie für das kommende Jahr planten. Luise lebte sichtlich auf. Eine große Last war von ihr genommen.

»Wenn du mich heiratest, wirst du deinen Beruf aufgeben müssen«, sagte er. »Wirst du das bereuen?«

»Kommt drauf an, für was ich ihn aufgebe«, gab sie lächelnd

zurück. »Nein«, sagte sie dann. »Ich will nur eins: mit dir zusammen sein. Das ist mir das Wichtigste. Und nur weil ich nicht länger Stewardess bin, heißt das ja nicht, dass ich eine biedere Hausfrau werden muss.«

»So eine will ich auch nicht. Hast du mal darüber nachgedacht, in der Reederei mitzuarbeiten? Du wärst eine große Bereicherung. Du sprichst mehrere Sprachen und bist gebildet …«

»Du meinst, ich sehe gut aus und kann deine Geschäftspartner bezirzen!«

»Wenn ich dich dabei erwische, sperre ich dich doch in einen goldenen Käfig.«

»Meinst du, ich könnte mal auf einem deiner Schiffe mitfahren? Nach Amerika?«

»Wie wäre es mit einer Hochzeitsreise nach New York?«

Sie sah ihn mit gerunzelter Stirn an, und er zog sie schnell an sich, um sie zu küssen.

Fritz war außer sich vor Zorn und Frustration. Er fühlte sich in die Enge getrieben. In ein paar Tagen würde Elisabeth wieder da sein. Sie würde sofort bemerken, dass die Frachtbriefe für die nächste Holzladung nicht mehr im Tresor waren. Ohne die Papiere konnten sie nicht nachweisen, dass die Ladung ihnen gehörte. Die Wut kochte immer höher in ihm, Wut auf Elisabeth und den Mann, der ihm die Papiere im Spiel abgenommen hatte. Zu der Wut gesellte sich Neid. Warum hatte Möcking gewonnen und nicht er? Warum hatte Möcking jetzt Geld und er nicht? Er sah wieder das überlegene Lächeln seines Gegenspielers vor sich, als er die Papiere an sich nahm, gelangweilt in ihnen blätterte, sie faltete und in der Brusttasche seines Jacketts verstaute. Und er sah das verschlagene Grinsen der anderen, die am Tisch saßen und sensationslüstern beobachteten, wie er seine Existenz verspielte. In ihren Blicken konnte er die Hoffnung lesen, dass er die Kontrolle verlor. Würde er sich auf den Sieger stürzen und ihm die Papiere mit Gewalt abnehmen? Oder, noch besser, würde er anfangen zu jammern, zu weinen, zu betteln? Natürlich hatte Fritz nichts von alldem getan. Er war stocksteif aufgestanden und hatte den Raum verlassen. Erst auf der Straße hatte er sich ein paar laute Flüche erlaubt. Es war reines Glück, dass ihm niemand begegnet war. In seiner grenzenlosen Wut hätte er einfach zugeschlagen.

Er ging vor dem großen Panoramafenster des Wohnzimmers auf und ab, ein Glas Jack Daniel's in der Hand. Er musste etwas tun, und zwar schnell. Ihm kam der Gedanke, den Schmidt-Rottluff zu verkaufen, der würde gut und gern zehntausend Mark bringen, er kannte auch einen Hehler auf der Reeperbahn, der mit Gemälden handelte. Aber wie sollte er das Elisabeth erklären? Er könnte sagen, in die Villa sei eingebrochen worden. Er spielte die Idee durch, dann verwarf er sie wieder. Zehntausend Mark reichten nicht aus, um seine Verbindlichkeiten zu tilgen. Ebenso wenig wie das Geld, das er vielleicht Luise Fobienke abpressen konnte. Das war ursprünglich seine Idee gewesen, aber sie brachte nicht genug ein.

Die Zugehfrau erschien in der Tür und druckste herum.

»Ich bekomme noch mein Geld«, sagte sie schließlich, als er sie barsch fragte, warum sie da so herumstehe.

Er kramte in den Hosentaschen und zog einen zerknitterten Schein hervor.

»Das reicht nicht«, wagte sie einzuwenden. »Ich bekomme auch noch mein Geld für die letzten Wochen.«

»Den Rest gibt meine Frau Ihnen, wenn sie zurück ist. Nächste Woche. Ich habe jetzt nicht mehr Bargeld im Haus.«

Er verachtete die Frau, die ihn wegen der paar Kröten anbettelte. Wahrscheinlich hatte sie einen saufenden Mann zu Hause und eine ganze Schar von Kindern, die hungrig am Tisch saßen.

Er wartete, bis sie gegangen war und die Haustür ins Schloss fiel. Dann sah er sich suchend um, bis sein Blick auf die beiden silbernen Kerzenleuchter fiel, ein Geschenk zur Hochzeit. Er nahm sie und wickelte sie in ein Stück Zeitung ein.

Er würde sie versetzen und dann sein Geld zurückholen. Das war seine letzte Chance.

Als Elisabeth in Hamburg von Bord des Schiffes ging und Fritz unten am Kai auf sie warten sah, hoffte sie für einen Moment, alles zwischen ihnen würde besser werden. Das hörte man doch immer wieder, dass so eine Trennung einem Paar guttat. War es nicht ihre Pflicht, es wenigstens zu versuchen? Sie redete sich ein, sich auf Fritz zu freuen, und lächelte ihn strahlend an. Aber als sie vor ihm stand, nahm er sie nur kurz in die Arme und drückte ihr einen lahmen Kuss auf die Wange. Als wäre sie eine Cousine oder Tante, nicht die Frau, mit der er noch nicht allzu lange verheiratet war und die er seit sechs Wochen nicht gesehen hatte. Er hatte Schatten unter den Augen, so als hätte er lange nicht richtig geschlafen. Sein Blick war gehetzt und wich ihrem aus. Er machte den Eindruck, als suche er jemanden in der Menge. Und dieser Jemand war nicht sie.

»Lass uns nach Hause fahren«, sagte er und griff nach ihrem Koffer.

»Was ist denn los?«, fragte sie. »Du siehst aus, als hättest du Sorgen. Ist etwas nicht in Ordnung?«

Er blieb stehen, den Koffer in der Hand. »Es ist alles in bester Ordnung.«

Aber Elisabeth spürte, dass das nicht stimmte.

»Wo ist denn dein Auto?«, fragte sie ihn, als er auf ihren VW zusteuerte.

Sie wusste gleich, dass sie einen Fehler gemacht hatte. Er nahm die Frage als Vorwurf.

»In der Werkstatt«, gab er unwirsch zurück. »Soll ich mir deshalb ein Taxi nehmen, um dich abzuholen?«

Seine schlechte Laune machte sie wütend. Sie fühlte Bitterkeit in sich aufsteigen, weil er sich so offensichtlich nicht über ihre Rückkehr freute. »Dein Auto ist schon wieder kaputt?«, fragte sie eine Spur schnippisch. »Dann hättest du dir auch nicht die Mühe machen müssen, mich abzuholen.«

Schweigend fuhren sie nach Hause. Sie stiegen aus, und er trug ihren Koffer noch bis in den Flur. Dann sagte er, er müsse gleich wieder weg.

»Musst du in die Firma?«, fragte Elisabeth.

Er nickte. »Ich weiß nicht, wie lange es dauert.«

»Geht es um die Ladung? Morgen kommt doch die *Brunswick* mit den Hölzern. Wenn ich daran gedacht hätte, hätte ich mit ihr reisen können. Das wäre doch amüsant gewesen, zusammen mit der eigenen Fracht auf dem Schiff zu sein.«

Als er fort war, kickte Elisabeth die Schuhe von den Füßen. Mit Wonne spürte sie den dicken Teppich unter ihren Zehen. Sie ließ sich ein Bad ein, denn auch auf der Rückfahrt war der Komfort auf dem Schiff nicht gerade üppig gewesen. Dennoch hatte sie sich Mühe gegeben, für das Wiedersehen mit Fritz nett und gepflegt auszusehen. Aber er hatte sie gar nicht richtig angesehen.

Während sie in der heißen Wanne lag, wurde ihr die Ausweglosigkeit ihrer Situation deutlich. Die Hochstimmung, die Ausgeglichenheit, die sie in Afrika gefühlt hatte, das Gefühl, es würde ihr gut gehen, hatte sich in der letzten Stunde, die sie mit ihrem Mann verbracht hatte, verflüchtigt. Sie hatte sich etwas vorgemacht, und jetzt war sie unsanft auf den Boden der Tatsachen gelandet.

Er hat mich nicht einmal gefragt, wie meine Reise gewesen ist, dachte sie und schnipste mit Daumen und Mittelfinger kleine Wassertropfen durch die Wanne. Es ist ihm absolut gleichgültig, wie es mir geht. Er hat mich vom Schiff abgeholt, als sei ich ein Gepäckstück! Wie konnte ich nur so blind sein und ihn heiraten! Sie hieb mit der flachen Hand auf das Wasser, und es spritzte an die hellgelben Kacheln.

Ihre Heirat mit Fritz war falsch gewesen, der größte Fehler ihres Lebens. Ihr Mann hatte nicht einen Funken Interesse an ihrer Person. Die zwei Wochen in der Gesellschaft von Werner Baring hatten ihr gezeigt, wie es auch gehen konnte: Baring war aufmerksam ihr gegenüber gewesen, er hatte sich gern und angeregt mit ihr unterhalten. Er gab sich Mühe, ihr eine Freude zu machen. Er hatte ihre Anwesenheit geschätzt und ihr das Gefühl gegeben, dass sie sein Leben bereicherte.

Bei Fritz hatte sie hingegen das Gefühl, sie würde ihn stören oder ihm sogar auf die Nerven gehen.

»Meine Ehe ist ein absoluter Fehlschlag«, sagte sie, und ihre Stimme hallte im Bad ungewöhnlich laut nach. Der Gedanke, Fritz und sich noch eine letzte Chance zu geben, war idiotisch gewesen. Die letzte Stunde mit ihrem Ehemann hatte ihr eindeutig bewiesen, dass ihre Ehe nicht zu retten war.

Aber das war nicht das Einzige, was in ihrem Leben nicht stimmte. Als sie aus der Wanne stieg, verspürte sie den nagenden Wunsch, sich einmal bei jemandem alles von der Seele zu reden und dabei vielleicht eine Lösung, zumindest aber Verständnis zu finden. Und dann überfiel sie schlagartig die Gewissheit, dass es diesen Jemand in ihrem Leben nicht gab. Der Gedanke beschämte sie geradezu. Mit Werner Baring hätte sie offen reden können, doch der war einige Tausend Kilometer entfernt. Früher wäre sie zu Hanna gegangen. Doch sie hatten sich im letzten Jahr auseinandergelebt. Hanna führte ihr beschauliches Leben als Ehefrau und Mutter, ihre Gedanken galten beinahe ausschließlich ihrer kleinen Tochter, während Elisabeth Erfolg in ihrem Unternehmen hatte. Sie ging auf große Bälle und kannte viele wichtige Leute, sie fuhr ein Auto und lebte in einem großen Haus. Elisabeth fragte sich manchmal, ob sie insgeheim beide neidisch auf das Leben der jeweils anderen waren. Aber es war, wie es war, die beiden ehemaligen besten Freundinnen hatten nicht mehr viele Gemeinsamkeiten. Die Zeiten, in denen sie zusammen ausgegangen waren und sich alles erzählt hatten, waren schon lange vorbei.

Und außer Hanna gab es niemanden, dem sie vertraute, den sie jetzt anrufen konnte. Die plötzliche Einsicht schockierte sie.

Sie stand vor dem Badezimmerspiegel und sah sich wegen des Wasserdampfs nur unscharf. Sie wischte mit der flachen Hand über das Glas, und ihr Gesicht tauchte auf. »Ganz schön einsam bist du«, sagte sie. Nachdem sie den Satz laut ausgesprochen hatte, war er auf einmal wahr geworden und drohte sie unter sich zu begraben. Sie konnte die Stille im Haus nicht mehr aushalten. Sie ging ins Wohnzimmer und stellte das Radio an. Sie summte einen Schlager mit, nur um ihre Gedanken nicht hören zu müssen.

Fritz traf sich mit Günther Möcking bei »Tante Hermine«. Er war ein wenig zu früh dran, was ihn ärgerte, weil es ihm zeigte, dass er unruhig war und die Situation nicht im Griff hatte. Er setzte sich an die Bar und fing den Blick einer üppigen Brünetten auf, die zwei Plätze von ihm entfernt saß. Sie reckte ihm ihre spitzen Brüste entgegen und sah ihn auffordernd an. Dabei machte sie einen Schmollmund, was ihr allerdings etwas misslang, denn sie war schon reichlich angetrunken. Leichte Beute, dachte er. Doch als sie aufstand – wobei sie Mühe hatte, vom Barhocker zu kommen –, winkte er ab.

»Später, Süße«, sagte er. »Geschäfte.«

Sie stolzierte auf unsicheren Beinen wieder zurück an ihren Platz und kippte einen Schnaps, ohne ihn dabei aus den Augen zu lassen.

Fritz sah zur Tür, gerade als der Mann, der seine Frachtpapiere hatte, den Raum betrat. Er entdeckte Fritz und musterte ihn spöttisch. Fritz merkte, wie er vor Wut die Kiefer zusammenbiss. Er bemerkte auch den neugierigen Blick der Wirtin. Es kam ihm so vor, als wisse sie etwas über ihn, und das machte ihn nervös. Er verfluchte sich für die Idee, die Verabredung ausgerechnet für hier vereinbart zu haben. Hermine hörte und sah alles, vergaß nichts und dachte sich ihren Teil.

»Haben Sie das Geld, Sierichsen?«, fragte Möcking. Er sparte sich die Höflichkeit, ihn zu begrüßen.

»Ich brauche noch zwei Tage«, sagte er.

Möckings Augen verengten sich zu Schlitzen. »Jetzt hör mir mal zu, Freundchen. Das sagst du mir schon seit Tagen. Wenn du mir das Geld nicht bis morgen Mittag bringst, gehe ich damit ...«, er klopfte mit der flachen Hand auf die Brusttasche seines Jacketts, »zu den Hafenbehörden. Ich will mein Geld! Ich habe mich erkundigt: Mit den Papieren kann ich die Ware direkt vom Schiff holen lassen.«

»Und was willst du mit Baumstämmen?«, fragte Fritz.

»Das lass mal meine Sorge sein. Ich habe gehört, dein Geschäft gehört eigentlich deiner Frau. Was würde sie wohl dazu sagen, wenn ihr jemand sagt, dass ihr Mann die Firma am Spieltisch verjubelt?«

Fritz stemmte in ohnmächtiger Wut die Fäuste auf die Oberschenkel. Sein Rücken krümmte sich, er war bereit, sich auf den anderen zu stürzen.

Der ließ seine Muskeln sichtbar anschwellen. Sein Brustkorb spannte sich unter dem Hemd, die Knöpfe drohten jeden Moment abzuspringen. »Vorsicht. Pass auf, was du tust«, sagte er leise.

Fritz atmete tief ein, um seinen Zorn zu zügeln. »Ich lasse mir was einfallen«, sagte er mit gepresster Stimme. »Aber bis morgen ist es unmöglich.«

Der andere beugte sich vor und senkte die Stimme. »Schon mal an einen warmen Abbruch gedacht? In einem richtig schönen Feuer kann alles Mögliche verbrennen, was man nicht mehr haben will. Und die Versicherung zahlt.«

In Fritz' Augen glomm es gefährlich. »Ich kenne niemanden, der so etwas macht, ohne Spuren zu hinterlassen.«

»Ich aber. Alles eine Frage des Geldes.«

In Fritz' Hirn rotierte es. »Es muss aber heute Nacht sein«, sagte er dann. »Und das Büro muss auch abbrennen.«

»Solange du zahlst, bist du der Boss.«

Fritz nickte. »Einverstanden. Du weißt ja, wo es ist. Du hast ja meine Unterlagen.«

Er sah dem anderen nach, der die Kneipe verließ. Plötzlich war er wieder in Hochstimmung. Er hatte es mal wieder geschafft. Er musste jetzt nur noch seelenruhig abwarten, dass der Laden abbrannte, und dann würde er die Versicherungssumme kassieren und die Stadt verlassen. In Hamburg hielt ihn schon lange nichts mehr.

Mit einem öligen Lächeln wandte er sich der Brünetten zu.

29

Über Theo von Warens Gesicht glitt ein schmerzliches Lächeln, als er die kurze Notiz im *Hamburger Echo* las. Dort waren die am Bau des Straßentunnels vor dem Hauptbahnhof beteiligten Firmen aufgelistet. Die Sägerei Michelsen stand zwar ziemlich weit unten, aber sie war auch dabei. Er sah auf das Datum der Zeitung. Sie war schon vom Vormonat. Das kam schon vor, denn er ließ sich die Hamburger Zeitungen von einem befreundeten Kapitän mitbringen, der manchmal längere Zeit New York nicht anlief.

»Gut gemacht, Elisabeth«, sagte er zu sich selbst. Schon vor Langem hatte er erfahren, dass Nikolaus Michelsen gestorben war. Er wusste aber nichts von den schrecklichen Umständen und dass der Unfall just an dem Tag passiert war, als er das Schiff nach Amerika bestiegen hatte. Sonst hätte er vielleicht alles verstanden und Elisabeth geschrieben. Aber so ging er davon aus, dass sie damals nicht gekommen war, weil sie nicht gewollt hatte.

Wenn er daran dachte, wie er damals am Hafen gestanden und gewartet hatte! Er war sich so sicher gewesen, dass sie kommen würde. Er hatte bereits Pläne für ihre gemeinsame Zukunft geschmiedet. Er hatte sich noch nie so stark und so glücklich gefühlt. Mit Elisabeth an seiner Seite würde er die Welt erobern. Und dann war die Zeit verstrichen. Immer wieder hatte er auf die große Uhr am Turm der Landungsbrücken gestarrt. Der Zeiger war unerbittlich vorangeschritten, und Elisabeth war nicht gekommen. Er hatte sogar daran gedacht, zu ihr nach Hause zu fahren. Aber dann hätte er sein Schiff verpasst. Er hatte noch einmal nach rechts und nach links gesehen, ob er sie unter den Passanten entdeckte. Dann hatte er seinen Koffer genommen und war auf das Schiff gegangen. Er hatte sich an die Reling gestellt und mit den Augen die Quais abgesucht, ob sie nicht doch noch kam. Auch als das Schiff schon die Leinen losgemacht und sich elbabwärts bewegt hatte. Als es die Schiffsauktionshalle passiert hatte, gab er auf. Seine Schritte, als er in seine Kabine gegangen war, waren die eines gebrochenen Mannes gewesen. Auch noch, als er in New York angekommen war, war er wie betäubt vor Schmerz gewesen. Das war jetzt über drei Jahre her, und doch konnte er es nicht vergessen. Wieder und wieder fragte er sich, was er falsch gemacht hatte, warum er Elisabeth nicht für sich hatte gewinnen können. Er hatte ihren gemeinsamen Tag in dem verlassenen Haus am Meer nicht falsch gedeutet, das wusste er. Aber dann musste irgendetwas geschehen sein, was Elisabeth von ihm entfernt hatte. Anfangs war er wütend auf sie gewesen, auf die Unbeständigkeit ihrer Gefühle, in Gedanken hatte er ihr vorgeworfen, unreif zu sein und mit ihm gespielt zu haben. Geblieben waren davon nur Trauer und die Einsicht, dass er seinem Leben einen anderen Sinn geben musste.

Tagsüber arbeitete er oft bis zum Umfallen. Die Amerikaner hatten eine Art, die ihn manchmal zur Verzweiflung trieb. Die Unterschiede zwischen Arm und Reich, zwischen Gebildet und Dumm waren krass und unüberwindlich. Meist führte er einen vergeblichen Kampf gegen die mangelnde Eigeninitiative seiner Leute, die nur das taten, was man ihnen sagte. Sie dachten einfach nicht weiter, sahen nicht, wo man flexibel sein, Verhaltensweisen ändern musste, und ließen Dinge sehenden Auges ins Chaos laufen. Doch dann gab es auch welche, die intelligent und spontan waren. Die bewunderte er.

Die ersten Monate hatte er fast ausschließlich damit zugebracht, den New Yorker Hafen abzulaufen, um ihn zu verstehen. Er bekam oft Besuch aus Hamburg, von Reedern, Charterern, Kapitänen, die auf seine Hilfe hofften, um in New York einen Fuß in die Tür zu bekommen. Er kümmerte sich um Papiere und Erlaubnisse, er übersetzte, feilschte um Liegeplatzgebühren und Einfuhrgenehmigungen. Abends war er oft zu Tode erschöpft.

Dennoch begann am Abend der zweite Teil seines Lebens. Er gewöhnte sich an, das Innere New Yorks zu erkunden. Er musste das tun, um sich mit dem Land und der Stadt auszusöhnen. In den Musikkneipen von Greenwich Village lauschte er Musik, die er zuvor noch nie gehört hatte und die den ganzen Reichtum der amerikanischen Geschichte in sich trug. Er kannte bald die Texte der Folklieder auswendig, er hörte abgrundtief traurige Songs und begeisterte sich an Blues und Jazz.

Und oft ertappte er sich bei dem Gedanken, wie es wäre, mit Elisabeth hier zu sein und diese Erlebnisse mit ihr zu teilen.

Er glaubte, in seinem Leben in Amerika gefestigt zu sein, als er ein Gespräch mit einem Hamburger Kaufmann führte, der Kühlwaren importieren wollte.

»Wir haben ja jetzt immer mehr Frauen, die uns ungeniert ins Handwerk pfuschen. Und Frau Sierichsen macht sich jetzt sogar dafür stark, dass Frauen Zutritt zu unseren Klubs bekommen.«

»Frau Sierichsen?«, fragte Theo, der bei diesen Worten ganz starr geworden war.

»Ja, Sierichsen, die Tochter von Michelsen.«

»Sie hat Fritz Sierichsen geheiratet?«

»Das ist mir ganz egal, mit wem sie verheiratet ist. Aber wo kommen wir denn hin, wenn jede unfruchtbare Frau einen Männerberuf ergreift! Soll sie doch Kinder kriegen, wie es sich gehört!«

Theo ließ den verblüfften Mann einfach stehen. Elisabeth hatte geheiratet. Und ausgerechnet diesen Sierichsen! Obwohl das ja beinahe logisch war. Zumindest ist es gut für die Firma, dachte er voller Bitterkeit. Doch dann überfiel ihn Verzweiflung. Wenn er geglaubt hatte, Elisabeth und er hätten irgendwann noch eine Chance gehabt, so war sie mit dieser Hochzeit unwiderruflich vertan.

Ihm war schon längst klar geworden, dass er sie damals mit seinem Ultimatum überfordert hatte. Er hatte nur an sich gedacht. Sie war immerhin fast zehn Jahre jünger als er. Ihre Mutter war damals gerade erst gestorben, sie fühlte sich für ihren Vater verantwortlich. Und natürlich für die Sägerei, für die ihr Herz schlug. Wie konnte er glauben, sie würde all das einfach so, von einer Stunde auf die andere, hinter sich lassen, um mit ihm nach New York zu gehen! Er hatte sie noch nicht einmal gebeten, als seine Frau mit ihm zu gehen. Er hatte ihre Verletztheit gesehen, als sie sich an jenem unglückseligen Abend in der Bar begegnet waren. Wie hatte das damals wohl für sie ausgesehen? Er war mit einer anderen Frau dort gewesen, und er hatte sie ohne Erklärung gehen lassen. Wie konnte er so blind sein zu glauben, sie würde ihm da noch vertrauen und ohne Weiteres mit ihm weggehen? Er war ein Narr gewesen, der sich beleidigt zurückgezogen hatte, statt um sie zu kämpfen. Das wusste er jetzt, aber jetzt war es zu spät.

Ungefähr ein Jahr nachdem er von Elisabeths Heirat erfahren hatte, lernte Theo auf einer Dinnerparty Vivian Faber kennen. Vivian war hübsch und jung, vor allem aber war sie intelligent. Sie arbeitete als Fotografin und war unabhängig und modern. Theo stellte fest, dass er nur eine Frau lieben konnte, die selbstständig war. Elisabeth war auch so eine Frau gewesen …

Vivian und er gingen ein paar Mal miteinander aus, und beim dritten Treffen nahm sie ihn mit in ihre Wohnung. Überall hingen Fotos an den Wänden. Sie lagen auf Tischen und auf dem Fußboden. Es waren zum großen Teil Schwarz-Weiß-Aufnahmen von Gesichtern. Die Fotos gefielen Theo, weil sie das Wesen der Menschen einfingen. Sie waren nicht geschönt, viele der Fotografierten wirkten nicht einmal sympathisch, einige von ihnen sogar wenig vertrauenerweckend. Vivian hatte sie so fotografiert, wie sie waren.

»Ab und an ist es brenzlig«, gab sie zu, als er sie fragte, ob sie nicht manchmal in gefährliche Situationen gerate. »Einmal hatte ich einen polizeilich gesuchten Gauner vor der Linse. Der fand es gar nicht gut, dass ich ihn ablichten wollte.«

Er fand ihre Arbeit faszinierend und durchstreifte mit ihr die nördlichen Viertel von New York, die er bisher nicht kannte. Sie redeten und lachten. Und eines Tages fragte er sie:

»Wenn ich zurück nach Deutschland müsste, würdest du mit mir kommen?«

Sie sagte Ja.

Und dann geschah etwas, das ihn fast zur Verzweiflung trieb. Sie spazierten den nördlichen Broadway entlang, und Vivian erzählte ihm gerade, wie sie zu ihrem Beruf gekommen war. Sie hatte sich bei ihm untergehakt und merkte deshalb sofort, wie er abrupt stehen blieb, den Mund leicht geöffnet. Vivian folgte seinem entgeisterten Blick und entdeckte eine Frau, die aus einem Hauseingang trat und eilig vor ihnen die Straße hinunterging. Als sie Theo wieder ansah, zeigte sein Gesicht pure Enttäuschung. Hilflos sah er sie an.

»Du hast sie für jemand anderen gehalten«, stellte sie fest. »Jemand, der dir sehr wichtig ist.«

Er seufzte tief und sah sie an. »Es tut mir unendlich leid«, sagte er. »Ich kann sie einfach nicht vergessen. Und ich will dir nicht die Gefühle vorenthalten, die ihr gehören.«

Sie nickte, dann küsste sie ihn zum Abschied leicht auf die Wange und ging davon. An ihren bebenden Schultern konnte er erkennen, dass sie weinte.

Theo wandte sich um und entfernte sich in die andere Richtung. Er war erschüttert. Warum gelang es ihm nicht, Elisabeth aus seinem Herzen zu bekommen? Warum tat er anderen Frauen weh, auf dieselbe Art, wie sie ihm wehgetan hatte? Warum erfüllte es ihn mit Verzweiflung, wenn er erfuhr, dass sie geheiratet hatte?

Er kannte die Antwort. Weil er sie immer noch liebte.

Er ging den ganzen Weg nach Hause zu Fuß und bewegte diese Fragen in seinem Kopf hin und her. Als er dort angekommen war, hatte er einen Entschluss gefasst: Er musste ein für alle Mal Klarheit in seine Gedanken bringen. Er musste noch einmal mit ihr sprechen, um sie aus seinem Kopf und aus seinem Leben zu verbannen. Dass es vielleicht eine andere Möglichkeit gab, darüber wagte er nicht nachzudenken.

30

Am Abend ihrer Rückkehr aus Afrika nahm Elisabeth ihre ganze Kraft zusammen, um gegen die aufsteigende Panik anzukämpfen. Sie wanderte durch das stille Haus und wartete auf Fritz. Schließlich ging sie in ihr Schlafzimmer hinauf und zog sich an. Sie wollte nicht im Bademantel vor Fritz stehen, wenn sie ihm sagte, dass sie sich von ihm scheiden lassen wollte. Doch sie wartete vergeblich bis Mitternacht auf ihn und wurde dabei immer wütender. Schließlich hielt sie es nicht mehr aus und nahm ihren Mantel. Und wenn sie nur mit dem Auto durch das nächtliche Hamburg fuhr: Sie musste raus aus diesem Haus. Sie stieß einen Wutschrei aus, als ihr einfiel, dass Fritz ihr Auto genommen hatte. Aber sie wollte sich nicht entmutigen lassen und rief sich ein Taxi.

»Fahren Sie nach St. Pauli.«

Der Fahrer drehte sich zu ihr um und sah sie fragend an. »Zur Reeperbahn?«

»Sie haben richtig gehört«, gab sie ungeduldig zurück.

Während sie die Amüsiermeile hinunterfuhren, betrachtete sie durch das Fenster die Menschen. Nachtschwärmer, gut gelaunt, Männer und Frauen Arm in Arm, lachend. Einige versuchten das Taxi herbeizuwinken.

»Soll ich weiterfahren?«, fragte der Fahrer.

»Ja. Fahren Sie noch einmal in die andere Richtung.«

Sie fing seinen Blick im Rückspiegel auf. Sie konnte spüren, was er dachte. Wahrscheinlich kam es häufiger vor, dass Frauen ihre Männer suchten. Ein ganz neuer Wirtschaftszweig war entstanden. Zahlreiche Privatdetektive hatten sich darauf spezialisiert, untreue Ehemänner und Ehefrauen aufzuspüren.

Sie fuhren am »Café Keese« vorbei, das noch geöffnet hatte. Sie überlegte, ob sie aussteigen sollte. Dort könnte sie sich an einen Tisch setzen und etwas trinken. Aber als sie daran dachte, dass sie womöglich zum Tanzen aufgefordert werden würde, zögerte sie. Sie sah zum Eingang des Tanzlokals hinüber, um herauszufinden, wer dort ein und aus ging. In diesem Augenblick entdeckte sie ihn. »Fahren Sie langsamer!«, rief sie. Sie drehte die Scheibe herunter, um besser sehen zu können, aber sie wusste, dass sie sich nicht irrte. Auf dem Bürgersteig stand Fritz. Er hatte den Arm besitzergreifend um eine Frau mit dunkelblondem Haar gelegt und küsste sie. Eine Hand lag auf ihrer Brust und knetete sie durch das Kleid hindurch. Sie kannte diese Berührung, die nie zärtlich, sondern meistens schmerzhaft war.

»Na, haben Sie ihn gefunden?«, fragte der Fahrer. Seine Stimme troff vor Ironie.

Elisabeth achtete nicht auf ihn. »Du machst es mir leicht, Fritz Sierichsen«, sagte sie zu sich selbst.

Am nächsten Morgen klingelte es in aller Herrgottsfrühe an der Tür, und sie wusste im ersten Augenblick nicht, wo sie war. Sie hatte tief und fest geschlafen wie jemand, der mit sich im Reinen war, weil er endlich zu einem Entschluss gekommen war. Die Klingel ging erneut, gleich zweimal hintereinander, und endlich wurde sie richtig wach.

Sie zog sich einen Morgenmantel über und ging nach unten, um zu öffnen.

Vor der Tür standen zwei Schutzmänner in Uniform.

»Frau Sierichsen?«

»Ja?«

»Ist Ihr Mann da?«

Es war ihr peinlich, vor den Männern zugeben zu müssen, dass sie nicht wusste, ob ihr Ehemann in der Nacht nach Hause gekommen war oder nicht. Aber in dieser Sekunde tauchte Fritz hinter ihr auf.

»Was gibt es denn?«, fragte er.

»Sind Sie Eigentümer des Grundstücks am Reiherstieg zweiundzwanzig?«, fragte der Mann hochoffiziell und musterte Fritz dabei.

Der nickte.

»Dort brennt es. Die Kollegen von der Feuerwehr löschen immer noch. Bitte kommen Sie mit.«

»Mein Gott!«, rief Elisabeth entsetzt aus. »Ist jemand zu Schaden gekommen?«

»Darüber kann ich Ihnen keine Auskunft geben. Ich glaube, es ist besser, Sie ziehen sich etwas an.«

Elisabeth hastete wieder nach oben in ihr Schlafzimmer. In ihrem Kopf jagten sich die Gedanken. Sie wunderte sich, wie Fritz so ruhig bleiben konnte. Fünf Minuten später war sie fertig und sie stiegen in das Polizeiauto.

Schon als sie aus dem Elbtunnel fuhren, konnten sie die schwarzen Qualmwolken sehen. Einzelne Flammen schlugen hoch in den Himmel und waren auch schon aus dieser Entfernung zu sehen. Das Feuer musste gigantisch sein.

Am Reiherstieg bot sich ihnen ein Bild der Verwüstung. Die Halle mit dem Holzlager war bis auf die Grundmauern abgebrannt. Der Anblick erinnerte sie an die Zerstörung, die sie nach dem Krieg bei ihrer Ankunft in Hamburg gesehen hatte. Es sah tatsächlich so aus, als sei hier eine Fliegerbombe niedergegangen. Aus einzelnen Holzstößen schlugen immer wieder Flammen, die Feuerwehr löschte immer noch. Elisabeth sah Funke und die anderen Männer tatenlos auf dem Hof herumstehen.

»Gott sei Dank«, sagte sie und lief zu ihnen hinüber. »Fehlt jemand?«

Funke schüttelte den Kopf. »Das ist ja kein schöner Empfang für Sie, Frau Sierichsen.« Die Kollegen nickten zustimmend.

Erst jetzt fiel Elisabeth auf, dass auch das Bürogebäude brannte. Durch die Fenster war das Orangerot der Flammen zu sehen. »Mein Gott, auch das Büro?«

Fritz wollte hinlaufen, die Männer der Feuerwehr hielten ihn mit Gewalt auf.

»Wo ist Henriette?«, fragte Elisabeth alarmiert.

»Noch nicht da. Es ist ja noch nicht mal acht.«

Elisabeth sah auf die Uhr. Dazu war sie an diesem Morgen noch nicht gekommen. Es war Viertel vor acht. »Wer hat das Feuer entdeckt?«

»Als wir kamen, war schon alles zu spät. Die Besatzung eines Schiffs hat die Feuerwehr gerufen. Das war so gegen fünf heute Morgen.«

»Was ist mit der Säge? Ist sie funktionstüchtig«, fragte Fritz. Er nahm eine Packung Zigaretten aus der Tasche und suchte nach dem Feuerzeug. Elisabeth sah ihn fassungslos an.

Kreyen meldete sich zu Wort. »Ich glaube, da ist nichts zu retten. Durch die Hitze ist das Metall geschmolzen und hat sich verbogen. Ich habe so was schon mal erlebt. Das kann man auch nicht mehr reparieren. Die hat nur noch Schrottwert.« Er sah Elisabeth schuldbewusst an.

Elisabeth fühlte sich plötzlich ganz schwach. In ihrem Kopf drehte sich alles. Sie spürte die beinahe unerträgliche Hitze, die von dem Feuer ausging, und den beißenden Geruch nach Qualm und verbranntem Gummi, der sich auf ihre Atemwege legte und in den Augen brannte. Sie hatte in dieser Nacht alles verloren, die Erkenntnis war so ungeheuerlich, dass sie einen Augenblick brauchte, um sie zu verstehen.

Das Lebenswerk ihres Vaters, ihr eigener Lebensinhalt, die Arbeitsplätze der Männer, alles das lag vor ihren Augen in Schutt und Asche.

Sie sah sich noch einmal um. Ihr fiel auf, dass neben den beiden Polizisten, die sie hergefahren hatten, noch ein weiteres Polizeiauto vor dem Tor des Geländes stand.

»Was will die Polizei hier?«, fragte sie. Sie fühlte sich plötzlich unwohl.

Funke räusperte sich und warf Fritz einen merkwürdigen Blick zu. »Es gibt wohl einige ungeklärte Fragen, wie das Feuer entstanden ist. Und warum die Halle und das Büro gleichzeitig abbrennen konnten.«

»Aber das ist doch klar: Funkenflug aus der Halle hat das Bürogebäude in Brand gesetzt«, rief Hermann Kreyen dazwischen.

»Die sagen, bei der Windrichtung ist das unmöglich.«

»Heißt das, die glauben, es könnte Brandstiftung sein?«, fragte Elisabeth. »Das ist ungeheuerlich! Wer sollte so etwas tun?« Sie registrierte aus den Augenwinkeln, wie nervös Fritz plötzlich war. Als die Polizisten den Brand gemeldet hatten, war er noch die Ruhe selbst gewesen, doch jetzt wirkte er aufs Äußerste angespannt. Immer wieder sah er zum brennenden Büro hinüber. Dort war die Feuerwehr mittlerweile beim Löschen, nachdem sie den Brand der Halle unter Kontrolle bekommen hatte.

»Fritz, du kannst da jetzt nicht rein. Das wäre lebensgefährlich«, sagte sie zu ihrem Mann.

»Heute kommt die *Brunswick* mit dem Holz. Wir brauchen die Frachtpapiere, sonst können wir die Ware nicht löschen.«

»Darum kümmere ich mich später.« Sie sah Henriette Kamp im Laufschritt näher kommen. Entsetzt betrachtete die junge Frau das Chaos. Als sie Elisabeth die Hand schüttelte, standen Tränen in ihren Augen.

»Jetzt sind Sie wieder da, und dann so etwas. Was ist denn bloß passiert?«, fragte sie.

»Das wird sich alles klären. Das Wichtigste ist, dass niemand zu Schaden gekommen ist. Geht jetzt alle nach Hause. Wir können hier heute gar nichts tun. Morgen werden wir mit dem Aufräumen beginnen. Funke, kannst du hierbleiben und nach dem Rechten sehen? Kreyen kann dich um fünf ablösen. Dann komme ich auch noch mal vorbei.«

Die beiden nickten. Sie schienen froh zu sein, dass jemand ihnen sagte, was sie zu tun hatten.

»Ich bleibe hier. Als Ansprechpartner für die Feuerwehr«, sagte Fritz.

Elisabeth nickte ihm dankbar zu. »Und ihr anderen geht nach Hause.«

»Was ist mit der *Brunswick*?«, fragte Henriette. »Ich habe sie von der Barkasse aus gesehen. Sie läuft gerade ein.«

»Darum kümmere ich mich von zu Hause aus. Hier gibt es ja nicht mal mehr ein funktionierendes Telefon.«

Im Hafen war kein Taxi aufzutreiben, also musste sie den umständlicheren Weg über die Barkasse nehmen. Henriette ging mit ihr, und Elisabeth riss sich zusammen, um ihre Unruhe nicht zu zeigen. »Es wird sich alles klären«, sagte sie noch einmal. »Wir sind versichert. Auch wenn wir jetzt vielleicht schweren Zeiten entgegengehen, wir können alles wieder aufbauen.«

Aber als sie endlich die Tür ihres Hauses hinter sich zugeworfen hatte, wurden ihr die Knie weich. Sie fragte sich, was das alles zu bedeuten hatte. Und wie es mit der Sägerei weitergehen sollte. Sobald sie an ihrem Schreibtisch saß, rief sie die Feuerversicherung an, um den Schaden zu melden.

»Wann kann ich mit der Zahlung rechnen? Ich will so schnell wie möglich wieder aufbauen. Ich habe Aufträge zu bearbeiten.«

»Sobald die polizeiliche Untersuchung abgeschlossen ist.«

Ihr zweiter Anruf galt dem Hafenmeister. Sie musste ihn darüber informieren, dass sie vorerst ihre Ladung von der *Brunswick* nicht übernehmen konnte. Nicht, solange sie die Frachtpapiere nicht hatte. Sie bat ihn, wenn möglich, die anderen Frachtteile vorher zu entladen, obwohl sie genau wusste, dass das Löschen nach einem ausgeklügelten System vor sich ging. Aber jeder Tag Aufschub wäre hilfreich.

»Wenn alles nicht hilft, lagern Sie am Kai oder in einem Schuppen zwischen. Morgen weiß ich mehr«, sagte sie knapp und beendete das Telefonat.

Sie seufzte. Wenn Theo von Waren noch Hafenmeister wäre, dann wäre das hier alles viel einfacher.

Sie stützte die Stirn in die aufgestellten Ellenbogen und massierte sich die Schläfen. Sie hatte rasende Kopfschmerzen und immer noch den durchdringenden Geruch nach verkohltem Holz und geschmolzenem Gummi in der Nase.

Das Telefon klingelte. Sie nahm ab und hörte die Stimme von Gustav Wähler.

»Ich habe gehört, was passiert ist. Es tut mir leid«, sagte er.

Elisabeth nickte, obwohl er es nicht sehen konnte. »Sie sind der Erste, der anruft. Ich nehme an, alle wissen Bescheid?«

»Wenn so etwas passiert, dann geht das rum wie ein Lauffeuer.«

Wähler war mittlerweile so etwas wie ein Freund geworden. Er hatte ihr nach dem Empfehlungsschreiben für Holzmann noch weitere gute Dienste getan und mehrfach ein gutes Wort für sie eingelegt.

»Es gibt Gerüchte«, sagte er zögernd.

Sie richtete sich in ihrem Stuhl auf. »Erzählen Sie sie mir.«

»Ihr Mann«, begann er. »Er … hat keinen guten Ruf im Hafen.«

Sie hielt die Luft an. »Was meinen Sie damit? Wollen Sie damit andeuten, er hätte etwas mit dem Brand zu tun?«

»Ich habe gehört, er wird manchmal in schlechter Gesellschaft gesehen. Er soll Spielschulden haben.«

Elisabeth fühlte, wie ihr Mund trocken wurde.

»Verstehen Sie mich richtig, ich gebe nur weiter, was ich gehört habe. Sie sollten aufpassen, dass da nichts auf Sie zurückfällt. Wenn Sie Hilfe brauchen, kommen Sie zu mir.«

Verunsichert legte Elisabeth auf.

Nur Sekunden später klingelte das Telefon erneut, so als habe jemand schon die ganze Zeit versucht, sie zu erreichen. Diesmal war Hanna am Apparat.

»Stimmt es?«, fragte sie.

»Ja«, sagte Elisabeth.

»Ich komme sofort. Ich muss nur schnell die Kleine zu meiner Mutter bringen.«

Als Hanna eine knappe Stunde später da war, ließ Elisabeth sich in ihre Arme fallen. In der Zwischenzeit hatten sich mehrere Geschäftspartner gemeldet und komische Fragen gestellt. Und dann hatte jemand von der Zeitung angerufen. Elisabeth war völlig verunsichert.

»Danke, dass du da bist«, sagte sie.

»Schön, dass du zurück bist.«

»Wäre ich bloß nicht weggefahren.«

»Aber das ändert doch nichts an dem Feuer. Oder?« Hanna sah sie entgeistert an. »Im Radio haben sie gesagt, sie ermitteln in alle Richtungen. Heißt das, auch in Richtung … Brandstiftung?«

»Ich glaube, mir ist schlecht.«

»Hast du heute schon etwas gegessen?«

»Nein«, gab Elisabeth verwundert zurück. Das hatte sie völlig vergessen. Sie sah auf die Uhr, es war kurz vor zwölf. Kein Wunder, dass sie nicht klar denken konnte.

»Ich kümmere mich darum. Und du solltest dich ein bisschen zurechtmachen.«

Elisabeth stand auf und ging ins Bad. Sie sah in den Spiegel und blickte in ein müdes, sorgenvolles Gesicht, das zudem rußverschmiert war. Sie sah noch schlimmer aus als nach den übelsten Staubattacken in Afrika. Afrika, wie lange war das her, dachte sie sehnsüchtig. Sie zog sich aus und duschte rasch. Dunkles Wasser sammelte sich zu ihren Füßen.

Als sie zwanzig Minuten später die Küche betrat, fühlte sie sich schon besser, und als sie den Duft von frisch gebrühtem Kaffee und Toastbrot roch, kehrten ihre Lebensgeister wieder.

»Lass uns im Wohnzimmer frühstücken. Wer weiß, wie lange mir dieses Haus noch gehört«, sagte sie zu Hanna. Es sollte lustig klingen, aber als sie Hannas entsetztes Gesicht sah, wusste sie, dass ihre Freundin genau das für wahrscheinlich hielt.

Sie sah auf die Elbe hinaus. Entfernt am Horizont konnte sie eine schwache Rauchwolke ausmachen. Das war ihre Firma, die sich dort in Luft auflöste.

Fritz schickte Kreyen nach Hause, kurz nachdem der gegen fünf Uhr gekommen war. Er konnte keine Zeugen gebrauchen für das, was er vorhatte.

Die Polizei hatte ihn ausgefragt, und er hatte geschickt einfließen lassen, dass seine Frau just am Abend zuvor von einer Reise zurückgekommen war und einen nervösen, um nicht zu sagen verstörten Eindruck gemacht hatte. Er sei besorgt gewesen, aber sie habe ihm nichts sagen wollen. Befriedigt hatte er gesehen, dass sich der Beamte eine Notiz in ein kleines schwarzes Buch gemacht hatte.

Als endlich alle anderen gegangen waren und nur noch ein Mann der Brandwache in seinem Auto vor sich hin döste, bahnte er sich vorsichtig einen Weg durch die Trümmer des Büros. Überall lagen die verkohlten Reste von Möbeln und Akten, durch das Löschwasser war alles rutschig und verschmiert. Er suchte den Tresor, ein kleines frei stehendes Modell, nicht viel größer als ein Koffer. Eigentlich war er für die Zwecke der Sägerei nicht ausreichend, aber jetzt gereichte ihm genau das zum Vorteil. Als er ihn fand, atmete er erleichtert auf. Die Tür war, offensichtlich durch die starke Hitze, aufgeplatzt und stand offen, und alles, was darin gelegen hatte, war zu Asche geworden. Auch die Frachtpapiere für die *Brunswick*, zumindest würde er das behaupten.

»Von Waren«, meldete er sich.

»Hier ist …«

»Elisabeth!« Er erkannte ihre Stimme sofort trotz des Rauschens in der Leitung.

»Theo, ich muss mit dir sprechen. Letzte Nacht ist etwas

Schreckliches passiert. Alles zerrinnt mir zwischen den Fingern.«

»Wo bist du?«, fragte er atemlos.

»In Hamburg, wo sonst?«

»Das wird ein teures Gespräch werden.«

»Das ist mir egal. Ich muss dir einfach etwas sagen, etwas, das mir schon lange auf der Seele liegt …«

»Ich muss dir auch etwas Wichtiges sagen.«

»… Nein, bitte hör mir einfach nur zu.« Sie atmete tief ein, um sich zu konzentrieren. »Ich weiß, dass es für uns beide längst zu spät ist. Aber ich muss dir wenigstens sagen, dass ich damals mit dir gehen wollte. Nachdem ich deine Nachricht bekommen hatte, wollte ich nichts sehnlicher als das. Aber ich konnte nicht an die Landungsbrücken kommen …«

»Ich weiß. Du warst nicht da«, sagte er steif. »Ich habe mich nie wieder in meinem Leben so verlassen gefühlt.«

»Bitte lass mich ausreden, ich weiß nicht, ob ich noch einmal den Mut dazu habe. Ich wollte kommen, ich wollte mit dir gehen, aber ein paar Stunden vorher ist mein Vater gestorben. Es war ein schrecklicher Unfall.« Die Erinnerung an die Schreie ihres Vaters und das viele Blut ließen Übelkeit in ihr aufsteigen, aber dann fasste sie sich wieder. »Er ist in die Säge gekommen. Ich war danach wie betäubt. Verstehst du, mein Vater war vor meinen Augen einen grauenhaften Tod gestorben. Ich konnte an nichts anderes denken. Dein Brief ist mir erst am nächsten Tag wieder eingefallen. Da war es schon zu spät. Ich habe damals auf ein Wort von dir gewartet«, fügte sie leise hinzu.

»Dein Vater hatte einen Unfall? Genau an dem Tag?«, rief er in den Hörer.

»Und dann habe ich erfahren, du hättest geheiratet. Friederike Malchow. Erinnerst du dich an den Abend, als ich euch beide gesehen habe? Es passte für mich alles zusammen.«

Er lachte auf, obwohl ihm nicht danach war. »Wie bist du auf diese Idee gekommen?«

»Fritz hat es mir erzählt.«

»Fritz Sierichsen, den du geheiratet hast.«

»Ich werde mich von ihm scheiden lassen. Er weiß es nur noch nicht.«

»Und was wird dann aus der Sägerei? Er wird sie dir bestimmt nicht freiwillig überlassen.«

»Die Sägerei gibt es nicht mehr.«

»Mein Gott, was ist denn passiert?«, rief er. »Musstest du verkaufen?« Er machte sich jetzt ernsthaft Sorgen.

Am anderen Ende des Telefons versuchte Elisabeth ihre Tränen zu unterdrücken. »Wenn du hier wärst, würde ich den Verlust leichter verkraften.« Sie wusste nicht, warum sie das gesagt hatte.

»Ich bin morgen in Hamburg. Ich habe schon einen Flug gebucht. Das wollte ich dir die ganze Zeit sagen.«

Elisabeth glaubte sich verhört zu haben, weil es wiederholt in der Leitung knackte und rauschte. »Was hast du gesagt?«, rief sie in den Hörer hinein, den sie fest mit beiden Händen umklammert hielt.

»Ich komme nach Hamburg. Zu dir. Morgen.«

Jetzt konnte sie ihre Tränen nicht länger zurückhalten. »Ich …«, schluchzte sie.

»Bis morgen«, sagte er. Dann wurde das Gespräch unterbrochen.

31

Im Taxi auf dem Weg vom Flughafen las er in der Zeitung, was passiert war und worüber die ganze Stadt sprach: Die Sägerei stand kurz vor dem Bankrott, eine große Ladung Hölzer lag im Hafen fest, die Verträge mit der Bundesbahn konnten nicht eingehalten werden und die Eigentümerin, Elisabeth Sierichsen, stand im Verdacht der Brandstiftung und des Versicherungsbetrugs. Es sei nur noch eine Frage der Zeit, bis man genügend Beweise habe, um sie in Untersuchungshaft zu nehmen. Als Theo das Foto von Elisabeth in der Zeitung sah, stockte ihm der Atem. Sie war schräg von hinten aufgenommen und blickte über die Schulter zurück. Sie sah gehetzt aus, wie auf der Flucht, aus ihren Augen sprach Furcht.

»Mein Gott«, entfuhr es ihm, »Elisabeth.«

Er ließ sich in den Reiherstieg fahren, in der Hoffnung, sie dort anzutreffen. Doch als er das Ausmaß der Zerstörung sah, wurde ihm klar, dass hier niemand mehr arbeiten konnte. Von der großen Halle standen nur noch die Stahlgerüste, alles war schwarz verkohlt. Ein leichter Wind wirbelte weiße Asche auf. Das Bürogebäude stand noch, aber geborstene Fensterscheiben und ein Loch im Dach wiesen darauf hin, dass auch dieses Gebäude nicht mehr zu benutzen war. Er wollte schon wieder in das Taxi steigen, als er seinen Namen hörte.

»Herr von Waren?«

Er drehte sich um und sah den alten Funke eilig auf sich zukommen.

»Sind Sie wieder in Hamburg?«

»Was ist hier passiert, Funke? Und was tun Sie hier?«

»Die Chefin hat immer einen von uns eingeteilt, der nach dem Rechten sieht. Sie glauben gar nicht, wie viele Leute hier vorbeikommen, um zu sehen, ob sie nicht was gebrauchen können. Und dann erst die Leute von der Presse. Und die Polizei war auch da«, fügte er zwischen den Zähnen hinzu.

»Stimmt es, dass Frau … Sierichsen unter Verdacht steht?«

»Das glauben Sie doch selbst nicht! Die hat hier ihr Herzblut reingesteckt. Nee, nee, wenn hier einer was angesteckt hat, dann …«

»Dann?«

Er senkte den Blick. »Ich habe nichts gesagt.«

»Wo finde ich denn die … Chefin?« Er brachte ihren neuen Namen nicht über die Lippen.

»Wahrscheinlich zu Hause. Sie und ihr Mann wohnen jetzt an der Elbchaussee 182. Glauben Sie, dass es hier irgendwie weitergeht? Für uns?«

Theo wusste nicht, was er darauf sagen sollte.

»Danke, Funke. Machen Sie sich keine Sorgen.«

»Das ist alles ein Trauerspiel. Frau Sierichsen ist nicht zu beneiden.« Der alte Mann hob hilflos die Hände, dann wandte er sich ab.

»In die Elbchaussee«, sagte er, als er wieder ins Taxi stieg.

Während der Fahrt sah er aus dem Fenster und merkte, dass er seine Ungeduld kaum noch zügeln konnte. Er fühlte eine Sehnsucht nach Elisabeth, die sich als Ziehen in der Herzgegend bemerkbar machte. Vor sich sah er wieder ihr Gesicht, wie sie gebannt dem Kinofilm auf der Leinwand folgte, er sah die Liebe in ihren Augen, als sie sich geküsst hatten. Und er sah ihren Stolz und ihren Zorn, wenn man sie nicht ernst nehmen wollte, nur weil sie eine Frau war. Und jetzt brauchte sie ihn, und er würde alles tun, um ihr zu helfen. Denn von den Anschuldigungen, die in der Zeitung standen, glaubte er kein Wort: Elisabeth wäre niemals fähig, die Sägerei anzuzünden.

Das Taxi hielt, er bezahlte rasch und stieg aus. Er rannte den kurzen Weg bis zur Haustür und fühlte einen kleinen Stich, als er den Namen Sierichsen auf der Klingel las. Er drückte auf den Knopf und wartete.

Als Elisabeth ihn erkannte, erstarrte sie. Für einen Augenblick sah er so etwas wie Panik und grenzenlose Wut in ihren Augen. Und Angst, weil er durch sein Auftauchen alte Wunden wieder aufreißen würde. Doch dann überwogen andere Gefühle: Dankbarkeit, Freude, unendliche Liebe. Das konnte er sehen.

»Du bist tatsächlich gekommen«, flüsterte sie.

Die nächsten Minuten standen sie sich in der geöffneten Tür gegenüber und sahen sich stumm an. Mit ihren Blicken versuchten sie zu erkunden, was der jeweils andere in den vergangenen Jahren erlebt hatte.

Theo hatte ihre Verwandlung vom Mädchen zur Frau miterlebt, aber jetzt hatte sie sich erneut verändert. Sie war immer noch jung, aber in ihren Augen las er, dass das Leben sie gefordert hatte. Sie war reifer geworden, ernster und dabei noch schöner. Ihre hellblauen Augen, die er so liebte, leuchteten in diesem Augenblick in ihrem alten Feuer. Sie war sehr braun, als hätte sie sich lange in der Sonne aufgehalten, und der Kontrast zu ihren Augen nahm ihn gefangen. Erst beim zweiten Blick bemerkte er ihr kurzes Haar, das ihr ganzes Gesicht freigab und sie auf eine Art verwundbar wirken ließ, die ihn tief berührte.

Elisabeth entdeckte in seinem Gesicht ein paar Linien, die früher nicht da gewesen waren. Er sah aus wie jemand, der lange nicht mehr richtig durchgeschlafen hatte. Als wäre er durch eine seelische Krise gegangen. Aber hinter dieser Erschöpfung sah sie die Entschlossenheit eines Mannes, der ganz genau wusste, was er wollte. Ihr Blick nahm seine Augenbrauen, die grauen Augen, die kräftige Nase und die dunklen Lippen auf. Er hatte sich verändert. Konnte man amerikanisch aussehen? Auf jeden Fall wirkte er selbstsicherer, so als müsste sie sich nie wieder um irgendetwas Sorgen machen, solange er an ihrer Seite war. Er sah aber auch nachdenklich aus, und in ihr regte sich das schlechte Gewissen. Aber bei seinem Anblick spürte sie die Liebe wieder in sich aufsteigen, die nie weg gewesen war.

»Du bist da«, sagte sie noch einmal.

»Darf ich hereinkommen?«

Sie trat einen Schritt zur Seite. Plötzlich fühlte sie sich unbehaglich, weil er so dicht vor ihr stand. Seine körperliche Nähe verwirrte sie.

Als er sie zufällig berührte, war es mit ihrer Beherrschung vorbei.

Sie klammerte sich an ihn, und er presste sie an sich. Für einen Moment standen sie so, rochen und fühlten einander. Dann lösten sie sich, um sich wieder anzusehen. Und dann fielen sie sich erneut in die Arme, und diesmal küssten sie sich. Nur kurz, aber heftig, und die vertrauten Gefühle waren wieder da.

O mein Gott, wie schön fühlt sich das an, dachte Elisabeth voller Seligkeit. Als hätten wir uns erst gestern zum letzten Mal geküsst. Nein, es ist schöner als früher, weil ich heute weiß, wie kostbar diese Gefühle sind.

Sie lehnte sich an ihn und fühlte seine Wärme, die Festigkeit seines Körpers. In ihr regte sich ein wildes Verlangen nach ihm, das sie beschämte.

»Was haben wir nur getan«, sagte er schließlich, ohne sie loszulassen, sein Mund dicht an ihrem Ohr. »Wir haben kostbare Jahre verloren.«

»Waren wir nicht irgendwie doch immer zusammen?«, fragte sie, und auch sie löste sich nicht von ihm, um ihn anzusehen. »Ich habe immer an dich gedacht.«

»Ich lasse dich nie wieder fort«, sagte er.

»Wir müssen wohl noch mal ganz von vorn anfangen«, sagte sie. »Mit allem.«

»Gern«, antwortete er, und diesmal trat er einen halben Schritt zurück, um sie anzulächeln.

Das Wissen, Theo an ihrer Seite zu haben, und das Wiederaufleben ihrer Liebe erfüllten Elisabeth mit Glück und ließen sie neue Hoffnung schöpfen. In den folgenden Tagen trafen sie sich, so oft es möglich war, beinahe täglich. Meistens ging sie zu ihm ins Hotel, damit niemand sie zusammen sah. Elisabeth lebte nur für diese Stunden. Sie wollte nicht länger grübeln, sich keine Sorgen um ihre Zukunft machen. Sie wollte nur noch fühlen, sich hingeben, sich in seinen Armen verlieren. Aber ihnen blieb nicht viel Zeit, denn Theo musste nach nur zwei Wochen wieder zurück nach New York.

»Ich hatte so gehofft, du würdest mitkommen«, sagte er an ihrem letzten Tag.

»Du weißt, dass das nicht geht. Nicht jetzt.«

Die Untersuchung der Brandursache war immer noch nicht abgeschlossen, und nicht wenige in der Stadt glaubten, sie sei schuldig. Und sie ließen es sie spüren. Sie wurde nicht mehr eingeladen. Wenn sie die Barkasse nahm, dann sah sie niemand an, Blicke glitten an ihr vorüber, man verweigerte ihr den Gruß. Dann kam eines Tages ein Brief der HADAG. Sie wusste, was drin stand, bevor sie ihn gelesen hatte. Die Reederei hatte sie schon vor einigen Monaten als Taufpatin für eine neue Hafenfähre vorgesehen. Elisabeth hatte sich sehr über die Ehre gefreut. Und nun teilte man ihr mit, dass man sich »angesichts der Umstände« für eine andere Taufpatin entschieden habe.

»Diese Feiglinge!«, rief sie wütend aus.

Hätte Fritz gewusst, dass seine Frau sich heimlich mit einem Liebhaber traf, er wäre fuchsteufelswild geworden. Nicht aus Kummer über seine verschmähte Liebe, sondern weil sie es wagte, ihm Hörner aufzusetzen und einen anderen Mann ihm vorzog. Aber Fritz bemerkte davon nichts, denn er hatte ganz andere Sorgen. Im Grunde war er froh, wenn er Elisabeth nicht so oft begegnete. Fast regte sich so etwas wie ein schlechtes Gewissen in ihm, wenn er sich vorstellte, dass sie für etwas ins Gefängnis gehen würde, das er getan hatte. Aber manchmal spielte das Leben eben so. Und niemand war ihm näher als er sich selbst.

Fritz wollte so schnell wie möglich aus Hamburg verschwinden, denn hier wurde ihm das Pflaster zu heiß. Es gab zu viele Leute, die etwas über ihn wussten, das nicht bekannt werden sollte. Und Luise Fobienke kannte seine kriminelle Vergangenheit. Wenn sie redete, würde die Polizei vielleicht seine Verwicklung in den Brand genauer prüfen. Dass er sich ihr am Flughafen zu erkennen gegeben hatte, war ein Fehler gewesen, den er aber nicht mehr rückgängig machen konnte. Und dann saß ihm Möcking im Nacken wie ein aufgeplatzter Furunkel. Er wollte endlich sein Geld. Fritz musste etwas unternehmen. Fast täglich rief er bei der Versicherung an, um Druck zu machen, damit sie für den Brandschaden aufkam. Doch die Antwort war immer dieselbe: Man müsse erst das Ergebnis der polizeilichen Untersuchung abwarten.

Fritz knallte wütend den Hörer auf. Auf diesem Weg kam er nicht weiter. Da spielte ihm der Zufall in die Hände. In der Zeitung las er von einem Schiffsunglück, bei dem eine Ladung Holz ins Meer gefallen war. Er rief den Bremer Holzhändler an, dessen Ladung versunken war. Als er den Hörer auflegte, grinste er selbstzufrieden in sich hinein.

Er traf sich ein letztes Mal mit Möcking.

»Haben deine Leute auch keinen Fehler gemacht? Irgendetwas, was mich mit der Sache in Verbindung bringen kann?«, fragte er.

»Das sind Profis«, versicherte der Boxer. »Die lassen nichts liegen, keine Kanister, keine Streichhölzer, kein gar nichts.«

»Und die plaudern auch nichts aus?«

»Die sind ja nicht blöd! Was ist jetzt mit meinem Geld?« Er hielt die Hand auf.

»Das holen wir jetzt. Hast du die Papiere?«

Der andere sah ihn misstrauisch an. »Glaub ja nicht, du kannst mich übers Ohr hauen.«

Fritz machte eine wegwerfende Handbewegung.

Sie trafen sich direkt am Schuppen, wo das Holz, das von der *Brunswick* stammte, eingelagert war, mit dem Bremer Holzhändler. Dem war es völlig egal, was in Hamburg vor sich ging. Er begutachtete die Papiere, dann prüfte er die Hölzer. Der Bremer schlug ein, sie gingen gemeinsam zur Bank und transferierten das Geld. Fritz machte sofort eine Abhebung, um Möcking auszuzahlen.

Möcking zählte in aller Ruhe die Geldscheine nach, dann tippte er sich an die Mütze. »Wiedersehen macht Freude.«

»Eilt aber nicht«, knurrte Fritz. Am liebsten hätte er ihm eine reingehauen.

Aber als er das Geldbündel, das nach Bezahlung der Schulden noch übrig blieb, in seiner Aktentasche verstaute und das Knistern der Scheine hörte, war er doch ganz zufrieden mit sich. Immerhin war er am Ende dieses Tages um fast vierzigtausend Mark reicher.

Er würde jetzt nach Hause fahren, um ein paar Dinge zu packen, und dann würde er aus der Stadt verschwinden. Er brauchte dringend eine Luftveränderung.

Luise saß bei einem Frisör in der Mönckebergstraße und wartete darauf, dass sie an die Reihe kam. Sie hatte nicht viel Zeit, denn sie wollte Hans in einer Stunde von der Arbeit abholen. Der Entschluss, sich die Haare machen zu lassen, war ganz spontan gekommen. Sie war am Vormittag aus München gekommen und musste erst am nächsten Mittag zurück nach Berlin. Beim Stadtbummel war sie an dem Salon vorbeigekommen und einfach hineingegangen. In Gedanken war sie schon bei Hans, den sie seit einigen Tagen nicht gesehen hatte. Sie blätterte durch eine Zeitung, ohne genau zu lesen. Auf der letzten Seite stieß sie auf einen Artikel über einen Brand im Hafen. Das interessierte sie nicht besonders, und sie wollte das Blatt schon aus der Hand legen, als ihr der Name Fritz Sierichsen in die Augen fiel. Ihr wurde heiß und kalt zugleich. In den letzten Wochen hatte sie Fritz wieder aus ihren Gedanken verbannt und gehofft, er würde sie in Ruhe lassen. Und nun stand sein Name in der Zeitung. Sie las die Überschrift: *Brand im Hafen. Hat die Eigentümerin das Feuer gelegt?* Über drei Spalten war das Foto einer Frau gedruckt, die einen ängstlichen, verlorenen Eindruck machte, während sie aus einem Polizeiauto stieg. Darunter stand: *Elisabeth Sierichsen, Eigentümerin der Sägerei Michelsen. Ist sie die Brandstifterin?* Obwohl das Foto nicht besonders scharf war, meinte sie die Frau zu erkennen. Sie hob das Blatt dicht vor ihre Augen, um sie genauer zu betrachten. An wen erinnert sie mich bloß?, fragte sie sich. Sie fühlte eine Verbundenheit zu ihr, die sie sich nicht erklären konnte. Wahrscheinlich ist sie mal mit mir geflogen, dachte sie dann. Und ich fühle mit ihr, weil sie mit jemandem wie Fritz Sierichsen verheiratet ist. Sie wollte die Zeitung weglegen, als jemand sie ansprach.

»Fräulein? Ich hätte jetzt Zeit für Sie.« Vor ihr stand die junge Frau, die ihr die Haare machen sollte.

Abwesend stand sie auf und folgte ihr. Die Zeitung nahm sie mit. Sie nahm auf dem Frisörstuhl Platz und bekam einen geblümten Umhang umgelegt. Die Zeitung legte sie auf ihren Schoß. Die Frisörin warf einen kurzen Blick darauf und sagte: »Die Dame in der Zeitung sieht Ihnen aber sehr ähnlich. Man könnte meinen, das sind Sie. Aber Sie können das nicht sein, Sie haben viel längeres Haar.«

Luise sah abwechselnd auf ihr eigenes Spiegelbild, das Foto in der Zeitung und die Frisörin, die hinter ihr stand. Immer wieder. Ein Kloß bildete sich in ihrem Hals, Tränen stiegen ihr in die Augen. Dann sprang sie auf und rannte auf die Tür des Salons zu.

»Der Umhang!«, rief die Frisörin ihr nach.

Luise riss ihn ab und ließ ihn einfach fallen.

Draußen auf der Straße fing sie haltlos an zu schluchzen, sie zitterte am ganzen Körper, während die Gedanken sich in ihrem Kopf jagten. Wieder sah sie auf das Foto. Wie hatte sie das nicht gleich sehen können? Die Frau in der Zeitung war ihr wie aus dem Gesicht geschnitten!

»Lisa«, schluchzte sie. »Endlich habe ich dich gefunden.«

Sie rannte den ganzen Weg bis zum Ballindamm, wo Hans' Reederei ihr Büro hatte. Sie rempelte Menschen an, jemand versuchte sie aufzuhalten und fragte, ob er ihr helfen könne. Sie machte sich los und lief weiter. Sie war wie von Sinnen.

Im Büro stürmte sie an der Sekretärin vorbei und stürzte in Hans' Büro, ohne anzuklopfen.

Er sah sie erschrocken an und stand auf, um sie aufzufangen. Sie war völlig außer Atem. Ihre Bluse war aus dem Rock gerutscht, die Wimperntusche über das ganze Gesicht verschmiert.

»Was ist passiert?«, fragte er.

»Ich habe meine Schwester gefunden. Es ist diese Elisabeth Sierichsen. Und sie hat Fritz geheiratet. Ich muss sofort zu ihr!«

»Elisabeth Sierichsen ist deine Schwester?«, fragte Hans. »Bist du sicher?«

Er hatte sie in einen Sessel gedrückt und ihr ein Glas Wasser geholt. Jetzt kniete er vor ihr und wischte ihr mit einem Taschentuch zärtlich über das Gesicht.

Luise nickte. »Es kann nicht anders sein. So einen Zufall gibt es nicht. Diese Frau im Frisörladen hat es sofort gesehen, die Ähnlichkeit zwischen uns.« Sie entdeckte die Zeitung auf Hans' Schreibtisch und hielt ihm das Foto unter die Nase. »Sieh doch nur!« Sie blickte ihn unter Tränen an. »Oh, Hans, ich habe endlich meine Schwester wieder. Was soll ich denn jetzt tun?« Sie begann wieder zu weinen.

»Du kommst jetzt erst mal wieder zu Atem. Ich suche inzwischen ihre Telefonnummer und die Adresse heraus. Mach dir keine Sorgen, gemeinsam kriegen wir das hin.«

Er telefonierte mit seiner Sekretärin, die ihm Minuten später einen Zettel hereinreichte.

»Sie wohnt an der Elbchaussee. Nummer 182.«

Luise sprang auf.

»Lass mich zuerst mit ihr telefonieren. Vielleicht ist sie nicht zu Hause. Außerdem sollten wir sie vorwarnen. Denk an den Schock, den *du* gerade bekommen hast.«

Sie nickte und verfolgte gebannt, wie er wählte und dann sprach. »Hier ist Hans Wohlleben … Ja, genau, von der Reederei. Nein, es geht nicht um den Brand, und ich möchte auch nicht die Geschäftsbeziehung zur Sägerei Michelsen kündigen … Frau Sierichsen, bitte hören Sie mir nur einen Augenblick zu. Ich würde gern bei Ihnen vorbeikommen, jetzt gleich. Ich habe eine sehr wichtige persönliche Angelegenheit mit Ihnen zu besprechen, die Sie …«, er suchte nach Worten, »die Sie vielleicht sehr überraschen wird. Ich komme nicht allein. Nein, bitte, mehr kann ich jetzt nicht sagen. Dürfen wir kommen? Ich will Ihnen bestimmt nicht schaden, glauben Sie mir. Gut? Dann bis gleich. Wir brauchen eine knappe halbe Stunde.« Er legte auf und sah Luise an.

»Sie ist sehr misstrauisch. Kein Wunder, wenn man bedenkt, wie übel ihr zurzeit mitgespielt wird.«

Als es eine halbe Stunde später bei Elisabeth an der Tür klingelte, öffnete sie innerhalb weniger Augenblicke. Sie hatte sich die ganze Zeit gefragt, was Hans Wohlleben wohl von ihr wollte. Sie hatte sich alles Mögliche ausgemalt und war inzwischen vor lauter Nervosität ganz kribbelig. Wenn sie doch nur Theo bei sich gehabt hätte, doch der war wieder nach New York gefahren. Er würde dort seine Angelegenheiten regeln – gekündigt hatte er schon von Hamburg aus – und so schnell wie möglich zurückkommen. Aber seit er weg war, fühlte sie sich so allein und schutzlos wie noch nie in ihrem Leben.

Die Sonne stand hinter den Besuchern, und sie konnte nicht erkennen, wen Hans Wohlleben mitgebracht hatte. Es war eine Frau, die sich halb hinter ihm hielt.

»Guten Tag, Frau Sierichsen. Dürfen wir reinkommen?«, fragte Wohlleben. Seine Stimme klang sanft und beruhigend.

Elisabeth trat zur Seite.

Die Frau machte einen Schritt nach vorn, und Elisabeth starrte sie ungläubig an. Sie glaubte, in ihr Spiegelbild zu schauen. Dieselben Augen, dieselbe Haarfarbe, wenngleich ihr Haar länger war. Und dann machte die Frau eine Bewegung, die ihr die Luft nahm, weil sie sie tausendmal bei ihrer Mutter gesehen hatte: Sie legte zwei Fingern an ihre Lippen. Da erkannte sie sie.

»Sophie«, sagte sie und noch einmal: »Sophie!«

Sie streckte die Arme aus und nahm die Hände ihrer Schwester. Dann gingen sie noch einen letzten Schritt aufeinander zu und umarmten sich unter Tränen.

Endlich angekommen! Sich endlich heil fühlen, ganz sein, nicht länger nur eine Hälfte, die die andere vermisst. Nicht länger suchen, zweifeln müssen. Keine Schuldgefühle mehr. Die Gewissheit haben, dass da noch jemand ist, der zur Familie gehört. Dass man doch nicht ganz allein ist.

Nachdem sie scheinbar endlos lange Arm in Arm an der Tür gestanden hatten, räusperte Hans sich schließlich laut und vernehmlich.

»Vielleicht sollten wir reingehen«, schlug er vor. »Vielleicht solltet ihr reingehen«, verbesserte er sich. »Ich denke, ihr werdet etwas Zeit brauchen. Luise, ruf mich an, wenn ich dich abholen soll.«

»Luise?« Elisabeth sah ihre Schwester fragend an, nachdem Hans mit dem Auto weggefahren war.

»Das ist eine der Geschichten, die ich dir erzählen muss«, gab sie zurück. »Aber ab jetzt bin ich wieder Sophie.«

Im Lauf der nächsten Stunden redeten sie abwechselnd ohne Pause. Beide Schwestern waren entsetzt über das, was der jeweils anderen zugestoßen war. Sie versuchten sich gemeinsam an Erlebnisse aus ihrer frühen Kindheit zu erinnern, als sie noch zusammen aufgewachsen waren. Die Schwestern fanden verblüffende Parallelen in ihren Leben heraus. Beide hatten im Sommer 1952 Scharlach gehabt, beide hatten sich als Kinder geweigert, Eier zu essen, und beide nannten Rote-Bete-Suppe als ihr Lieblingsgericht. Beide hatten im Sommer, nachdem sie fünfzehn geworden waren, zum ersten Mal menstruiert und stundenlang den amerikanischen Soldatensender gehört, wo die beste Musik gespielt wurde.

»Erinnerst du dich an unsere Mutprobe mit der Treppe?«, fragte Elisabeth, und Sophie nickte.

»Und weißt du noch, dass ich einmal unsere Puppen in einem Pappkarton in der Ostsee ausgesetzt habe, weil sie nach Amerika fahren sollten?«

Elisabeth holte die wenigen Erinnerungsstücke, die sie von früher hatte, und sie betrachteten gemeinsam die Fotos und das Amulett.

»Ich erinnere mich genau an meines«, sagte Sophie.

»Wo ist es?«

»In einem Heim in Polen. Es hat mich immer daran erinnert, wer ich eigentlich bin, und deshalb hat man es mir weggenommen. Aber ich wusste trotzdem, dass ich in Wirklichkeit Sophie heiße«, sagte sie triumphierend.

»Erinnerst du dich auch an das Porträt von Mutter?«, fragte Elisabeth vorsichtig.

Sophie schüttelte den Kopf, und Elisabeth führte sie in ihr Arbeitszimmer hinauf. Während sie vor dem Gemälde standen, erzählte Elisabeth, dass ihre Mutter nicht mehr lebte.

Sophie nickte. »Ich habe es gespürt«, sagte sie. »Auf einmal war ein Gefühl weg, das vorher immer da gewesen war.«

»Sie hat dir einen Brief hinterlassen.« Elisabeth öffnete die Schreibtischschublade und reichte ihn ihr.

Sophie nahm ihn mit zitternden Händen und begann zu lesen: *Meine geliebte Sophie …* Sophie las ihn einmal, dann noch einmal.

»Ich habe gezweifelt«, sagte sie dann und sah ihre Schwester unter Tränen an. »Manchmal habe ich geglaubt, sie hätte mich absichtlich zurückgelassen, weil sie nur eine von uns durchbringen konnte.«

»Und ich habe mich gefragt, ob sie wohl lieber dich gerettet hätte als mich«, flüsterte Elisabeth. Sie war immer in Gedanken anderswo. Bei dir«, sagte sie und sah Sophie an.

Die beiden Schwestern saßen schon seit Stunden in Elisabeths Wohnzimmer und redeten, lachten und weinten, als plötzlich die Haustür zuschlug. Energische Schritte waren zu hören.

Elisabeth erstarrte, und Sophie bemerkte es.

»Ist das Fritz?«, fragte sie und fühlte Panik in sich aufsteigen. Sie konnte noch immer nicht fassen, dass es derselbe Mann war, der sie im Heim drangsaliert hatte.

Elisabeth nickte.

Als Fritz den Raum betrat, blieb er wie angewurzelt stehen. Er atmete schwer und sah von einer zur anderen. Sie konnten ihm ansehen, wie es in seinem Gehirn arbeitete. Damit hatte er nicht gerechnet. Aber er hatte sich schnell wieder in der Gewalt.

»Na, da haben sich ja zwei gefunden. Was hast du hier zu suchen?«, herrschte er Sophie an.

Elisabeth stand auf. »Sie ist meine Schwester, meine Zwillingsschwester, wenn du es genau wissen willst. Aber das weißt du ja schon. Und du hast die ganze Zeit über nichts gesagt, obwohl du wusstest, wie sehr du mir damit wehtust. Du hast mich nie geliebt. Du hast dich erst bei meinem Vater und dann bei mir eingeschmeichelt. Du wolltest von Anfang an nur die Sägerei. Du bist ein Scheusal!« Während sie gesprochen hatte, war ihre Stimme immer lauter und wütender geworden. Sie war zu ihm hinübergegangen und stand jetzt direkt vor ihm. Sie bebte vor Zorn.

»Weißt du überhaupt, was deine Schwester für eine ist? Aus dem Heim!«, höhnte er, aber seine Stimme klang unsicher.

»Und du?«, sagte Sophie plötzlich mit eiskalter Stimme. »Du bist ein Verbrecher. Du hast im Gefängnis gesessen, weil du beinahe einen alten Mann umgebracht hast!«

Elisabeth starrte ihn an. »Was?«

»Ja, dein Mann ist völlig skrupellos. Es würde zu ihm passen, dass er deine Sägerei in Brand gesetzt hat und dich dafür ins Gefängnis schickt.«

Fritz' Kiefer mahlten. Eine dicke Sehne trat an seinem Hals hervor. »Ihr beide habt einander ehrlich verdient. Eine wie die andere. Flittchen!«

»Raus aus meinem Haus«, sagte Elisabeth ruhig.

Fritz hatte sich wieder einigermaßen gefasst. So leicht würde er es ihnen nicht machen. Seine Stimme klang gefährlich, als er sagte: »Das ist mein Haus.«

»Das werden wir sehen. Ich lasse mich von dir scheiden, das wollte ich dir schon die ganze Zeit sagen. Aber du bist ja nie hier.«

Er lachte bösartig. »Du willst dich scheiden lassen? Nur zu. Aber von der Sägerei und diesem Haus siehst du keinen Pfennig.« Er dachte voller Gehässigkeit an die vierzigtausend Mark, die er in der Tasche bei sich trug, und an Elisabeths Überraschung, wenn sie erfuhr, dass er die Holzladung auf eigene Rechnung verkauft hatte.

»Raus!«, sagte Elisabeth noch einmal.

Er hob die Hände, dann ließ er sie wieder sinken. Er hatte es nicht nötig, wegen ein paar Hemden oder Anzügen mit ihr zu streiten. Er hatte genügend Geld, um sich alles neu zu kaufen. Sein Blick fiel auf Luise, und er fühlte blinden Hass in sich aufsteigen. Wo immer diese Frau auftauchte, bekam er Schwierigkeiten! Er bedachte sie mit einem letzten verächtlichen Blick, dann verließ er den Raum.

Gleich darauf hörten sie, wie die Haustür ins Schloss fiel.

32 **In den nächsten** Wochen und Monaten jagten sich die Ereignisse nur so, die das Leben von Elisabeth und Sophie von Grund auf veränderten.

Fritz war seit dem Tag verschwunden, an dem er Elisabeth und Sophie zusammen gesehen hatte. Elisabeth fand wenige Tage nach seinem Verschwinden eines Morgens einen Brief vor der Haustür. Eine Frau berichtete, was ihr ein Mann erzählt hatte, der zeitweise ihr Geliebter gewesen war. Der Mann hatte damit geprahlt, die Sägerei Michelsen angezündet zu haben. Ziel der Brandstiftung sei es gewesen, zu vertuschen, dass ein Frachtbrief nicht mehr im Tresor lag. Auftraggeber der Brandstifter sei Fritz Sierichsen gewesen.

... Sie wundern sich, warum ich Ihnen das alles erzähle? Ich finde, dass Fritz Sierichsen genug Frauen ausgenutzt und gedemütigt hat. Und als ich in der Zeitung las, dass man Sie für den Brand verantwortlich macht, musste ich einfach handeln. Nennen Sie der Polizei den Namen Günther Möcking und lassen Sie sie ihre Arbeit tun. Ich wünsche Ihnen alles Gute. Suchen Sie nicht nach mir. Ich werde die Stadt verlassen, Polizeispitzel leben hier gefährlich.

Unterschrieben war der Brief mit *Monika*. Kein Nachname.

Elisabeth übergab den Brief der Polizei, die Möcking und einen Komplizen verhaftete. Möcking bestätigte, dass Fritz Sierichsen den Auftrag zur Brandstiftung gegeben hatte. Die Zeitungen in Hamburg waren bald voll von der Geschichte, und Elisabeth traute sich ein paar Tage nicht aus dem Haus, weil überall Reporter lauerten. Aber immerhin war ihre eigene Unschuld jetzt bestätigt.

Leider änderte das nichts daran, dass es die Sägerei nicht mehr gab. Elisabeth hatte keine Einnahmen, aber hohe Schulden. Neben den Krediten für die Villa musste die Holzlieferung bezahlt werden, auch wenn sie längst einem anderen Händler gehörte. Elisabeth bot die Villa an der Elbe zum Verkauf an und fühlte kein Bedauern dabei. Die Möbel waren zum großen Teil schon abgeholt. Es machte ihr nichts aus. Dieses Haus hatte Fritz gehört, es trug seine Handschrift, nicht ihre.

Sie hatte zwar große Verluste erlitten, aber dafür hatte sie etwas viel Schöneres und Wichtigeres gewonnen. Sie war wieder mit Theo vereint, und sie hatte endlich Sophie wiedergefunden.

Sie war mit ihrer Schwester in Berlin bei den Mangels gewesen, und sie hatte Gertrud kennengelernt, die eine große Geschichte über das Wunder der wiedergefundenen Schwestern schrieb.

Elisabeth und Sophie sahen sich, sooft sie konnten. Es gab immer noch so viel zu erzählen. Sie besuchten gemeinsam die Orte, an denen sie getrennt voneinander aufgewachsen waren. Nur ins Kinderheim nach Wismar konnten sie nicht, denn Sophie musste befürchten, als Republikflüchtling verhaftet zu werden. Ihren fünfundzwanzigsten Geburtstag wollten sie gemeinsam feiern. Für Sophie würde es das erste Mal sein, dass sie ihn am 15. Mai beging.

Bis dahin war es noch ein knappes Jahr, und Elisabeth begann zu überlegen, ob und wie es mit der Sägerei weitergehen sollte. In der Zwischenzeit nahm sie dankbar das Angebot von Wähler an, in seinem Büro zu arbeiten. Denn sie musste schließlich von irgendetwas leben. Als Theo endgültig wieder in Hamburg war, mieteten sie eine Wohnung in der Nähe des Hauses, in dem ihre Eltern gewohnt hatten. Als einzigen Luxus behielt Elisabeth den diamantgrauen Käfer.

Sie machte einen alten Plan wahr: Alle zwei Wochen traf sie sich mit anderen berufstätigen Frauen im Hinterzimmer eines Lokals in Eimsbüttel. Sophie war auch dabei, sooft es ihr Flugplan erlaubte, außerdem Henriette Kamp, die ihr am ersten

Abend einen dunkelroten, in Leder gebundenen Ordner mitbrachte.

»Für Ihre Pläne«, sagte Henriette. »Ich weiß, dass Sie welche haben.«

»Sobald ich eine Mitarbeiterin brauche, melde ich mich bei Ihnen.«

»Machen Sie schnell«, gab Henriette zurück. »An meinem jetzigen Arbeitsplatz langweile ich mich halb zu Tode.«

Jede der drei Frauen brachte andere Interessierte mit, und sie redeten über ihre Berufe, tauschten Neuigkeiten und Tipps. Und waren unter sich und hatten Spaß. Hanna kam auch dazu, wenn auch selten. Sie erwartete ihr zweites Kind.

Eines Abends, als sie von ihrem Klub, wie sie ihn nannte, nach Hause kam, war sie wie elektrisiert. Eine neue Interessentin war da gewesen, die über den Aufschwung in der Kreuzfahrtindustrie berichtete. Sie kannte sich gut aus, denn ihr Mann hatte eine Reederei und bereits mehrere dieser Schiffe gebaut. Sie selbst war Innenarchitektin und für die Gestaltung der Passagierkabinen zuständig.

Auf dem Weg nach Hause hatte Elisabeth darüber nachgedacht, was sie an diesem Abend erfahren hatte. Als sie ihren Käfer gegenüber dem Haus parkte, in dem sie und Theo wohnten, hatte sie einen Entschluss gefasst.

»Ich weiß jetzt, was ich tun will«, sagte sie zu Theo, nachdem sie ihn geküsst hatte. Er saß auf dem Sofa und hatte die Zeitung um sich herum verstreut. Sie setzte sich neben ihn und schmiegte sich in seine Armbeuge. Sie liebte dieses abendliche Ritual über alles. Sie lasen die Zeitung, und wenn es einen interessanten Artikel gab, dann wurde er vorgelesen. Sie ließ ihre Schuhe auf den Boden fallen, zog die Beine auf das Sofa und schloss für einen Moment die Augen, um den Moment zu genießen.

»Was willst du denn tun, außer mich glücklich zu machen?«, fragte er sanft und strich mit der Hand durch ihr Haar.

»Ich werde Schiffe einrichten. Mit Holz. Mit glänzendem, warmem Holz, über das man gern mit der Hand streicht, an das man sich gern anlehnt. Ich hatte diese Idee schon seit Längerem, ich habe buchstäblich jeden Artikel gelesen, der sich mit dem Aufschwung der Seereisen beschäftigt. Immer mehr Menschen wollen eine besondere Urlaubsreise machen, sich in ihrem Urlaub etwas gönnen. Und, du wirst es nicht glauben«, fügte sie mit einem frechen Lächeln hinzu, »das Urlaubsziel bestimmen immer häufiger die Frauen, und die wollen Kreuzfahrten machen. Und ich weiß aus eigener Erfahrung ganz genau, was eine Frau auf einem Schiff alles braucht und worauf sie in gar keinem Fall verzichten will.« Wieder lächelte sie ihn an, diesmal gespielt unschuldig. »Wie gesagt, die Idee ging mir im Kopf herum, aber sie war noch zu vage.«

»Und jetzt nicht mehr?«

Sie sah zu ihm auf. »Jetzt nicht mehr.«

»Wie ich dich kenne, wird es dir sogar gelingen, ein paar Reeder von deinen Ideen zu überzeugen.«

Den Tag der Grundsteinlegung für ein neues Bürogebäude und eine Halle am Reiherstieg hatte sie auf ihren und Sophies Geburtstag gelegt. Sie hatte mit Absicht ein symbolisches Datum gewählt.

Die neue Firma würde nicht so groß werden wie die vorherige, aber sie wäre ein Neuanfang. Die Eisenbahnschwellen wurden inzwischen von einer anderen Sägerei zugeschnitten und geliefert, aber mit der Holzmann AG hatte sie bereits eine Abmachung über eine Lieferung von Bauholz für die nächste große Baustelle in der Stadt getroffen. Und auch wenn die Eisenbahndirektion zurzeit einen anderen Lieferanten hatte, so bedeutete das ja nicht, dass sich das nicht auch wieder ändern konnte.

Das Allerwichtigste für den Betrieb hatte sie: eine Säge. Nachdem sich herausgestellt hatte, dass sie mit dem Brand nichts zu tun hatte, hatte ihr ein ehemaliger Konkurrent, der sein Geschäft aufgab, seine Säge für einen guten Preis angeboten.

Elisabeth hatte nicht eine Sekunde gezögert und zugeschlagen.

»Bist du sicher, dass du noch mal neu anfangen willst?«, hatte Sophie sie gefragt.

»Ganz sicher. Ich wollte nie etwas anderes.«

Der wichtigste Grundstock für ihr neues Unternehmen waren ihre Erfahrung und ihre Verbindungen nach Afrika. Dank Werner Baring verfügte sie über erstklassige Informationen. Ihre Hölzer waren die besten. Dass einige ihrer ehemaligen Kunden wieder an sie herantraten, weil sie ein schlechtes Gewissen plagte, nachdem sie ihr die Brandstiftung zugetraut hatten, nahm sie mit einem Lächeln hin.

Elisabeth nahm die Schaufel, die Funke ihr reichte, dann machte sie den symbolischen Spatenstich, und alle applaudierten. Sie hatte daran gedacht, das Amulett, das sie von ihrer Mutter hatte, hier zu vergraben, aber dann hatte sie sich anders entschieden. Sie und Sophie besaßen so wenige Dinge, die von ihrer Vergangenheit erzählten, dass jedes einzelne viel zu kostbar war, um es für immer in der Erde verschwinden zu lassen.

Elisabeth richtete sich auf. »Heute ist ein besonderer Tag«, begann sie ihre Rede. »Heute ist der erste Geburtstag, den meine Schwester und ich seit unserer frühesten Kindheit gemeinsam verbringen. Das ist für uns beide immer noch wie ein Wunder. Und ein weiteres Wunder geschieht heute. Die Firma Michelsen ersteht neu. Das Werk meines Vaters wird fortgesetzt, wenn auch unter anderen Vorzeichen. Ich danke Ihnen allen«, dabei sah sie besonders Werner Funke und Henriette Kamp an, »dass Sie mir die Treue halten und auch diesen zweiten Anlauf mit mir wagen. In vier Wochen wird eine erste Holzlieferung aus Ghana eintreffen. Bis dahin wird die Sägehalle stehen. Und ich werde mein Büro vorerst wohl in meinem Auto einrichten. Aber jetzt wollen wir feiern!«

Auf der Baustelle standen lange, einfache Tische und Stühle, die mit Buchsbaum und Margeriten geschmückt waren. Sie waren unter die Trauerweide am Fluss gerückt worden, denn der Maitag versprach heiß zu werden. Es gab gebratene Koteletts und Kartoffelsalat, zum Nachtisch einen Frankfurter Kranz.

Sie waren alle da. Neben ihr saß ihre Schwester. Sophie war unübersehbar schwanger, und der Arzt hatte ihr eröffnet, dass sie Zwillinge bekommen würde. Eine Tradition in ihrer Familie würde weiterleben. Neben Sophie saß Hans Wohlleben, der unter dem Tisch die Hand seiner Frau drückte. »Ihr beiden habt sogar dieselbe Stimme. Wenn ich die Augen zumache, weiß ich nie, wer von euch gerade spricht«, sagte er.

Zu ihrer Rechten saß Theo. Sie spürte seine Nähe so deutlich neben sich, als würde er wie ein Ofen Wärme abgeben. Sie vergaß darüber beinahe, was sie sagen wollte. Nachdem sie ihre kurze Rede gehalten hatte, stand er auf und küsste sie vor allen Anwesenden lange und innig. »Ich bin so stolz auf dich«, flüsterte er ihr ins Ohr. »Ich kann es kaum erwarten, allein mit dir zu sein.« Sie fühlte, wie eine leichte Röte ihre Wangen überzog. Die Liebe mit Theo war so intensiv und leidenschaftlich, dass sie sich manchmal richtig zwingen musste, den Gedanken an sie wegzuschieben. Sie waren immer noch nicht verheiratet, denn solange Fritz nicht gefasst war, konnte sie sich auch nicht von ihm scheiden lassen. Das war ein kleiner Wermutstropfen in ihrem Glück. Sie lächelte ihm zu.

Ihr gegenüber saßen Henriette Kamp und der alte Funke. Sie würden den Grundstock der neuen Mannschaft in der Sägerei bilden. Und dann kamen Werner Baring und seine Frau. Eines Tages hatte er vor ihr gestanden. Er war seit einigen Monaten aus Afrika zurück und lebte wieder in Hamburg. Er arbeitete im Holzhafen und stand Elisabeth mit Rat und Tat zur Seite. Hanna war auch gekommen mit ihrem drei Monate alten Sohn, der im Wagen unter der Weide schlief. Ausnahmsweise war auch ihr Mann bei ihr, der Heimaturlaub hatte. Er hatte seine kleine Tochter auf dem Schoß und küsste ihre Fingerspitzen. Schließlich war da noch Gustav Wähler. Sie hob ihr Glas und prostete allen zu.

Bevor sie an ihrem Glas nippte, nahm Elisabeth die Szene in sich auf. Ein warmer Maitag im Kreis von Menschen, die sie liebte und die ihre Freunde waren. An ihrer Seite der Mann, den sie mehr liebte als alle anderen, und ihre Schwester. Alles fühlte sich richtig an. Dieser Augenblick war perfekt. Sie fühlte die Anwesenheit der anderen, ihr Lachen, wie sie dieses Fest und die Gemeinsamkeit genossen, die Wärme der Sonne auf ihrer Haut. Ihr Herz ging auf, sie fühlte sich frei und gelöst. Ihr Blick ging auf den Fluss hinaus, der durch die hängenden Äste der Trauerweide im Sonnenlicht schimmerte. Sie sah ihre Zukunft vor sich, die anstrengend, aber befriedigend sein würde. Mehr hatte sie sich nie gewünscht.